浙江越秀外国语学院出版基金资助
绍兴市鉴湖青年学者成果

明代杜诗文献考论

张慧玲　著

浙江大学出版社·杭州
ZHEJIANG UNIVERSITY PRESS

图书在版编目(CIP)数据

明代杜诗文献考论/张慧玲著．—杭州：浙江大学出版社，2023.11
ISBN 978-7-308-24365-0

Ⅰ.①明… Ⅱ.①张… Ⅲ.①杜诗—诗歌研究 Ⅳ.①I207.227.423

中国国家版本馆CIP数据核字(2023)第211388号

明代杜诗文献考论
张慧玲　著

责任编辑　吕倩岚
责任校对　蔡　帆
封面设计　项梦怡
出版发行　浙江大学出版社
(杭州市天目山路148号　邮政编码310007)
(网址：http://www.zjupress.com)
排　　版　浙江大千时代文化传媒有限公司
印　　刷　浙江新华数码印务有限公司
开　　本　710mm×1000mm　1/16
印　　张　17.5
字　　数　362千
版 印 次　2023年11月第1版　2023年11月第1次印刷
书　　号　ISBN 978-7-308-24365-0
定　　价　78.00元

序

这是慧玲继《李杜之争与宋代杜诗地位的浮沉》一书在上海古籍出版社出版后的又一部新著。慧玲2012至2015年随我在上海师大读博，以勤奋刻苦、心无旁骛而给老师和同学们留下了深刻印象。其博士学位论文《明代杜诗学研究》，受到匿名评审专家和答辩委员会的一致好评，推为“优秀论文”。甫一毕业，她就确立了更加高远的学术目标，时间跨度扩展到自宋至明，内涵方面则聚焦于杜诗学理论。为此她设计了“宋元明杜诗学理论嬗变研究”的课题，申报了国家社科基金青年项目，成功获批。自此之后，潜心研究五年，以82万字的成果完成项目。结项后，她又在此基础上就若干重要问题进行深化和拓展，撰成系列专著。这些成果都是富有理论色彩的研究。慧玲为了将自己在杜诗文献方面的研究集中作一小结，她又对博士学位论文下编作了修订、完善，著成《明代杜诗文献考论》一书，现由浙江大学出版社出版。在理论和文献领域齐头并进，两处开花，对一位青年学者来说，相当不易。

在杜诗学研究领域，成果最丰硕的为宋代，其次为清代，金元明时期较为薄弱。就我所见，这部《明代杜诗文献考论》是学术界对明代杜集文献进行全面梳理的第一部著作，可喜可贺。

在一般人看来，与宋、清两代相比，金、元、明时期杜诗学乏善可陈，可谓杜诗学的“衰落期”。杜诗文献亦如此。本书以历代杜集为参照，对明代杜诗文献作了较为全面、详实的考察，具体说明了明代学人为杜诗文献整理、保存和传播所作的重要贡献，用史料证明“宋元时期杜集文献的很多旧本，在明代继续得到传播，扩大了宋元旧本杜集文献的影响力，宋代的杜集分类、编年、集注等体例，元代的评点体，以及对杜集的选律专辑，都在明代得到继承、吸收”，故“与宋元时期相比，明代有继承、沿袭、消化、吸收，也有较明显的变化、推进和发展”。又进一步指出：“明代杜集文献，从文献加工形态、传播流量，到传播媒介、传播方式等方面，都比宋元时期更为繁盛。明人为杜集编纂、传播做出了重要贡献。而这为清代杜诗诠释与杜集文献的总结作了必要的准备。”这样的结论，学术界是否能接受，可能还需要其他视角、其他方法的研究进行互证。但是，这一结论能提醒研究者重新审视元明时期杜诗学的诸多历史细节，从而推进杜诗学研究走向更深广的领域，这是值得肯定的。

杜集目录学成果丰富，显然，万曼《唐集叙录》、陈伯海与朱易安《唐诗书目总录》、周采泉《杜集书录》、郑庆笃《杜集书目提要》、张忠纲等《杜集叙录》等，都为该书的写作提供了入门向导和基本文献信息。但慧玲不是在前人基础上进行简单的梳理汇总，而是按性质、体例、时段及版本系统对明代重要杜集进行考察归类，形成纲目系统。对于众说纷纭的记载，努力将各种杜集版本之间的关系梳理清楚，并放置在明代杜集的传播这一总问题下加以观照。同时有徐居仁编次、黄鹤补注、刘辰翁评点的众多明刻本杜集，互相之间关系如何，在诸多版本目录学著作中模糊不清，该书第二章第三、四两节的梳理与判断比较中肯，或可定谳。再如《刻杜少陵先生诗分类集注》亦存在不少疑难点，如洪业怀疑该书注者邵宝实为"伪托"、参笺者过栋亦为可疑，严绍认为此书有"自序"，周采泉怀疑王穉登序可能为周子文与过栋伪托，都颇有见地。慧玲经过细致梳理，对上述问题提出自己的分析与判断，亦别开生面，自成其说。书尾的结语从文献传播的角度对明代杜诗文献的地位、特点所作的论析，显示出她对此有一定的全局把握能力。因此，全书虽然材料繁多，细节纷纭，但纲领清晰，表述清通。

诚然，作为一位年轻学者，撰写文献学论著，自然难免稚嫩之处。无论是对文献解读的细致程度，还是语言表述的严谨性，都需要进一步的提升。我们期待看到她不断成长，不断进步。

查清华

二〇二三年八月二十八日

于上海师范大学唐诗学研究中心

目　录

引　言

一、杜诗与杜诗学

钱锺书先生在《中国诗与中国画》一文中指出："'李、杜'齐称也好比儒家并推'孔、孟'，一个'至圣'，一个'亚圣'，还是杜甫居上的。"同时又说："中唐以后，众望所归的最大诗人一直是杜甫。"①这种意见大体能反映中国传统学术语境下的实情，自中唐以来，对杜甫诗的学习、评论蔚然成风，而自元好问标揭"杜诗学"之目以来，"杜诗学"更成为源远流长的中国学术专门领域。

杜诗学作为一种"学"，在古代主要见于实际运用，其内涵和外延如何，除了元好问有所论及，一般人都觉得无界定之必要。而现代学术的"学"，却不能不作界定。然而，杜诗学发展到当下，在学理建构方面，与选学、红学、龙学等"学"相比，却显得较为落后。首先，连名称的使用都还没有形成完全的共识，除了"杜诗学"一名，"杜学"、"杜诗批评"、"杜诗接受史"等诸多名称都同时在使用。其次，杜诗学的内涵和外延，还没有得到充分的讨论，很多相关的研究成果都并不直面这一问题，或者忽视这一问题。如张忠纲先生《诗圣杜甫研究》不用杜诗学之名，更不对杜诗学作界定。而包括许总先生《杜诗学发微》(1989)在内的一些以杜诗学为名的论著，也多不明确论及此概念的内涵和外延，特别是如赵睿才先生《百年杜甫研究之平议与反思》(2014)那么全面总结百年来杜诗学成就的专著，虽然提炼、概括了不同时段和名家的杜诗学建树与问题，但却并未对杜诗学这一概念作出清晰的界定。所以，有的学者甚至否定杜诗学一名的学术意义②。

当代一般都将杜诗学内涵简单解释为"有关杜甫和杜诗的研究"。其中廖仲安先生的说法最为简捷："有关杜甫诗歌的一切学问。"③但具体落实下

---

① 钱锺书《中国诗与中国画》，见《七缀集》，上海古籍出版社 1994 年版，第 21—22 页。

② 如邹进先《宋代杜诗学述论》一书虽然用了杜诗学之名，但却在此书绪论中说明"这只是为了表达的简便，而不是认为杜诗研究是一门不同于其他诗人研究的、具有独立学科意义的专门学问"(中国社会科学出版社 2016 年版)。

③ 廖仲安《杜诗学》，载《首都师范大学学报(社会科学版)》1994 年第 5 期。该文又收入廖《反刍集续编》，首都师范大学出版社 2009 年版，第 180 页。

来，杜诗学的内容，李一飞先生认为包括“搜辑、编次杜集，注释、评论杜诗，考证杜甫的家世、生平和思想”①；胡可先先生认为包括八个方面，即杜诗目录学、杜诗校勘学、杜诗注释学、杜诗史料学、李杜优劣论、杜诗历史学、杜诗文化学、杜诗学的研究进程②；傅光先生则认为杜学不限于学术形式，还应包括非学术形式，在学术层面包括对杜诗、杜甫、杜甫研究的研究③。

根据笔者的看法，在杜诗学、杜学、杜诗批评、杜诗接受史、杜诗学术史等名称中，杜诗学应作为通名，其他名称可作为下级概念来使用。杜诗学可以界定为有关杜甫及其诗歌的一切整体探讨、细部研究、实践学习。当一个研究者对杜甫及其诗歌的把握较为完整，具有相当的系统性之后，即称为某人的杜诗学。其次，在很多的情况下，杜诗学还是学术史的概念，是指前人对杜甫及其诗歌的认识、把握与研究。作为专学来用的杜诗学往往就是指杜诗学史或杜诗学学术史。

杜诗学的范围或传统学术形态，主要有杜诗辑注学、杜诗评点学、杜诗批评学、杜诗文献学(含杜诗目录学、杜诗版本学、杜诗校勘学)、杜诗接受学等五个方面。而真正的杜诗学史，则还应加上以上五个方面的学术史。现代学术意义上的杜诗学，重点应在以下三大方向：一是杜诗学理论的建构；二是杜诗学学术史的梳理；三是杜诗文献与传播的研究。

二、选题旨趣与研究定位

本书属于杜诗学学术史和杜诗文献学的范畴。杜诗文献学主要面对的是杜集本身的编纂、加工、传播。这应是杜诗学的基础，一部杜诗学学术史，首先应聚焦到杜集文献④。

到目前为止，可以调查到的清末以前出现过的历代杜集文献有 526 种，加上与杜集关系很密切的衍生文献，则有 750 种以上。历代积累的杜集数量蔚为大观，遥遥领先于历代任何诗人。杜诗学得以成立，大量杜集文献的存在是其重要基础。而杜集的形成、发展、变化，其中涉及杜甫作品的搜辑、编排、汇校、注释、诠解、评论，以及杜集的积累、传播、扩散，是杜诗文献学的

---

① 李一飞《杜甫与杜诗》，岳麓书社 1994 年版，第 74 页。

② 胡可先《杜诗学论纲》，载《杜甫研究学刊》1995 年第 4 期。在此文基础上，胡先生著有《杜甫诗学引论》，安徽大学出版社 2003 年版。

③ 傅光《论杜学的定义与内涵》，载《人文杂志》1999 年第 3 期。

④ 杜集文献与杜诗文献，所指不完全等同。在杜集文献之外，杜诗文献还包括一部分从杜集衍生出来的集杜、拟杜、论杜、演杜等类的文献。本书主要研究杜集文献，但因为对杜集以外的杜诗文献也有所涉及，故书名仍然用了“杜诗文献”的概念。

任务所在。

断代的杜诗文献学，宋代做得比较充分。故本书选择以明代为范围。张伯伟先生认为："'杜诗学'之名由元好问提出，'杜诗学'之实则出现在此前。千年以来，'杜诗学'有两个高峰，一在宋代，一在清代。前者是起始，后者是集成。"①这一判断，粗看当然是非常正确的。但现在看来，杜诗学各时段的成就，还应作更精细化的认定。经过理论和文献两方面的研究，笔者认为，金元明时期的杜诗学，成就和贡献虽然整体上未能迈越宋、清两代，但在许多方面却在宋代的基础上有不小的推进、发展，有些方面明显超越了宋代，并为清代杜诗学奠定了重要基础。具体从杜集文献的角度看，宋代杜集文献有 95 种，而明代则有 127 种，数量多出宋代 32 种。进而言之，明代杜集形式多样，特别是出现了很多杜诗选本（尤其是杜律选集）、评点本、详释本；在媒介形式上，在面向普通读者方面，取得了突出的成就。从更高的层面上说，明人在保存宋元杜集旧本、完善杜诗传播形式、强化杜律影响等方面，为杜诗文献的广泛流传做出了重要贡献。在杜诗传播史上，明代的重要程度，恐怕并不亚于宋代。故此，对明代杜诗文献作专题研究，应是很必要的。

三、研究综述

历史久远的传统杜诗学，在清以前，积累最深厚的是杜诗辑注学、杜诗评点学，以及在此基础上出现的杜诗诗话、杜诗批评学。清代，杜诗辑注学、杜诗评点学又有更突出的成就，而杜诗目录学、杜诗版本学始兴，杜诗批评学又有更大的发展。但是，一直发展到 20 世纪 80 年代前期，杜诗学仍然处于前现代阶段，甚至连杜诗学的名称都很少被人用于研究成果名称中。直到简明勇先生出版《杜甫·杜诗·杜诗学》、简恩定先生出版《清初杜诗学研究》②，杜诗学被用作书名，但具有现代学术品格的杜诗学的逻辑体系仍然未建立。1989 年，许总先生出版《杜诗学发微》，才明确立足于"对于杜诗研究史的总体把握"，认为从唐代开始形成的"杜诗辑注学"，成果不断积累，蔚为大观；后来"对杜诗的分析、论说也形成各种观点和学派"，因此，"杜诗研究实际上已成为一种专门之学"。③ 建构具有现代学术品格的杜诗学逻辑

① 张伯伟《序》，见刘重喜《明末清初杜诗学研究》卷首，中华书局 2013 年版，第 1 页。

② 简明勇《杜甫·杜诗·杜诗学》，台北文史哲出版社 1983 年版。简恩定《清初杜诗学研究》，台北文史哲出版社 1986 年版。

③ 许总《杜诗学发微》，南京出版社 1989 年版，第 357 页、第 1 页。

体系的意图开始明晰。在此之后，经裴斐、谢思炜、廖仲安、胡可先等多位先生相继努力①，杜诗学的学术规划才越来越明晰。到了现在，包括杜诗学理论建构、杜诗学术史梳理和杜诗文献研究等三个方向的杜诗学学术体系实际已基本确立。但是，上述每个学术方向，都还在草创阶段，基础还较为薄弱，亟待加强。

杜诗文献传播研究，是唐诗文献研究之下的具体个案。唐诗文献研究中，近四十年来，在唐诗目录研究方面成果非常突出，万曼先生《唐集叙录》（中华书局 1980 年版）有开创之功，陈伯海、朱易安先生《唐诗书录》（齐鲁书社 1988 年版）和《唐诗书目总录》（上海古籍出版社 2015 年版）更为全面地梳理了唐诗别集的版本与流传。这些研究为杜诗文献的全面调研、细致梳理奠定了较扎实的基础。杜集目录研究，则先有周采泉先生著《杜集书录》（上海古籍出版社 1986 年版）、郑庆笃等先生著《杜集书目提要》（齐鲁书社 1986 年版）。张忠纲等先生著《杜集叙录》（齐鲁书社 2008 年版）则为杜集目录的集成之作，将唐以来直至当下所产生的各种已知的、存在各地的杜集文献，按时代顺序作了全面梳理，并按目录提要、叙录的体例进行了汇录，从而为研究杜诗提供了最全面的文献指引。

与杜诗文献相关的研究，通代的研究有綦维和孙微《山东杜诗学文献研究》（齐鲁书社 2004 年版），孙微和王新芳《杜诗学研究论稿》（齐鲁书社 2008 年版），蔡锦芳《杜诗版本及作品研究》（上海大学出版社 2007 年版）、《杜诗学史与地域文化》（浙江大学出版社 2015 年版），郝润华等《杜诗学与杜诗文献》（巴蜀书社 2010 年版）。断代的有聂巧平《宋代杜诗学》（复旦大学 1998 年博士论文）、王欣悦《南宋杜注传本研究》（复旦大学 2013 年博士论文）、赫兰国《辽金元杜诗学》（河南人民出版社 2012 年版）、孙微《清代杜诗学文献考》（凤凰出版社 2007 年版）、刘重喜《明末清初杜诗学研究》（中华书局 2013 年版）、张家壮《痛彻的自觉——明末清初杜诗学考论》（凤凰出版社 2019 年版）、郝润华《〈钱注杜诗〉与诗史互证方法》（中华书局 2020 年版）。明代成果相对较少，主要有綦维《金元明杜诗学研究》（山东大学 2002 年博士论文）、王燕飞《明代杜诗选录与评点研究》（新华出版社 2019 年版），另有几种

① 裴斐有《唐宋杜学四大观点述评》（《杜甫研究学刊》1990 年第 4 期）、《略论两宋杜诗学中存在的一种倾向》（《中国文学研究》1995 年第 3 期），谢思炜有《杜甫解释史概述》（《文学遗产》1991 年第 3 期），廖仲安有《论唐宋诗时期的杜甫研究》（《论唐宋诗时期的杜甫研究》第 3 辑，1985 年）、《杜诗学》（《首都师范大学学报（社会科学版）》1994 年第 5、6 期），胡可先有《杜诗学论纲》（《杜甫研究学刊》1995 年第 4 期）、《杜诗史料学论纲》（《杜甫研究学刊》1997 年第 2 期）。

硕士论文和若干单篇论文[1]，对明代杜诗文献的版本面貌、版本源流与有关贡献作了一定研究。总体而言，在断代的杜诗学文献研究中，明人在杜诗文献方面取得的成就、明代杜诗文献的学术价值，很有研究价值，但现有的研究却很薄弱，为后来者留下了较大的研究空间。

四、研究内容

本书拟从明代杜诗学的文献形态入手，通过全面梳理明代传播的各种杜甫集和重点考订有代表性的杜诗选本与别集，分别探究明人抄刻宋元杜集旧本及新编新刻杜诗文献的基本情况，从而把握明代杜集文献整理、开发与传播的形态、成就及特点，呈现明代杜诗文献的全貌。

第一章概述明代刻书业的面貌与特点，继以历代杜集版本流存概貌为参照，以统计的方式对明代杜诗主要传播方式作大致描述。在杜诗文献史上，明版杜集占有相当分量。其中部分源自宋人注疏，经明代而吸收至清代集成性的杜集中，显示出杜诗文献代代积累的情形。

第二、三章通过考述明代宋元杜集旧本的抄刻传播，展示杜诗文献的发展历程。一方面，爬梳明人重抄、重刻宋元杜集的版本流变始末及翻印数量、频次，揭示明代诗学思潮对杜诗印本传播的深刻影响；另一方面，考察明人如何筛选宋元杜集作为传播对象并增以点评、序跋等，进而展现明代诗学风尚演变的生动轨迹。

第四、五、六章是对明人新编新刻杜集的考论。正德以前，很少有新编新刻的杜集出现；但嘉靖以后，新编新刻杜集趋于繁荣。考察这些杜集面貌，可以发现三个重要特点。①从版本形态看，各种杜诗选本和李杜合刻本大量出现。而选本中律诗本又特别兴盛，说明明人更认可杜甫律诗的成就；李杜合刻则既体现了明人崇尚盛唐而有意抬高李白的用意，又显示正变共存的杜诗虽受质疑但诗学地位难以撼动的根本事实。②从编次方法看，分类本在明代虽亦多见，但分体本最为典型。宋本分体一般有古、近二分法，明人则将各体细化到五律、七律、五古、七古、绝句等层次，这是明人注重辨体的风气体现。③从阐释方式看，明代新编新刻杜诗集注体较少，评注合一体、白文无注体较多，且各种注本中，注重裁汰繁冗，注解趋于简化，体现明

---

① 如西北师范大学杜伟强2011年硕士论文《明代杜诗全集注本研究》、西南大学吴佳晋2021年硕士论文《明代张楷〈和杜诗〉研究》。单篇论文主要有汪欣欣对明代杜律选本的一组研究，涉及邵傅《杜律集解》、薛益《杜工部七言律诗分类集注》、颜廷榘《杜律意笺》等杜律文献的考述，还涉及赵统“粗律”论与明代杜诗批评、元明杜律选评本沿袭现象的考论。

人多不注重对史实的繁琐考释，而是对诗意深度开掘，和宋、清二代明显异趣。

五、研究方法

古籍研究离不开细致的文献检索、梳理及考辨功夫，为了较全面地展示明代杜诗文献取得的实绩，本书主要采用数据统计、对比研究和文献考据三种方法。

首先，数据统计是一种直观性的学术方法，对阐明杜诗文献的流布状况尤有裨益。因之，对明代各阶段杜集传播状况、明人抄刻宋元旧本杜集及新编新刻杜集的总量，特别采取数据列表形式来为所下结论提供真实可信的有力支撑。与此同时，还注意结合文本细读，再列表统计，尽可能准确反映明代杜诗文献的传播面貌。

其次，充分运用对比研究法，将杜集在明代的刊刻情况与宋金元及清代进行前后比较，从而彰显明人特别注重诗学辨体与杜律版本编纂之间的特殊关系，并由此揭示明代杜诗文献传播的鲜明时代特色。

最后，始终将文献考辨作为整本书的核心研究方法。先借助几大杜集目录书基本掌握明代杜集的存世、馆藏情况，再尽可能搜罗并查阅上海图书馆、上海师大图书馆、南京图书馆、浙江图书馆、江西省图书馆等馆藏杜集善本，以及部分海外藏本的影印本，深入了解这些明本的版式特征、序跋情况、编次体例及注评特色，从而考辨各版本间可能存在的内在因缘。在此基础上，梳理、提炼出杜诗文献在明代各阶段的传播轨迹及其独特价值。

第一章　明代印本文化中的杜诗文献传播

明代是中国古代史上最后一个汉民族统一政权，远祧唐宋，重视汉文化传承，以其古籍编纂、刊印、流通达到前无古人的鼎盛期[①]为标志。在这种举国崇尚“印本文化”[②]、文人举世宗法唐诗的独特文化背景下，流寓百年而垂范后人的杜诗，不仅得以“度越宋、元”[③]，而且在明代经历了纵贯二百七十余年有意识、目标明确的传播流程。本章拟从明代印本文化角度来描摹杜诗文献的流存面貌，考察明代杜诗传播的多种形态。

第一节　明代杜诗文献的印本传播

刻书是明代杜诗传播的主要媒介。这不仅体现为刻书区域遍布大江南北，形成了地域性刻书中心，而且印制工艺变化多样，亦非前代任何一朝所能媲美。这些对杜集刊刻的影响都是空前的。具体而言，明代杜诗传播的优势及特色：一是杜集编纂刊布数量大，尤以商业化运作体系见胜；二是杜诗流通状况在时空上呈阶段递增性和地域集中性。

一、明代刻书阶段与杜诗印本传播

据丁瑜《明代版刻图典序》称：“朱明一代为中国书籍编纂刊印鼎盛时期，数量之多，工艺之巧，形制之多样，莫过于明代。”[④]从刻书能力看，明代刻书数量是空前的、刻书机构是庞大的、刻书区域是广阔的、刻书家是普遍的，这些都为大规模刻印以杜诗为代表的前贤别集、选集以及本朝人著述创造了优渥的基本条件。

定鼎之初，明朝官刻书最为盛行。这固然是在延续着宋、元两代镌版刻书的传统，又充分适应了自身政治、经济、文化发展更新的需求。清人袁栋《书隐丛说》称“官书之风至明极盛，内而南北两京，外而道学两署，无不盛行

---

① 丁瑜《明代版刻图典序》，载赵前编著《明代版刻图典》，文物出版社 2008 年版，第 1 页。

② 程焕文编《中国图书论集》，商务印书馆 1994 年版，第 164 页。

③ [明]胡应麟撰《诗薮》内编卷一，上海古籍出版社 1979 年版，第 1 页。

④ 赵前编著《明代版刻图典》，文物出版社 2008 年版，第 1 页。

雕造”①。今人李致忠《历代刻书考述》中据各种书目著录及相关记载统计所得“明代中央机关刻书表”②显示，明代中央机关刻书超过622种，内府、都察院、国子监、司礼监是刻书主力。

嘉靖、隆庆年间，周弘祖(约1529—1595)撰《古今书刻》二卷，辑明前期中央各部和各地区刻书2300余种，刻石900余种③。经笔者翻检《古今书刻》④，采书中所录杜诗刻印情况，列表如下(表1-1)。

表1-1　周弘祖《古今书刻》辑录明前期杜诗刻印情况表

<table>
<tr><th>行政区划</th><th>出版机构</th><th>刻书情况</th><th>种类数</th></tr>
<tr><td rowspan="2">中央机构</td><td>内府</td><td>杜诗</td><td rowspan="2">2</td></tr>
<tr><td>都察院</td><td>杜诗集注</td></tr>
<tr><td rowspan="2">北直隶</td><td>保定府</td><td>杜律五言白文</td><td rowspan="2">2</td></tr>
<tr><td>广平府</td><td>杜诗类选</td></tr>
<tr><td rowspan="7">南直隶</td><td>苏州府</td><td>杜诗</td><td rowspan="7">7</td></tr>
<tr><td rowspan="4">常州府</td><td>杜诗集注</td></tr>
<tr><td>读杜愚得</td></tr>
<tr><td>杜律虞注</td></tr>
<tr><td>李杜白文</td></tr>
<tr><td>徽州府</td><td>杜诗白文</td></tr>
<tr><td>徐州</td><td>杜律虞注</td></tr>
<tr><td>浙江</td><td>衢州府</td><td>杜律虞注</td><td>1</td></tr>
<tr><td rowspan="3">福建</td><td>建宁府</td><td>杜工部诗</td><td rowspan="3">3</td></tr>
<tr><td rowspan="2">书坊</td><td>杜律赵注</td></tr>
<tr><td>杜律虞注</td></tr>
<tr><td rowspan="2">湖广</td><td>按察司</td><td>杜诗</td><td rowspan="2">2</td></tr>
<tr><td>武昌府</td><td>杜诗范注</td></tr>
</table>

① [清]袁栋撰《书隐丛说》，转引自李致忠《历代刻书考述》，巴蜀书社1990年版，第217—218页。
② 参看李致忠《历代刻书考述》“明代刻书述略”部分，巴蜀书社1990年版，第228—229页。
③ 参看缪咏禾《明代出版史稿》，江苏人民出版社2000年版，第29页。
④ [明]周弘祖撰《古今书刻》上编，上海古籍出版社2005年版，第323—392页。

续　表

行政区划	出版机构	刻书情况	种类数
河南	赵府	杜诗选注	3
	河南府	刘须溪批点杜诗	
		杜律虞注	
山西	布政司	杜诗注解	1
陕西	凤翔府	杜律	1
四川	布政司	杜诗集注	3
	重庆府	刘须溪批点杜诗	
	雅州	李杜千家诗	

以上著录主要反映了明代各级政府出版机构在嘉靖前刻印杜诗的概况，具体表现为：

(1)除去福建书坊《杜律赵注》、《杜律虞注》2种坊刻本，其余23种杜诗均属官刻本。

(2)内府本为皇室刻书，都察院在中央机构中刻书达33种之多，杜诗能进入中央各部的刻书视野内，受重视程度不言而喻。

(3)省级刻书机构中，南直隶刻印杜诗不仅远多于北直隶，而且所辖苏州、常州、徽州等府为明代刻书中心。

(4)明代十三省均刻书，其中七省出版杜诗。湖广按察司、山西布政司、四川布政司属省级刻书单位，而浙江、福建、河南、陕西等省所辖府、州两级地方政府亦刻杜诗。

不得不说，作为唐诗典范之一的杜诗，在明前期虽已走进官方刻书视野，印本种类却显然偏少。然张秀民《中国印刷史》称"明人翻刻古典文学作品最多"①，杨军《明代翻刻宋本研究》更详尽讨论了明代翻刻宋本的历代书目著录、出版状况、社会文化背景及版本价值等。那么在如此勤勉于整理编刻前代典籍的印本时代，杜诗何以适逢最初的"冷遇"？这既明确了明代刻书活动实际呈现出一定的阶段性，也说明官刻在一定程度上并非明人刻书的主流形式。

又，周采泉撰《明代版刻综录序》云："是书共收明刻近万种，朱明二百七

① 张秀民著，韩琦增订《中国印刷史》(增订版)，浙江古籍出版社2006年版，第327页。

十余年所有刊本存世者，包括官刻、坊刻、家刻，均按刻书家著录。”①但据缪咏禾统计，杜信孚《明代版刻综录》一书共辑录明刻本7740种：洪武、弘治间766种，嘉靖、隆庆时2237种，万历后4720种，未注刻年17种②。这个数据虽不能精准地还原明代社会当时的刻书原貌，却至少显示出明代的刻书业是从嘉靖时起逐渐兴盛并于万历后达到顶峰的。因而，明中叶以后，整个社会的刻书能力在不断提升，从而远胜于明前期，这就为杜集的大量刻印及广泛传播提供了现实可能。

究其原因：一是明初官书之风炽盛，却以刻印政府颁布的《五经四书大全》、《性理全书》等程朱理学经典著述为主；二是八股科考不重诗文才能，与仕途举业无关之书大多不在官刻范围内。杜诗以其温柔敦厚的诗教传统及忠爱精神为理学家、庙堂文化群体所器重，在中央及地方各部均有刻本，思想意识形态上能被统治阶级接受，已属刮目相待。嘉靖朝始，私刻渐兴，在崇唐复古文学思潮积极推动下，文人热衷于研读古书、师法唐诗，法度精严的杜诗遂成为士人争相仿效的学习对象，杜集也得以广泛刻印行世。万历以后，以牟利为目的、迎合普通市民文化需求及消费能力的坊刻书成为出版市场的主力。即以“号为图书之府”③的福建建阳为例，“仅正德至万历(1506—1620)这一时期，建阳有名号可考的堂铺(书坊)多达202家”④。自正德以后，“建本”、“麻沙本”、“建阳本”传遍全国，几乎成为当时坊刻本的代名词。世代相承的勤有堂、广勤堂，一再翻刻宋徐居仁编次、黄鹤补注《集千家注分类杜工部诗》，即“建本”杜集。

二、明代刻书区域与杜集流布状况

大量编刻杜集，是促成杜诗公开正式地在大众视野中广泛传播的有效途径。明人不仅翻刻宋元旧本杜集，而且不遗余力地编纂新刻明本杜集，为杜诗传播在形式、观念等方面作出了重要开拓与大力创新。

为了窥探不同文化地理视域中的明代杜诗传播情况，笔者依据张忠纲

① 周采泉《明代版刻综录序》，见杜信孚撰《明代版刻综录》卷首，据北京图书馆馆藏善本书目著录，江苏广陵古籍刻印社1983年排印本，第1页。

② 缪咏禾《明代出版史稿》，江苏人民出版社2000年版，第15—16页。

③ [宋]祝穆撰，祝洙增订，施和金点校《方舆胜览》卷十一“福建路·建宁府”载：“[土产]书籍行四方。麻沙、崇化两坊产书，号为图书之府。”(中华书局2003年版，第181页)[明]黄仲昭修纂《八闽通志》(修订本)卷之二十五《食货》篇“货之属”条载：“书籍：建阳县麻沙、崇化二坊，旧俱产书，号为图书之府。麻沙书坊元季毁，今书籍之行四方者，皆崇化书坊所刻者也。”(福建人民出版社2006年版，第735页)

④ 路善全《在盛衰的背后——明代建阳书坊传播生态研究》，中国传媒大学出版社2009年版，第3页。

等编《杜集叙录》所辑明代杜诗文献，就编刻人籍贯、地域归属等作了梳理统计，如表 1-2 所示。

表 1-2 《杜集叙录》著录明代杜诗文献编刻者地域分布汇辑

序号	编刻者	籍贯	地域归属	编刻书名
1	单复	剡源	浙江	读杜诗愚得、读杜偶得、杜律单注
2	黄淮	永嘉	浙江	杜诗三百首注
3	范观	乐清	浙江	
4	赖进德	万安	江西	李杜诗解
5	李维祯	余姚	浙江	杜诗集注
6	黄养正	温州	浙江	杜诗风绪笺
7	张楷	慈溪	浙江	和李杜诗
8	谢省	黄岩	浙江	杜诗长古注解
9	李贤	邓州	河南	和杜诗
10	赵琏	缙云	浙江	和杜诗
11	郁文博	上海	上海	和杜诗
12	万翼	眉州	四川	和杜诗
13	杨光溥	青州	山东	杜诗集吟
14	伊乘	吴县	江苏	李杜诗句图
15	邵宝	无锡	江苏	杜律抄、杜诗七言律、分类集注杜诗
16	过栋	无锡	江苏	杜少陵七律分类
17	邵勋	无锡	江苏	
18	周旋	慈溪	浙江	杜诗质疑
19	沈采	嘉定	上海	杜子美曲江记
20	王九思	鄠县	陕西	杜子美酤酒游春
21	张潜	岷州	甘肃	杜少陵集
22	潘援	景宁	浙江	杜诗辩体
23	何晋	龙游	浙江	和杜集
24	钱贵	长洲	江苏	杜诗便览
25	姚鸣凤	莆田	福建	杜诗类集
26	张孚敬	永嘉	浙江	杜律训解
27	萧鸣凤	山阴	浙江	杜律选注

续 表

序号	编刻者	籍贯	地域归属	编刻书名
28	郑善夫	闽县	福建	批点杜诗
29	张綖	高邮	江苏	杜工部诗通、杜律本义
30	南大吉	渭南	陕西	少陵纯音
31	杨慎	新都	四川	杜诗选
32	闵映璧	吴兴	浙江	杜诗选
33	鲍松	歙县	安徽	李杜全集
34	许宗鲁	咸宁	陕西	杜工部诗
35	陈大濩	长乐	福建	拟杜诗
36	刘瑄	太仓	江苏	杜律心解
37	王寅	歙县	安徽	杜工部诗选
38	徐楚	淳安	浙江	杜律解
39	邵濬	太平	浙江	杜少陵诗注
40	陈如纶	太仓	江苏	杜律
41	黄光升	晋江	福建	杜律注解
42	韦杰	建平	安徽	杜律七言五言注
43	许潮	靖州	湖南	浣花溪午日吟
44	万虞恺	南昌	江西	唐李杜诗集
45	王维桢	华州	陕西	杜律颇解
46	赵统	临潼	陕西	杜律意注
47	汪旦	晋江	福建	评选李杜诗
48	沈啓	吴江	江苏	杜律七言注
49	汪瑗	新安	安徽	杜律五言补注
50	冯惟讷	临朐	山东	杜律删注
51	周甸	海宁	浙江	杜释会通
52	赵大纲	滨州	山东	杜律测旨
53	颜廷榘	永春	福建	杜律意笺
54	顾明	不详	不详	李杜诗选
55	李攀龙	历城	山东	评杜诗抄
56	钟一元	秀水	浙江	杜律杂著

续　表

序号	编刻者	籍贯	地域归属	编刻书名
57	赵建郁	晋江	福建	杜诗注
58	徐棉	闽县	福建	分类杜诗
59	赵志	嘉定	上海	杜诗注解
60	曾应翔	南丰	江西	撰杜律虞注
61	李尧	南丰	江西	杜诗注
62	张三畏	陕西	陕西	杜诗集韵
63	黄乔栋	晋江	福建	杜诗五律集解
64	刘爱	朝邑	陕西	次杜五言
65	苏希栻	南安	福建	杜诗全集注、杜诗选注
66	沈懋孝	平湖	浙江	选子美献吉于鳞诗
67	刘逴	鄢陵	湖北	唐诗类选
68	张应文	嘉定	上海	杜诗内外编
69	温纯	三原	陕西	杜律一得
70	范濂	华亭	上海	杜律选注
71	孙矿	余姚	浙江	杜律
72	谢杰	长乐	福建	杜律詹言
73	陈与郊	海宁	浙江	杜律注评
74	林兆珂	莆阳	福建	杜诗抄述注
75	李齐芳	广陵	江苏	杜工部分类诗
76	梅鼎祚	宣城	安徽	唐二家诗抄、李杜约选
77	黄淳	新会	广东	李杜或问
78	李廷机	晋江	福建	李杜诗选
79	徐常吉	武进	江苏	杜七言律注
80	郭正域	江夏	湖北	批点杜工部七言律
81	鲁点	南漳	湖北	杜诗类韵
82	高节成	南丰	江西	李杜诗解
83	郑日强	缙云	浙江	杜诗注
84	李光缙	晋江	福建	杜诗注解
85	曾仕鉴	南海	广东	和杜诗

续 表

序号	编刻者	籍贯	地域归属	编刻书名
86	龚道立	武进	江苏	杜律心解
87	李文华	蓝山	湖南	杜诗搜髓
88	郝敬	京山	湖北	批选杜工部诗
89	郑明选	归安	浙江	杜诗卮言
90	张懋忠	肥乡	河北	杜诗摘抄
91	李延大	乐昌	广东	李杜诗意
92	张光纪	河间	河北	杜律评解
93	南师仲	渭南	陕西	集杜诗
94	郑朴	遂州	四川	杜工部诗
95	王嗣奭	鄞县	浙江	杜臆
96	胡震亨	海盐	浙江	杜诗通
97	黄琦	饶平	福建	杜集约
98	刘世教	海盐	浙江	杜工部诗分体全集
99	蔡宗禹	漳浦	福建	杜诗注释
100	傅振商	汝阳	河南	杜诗分类全集
101	杨德周	鄞县	浙江	杜注水中盐
102	王象春	新城	山东	李杜诗评
103	陈龙正	嘉善	浙江	杜诗衍
104	董斯张	乌程	浙江	笺杜陵诗
105	冯元飏	慈溪	浙江	和杜诗
106	刘格	商丘	河南	淑少陵初言
107	卢世漼	德州	山东	杜诗胥抄、读杜私言
108	唐元竑	乌程	浙江	杜诗捃
109	杨定国	频阳	陕西	辽警集杜
110	汪慰	新安	安徽	虞本杜律订注
111	傅汝祚	临朐	山东	杜诗轮输攻
112	沈求	上海	上海	杜诗肆考
113	宋鸿	仁和	浙江	杜诗双声叠韵表
114	金道合	潜山	安徽	集杜

续　表

序号	编刻者	籍贯	地域归属	编刻书名
115	郑鄤	武进	江苏	杜邵诗选
116	倪元璐	上虞	浙江	杜集注
117	池显方	同安	福建	李杜诗选
118	黄文焕	永福	福建	杜诗制碧
119	龚方中	嘉定	上海	杜律解
120	陈懋仁	嘉兴	浙江	李杜志林
121	董养河	闽县	福建	杜诗注
122	薛益	长洲	江苏	杜工部七言律诗分类集注
123	邵傅	三山	福建	杜律集解
124	宋咸	平湖	浙江	忘机杜诗选
125	黄润中	晋江	福建	杜律注解
126	李实	遂宁	四川	杜诗注
127	沃起凤	山阳	安徽	杜律解易
128	李元植	嘉定	上海	集杜
129	萧思伦	泾县	安徽	李杜诗正声
130	李腾蛟	宁都	江西	读杜小言
131	刘廷銮	贵池	安徽	杜诗话
132	万荆	南昌	江西	集杜诗
133	郑汝荐	泾县	安徽	杜诗外传
134	范逸	松江	上海	杜诗蠡测
135	黄中理	济宁	山东	杜律集注
136	郑壬	昆山	江苏	杜诗集注
137	全大镛	鄞县	浙江	杜诗纲目、杜诗汇解
138	程元初	歙县	安徽	杜诗绪笺
139	张著	不详	不详	杜诗渊源
140	吴集	不详	不详	类体少陵诗
141	张文栋	不详	不详	杜少陵诗
142	李国梁	不详	不详	杜诗七律注
143	朱权	不详	不详	李杜诗抄

续 表

序号	编刻者	籍贯	地域归属	编刻书名
144	朱岱	不详	不详	纂书杜律
145	凌氏	吴兴	浙江	杜诗选

《杜集叙录》是近些年来杜诗目录学研究的一部力作，虽未必囊括所有杜诗学文献，却在编刻者生平考证等方面多有用功。因之，以其所辑 171 种杜诗文献为考察统计依据，当颇为可信且富有一定代表性。表中依次呈列 145 人，系排除 19 位“阙名”后，余有名可考之杜诗文献纂刻者。以下（见表 1-3）汇辑诸人地域分布状况。

表 1-3　杜诗编刻人地域分布汇辑

地域	人数	地域	人数
浙江	37	陕西	10
福建	21	山东	8
江苏	15	河南	3
安徽	12	河北	2
上海	9	甘肃	1
江西	7	不详	7
四川	4	湖北	4
广东	3	湖南	2

读以上两表可知：

(1) 在明代 145 位记名的杜诗文献编刻者中，仍有 7 人籍贯不明、所属文化地域不详。

(2)以浙江居首，包括江苏、安徽、上海、江西在内的江南 5 省（市），连带福建（集中于建阳地区）是明代编刻杜诗文献的主要力量。

(3)较之宋人蜀本杜诗刻印的繁盛，明代四川于杜诗文献整理上成果明显缩减，并未跻身前列。

(4)陕西、山东两省是北方地区杜诗刊布的重镇，也是打开杜诗在中原及政权中心传播的战略枢纽。

(5)明代南方 10 省（市）共编刻杜诗文献 114 种，北方 5 省仅 24 种，不仅显示了刻书集中地区已大规模南移并向着江南一带聚拢，而且体现了江南地区在明代特别是明中叶以后经济迅速崛起、社会文化全面进步。

毛春翔《古书版本常谈》指出："明版本，若就地方而言，则苏、浙、皖、闽为刊刻中心也。"①这是符合明代实情的恰切描述。的确，刻书业的兴旺发达，书肆、书坊的星罗棋布，既为江南一带及闽地经济、教育、文化等注入了丰厚的资本活力，又是杜诗能在这一区域广泛传播的基本条件和根本动因。

从物质基础方面看，江南一带及闽地是明代纸张与印墨的核心产区，客观上推动着印刷业的持续发展。明代纸张的四大产地——福建、江西、浙江、四川，除了四川在相对封闭独立的蜀中文化圈，福建实际紧邻着江西、浙江这一资源丰富的江南经济圈，这为印制书籍提供了大量必备的竹、草、树皮、破棉等造纸原料。据载，明代有 100 多个品种的纸张，能用于印书的却是很有限的一部分，其中建阳、衢州的书籍纸，永丰的棉纸，常山的历日纸、宝钞纸等，最为印书的上等纸②。闽北建阳地区则俱产纸墨，嘉靖《建宁府志》称纸墨"俱产建阳"③，弘治《八闽通志》亦载"纸被以楮树皮为之。出瓯宁、建阳、松溪、崇安四县。墨出瓯宁、建阳"④。

明中叶以后，古徽州成为全国四大刻书中心之一。就造纸而言，徽州地区盛产林木、资源丰富，所造宣纸号为"纸中之王"，不惟细薄、紧密、均匀、洁白，且质地坚韧、耐用，这无疑为刻书提供了最直接、最重要的材料。就制墨而言，江南制墨业尤以徽州最发达，徽墨甚至比徽刻的历史还更悠久。一方面，以黄山松烟精心研制而成的"新安香墨"，不仅产量大，而且品质好，素有拈来轻、磨来清、嗅来馨，一点如漆、万载存真的美誉；另一方面，以歙墨、休宁墨、婺源墨闻名天下的徽墨三大流派及罗小华、程君房、方于鲁为首的"明墨三大家"，共同推动着整个江南地区的制墨业出现了全面繁荣的景象。嘉靖以降，徽州各地墨肆林立、墨工如潮、墨型众多，更成为古代制墨史上的一个高峰。⑤

从受众群体方面看，江南历来文化教育发达，民众的文明开化程度普遍较高，又是明代进士及第乃至中状元人数最多的地区之一。即以皖南徽州

---

① 毛春翔《古书版本常谈》，上海古籍出版社 2002 年版，第 126 页。

② 参看路善全《在盛衰的背后——明代建阳书坊传播生态研究》，中国传媒大学出版社 2009 年版，第 59 页。

③ [明]夏玉麟，汪佃修纂《（嘉靖）建宁府志》卷十三《物产》篇："货：简纸、墨、棕榈、碗窑、书籍纸、墨窑，俱建阳产。"见廖鹭芬编《天一阁藏明代方志选刊》，上海古籍书店（据宁波天一阁藏明嘉靖刻本景印）1964 年版，第 754 页。

④ [明]黄仲昭修纂《八闽通志》（修订本）卷之二十五《食货》篇"货之属"条，福建人民出版社 2006 年版，第 735 页。

⑤ 参看方维保，汪应泽《徽州古刻书》之九"徽墨：黑色介质彰显人文情怀"，辽宁人民出版社 2004 年版，第 114—117 页。

府为例,《明清进士题名碑录索引》载,明代徽州籍进士多达 392 人[①]。不仅应仕求学的读书人群体庞大,而且伴随着晚明商业发展及城市化进程而兴起的大批市民也成为书籍的消费群体。至明后期章回小说的出版完全进入了商业化运作体系,即使是唐诗这样的雅文学也纷纷以迎合市场需求的新形式大行于世。比如,万历间寓居杭州的徽州书商黄凤池,在其集雅斋书坊编刻了唐诗选本《唐诗画谱》,即以融合唐诗、书法、绘画为一体的版画图谱形式付梓。这既吸收了万历中叶以来徽派版画的绝伦技艺,又将版画工艺充分运用于雅文学的出品,以图文并茂的形式吸引了广大受众的阅读兴趣,可谓名副其实的眼球经济。此外,为追求名人广告效应,书坊主还延请甚至伪托名家为书作序。如弘治间朱熊梅月轩翻刻明初单复编《读杜诗愚得》时,即向文坛名流杨士奇索序;至于明人多次翻印元本《杜律虞注》,更是每每假托黄淮、杨荣、杨士奇等人撰序,从而扩大其影响。另有以"新刻"、"绣像"、"足本"等冠以修饰书名,还在刊刻形式上采用多色套印技术来美化书籍之举,这些都极大地推动了杜诗等雅文学在底层大众中传播的速度,拓宽了其影响面。

总而言之,考察明代刻书阶段和刻书区域,无论从传播媒介还是受众基础看,均为杜诗在明代——特别是嘉靖以来——江南地区的广泛流播提供了坚实可靠的自然和人文条件。因此,通观今存的杜诗全本、通选本及律注本,其中相当一部分是江南文人直接参与编刻、选辑、评注的,这为明代杜诗文献传播做出了重要贡献。

第二节　明代杜诗文献的传播概貌

自唐迄于清末,历代杜诗文献可谓汗牛充栋,不可胜数。宋人钟爱杜诗,大量整理、辑佚、校注的杜甫集,流存至明代[②],依旧备受重视,不断被翻刻重版。有些非常重要的明版杜集,既源自宋人注疏,又在清代存世,且被吸收到清代集成性的杜集中了。通览清代杜集,可间接描摹明人治杜的基本面貌;透过明代杜集,又可约略窥测宋人理解杜诗的大致情形。因此,站

---

① 朱保炯,谢沛霖撰《明清进士题名碑录索引》,上海古籍出版社 1980 年版,第 1—2413 页。

② "流存"一词,古代典籍早已有之。如《四库总目》卷八十一《东汉会要》前所附四库馆臣《提要》:"当时载笔之史,如《东观纪》及华峤、司马彪、袁宏之类,遗篇断简,亦间有流存。"(《影印文渊阁四库全书》第 609 册,上海古籍出版社 1987 年版,第 449 页)"流存",此指图书之流传,本书用之指杜集的流传存亡。

在中国诗学文献流存的链条上，明代杜集流播情况是一个承前启后、继往开来的重要衔接点。

一、历代杜集流存

杜甫是中国古代最伟大的诗人之一，历代从未间断过对杜集的收录、整理和传播。因而，考察杜集的流存情况，不仅是历代社会政治与文化兴衰的一种直观反映，更在某种程度上关涉着学术思想的发展动向及其基本面貌。[①] 笔者遂仿照明末清初时朱彝尊在《经义考》中创立的"四柱法"[②]——分别为"存"、"佚"、"阙"、"未见"这四种情况，来对杜集在历代的流布情况进行大致描述。

清代学者王鸣盛在谈及治学时说："目录之学，学问中第一紧要事，必从此问途，方能得其门而入。"[③]又说："凡读书，最切要者，目录之学。目录明，方可读书；不明，终是乱读。"[④]故而，研究杜诗流存情况需借助目录学之力来完成，才算是摸对了门径。目今，学术界有关杜集版本的目录之作，当以张忠纲等编著《杜集叙录》提要最基础、调查最全面，笔者遂以之为据作统计，并参酌 20 世纪 80 年代最具代表性的《杜集书录》、《杜集书目提要》两部目录书，按朝代分期提取了杜集版本情况，统计整理如表 1-4 所示。

表 1-4 历代杜诗文献流存情况统计表

四柱法	朝代					总计
	唐五代	宋代	金元	明代	清代	
存	0	18	5	42	166	231
佚	11	84	17	76	163	351
阙	0	7	1	5	8	21
未见	3	15	5	48	79	150
总计	14	124	28	171	416	753

① 程千帆、徐有富撰《校雠广义·目录编》："什么时候国家兴盛，典籍就丰富；什么时候国家丧乱，典籍就散亡；哪些书由于学术的昌盛而保存，哪些书由于政治的影响而亡佚，都可以从著录存佚知其大概。"见《程千帆全集》第三卷，河北教育出版社 2000 年版，第 71—72 页。

② 章学诚《史考释例》中最先以"四柱"来指称《经义考》著录体例，然章氏"四柱"，即指书名、人名、卷数、存佚情况，与今所指不同。姚名达《中国目录学史》用"四柱"来指称《经义考》"存"、"佚"、"阙"、"未见"四类。程千帆、徐有富《校雠广义·目录编》直称"四柱法"，并认其是"创造性地运用"。参看张宗友《〈经义考〉研究》，中华书局 2009 年版，第 59 页。

③ [清]王鸣盛撰《十七史商榷》卷一，中国书店 1987 年版，第 1 页。

④ [清]王鸣盛撰《十七史商榷》卷七，中国书店 1987 年版，第 1 页。

表1-4数据显示：

(1) 杜甫集在历代流存总量多少的排列顺序分别为清代416部、明代171部、宋代124部、金元28部、唐五代14部。无论从总量还是存世版本数看，明代在杜集传播上都是仅次于清代的重要时期。

(2) 历代杜集流存总量为753部，按照四柱分类法：存231部、佚351部、阙21部、未见150部。其分布比率按照"四柱分类/杜集流存总量"分别为存30.68%、佚46.61%、阙2.79%、未见19.92%。

(3) 考察"存"、"佚"在历代的分布比率，即"存/断代总计量"、"佚/断代总计量"，则杜集存世率从高到低依次排序：清代39.9%、明代24.56%、金元17.86%、宋代14.52%、唐五代0；杜集亡佚率从高到低依次排序：唐五代78.57%、宋代67.74%、金元60.71%、明代44.44%、清代39.18%。

(4) 历代未见杜集中，以清代79部、明代48部居多，可探究空间更大。

分析以上数据可知：

(1)杜甫集在明、清两代大行于世，是历史文化发展积淀的必然趋势；宋代杜集开始大量刊刻，是文化繁荣的标志。杜集陆续问世于唐五代，已处于唐末衰乱期，而宋代讲学问、重法度的社会文化氛围，非常注重对杜甫诗歌技与艺的吸收借鉴。因而，注杜论杜成为宋人普遍性的学术风尚，杜集数量在这一时期达到杜诗学史上第一个高峰是自然而然的。

明人举世宗唐，是唐诗学史上的鼎盛时期。作为汉主治理下的大一统王朝，明人在政治上怀念大唐盛世，在文化上自然向往"盛唐气象"①。杜诗虽不算是盛唐诗最正宗的典范，却是最有章法可循，值得明人学习效仿的对象。而此时宋代吕大防《杜工部年谱》、方深道《诸家老杜诗评》、郭知达《新刊校定集注杜诗》、蔡梦弼《杜工部草堂诗笺》(附《杜工部草堂诗话》)等一批杜诗文献及资料汇编的传世，为明人深入研究杜诗提供了便利。

在社会化生产技术革新方面，明代可谓走在了前列。当时市民文化生活需求的扩大，直接刺激了造纸业的兴旺发达。不仅树皮纸、竹纸产量大幅度提升，而且"明代还生产一种防蠹纸，该纸呈桔红色，俗称'万年红'，只要将其装在图书扉页、封底等处，就能防虫"②。这是杜集刊刻和保存非常重要的条件之一。

明代还是中国历史上雕版印刷的极盛时期。据杜信孚《明代版刻综录》

---

① 林庚《唐诗综论·盛唐气象》，商务印书馆2011年版，第28页。

② 曹之《中国古籍版本学》，武汉大学出版社1992年版，第487页。

统计，明代可考的出版家有 4993 个，刻版工人则数以万计，形成商业性的印书产业。活字印刷术更是在这一时期得以改良升华，木活字印书在明代颇为流行。弘治、正德、嘉靖年间，在江苏无锡、常州、苏州一带，甚至曾广泛应用铜活字印书。而在印刷字体上，明后期的专业刻工还模仿宋刻本发明了一种竖粗横细的匠体字，大大提高了雕版刻印的生产效率。这些都为大规模版刻杜集提供了现实的可能，包括宋本杜集，亦在此时得以覆刻保存下来。例如，南宋末年刘辰翁批点本《集千家注批点杜工部诗集》二十卷，明刻本就很多，其中流传最广、影响较大的有玉几山人本、明易山人本、金鸾重刊本、黄陞校刻本、许自昌刊本，以及 1974 年台湾大通书局据明嘉靖八年(1529)靖江王府刊本影印《杜诗丛刊》本。

清代是中国文化史上的集大成时期，以乾隆朝举国之力官修大型《四库全书》为核心标志，以求真务实的考据之学为主导，考据、义理、辞章相结合，形成质朴实在的清代朴学。对“诗圣”杜甫的诗作，清人进行了不遗余力的整编，出现了相当多以集注、集评为主要形式的杜集。不论在刊刻数量上，还是注评质量上，都达到了前所未有的高度，是古典文学总结期凸现的典型学术形态。

(2)历代杜集流存总量不及千部，并非所谓宋世即有“千家注杜”那么夸张。杜集存世本与残卷本一共约只占历代杜集总量的三分之一，而亡佚本却达到近半数之多，还有约五分之一的杜集存佚情况不明。如是信息昭示文献典籍在传播过程中，因受自然灾害、兵燹祸乱、刊刻条件、世人接受程度与主流文学导向等因素影响而造成传世困难，存世版本有限，大量亡佚散失的基本事实。当然，此现象并不独见于杜集。然而，杜诗流传时间跨度长，且从未间断，又经历了一个不断变化发展的过程，所以，从杜集存佚状况实可考量出历代政治与社会文化兴衰的大致景象。

(3)从存佚角度看杜集在历代的流布状况，有两条非常清晰突出的线索：唐宋金元时期存世量极少，亡佚本比比皆是；明清两代则留存下相当数量的版刻杜集，其中不少还是稀世善本，相对而言，明清时期亡佚者往往多是因版本本身品质不高而被优胜劣汰掉的。

究其原因，便不难得出这样的认识：

首先，年代越久远，古籍保存越困难。《四库全书总目》谓：“古书亡失，愈远愈稀。片羽吉光,弥足珍贵。是固不以多寡论矣。"[①]唐五代时期单刻本杜集几乎无一例外都流失了,这与杜甫自中唐以后才逐渐受到主流诗坛重视,进而在民间影响扩大有关。即使如此,像殷璠《河岳英灵集》依然不收杜诗。直到晚唐,杜诗才开始进入唐人诗选中。紧接着便是唐末五代战乱,这一阶段,杜集整理工作处于少有人问津的局面,亡佚命运可想而知。

两宋是杜甫地位真正得以确立的重要时期,宋人在杜诗辑佚方面的努力与贡献,是后世任何朝代都无法取代和磨灭的。然而,笔者细究宋世亡佚之杜集,一是集中于宋初,如郑文宝编《少陵集》二十卷、孙仅编《杜甫集》一卷等,殆因白文无注,遂为此后诸家注本所取代。二是对杜集的编录方式并不符合宋代主流学术走向,如华镇编《杜工部诗》,因韵为序,是杜诗韵编的开创者,但在当时编年体盛行局势中,就未能引起广泛关注。三是受到征引"伪苏注"影响,如蔡兴宗《重编少陵先生集》二十卷,就轻改杜诗文字,引起士人不满,流传中遭到排斥。四是南北宋之交、宋末乱离之世,所编撰的杜集不易被保存下来,如鲁訔撰《杜诗传注》十八卷、周紫芝编《诗八珍》、刘玉田《选杜诗》等。

其次,汲取前人的经验智慧与去伪存真、优胜劣汰是事物发展的本质与必然规律。"传播活动中对文学的继承是动态的,在这种动态的传播过程中,有的文学被淘汰了,有的被时人加以改革,而有的则不断发扬光大。"[②]元人董养性撰《杜工部诗选注》七卷,所录杜诗虽仅占总数的三分之二,却名篇包罗殆尽,且解杜、注杜不乏独到之见,今存海外孤本,仍是元代杜诗学史上杜集版本的典范之作。明人酷爱辨体,大凡以律体编辑而成的选本注本,都备受时人瞩目。清人则以集注集评为最主要集杜形式,这与其百川归海的集成期学术文化氛围密切相关,是古典诗学走向终结阶段的必由之路。

(4)明清两代为后人遗留下来的百余部未见杜集,有些是确实亡佚而不知,有些则是公私书目曾有著录过,或有残存之可能,尚待考访,这就为当代考古学和文献辑佚留出了可为的空间。

明代杜集文献,在入清以后仍然受到欢迎。有些版本,在清顺治到乾隆间都有新刻本,有的还有抄本。现就知见所及的情况列表如下(表 1-5)。

---

① [清]永瑢等撰《四库全书总目》卷一一八(子部·杂家类二),附《苏氏演义》二卷(《永乐大典》本)条后,中华书局 1965 年版,第 1016 页。

② 柯卓英《唐代的文学传播研究》导论,中国社会科学出版社 2009 年版,第 10 页。

表 1-5　明本杜集在清初抄、刻流传本情况表

杜集	版本	现馆藏地
张綖《杜律本义四卷》	清乾隆七年(1742)周其永钞本	台湾"中央图书馆"
	清刻本	上图
赵统《杜律意注二卷》	清乾隆间重刻本	陕图
孙鑛《杜律四卷》	清康熙间刊本	上师大
颜廷榘《杜律意笺二卷》	清康熙六年(1667)颜尧揆重刻本	国图
傅振商《杜诗分类五卷》	清顺治八年(1651)杜溦补刻重刊本	北大、成都杜甫草堂
	清顺治十六年(1659)还读斋翻刻本(张缙彦、谷应泰校定,高尔达重刻)	上图、浙图、清华、北师大、成都杜甫草堂、台湾"中央图书馆"

从以上情况看,入清之后,读书界对明人所编杜集仍有相当的认可度,其中,明代所编杜律本,以其辨体之细,尤为清人所接受。在这之外,傅振商所编的分类本,是宋以来最主流的编年本之外较为特殊的一种形态,在具有学术总结期的清代仍然能得到世人的注意,这使杜诗版本不致陷入单一面貌。

二、明代杜集形态

杜甫集在历代的传播情况如何,张忠纲先生所著《杜集叙录》作了较完整的梳理。根据该书的梳理、著录,唐以来至清末,可知的历代杜诗文献,一共出现过 753 种。其中可称为"杜集文献"的 526 种,在杜诗传播过程中衍生出来的与杜诗相关的文献,包括和杜集、拟杜集、杜甫传记、杜甫戏文、杜甫年谱、杜甫诗话及杜诗研究专著等,共 227 种。这些文献在各时代的分布情况,列表如下(表 1-6)。

表 1-6　历代杜集流存总表

形式	朝代					总计
	唐五代	宋代	金元	明代	清代	
杜集	13	95	18	127	273	526
杜诗衍生文献	1	29	10	44	143	227
总计	14	124	28	171	416	753

此表显示：在历代杜集传播中，从数量上看，在清代遥遥领先之外，明代处于其次，比宋代多出 32 种。若加上杜诗衍生文献，明代更是多出宋代将近 50 种。

（一）选本

杜集的编纂、传播有全集本和选录本之别，在杜集的历代流存中，可对全集本和选本的传播情况作一统计，因为唐五代可知的 13 种杜集可能都还不完备，判断其为全集还是选集没有意义，下表（表 1-7）仅列宋以来各代的情况。又由于历来流播的杜集中，有些佚、阙、未见之本，无法判断其具体属于全集与否，故下表设有“未知”项。

表 1-7　宋以来历代杜诗全集本与选本情况统计表

形式	朝代				总计
	宋代	金元	明代	清代	
全集本	25	4	17	40	86
选录本	31	8	97	221	357
未知	39	6	13	12	70
总计	95	18	127	273	513

读表 1-7 可知：

(1)历代杜诗全集本的占比率（全本数/断代杜集总量）分别为宋代 26.32%、金元 22.22%、明代 13.39%、清代 14.65%。这种总体越来越低的走向明显印证了一条普遍规律：一个大诗人，其集子的传播必然是先完成全集，再出现各种选本。因而，研究杜集版本状况，应尽可能将其还原到当时的时代语境中去分析和看待。唐宋金元时期，全集本杜诗固然较少，但其时杜集流存总数量本就非常有限。尤其唐五代，只有白文本杜诗，形式非常单一。从那时起，一直延续至宋初相当长一段时间内，世人对杜集所做的工作就围绕在收录与辑佚方面，编订全集本成为时人追求的共同目标。宋代在杜诗全集编辑完备之后，对杜集编纂、加工就产生了客观需要，选本就是在这种情况下出现的。

(2)选本形式的杜集自宋代开始大行，历代选本总量几近杜集总量的一半。而明代 97 种选本，占明代杜集总量的比例为 76.38%。可见，选本在当时已成为杜集传承的主流形态。这当然与选本自身体制小巧、精约，利于通过细致评注来学习、鉴赏与发表诗学见解，进而达成普遍性共识，以名篇效应带动杜诗传播有关。

明代杜诗选本中，还有一个引人注目的现象是李杜合选本很多，很常见。这是当时很受大众喜爱的一种诗选形式。

此外，选本还易于结合当时具体特殊的社会文化背景与诗学批评环境，迎合市民的文化消费需求。选本还可以有意规避一些较为晦涩难解的作品，使更多富有典型意义且利于学习模拟的诗篇走进普通百姓的生活。特别是杜甫那些爱国主义诗篇，更是深受仁人志士的喜爱。例如身处明清易代之际的李腾蛟，就编选了《读杜小言》，专选那些反映了乱世危情和忧时忠爱精神的杜诗，并将杜甫与屈原比肩。

（二）注评本

周采泉说："从宋代直到近代，每一时代各有不同的研究风尚：宋代重在辑佚和编年，元明重在选隽解律，清代重在集注批点，近代则重在论述分析。"[①]此论固然透辟，然翻览《杜集叙录》中有关书目提要，第一印象是但凡以杜诗文本为核心整理而成的杜集版本，通常只有三种最主要的表现形式：白文本、注本、评本。无论唐宋金元还是明清时期，均以这三种形式为基础，再衍生出全注、选注、集注、选评、集评、注评等更为精细化，能够满足时代文化需求和文学自身发展规律的版本形式。

兹以粗细结合的方式，分别对历代杜集三种基础形式进行比较性统计分析，制成表1-8。又因杜集在唐五代时期只有白文本一种已知形式，故表1-9统计自宋至清杜集注本与评本的具体流存情况。

表1-8　历代杜集白文本、注本与评本统计表

分类	朝代					总计
	唐五代	宋代	金元	明代	清代	
白文本	6	16	5	14	17	58
注本	0	59	12	61	108	240
评本	0	4	1	20	93	118
未知	7	16	0	32	55	110
总计	13	95	18	127	273	526

① 周采泉《杜集书录》卷之首《序》，上海古籍出版社1986年版，第1页。

表 1-9　宋至清杜集注本与评本情况统计表

朝代	分类					
	全注本	集注本	选注本	选评本	集评本	注评本
宋代	15	18	26	4	0	6
金元	2	1	9	1	0	1
明代	5	5	51	20	0	27
清代	21	25	62	85	8	73
总计	43	49	148	110	8	107

从表 1-8 中很容易得出以下认识：

(1)历代杜集版本中，白文本 58 部、注本 240 部、评本 118 部，注本为杜集最主要的传播形式，评本次之。

(2)从历代杜集白文本的流存情况看，唐五代时期杜集都是白文本，这是符合杜诗学初创期较为单一的表现特点的。宋代 16 部、金元 5 部，在其各自时代杜集总量中所占的比重分别是 16.84%和 27.78%，远远高于明代 14 部、清代 17 部所占之 11.02%与 6.23%。这当然是文学自身由简至繁的发展特点所决定的，也是杜集传播形式由原貌态逐步走向多样化的反面印证。

(3)从历代杜集注本角度看，宋代注杜堪称繁盛。宋人治杜，不仅开创了以年系诗的先河，而且最早的《杜工部年谱》①也产生于宋。已知宋代杜集注本即有 59 部，且全注本、选注本、集注本、注评本等各种更细化的注杜形式在宋代皆已齐备，这在表现方法上对后人注杜具有不可磨灭的奠基之功。况即使明代杜集大行于世，注本也不过 61 部，从相对数量比率上是无法与宋代相媲美的。清代号称 108 部注本，也只是其时杜集总量的近四成，远不及宋本占泰半之数。

(4)杜集评本的形式，在宋金元明各代均不兴盛，唯有清代 93 部拥有绝对优势。这与清以前历代都勠力于编辑并注释杜诗有关。继承前代的治杜成果，清人一方面是善于吸收、归纳、总结，大规模地集注杜诗，这是守成；另一方面便是在承前基础上尽可能创新，大力发展评本这种随意阐发、又颇具鉴赏研究性的杜集传播样式，将杜诗接受者从单纯的阅读欣赏对象推向自主思维评价的研究地位，并最终引导人进入更复杂全面的集

① 宋人吕大防所编《杜工部年谱》(亦称《杜诗年谱》)不仅为杜甫年谱之第一种，亦为我国现存年谱之第一种。

注、集评形式。

从表 1-9 中更能细致地分辨而知：

(1)集评本是清代独有的杜集版本，而注评本是伴随注本、评本，且二者历来可能交叉共有的形式而产生的，所以将其单独归类，为避免重复计量，不能与前列各种形式总量叠加。注评本亦属杜集版本的高级形式，在明、清两代才数量较为丰富，是注本与评本两种形式同时达到相对成熟阶段的标志。清人尤爱在征引前人注疏基础上，发抒评论，如：吴见思《杜诗论文》、江浩然《杜诗集说》、仇兆鳌《杜诗详注》、张甄陶《杜诗详注集成》、杨伦《杜诗镜铨》、朱纮校《杜工部诗集》等，就既属于集评本，又属于注评本，是清代杜诗学中举足轻重的佳本。

(2)从全注本、集注本数量上看，宋代、清代明显高于金元、明代。可见，清人热衷于注释全本杜诗，作注讲求旁征博引、囊括诸家，是继踪宋代、直承宋人精神的。这也从侧面映衬出清人宗宋的诗学风尚与时代品格。

(3)从选注本、选评本数量上看，明显可以得出明人治杜学的最大特色——“选”。杜集明代注本、评本总共 81 部，其中选注本就达 51 部，选评本也有 20 部，而全注本、集注本都仅有 5 部，明代的确堪为杜诗“选”学的昌盛之代。

既然明代杜集以“选”为特色，那么选择何种体裁的杜诗来构成杜集选本，诸体通选还是独选一体，历代的倾向是截然不同的。这既符合时代特色，又反映选家眼光。兹比较杜诗通选本和律选本在历代的分布情况(表 1-10)。

表 1-10　杜诗通选本和律选本历代分布情况表

选本分类	时代分期				
	唐五代	宋代	金元	明代	清代
一般选本①	1	31	6	50	170
杜律选本	0	0	4	47	51
选本总计	1	31	10	97	221
杜律选占比(%)	0	0	40	48.45	23.08

① 此处“一般选本”包含杜诗古体选本、绝句选本等，也包括杜诗诸体皆选的通选本，还包括李杜诸家等合选本。凡除杜律选本以外的杜集选本皆囊括在内。本书中“一般注本”、“一般评本”情况雷同，都是排除杜律以外的概念，特此说明，下不赘言。

独立的杜律选本在唐宋时期并未出现，这与杜诗学初创期，人们对杜诗的分体意识并不十分强烈，对杜律的重视与青睐程度不及后代那么普泛化有关。而金元4部、明代47部、清代51部，则正好说明了文学发展到更高阶段后，对杜诗精华的门类提纯意识愈发显著。但从杜律选占比中，也应注意到明代以48.45%居于首位，金元40%为其次，清代23.08%实际还是最末的，这倒充分证明了元明对“选隽解律”①的偏爱，清代却是兼收并蓄，杜诗选本大多是各体皆选的。

另据统计，元代以“杜律”命名的杜集版本仅有2部，即《杜律演义》、《杜律虞注》，而“杜律”在明人那里则俨然成了一种公式化的概念。在《杜集叙录》中，明代以“杜律”二字命名的杜集就达35部之多。此外，还有9部是一望即知的律选本，即《杜诗七言律》、《杜少陵七律分类》、《杜诗五律集解》、《杜七言律注》、《批点杜工部七言律》、《杜工部七言律诗分类集注》、《杜诗七律注》、《新刊杜工部七言律诗》、《李杜律集》。在明代127部杜集中，这44部律选本已然超过了三分之一的比例，相当不可小觑。明人的特别之处还在于，选编杜律而不惧于命名时的重名，如《杜律心解》2部、《杜律解》2部、《杜律选注》2部、《杜律》2部、《杜律注解》2部。相形之下，清代以“杜律”直接命名的杜集仅28部，其余标题中带“律”字的选本有15部，二者合计43部，大约是清代273部杜集的16%，而其重名者也只《杜律臆解》2部、《杜律启蒙》2部。

既然元、明、清各代如此重视杜诗的律选本，那么在此背景下来分析杜律注本与评本在历代的分布情况则甚分明，即如表1-11、表1-12所示。

表1-11　杜律注本在历代分布情况统计表

评本分类	时代分期				
	唐五代	宋代	金元	明代	清代
一般注本	0	59	8	27	76
杜律注本	0	0	4	34	32
注本总计	0	59	12	61	108
杜律注占比(%)	0	0	33.33	55.74	29.63

① 周采泉《杜集书录》卷之首《序》，上海古籍出版社1986年版，第1页。

表 1-12 杜律评本在历代分布情况统计表

评本分类	时代分期				
	唐五代	宋代	金元	明代	清代
一般评本	0	4	1	3	63
杜律评本	0	0	0	17	30
评本总计	0	4	1	20	93
杜律评占比(%)	0	0	0	85	32.26

以上两表综合显示：

(1)与律选本时代背景一致，唐、宋均未出现专门的杜律注本。独立的杜律选本始于元代，杜律注本亦然。据《杜集叙录》载，元人张性所撰《杜律演义》二卷是第一个杜诗七律注本，共选七言杜律 151 首；赵汸《杜工部五言赵注》是杜诗学史上第一个五律注本，按类编次，共注五言杜律 261 首。然而，元代的 4 部杜律注本，均属简注本，要言不烦，故与专门评本之间仍有一定差距，即缺乏非常鲜明的创新见解。

(2)明人特别钟爱杜律，显然是受元人解律之风的影响。杜律注本在明代登上顶峰，有 34 部之多，已占明代杜集注本的 55.74%；而 17 部杜律评本，也占明代杜集评本的 85%。据此可知，明人对杜集的注释、评解完全是以律诗为核心的，明人学习杜诗最集中就在律诗。这与律诗本身形式规整、要求严格，研习时有尺度、有规范，可模拟、易效仿的诗体特质有关。明代文坛先后经历了前、后七子复古思潮的洗礼，虽师法杜诗多得形式之皮骨，却在客观上推动了杜律的传播与推广。

(3)清代有 32 部杜律注本、30 部杜律评本，不可谓不爱杜诗。但是，杜集一般注本却有 76 部，一般评本亦有 63 部。这大约是因为清人太爱杜诗，各种体裁的杜诗都喜爱，无论在选本、注本、评本上都做到了不偏不倚，十分符合其集大成时期包罗万象、力求面面俱到的杜诗学特色。

三、明代杜集传播媒介

杜集在传播史上常见的媒介形式，首先是抄本，唐五代时期应该都是以这种形式传播的。宋代以后，杜集以刻本为主，但仍然还有抄本形式。

明代传播的杜集，知见的抄本主要有：

1. 抄宋本

有两种：

①杜工部集二十卷/王洙、王琪本，明抄本（有附录一卷），台湾“中研院”傅斯年图书馆藏本；

②新定杜工部古诗近体诗先后并解二十六卷/赵次公本，明抄本，中国国家图书馆藏本。

以上两种版本中，前一种现存三个藏本，第一个是普通抄本。

2.明本明抄本

仅见一种，郝敬《批选杜工部诗四卷》，此书除有天启六年（1626）山草堂刻本（南京图书馆藏）外，还有明抄本传世，中国科学院图书馆、成都杜甫草堂分别藏有其明抄本。

3.影抄宋本

王洙、王琪本《杜工部集二十卷》宋刻，现在还存有两种明人影写本：

①静嘉堂文库藏本，据有关著录，为明影写本，有补遗一卷，存十七卷；

②台湾“中央图书馆”藏本，据著录，为明影抄本，有补遗一卷。

“影写”和“影抄”，应是相同性质，是抄写的特殊方式。

抄本、影抄本所用的原本一般都是珍稀版本，二王本作为杜集最重要的祖本，最有资格享有此种待遇。最特殊的是郝敬《批选杜工部诗四卷》也有明人抄本传世，这足以说明郝敬此本价值之高。

明代传播的杜集最主流的媒介形式还是刻本。值得注意的是，明代杜集刻本在具体刻印技术上，反映了明代出版印刷的新动向，这就是朱墨套印、三色套印。

大约从嘉靖朝开始，有几种杜诗选本出现了几色套印本，按时代顺序列表如下（表1-13）。

表1-13 明代万历以后杜集套印本

刻印时间	杜集	刻家	技术形式	馆藏
嘉靖	张含、杨慎编《杜少陵诗选》六卷，《李杜诗选十一卷》本		朱墨套印	北师大、川图
万历四十五年	郭正域《杜子美七言律一卷》，《杜诗韩文》本	闵齐伋	三色套印	上图、上师大、故宫

续 表

刻印时间	杜集	刻家	技术形式	馆藏
万历	闵映璧《杜诗选六卷》		朱墨套印	上图、国图
	郭正域《杜子美七言律一卷》		朱墨套印	日本东洋文库、美国国会图书馆
天启	闵映璧《杜诗选六卷》,《李杜诗选》本	吴兴闵氏	朱墨套印	北师大、成都杜甫草堂
	张含、杨慎编《杜少陵诗选》六卷,《李杜诗选十一卷》本	吴兴闵氏	朱墨套印	成都杜甫草堂
崇祯	闵映璧《杜诗选六卷》	乌程闵氏	朱墨套印	日本爱知大学
	郭正域《杜子美七言律一卷》	乌程闵氏	三色套印	复旦大学
明代	郭正域《杜子美七言律一卷》		三色套印	日本内阁文库
	闵映璧《杜诗选六卷》	吴兴凌氏	朱墨套印	日本爱知大学

套印本是书籍出版的豪华本。明代使用此种新技术来刻印杜集,最早始于嘉靖年间,万历以后比较普遍,但都用于杜诗选本。在当时人看来,这种豪华本应是优中选优的经典。杜集在明代的传播最重要的形式还是普通墨刻本。

四、杜诗传播的衍生形式

历代流播的各种杜集文献,形态可以存在差异,但主体内容应基本相同,主要著作权人是杜甫。选本、注评本的著作权,不止杜甫一人,还有选家或注评家,但首要著作权人都是杜甫。但是,在杜诗传播的过程出现的衍生文献,如集杜、和杜、拟杜,乃至传奇、杂剧、传记、年谱、杜诗话等类文献,著作权人不再是杜甫,内容、形式都与杜集不同了。不过,这些杜诗衍生文献,在杜诗学史上仍然是重要的文献,仍有必要加以研究,这里也依《杜集叙录》所载,对杜诗传播中产生的衍生形式分别进行统计,见表 1-14。

表 1-14 历代杜诗传播的衍生形式

杜集相关	朝代					总计
	唐五代	宋代	金元	明代	清代	
集杜	0	7	2	10	51	70
和杜	0	3	0	9	4	16
拟杜	0	0	0	1	2	3

续 表

杜集相关	朝代					总计
	唐五代	宋代	金元	明代	清代	
传奇	0	0	0	2	2	4
杂剧	0	0	4	2	3	9
传记	0	1	0	0	1	2
年谱	0	6	0	0	5	11
杜诗话	1	6	1	3	30	41
杜诗研究	0	6	3	17	45	71

如表 1-14 所示，可得以下几点认识：

（1）从计量数据上看，非杜集版本而又与杜诗密切相关的衍生传播形式中，集杜本、杜诗话、杜诗研究三种是最受历代治杜学者喜爱的形式。唐五代出现的《杜氏诗律诗格》一卷，首先著录于《通志·艺文略·诗评类》，后来又被明代诗学家胡应麟《诗薮·杂编》卷二列为“唐人诗话”①，故杜诗话成为唯一一种历代均存在过的杜诗传播表现形式。

（2）从时代演进上看，自唐至清，无论是传播方式，还是传播数量，大都呈递增趋势。这当然是符合历史前进的根本方向的。其中，宋代的杜诗衍生文献多达 29 种，包含了年谱、传记、诗话等多种形式。杜集本身传播之多，和杜诗多样化的流播形态同时出现，表明实际的“杜诗学”已肇始。及至元代，诗格类著作甚为流行，评析杜诗艺术技巧、阐绎杜甫作诗法度，成为其时重文轻道之风的重要表现。

另外，金元时期特定的文化环境，使敷衍杜甫故事而成戏曲，成为重要文化现象，这对杜诗学向民间传播起了重要作用。

（3）从内容分类与时代关系上看，集杜本在清代最盛行，竟达 51 本之多，几乎是清代杜诗文献总量的八分之一了。和杜类文献最早出现于宋代，明、清两代出现更多，并在此基础上出现了拟杜文献。而关于杜甫的传记与年谱，却只有宋代和清代才有。在宋代编修的 6 部杜甫年谱中，现今依然有吕大防《杜工部年谱》、赵子栎《杜工部草堂诗年谱》、鲁訔《杜工部诗年谱》3

---

① ［明］胡应麟撰《诗薮·杂编》卷二：“唐人诗话，入宋可见者：李嗣真《诗品》一卷，王昌龄《诗格》一卷，皎然《诗式》一卷、《诗评》一卷，王起《诗格》一卷，……《杜氏诗格》一卷，《徐氏律诗洪范》一卷，徐衍《风骚要式》一卷、《吟体类例》一卷、《历代吟谱》二十卷、《金针诗格》三卷。今惟《金针》、皎然《吟谱》传，余绝不睹，自宋末已亡矣。近人见宋世诗评最盛，以为唐无诗话者，非也。《金针集》题白乐天，宋人皆以为伪，想当然耳。”（上海古籍出版社 1979 年版，第 272 页）

部存世。终明一代，却未见新编过单本的杜甫年谱。惟明初单复编《读杜诗愚得》十八卷时，曾以诗系年重定过《杜子年谱诗史目录》，但终究也是承袭宋人所修之年谱而来。

明代刻书文化繁盛，客观上为杜诗整理和开发提供了有利的环境。因而，在杜诗文献史上，无论从刊印数量还是编刻形式看，明版杜集都占有相当的分量。这既是杜诗文献代代积累的重要阶段，又是选隽解律时代风尚的典型反映，还是杜诗传播形式走向多样化的必由之路，影响深远。

第二章　明代宋本杜集的抄刻传播

据《旧唐书·杜甫传》，杜甫集在唐代曾有过六十卷本，又有樊晃所编《小集》六卷，唐末五代时期又出现过数种杜集①，但以上各本均已不存，现存所有杜集都以宋本为祖。明代杜集传播最早即以宋元旧本的抄刻方式进行，出现明人新编新刻杜集之后，这种方式也没有结束，宋元旧本杜集的抄刻绵亘明代始终。

限于研究条件，存世的明人抄刻宋元杜集及其所据祖本很难逐一目验，本章惟就明清以来诸多藏书家所作目录题跋，以及《中国古籍善本书目》、《唐诗书录》、《唐集叙录》、《杜集书录》、《杜集书目提要》、《杜集叙录》、《杜诗版本目录》、《古文旧书考》、《经籍访古志》、《日藏汉籍善本书录》等涉及杜诗文献版本的中外书目，并国内外各大公立图书馆古籍善本书录，来考察明人以宋元旧籍为底本来誊抄或翻刻的情况。至于明人所抄刻的宋元旧本与原本之间，根于同一祖本的不同翻刻本之间，当然往往存在一定差异，仅在上海图书馆所见几种重刻宋元杜集，就显见明人加工的痕迹，如编次体制、文字校勘、卷帙分合等。但这类翻刻本往往借助宋元旧本名义传世，且多数也大体遵循原本样貌，故仍可视为宋元杜集在明代的流播形态。

经笔者寓目及翻查知见：明人抄刻宋本杜集，以王洙、赵次公、徐居仁、黄鹤、刘辰翁五家居多。另有元高楚芳编本比较特殊，它是高楚芳在黄鹤、刘辰翁本基础上再编而成的“千家注本”，因底本仍自宋人，故亦归入明人翻宋本。大致说来，明人通过抄刻宋编杜集的形式，把宋代杜诗学成果继承下来了。周采泉《杜集书录》辑录宋代杜集共 42 种②，考其版本源流，凡出同一父本者只计为一种，能清晰考明面貌的宋代杜集不下 10 种③，可见宋人

---

① 陈尚君《杜诗早期流传考》一文有详考，见《敬畏传统》，复旦大学出版社 2011 年版，第 46—67 页。

② 参周采泉《杜集书录》，上海古籍出版社 1986 年版，目录第 1—3 页。

③ 参聂巧平《宋代杜诗学》（复旦大学博士学位论文 1998）上编、王欣悦《南宋杜注传本研究》（复旦大学博士学位论文 2013）。

在杜诗文献史上的成就之大①。根据现存有关著录，上述宋本在明代并非全部得到重版，明代出版家有选择性地对宋本作了翻刻或抄录，抄刻最多的是徐居仁编次本、黄鹤千家注本和刘辰翁批点本，此外还有二王本、赵次公注本，考述如次。

第一节　明抄王洙编次、王琪校刻《杜工部集》

宋人编次的杜集第一个重要传本是王洙于宝元二年（己卯，1039）编成的《杜工部集》二十卷。此传本有王洙所作《杜工部集记》，有云：

> 甫集初六十卷，今秘府旧藏，通人家所有，称大小集者，皆亡逸之余，人自编摭，非当时第叙矣。搜裒中外书，凡九十九卷，除其重复，定取千四百有五篇……②

王洙利用在崇文院编目得读秘府藏书的便利，还广泛收集了多种民间藏本才最终编定此本。二十年后的嘉祐四年（1059），华阳人王琪任苏州郡守时，因当时人学杜风气渐起，对王洙本进行增补校定后，“俾公使库镂版印万本”③。王洙、王琪二人在杜集编纂史上的地位和影响，诚如张元济所说：“自后补遗、增校、注释、批点、分类、编韵之作，无不出于二王之所辑梓。”④

不过，二王原本早已不见于天壤，祖于二王原本的存世本中最早的是南宋绍兴初年翻刻本，明清以来也仅存两个残本：一为浙江翻刻本，张元济称之为“二王本”，一为吴若刊刻于建康府学本，张元济称为“吴若本”。此二残本经明末毛氏汲古阁配补、影写成为完帙传世。汲古阁所藏两个残宋本，入清后为潘祖荫所得，现藏上海图书馆。商务印书馆 1957 年影印《宋本杜工部集》，为《续古逸丛书》第四十七种，即为张元济据上图所藏两个宋残本拼

---

① 莫砺锋《宋人校勘杜诗的成就及影响》一文指出：“宋人在杜诗的搜集、校勘、编年、注释等方面均为整个杜诗学奠定了基础，而且具有发凡起例的深远意义。”“正是经过宋人的辛勤劳动，才有一千四百余首杜诗以比较可靠的文本流传至今。”见《古典诗学的文化观照》，中华书局 2005 年版，第 207、224 页。

② ［宋］王洙撰《杜工部集记》，见［唐］杜甫撰《宋本杜工部集》卷首，国家图书馆出版社 2019 年版，第 7 页。

③ ［宋］范成大撰，陆振岳点校《吴郡志》卷六，江苏古籍出版社 1999 年版，第 51 页。

④ 张元济辑《续古逸丛书》第四十七种《宋本杜工部集》卷尾张元济《杜集跋》，江苏古籍出版社 2001 年版，第 350 页。

合，并以毛抄配补，个别缺页又以述古堂抄本配齐，为较易寻读之本①。可见，自宋以来，有“一切杜集的祖本”②之称的王洙原编本，如果没有明人，最多也只是残编断简，甚至还可能会彻底散亡。

一、明初精抄本

王洙编本在明末毛氏汲古阁之前是否还存在抄本或翻刻本呢？《藏园订补郘亭知见传本书目》附有“曾见明初刻本，半页十二行，行二十三字，板心有净芳亭字”的著录③，但是，“净芳亭”为明正德间人许宗鲁的室名④，周采泉谓“宗鲁曾刻白文《杜工部集》，所谓净芳亭本是也。前人往往误认为宋刻，其镌刻之精可见”⑤。故王洙编本的“明初刻本”尚待发现。明初抄本却可觅踪影，王国维《传书堂藏书志》有著录曰：

> 《杜工部诗集》二十卷，明精钞本。有诗无文，诗亦无注。书迹精雅近赵文敏，昔人疑为文敏手书。有文敏及元人印章甚夥，则后人所加也。有“万宜楼藏善本书”一印。⑥

此本现存台湾“中研院”历史语言研究所傅斯年图书馆。所谓“精抄本”，即“凡抄本之书法工整而精致者”⑦。既取决于底本价值，又关涉着转抄人的校雠功力及誊抄水平。由于王国维并未注明此精钞本的传抄时间，却度其“书迹精雅近赵文敏”，而南宋遗逸、后仕于元的赵孟頫“以书名天下”，卒后谥即“文敏”⑧，纵昔人之疑不可妄作定论，但至少说明了此抄本应是以明初人刻书所钟爱的赵体字誊写的⑨。又《四部备要书目提要》之“《杜

① 详见张元济跋。万曼《杜集叙录》亦有较清晰叙述，见万曼《唐集叙录》，中华书局 1980 年版，第 111—112 页。

② 万曼《唐集叙录·杜集叙录》，中华书局 1980 年版，第 111 页。此语原出毛扆抄本《杜工部集》跋语。

③ [清]莫友芝撰，傅增湘订补《藏园订补郘亭知见传本书目》卷十二，中华书局 2009 年版，第 976 页。

④ 参看瞿冕良编著《中国古籍版刻辞典》(增订本)，苏州大学出版社 2009 年版，第 572 页。

⑤ 周采泉《杜集书录》内编卷六，上海古籍出版社 1986 年版，第 305 页。

⑥ 王国维《传书堂藏书志》卷四，上海古籍出版社 2014 年版，第 865—866 页。

⑦ 瞿冕良编著《中国古籍版刻辞典》(增订本)，苏州大学出版社 2009 年版，第 926 页。

⑧ [明]宋濂撰《元史》卷一百七十二，中华书局 1976 年版，第 4022—4023 页。

⑨ 叶德辉《书林清话》卷二“刻书分宋元体字之始”：“今世刻书字体，有一种横轻直重者，谓之为宋字；一种楷书圆美者，谓之为元字。……有元一代，官私刻本皆尚赵松雪字，此则元体字之所滥觞也。前明中叶以后，于是专有写匡廓宋字之人，相沿至今，各图简易。”“成化以前刻本，虽美恶不齐，从未有今所谓宋字者。”(复旦大学出版社 2008 年版，第 34—35 页)

工部诗集》二十卷"中即略引"赵文敏书《道德经》，谓注释愈多而愈失，悉与去之，重为缮写"①，故笔者推测此精钞本是明初抄本的可能性较大。

明前期依靠抄本形式保存和传播王洙本《杜工部集》，大致应有两方面的原因。其一，"雕本肇自隋时，行于唐世，扩于五代，精于宋人"②，然即宋盛时刻本尚稀，士人求书不易之况至明依然很普遍。成化进士陆容《菽园杂记》记云："古人书籍，多无印本，皆自抄录。……国初书版，惟国子监有之，外郡县疑未有。……宣德、正统间，书籍印版尚未广。今所在书版，日增月益，天下古文之象，愈隆于前已。但今士习浮靡，能刻正大古书以惠后学者少，所刻皆无益，令人可厌。上官多以馈送往来，动辄印至百部，有司所费亦繁，偏州下邑寒素之士，有志占毕，而不得一见者多矣。"③明前期以官刻为主，寒门学子甚难瞥见好书。殆及明末，顾炎武《钞书自序》亦称明代官刻书不过"四书"、"五经"、《通鉴》、《性理大全》诸种，文人别集纵有家刻、坊刻本，也多印行时人编著之书，而于翻刻前代旧籍甚少。这是官刻为主导与士人需求之间有矛盾。

其二，明人深受隋唐以来抄书风气影响，依然认定抄本书价值远高于刻本。胡应麟《少室山房笔丛》即云："凡本，刻者十不当钞一，钞者十不当宋一。三者之中，自相较，则又以精粗久近、纸之美恶、用之缓急为差。"④这是主观认识中有抄书动机。

二、明末清初影抄本

影宋抄本是明末清初刻书家保存古籍善本最重要的形式之一。于敏中《天禄琳琅书目》云："明之琴川毛晋，藏书富有，所贮宋本最多。其有世所罕见而藏诸他氏不能购得者，则选善手以佳纸墨影钞之，与刊本无异，名曰'影宋钞'。于是，一时好事家皆争仿效，以资鉴赏，而宋槧之无存者，赖以传之不朽。"⑤瞿冕良《中国古籍版刻辞典》则据以释为"影写宋版书籍"，并谓"《天禄琳琅书目》特辟影宋抄本为一类，其位置仅次于宋版而居元版之前，亦不为无因。古今藏书家以明汲古阁毛氏的影宋抄本非常精工而艳称之，推为上乘"⑥。

---

① 中华书局辑《四部备要书目提要(集部)》第四册，中华书局1936年版，第16页。

② [明]胡应麟《少室山房笔丛》卷四(甲部·经籍会通四)，中华书局上海编辑所1958年版，第60页。

③ [明]陆容《菽园杂记》卷十，中华书局1985年版，第128—129页。

④ [明]胡应麟《少室山房笔丛》卷四(甲部·经籍会通四)，中华书局上海编辑所1958年版，第58页。

⑤ [清]于敏中等撰《天禄琳琅书目》卷四"周易辑闻"条，上海古籍出版社2007年版，第97页。

⑥ 瞿冕良编著《中国古籍版刻辞典》(增订本)，苏州大学出版社2009年版，第936页。

在王洙宝元二年(己卯,1039)编成《杜工部集》后五百多年,汲古阁毛晋偶然借得,遂命刘臣影写,所借宋本残帙后亦为毛氏购得。几十年之后,毛扆又购得另一宋椠残本,即命王为玉影写,所缺者以此前得本配补。影写完成之时,正逢己卯年(康熙三十八年,1699),毛扆题识。王洙原编后六百余年,这部现存一切杜集之祖的《杜工部集》在历经沧桑后,竟又成完帙。毛扆题识曰:

先君昔年以一编授扆,曰:"此《杜工部集》,乃王原叔本也。余借得宋板,命苍头刘臣影写之。其笔画虽不工,然从宋本抄出者。今世行《杜集》,不可以计数,要必以此本为祖也,汝其识之!"……先君所借宋本乃王郡守镂板于姑苏郡斋者,深可宝也,谨什袭而藏之。后廿余年,吴兴贾人持宋刻残本三册来售,第一卷仅存首三叶,十九卷亦缺二页,补遗东西两川说亦止存六行,其行数、字数悉同,乃即先君当年所借原本也。不觉悲喜交集,急购得之……又廿余年,有甥王(为玉)者,教导其影宋甚精,觅旧纸从抄本影写而足成之。……岁在己卯重九日,隐湖毛扆谨识,时年六十。①

毛氏汲古阁两部影宋抄本,刘臣影写者去向不明,王为玉影写、毛扆题识本,即傅增湘《藏园群书经眼录》所载"《杜工部集》二十卷,影写宋刊本,十行二十字。有毛斧季手跋,言为其甥王为玉所写"②,今藏日本静嘉堂文库。严绍璗《日藏汉籍善本书录》述之曰:

每半叶有界十行,行二十字。是集从宋嘉祐本影写,有毛扆手识文,叙其始末。此本仿宋板,避宋讳。版心摹影刻工姓名,如张逢、史彦、余青、吴奎等。全二十集。凡诗十八卷,杂著二卷。今缺卷一至卷三。后有嘉祐四年(1059)王琪《序》。二十卷末有元稹撰《墓志铭》、遗文九篇为《补遗》一卷。③

此静嘉堂藏毛扆影抄手识本,不论版式特征还是规避宋讳都遥仿宋刻。如此"从宋雕本影写"实即"选较优质的纸张,蒙在所据底本之上,照其点画

---

① [唐]杜甫撰《宋本杜工部集》卷尾,国家图书馆出版社 2019 年版,第 145—146 页。
② 傅增湘撰《藏园群书经眼录(四)》卷十二,中华书局 1983 年版,第 1023—1024 页。
③ 严绍璗编著《日藏汉籍善本书录》(集部·别集类),中华书局 2007 年版,第 1438 页。

行款，一笔不苟地描写，力求与原书不差丝毫而写出来的书本”①，较为接近二王原本的原貌。

又，邓邦述《寒瘦山房鬻存善本书目》著录影宋钞本《杜工部集》二十卷《补遗》一卷，十六册，曰：

> 前有宝元二年王洙记，后有嘉祐四年王琪后记。有“定府图书”一印。此书每半叶十行，行二十字，乃从宋本景钞。中多避讳字，如“桓”、“完”、“徵”、“殷”、“竟”、“树”等字，皆缺末笔，而“慎”、“敦”字不缺，似是北宋刊本，故不避南宋讳也。书用旧皮纸画乌丝阑，所写字虽不工，而雅饬整洁，首尾一律，可称精好。己巳五月，正闇写记。②

核以潘祖荫《滂喜斋藏书记》卷三对他所得“北宋刻《杜工部集》二十卷”外形“一函十册”的描述③，邓邦述所著录之传本不是今上图藏本。而其版式、序跋皆同宋刻，惟不避南宋讳，殊为可怪。叶绮莲《杜工部集关系书存佚考》中说：“是书今存版本有影抄宋绍兴间刊本”④，颇疑其实为南宋绍兴翻刻本，仍与毛抄本属于同一系统。

清代大藏书家张金吾《爱日精庐藏书志》著录过一部钱氏述古堂影写宋刊本《杜工部集》二十卷（附补遗）：

> 唐前剑南节度参谋宣义郎检校尚书工部员外郎赐绯鱼袋京兆杜甫撰，宋王洙编。凡诗十八卷、杂著二卷，后附遗文九篇为补遗。元稹墓铭附二十卷末，均与《直斋书录解题》合，盖即王原叔编定本也。杜集以吴若本为最善，此又若本之祖，中遇宋讳皆缺笔。板心有刻工姓名，如张逢、史彦、余青、吴圭等名，盖从宋雕本影写者，绛云楼、述古堂俱有印记。王原叔记（宝元二年）、王琪后记（嘉祐四年）⑤。

---

① 瞿冕良编著《中国古籍版刻辞典》（增订本），苏州大学出版社 2009 年版，第 936 页。

② 邓邦述撰，金晓东整理《寒瘦山房鬻存善本书目》卷一，上海古籍出版社 2014 年版，第 273—274 页。

③ 潘祖荫《滂喜斋藏书记》卷三，上海古籍出版社 2007 年版，第 72 页。按，潘氏误以所得本为北宋王琪校刻王洙本。元方《谈宋绍兴刻王原叔本〈杜工部集〉》，载于《文学遗产》增刊第 13 辑，1963 年版。

④ 叶绮莲《杜工部集关系书存佚考》（上），台湾《书目季刊》1970 年秋季号，第 38 页。

⑤ [清]张金吾撰《爱日精庐藏书志》卷二十九，《续修四库全书》史部第 925 册，上海古籍出版社 2002 年版，第 474 页。

尽管这部影宋抄本从卷数、补遗、落款文字、避宋讳缺笔到王洙序、王琪跋等诸方面均同于《直斋书录解题》所记宋嘉祐刻本，但与毛氏汲古阁两部影抄本并非同一版本系统。钱曾《读书敏求记》云："《杜工部集》二十卷。嘉祐四年四月，太原王琪取原叔本参考之，镂板姑苏郡斋。又为后记，附于卷终，而还原叔之文于卷首。牧翁笺注杜集，一以吴若本为归，此又若本之祖也。予生何幸，于墨汁因缘有少分如此。斯文未坠，珠囊重理，知吾者不知何人，蓬蓬然有感于中，为之放笔三叹。"①关于钱谦益笺注所据底本及钱曾所断定嘉祐本，学界聚讼纷纭，但一般倾向于认为绛云楼藏本是吴若本，或与吴若本接近之本，此即述古堂影抄本之父本②。

按，二王本《杜工部集》按古体、近体编次，下略以时序排列，有部分杜甫自注，周采泉谓"杜集在北宋治平（1064—1067）以前，大致皆白文无注"③，此可印证其说。

第二节　明抄赵次公注《新定杜工部古诗近体诗先后并解》

世人皆知蜀人郭知达辑《九家集注杜诗》，却鲜有人识"蜀本引赵注最详"④。南宋人曾噩序《九家注》，称"蜀士赵次公，为少陵忠臣"⑤。当今学界亦一般认为赵次公是"宋代治杜之巨擘"⑥，赵注也被认为"虽无集注之名，已启集注之渐"⑦。杜诗注家渐多，势必日益形成庞大的"旧注资料"，构成一种互文性的注释学体系，旧注则需要在删削挑拣中进入新一轮意义的循环中。于是，并非罗列众注却能采纳精妙见地的集注，就成为宋代杜诗注释繁荣发展到一定阶段的产物。实际上，赵注不仅较早以集注方式旁征博引北宋诸家注杜观点，并在众注基础上断以己意，而且真正做到了"以杜证

---

① [清]钱曾著，傅增湘批注《藏园批注读书敏求记校证》卷四之上，中华书局 2012 年版，第 365—366 页。

② 元方《谈宋绍兴刻王原叔本〈杜工部集〉》已辨其误，载于《文学遗产》增刊第 13 辑，1963 年版。其他意见参王欣悦《南宋杜诗传本研究》第 5—6 页综述，复旦大学博士学位论文 2013 年。

③ 周采泉《杜集书目》内编卷一，上海古籍出版社 1986 年版，第 23 页。

④ [清]于敏中等撰《天禄琳琅书目》卷三，上海古籍出版社 2007 年版，第 61 页。

⑤ [清]于敏中等撰《天禄琳琅书目》卷三，上海古籍出版社 2007 年版，第 61 页。

⑥ 陈尚君《喜读〈杜诗赵次公先后解辑校〉》指出："赵次公解读杜诗用力之勤、用思之细、征引之博，不愧宋代治杜之巨擘。"参见《山东大学学报》（哲学社会科学版），1996 年第 3 期，第 57 页。

⑦ 周采泉《赵次公集注杜诗五》编语，见《杜集书录》内编卷一，上海古籍出版社 1986 年版，第 30 页。

杜"[1],能站在整体性的高度来审视一部杜诗,既有纪年编次,以诗系年;又首创句法义例,于句解中征引史实。

此书最早著录于晁公武《郡斋读书志》卷十七,提要有曰:"皇朝自王原叔以后,学者喜观甫诗,世有为之注者数家,率皆鄙浅可笑。……近时有蔡兴宗者,再用年月编次之。而赵次公者,又以古律诗杂次第之,且为之注。两人颇以意改定其误字云。"[2]书名、卷次著录为"《赵次公注杜诗》五十九卷",元马端临《文献通考·经籍志》和清钱曾《述古堂书目》俱延续了这种题名,惟卷数略异。此书今存两种宋刊明清抄本残帙,均题为《新定杜工部古诗近体诗先后并解》。刘文刚《杜甫学史》认为,赵注杜诗是北宋刻本,后经赵次公本人修订补充,于南宋时重刻,故名"新定"。而考察赵注之内容,有时一首诗注释有相近的内容同时出现,所以,"先解"和"后解"并存书中,称"先后并解"。[3]

关于成书与原刊时间,明抄本成(戊)帙卷末原识云:"宣和元刻,共十本,丙寅孟春重抄。"[4]周采泉先生《杜集书录》据此定为北宋刻本,然林继中先生考察赵注中所提交游人物邵溥的行年状况,并结合《登岳阳楼》一诗位列最末之已帙,认定赵注成书在南宋绍兴四年至十七年(1134—1147)之间[5]。

赵注宋刊本全貌,因罹兵燹,在南宋人即非易觏,人们多只从郭知达《九家集注杜诗》等集注本的引录中屡屡见到赵注的踪影。直到民国时期,赵注原本的两种抄本残帙才得见天日。一为国图所藏宋刊明钞本,有沈曾植跋;另一为成都杜甫草堂所收宋刊清钞本,有许承尧跋。

傅增湘《藏园群书经眼录》著录《新定杜工部古诗近体诗先后并解》(末帙七卷,成帙十一卷,已帙八卷[6])云:

> 明写本,十二行二十一字,棉纸精抄十巨册。每卷均先著工部年岁及所在之地,某月至某月所存之诗,次乃录本诗,诗后低一格

---

① 林继中《北图所藏〈杜诗先后解〉明抄本残帙述略》,载《文献》,1988 年第 4 期,第 25 页。

② [宋]晁公武撰,孙猛校证《郡斋读书志校证》卷第十七,上海古籍出版社 1990 年版,第 857 页。

③ 刘文刚《杜甫学史》,巴蜀书社 2012 年版,第 111—112 页。

④ 林继中《杜诗赵次公先后解辑校·前言》,上海古籍出版社 1994 年版,第 7 页。

⑤ 林继中《杜诗赵次公先后解辑校·前言》,上海古籍出版社 1994 年版,第 2—3 页。

⑥ 傅增湘撰《藏园群书经眼录(四)》卷十二:"(残本《杜诗先后解》)原题末帙、成帙、已帙,当是丁、戊、己三字,盖原书五十七卷,当分甲至己六帙,此仅存其半,故贾人涂改以泯其迹。"(中华书局 1983 年版,第 1024 页)

> 标注,题“次公曰”云云。钤有“广运之宝”、“臣东阳印”、“青宫太傅”、“大学士章”等印,明内府藏书。①

据以上信息,可判断此明抄本当出于明前期,即所谓“明初本”②。按,明嘉靖以前有三个丙寅年,一为洪武十九年(1386),二为正统十一年(1446),三为正德元年(1506),此明内府藏抄本抄录时间应是正德元年。

傅氏著录的信息,可从三点证明其抄录时间:

(1)凡明前期版本,纸张绝大多数是用白棉纸,差一点则用黄棉纸,只有复印本才用竹纸。所谓精抄,定为白棉纸,这也反映出明代造纸工艺的进步与精湛。

(2)黄永年《古籍版本学》提及“明初本的鉴别”时有一条依据:“司礼监的经厂本都加圈断句。初印的还常在每册首页上端加钤‘广运之宝’朱文大方印。”此明内府藏本既钤有“广运之宝”印,则当为明初的初印本。

(3)李东阳(1447—1516)于弘治十八年(1505)奉命主持修纂《孝宗实录》。次年即正德元年正月,与谢迁受命共同知经筵事。同年十二月,被赐为少师兼太子太师、吏部尚书、华盖殿大学士。正德四年(1509)四月,《孝宗实录》成,李东阳以此功享受正一品俸禄。

根据以上三点,此本必为李东阳升为“太傅”、“大学士”以后的正德丙寅年抄录。

傅增湘在其按语中说:“此等秘籍埋没已七百年,一旦获之,又适为乡邦先哲所著,自当刊传万本,为古人续命,虽挥重金而得残帙,又宁足惜耶。”③不过,抄本毕竟不利于大规模传承。“为古人续命”,必得是借助雕版印刷技术才能真正实现,这也是该抄本逐渐毁残,仅存二十五卷的原因之一。

傅增湘还在《藏园订补郘亭知见传本书目》中补录赵次公注杜本云:

> 明棉纸写本,十二行二十一字,无阑格。每卷先纪年岁及所居止之地,某月至某月所存之诗,次录诗,诗后注低一格,标“次公曰”云云。此书仅《郡斋读书志》著录,为五十九卷。此本末、戌、巳三帙,为估人涂改,掩其分帙顺序,以充全书。原书或是分甲至已六帙也。赵注全本久佚,仅于蔡梦弼、黄鹤、郭知达注中见之,此虽残

① 傅增湘撰《藏园群书经眼录(四)》卷十二,中华书局1983年版,第1024页。

② 黄永年《古籍版本学》,江苏教育出版社2005年版,第123页。

③ 傅增湘撰《藏园群书经眼录(四)》卷十二,中华书局1983年版,第1024页。

佚，亦堪称孤本秘笈，为研读杜诗不可不读之书。余得书后持示沈寐叟曾植，大喜过望，称其用思精密，在蔡、黄二家之上云云。[①]

马同俨等撰《杜诗版本目录》亦载："《新定杜工部古体近体诗先后并解》（末帙七卷，成帙十一卷，已帙八卷），宋赵次公注，明抄本，十册。有沈曾植跋。成帙卷十一后有'右杜诗先后解，宣和原刻本共十本，丙寅孟春抄'一行。"[②]清末民初，硕学鸿儒沈曾植于明钞本赵注后记中云：

《赵次公杜诗注》五十九卷，独著录于晁氏《郡斋读书志》中，《直斋书录》无之，《宋史》亦无之，虽其说散见于蔡梦弼、黄鹤、郭知达书中，而本书则明以来罕有见者。钱受之评宋代诸家注云："赵次公以笺释文句为事，边幅单窘，少所发明，其失也短；蔡梦弼据摭子传，失之杂；黄鹤考订史鉴，失之愚"云云。语若曾见次公书者，然检《绛云书目》无之，而逸诗附录且沿旧本之误，书赵次公为赵次翁，则受之固未见也。次公此注于岁月先后、字义援据，研究积年，用思精密。其说繁而不杀，诸家节取数语往往失其本旨，后人据以纠驳，次公受枉多矣。要就全书论之，自当位蔡、黄之上。埋沉七百年复见于世，沅叔其亟图鼎镌，毋令黎氏《草堂》专美也。丙辰三月寐叟记。[③]

沈曾植对赵注和此明抄残本的价值，估评甚高，精当可据。同时，纠驳了钱谦益对赵注的过于偏激之见。

赵注今存的另一抄本，周采泉《杜集书录》据有关目录称：原藏于安徽省文史馆[④]，今为成都杜甫草堂收藏。然《成都杜甫草堂收藏杜诗书目》1958年油印本[⑤]却未见著录，则此书应在1958年以后归于成都杜甫草堂。林继中《杜诗赵次公先后解辑校·前言》介绍了在杜甫草堂所见本的面貌：

高三十一公分，宽二十点五公分，十二行，行二十二字，无印

---

① ［清］莫友芝撰，傅增湘订补《藏园订补郘亭知见传本书目》卷十二，中华书局2009年版，第977页。

② 马同俨，姜炳炘撰《杜诗版本目录》，见《杜甫研究论文集》（三辑），中华书局1963年版，第353页。

③ 傅增湘撰《藏园群书经眼录（四）》卷十二，中华书局1983年版，第1025页。

④ 参看周采泉《杜集书录》内编卷一，上海古籍出版社1986年版，第31页。

⑤ 笔者所查为成都杜甫草堂编印《成都杜甫草堂收藏杜诗书目》，南京图书馆藏成都杜甫草堂1958年油印本。

鉴。除成帙卷末有“宣和元刻,共十本,丙寅孟春重钞”题识一行外,又别标“辛巳重钞”字样。草堂藏本有许承尧后记云:“卷中‘玄’字缺笔,‘丘’字不加‘阝’旁,当是康熙时写本。丙寅为康熙二十五年,然各卷又别标‘辛巳重钞’字,当是辛巳又据丙寅本重钞,则为康熙四十七年也。”①

林继中以许氏未见明钞,且“玄”字缺笔亦为宋讳,复查明钞本中钤有“臣东阳印”、“大学士章”,再考李东阳生前,明有太祖洪武十九年、英宗正统十一年、武宗正德元年同为“丙寅”,故据以推断草堂所藏清钞非以宋刻为蓝本缮写,实乃明钞之重钞本②。

林继中自《九家集注杜诗》等辑成《杜诗赵次公先后解辑校》,分甲帙五卷、乙帙十卷、丙帙十一卷、丁帙七卷、戊帙十一卷、己帙八卷,共录1444首杜诗。注语以郭知达及他本所引“赵云”为据,用功甚深,于赵次公注收罗颇完备,但甚少录及他家注杜之说,原本“熔铸群言”的集注特色基本丢失,未能恢复。

总的来说,赵注一赖郭知达等宋注的征引得以在原刊本几近亡佚的情况下为世人所知,二赖明人据所见宋本抄录而藏于内府,得以在毁损中仍能存残帙于天壤,三赖清康熙年间据明抄本重抄,四赖今人林继中先生多方爬梳,辑成完帙。在上述过程中,明抄本所起的作用颇为重要。

第三节　明刻徐居仁编次、黄鹤补注《集千家注分类杜工部诗》

受六朝包括《文选》在内的集部书、唐初类书如《艺文类聚》等的影响,宋代分类编排的杜诗自成体系。北宋元丰年间有陈浩然编次本《析类杜诗》,惜乎后无流传。流传于后世的是徐居仁编次本。徐编本原名《门类杜诗》,原本亦早佚,仅以《集千家注分类杜工部诗》的形式延续至元、明两代而未歇。

按,徐居仁分类编次本杜诗,最早见录于宋陈振孙《直斋书录解题》,著录曰:“《门类杜诗》二十五卷,称东莱徐宅居仁编次,未详何人。”③周采泉

---

① 林继中《杜诗赵次公先后解辑校·前言》,上海古籍出版社1994年版,第15页。

② 林继中《杜诗赵次公先后解辑校·前言》,上海古籍出版社1994年版,第15页。

③ [宋]陈振孙撰《直斋书录解题》卷十九,上海古籍出版社1987年版,第560页。

《杜集书录》以“陈振孙亦仅知有其书而不知其人，蔡梦弼《草堂诗笺序》列徐氏在谢任伯、吕祖谦之前”而疑为南宋初期人，并“按陈所著录之《门类杜诗》无‘黄鹤补注’及‘集千家’字样”单独录之，且推其“宋代当有刻本”①。徐编本《门类杜诗》虽无存世，但署为“徐居仁编次、黄鹤补注”的南宋刊本尚收藏于日本东京大学图书馆。关于徐、黄合署，清于敏中《天禄琳琅书目》曾认为：“是《门类》系居仁所编，而集千家注之名，则自黄鹤为之。书分七十二门，所列诸诗姓氏，始韩愈、元稹，终以文天祥、谢枋得、刘会孟共一百五十六家。其曰集千家者，盖夸大之词耳。”②后丁丙从其说，谓“是七十二门，为居仁所分；而‘集千家注’之名，乃黄鹤继其父希所作而成也”③。

日本汉学家岛田翰《古文旧书考》卷二《宋椠本考》从考辨宋绍定本、御府元覆宋本、元皇庆壬子本中得出《集千家注分类杜工部诗》一书系先有徐居仁编次、再得黄鹤补注的基本认识：

> 御府(即日本内府)储藏旧刊覆宋本，题《集千家注分类杜工部诗》，署“东莱徐居仁编”。其书虽不过残本十五卷，惟其体例则可考。据其不载注文，盖从《千家注》本所录出也。御府又收一通，盖元皇庆壬子刻本，而分卷二十五，亦题“东莱徐居仁编次。临川黄鹤补注”。而先大夫所获，则宋绍定辛卯婺州刻本，其分卷、题署并与御府元本同。夫宋本既题曰徐居仁编，而宋本、元本亦并徐氏、黄氏联署，徐氏名在黄氏前，而黄氏则云补注，是徐氏之必在黄氏先，编次之必出于徐氏，黄氏补注之必在补续徐氏编次本也，确然明矣。且御府旧刊本从宋本翻雕，其题名则《千家注》本之大名，惟夫无注语，可知其从《千家注》本录出。而署名则独居仁一人，不署黄氏名，是兹二十五卷本者，徐氏原帙而为未经后人改编者也，亦必然昭矣。夫鹤之书成于嘉定丙子，婺州之刊版在绍定辛卯，其间不过十余年，即是书当最得其真者矣。④

依岛田翰的看法，“集千家注”是黄氏所为，因南宋绍定四年（辛卯，

① 周采泉《杜集书录》内编卷一，上海古籍出版社1986年版，第35页。
② ［清］于敏中等撰《天禄琳琅书目》卷六，上海古籍出版社2007年版，第183页。
③ ［清］丁丙撰《善本书室藏书志》卷二四，《续修四库全书》史部第927册，上海古籍出版社2002年版，第438页。
④ ［日］岛田翰撰，杜泽逊，王晓娟点校《古文旧书考》卷第二《宋椠本考》，上海古籍出版社2014年版，第198页。原书标点有一处小误，引者已订正。

1231)婺州刊本无注,且署名只有“徐居仁编次”而未见“黄鹤补注”,故推定为“徐氏原帙而为未经后人改编者”。但是,徐氏原编本既无注,书名据《直斋书录解题》应为《门类杜诗》而无“集千家注”之称,可见岛田翰所见婺州刊本虽是存世徐编本中最古之本,却绝非徐氏原本。就现有资料推测,最有可能的是因徐氏原编本无注,读者颇感不便,而其时黄鹤补注于嘉定年间问世后[①],遂有书贾将黄氏注移花接木抄入徐编本中,并以徐、黄联署的方式重新刊布。此本大行,而徐氏《门类杜诗》原本倒淹没难觅,连书名都不清楚了,绍定四年遂有人从徐、黄合编本中删除注语编成只有单署“徐居仁编次”的白文杜集,而书名却既有“分类”,又有“集千家注”。今日本《图书寮汉籍善本书目》卷四著录时即持此说,曰:

> 《集千家分类杜工部诗》十五卷三册,室町时代覆宋刊本。首题东莱徐居仁编。每半叶十一行、行二十一字。《经籍访古志》称此本“无注文,就题目考之,盖据千家注分类本单录出本文者”,其说殆是。(《古文旧书考》所载本)[②]

综上可知,自有了《集千家注分类杜工部诗》,徐居仁原本《门类杜诗》、黄鹤原本的千家补注,与它是什么关系,就一直是很多读者和藏书家感到纠缠不清的问题。需要充分掌握各版本的情况,理清各自的头绪,才能认清此本为书贾拼合的性质。

值得注意的事实是:徐居仁原本《门类杜诗》早已亡佚,黄鹤原本的《黄氏补千家集注杜工部诗史》虽存,但也流传稀少,能考知的仅有三个元刻本、两个清抄本,无明代抄、刻本传世,但由书贾拼合之后的《集千家注分类杜工部诗》却在元、明两代翻刻多次。查阅多种清以来公私藏书记暨国内外各大公立图书馆馆藏古籍书志,可知:在绍定辛卯刊本之后,存世最早的翻印本为元皇庆元年(1312)余志安勤有堂本。余志安,其人不详,清瞿镛《铁琴铜剑楼藏书目录》卷十九谓:“余氏历宋及元,世以刻书为业,勤有堂之号亦相

① 黄鹤,字叔似,宜黄人。赵希弁《郡斋读书志附志》卷五下“《黄氏补千家集注杜工部诗史》三十六卷,外集二卷”条称:“嘉定中,临川黄希梦得及其子鹤叔似所补也。”王欣悦博士论文《南宋杜注传本研究》认为黄氏书传本有三个系统,其中,原本为“千家补注”本,36卷,后世流传的“千家注分类”本,25卷,“当是坊间取旧注及黄鹤补注置于徐居仁分类本之下的拼合之作”。王文系复旦大学2013年博士学位论文,引语见第54页。

② [日]宫内省图书寮编《图书寮汉籍善本书目》集部卷四,文求堂书店,松云堂书店发行,日本昭和六年(1934)版,第7页。

承弗替。"①《中国古籍版刻辞典》录"勤有堂"，曰："北宋政和间建阳人余靖安及其后裔元代余志安的书坊名，开设在崇化坊。自宋至元末，世代相传。"②崇化是建阳书坊荟萃之地，自南宋始便成为与"浙本"、"蜀本"齐名的"建本"刊刻地③。勤有堂在宋元两代刻书甚多，堪为书林之大族，对后来建阳成为明代刻书之冠④，以及"建本"独立风格的形成，应有伐山导源之意义。因明人翻刻分类杜诗多从勤有堂本而来，故考辨明版原貌须从其元椠底本入手。至溯其版本沿流，则亦如表 2-1 所示：

表 2-1　《集千家注分类杜工部诗》二十五卷版本辑录

朝代	版本	现馆藏地
宋	绍定四年(1231)赵氏素心斋婺州刻本	东京大学图书馆南葵文库
元	日本室町时代(1338—1573)御府覆宋刊本(存十五卷)	宫内厅书陵部
	皇庆元年(1312)余氏勤有堂刻本	上图、南图、 成都杜甫草堂、⑤ 日本东洋文库
	元刻麻沙本	成都杜甫草堂
	至正七年(1347)潘屏山圭山书院本(积庆堂刻本)⑥	国图、上图、北大 宫内厅书陵部、⑦ 静嘉堂文库、 石井积翠轩文库

① [清]瞿镛撰《铁琴铜剑楼藏书目录》卷十九，《续修四库全书》史部第 926 册，上海古籍出版社 2002 年版，第 312 页。

② 瞿冕良编著《中国古籍版刻辞典》(增订本)，苏州大学出版社 2009 年版，第 888 页。

③ 参看路善全《在盛衰的背后——明代建阳书坊传播生态研究》，中国传媒大学出版社 2009 年版，第 104—105 页。

④ [明]冯继科纂修《(嘉靖)建阳县志》卷一记载，建阳有"图书之府"、"礼义之区"之称。见廖魙芬编《天一阁藏明代方志选刊》，上海古籍书店影浙江宁波天一阁藏明嘉靖三十二年(1553)刻本，第 16 页。

⑤ 成都杜甫草堂编印《成都杜甫草堂增补一九五九年馆藏杜诗书目》著录："《集千家注分类杜工部诗》二十五卷，宋东莱徐居仁编次，宋临川黄鹤补注。元皇庆元年(1312)建安余氏勤有堂刻本。二十册。"见南京图书馆藏成都杜甫草堂 1959 年增订油印本，第 1 页。

⑥ 叶德辉《书林清话》卷四"元时书坊刻书之盛"著录："积庆堂。至正戊子(八年)，刻《集千家注分类杜工部诗集》二十五卷，见《张续志》、《陆志》。(德辉按：此即潘屏山圭山书院本。)"(复旦大学出版社 2008 年版，第 94 页)

⑦ [日]宫内省图书寮编《图书寮汉籍善本书目》集部卷四："《集千家注分类杜工部诗》二十五卷首一卷十册，元刊本。题东莱徐居仁编次，临川黄鹤补注。序末有'积庆堂刊'木记，《门类》末有'至正戊子'钟形、'积庆堂'鼎形二木记。目录后及卷二十五末有'至正戊子'(目录末作'丁亥')潘屏山刊于'圭山书院'木记。旧藏昌平。"(日本文求堂书店，松云堂书店发行，日本昭和六年(1934)版，第 6—7 页)

续 表

朝代	版本	现馆藏地
元	至正二十二年(1362)广勤堂刻本	成都杜甫草堂、北大、复旦、北师大、人大、日本内阁文库、美国国会图书馆
明	正德十四年(1519)汪谅金台书院刻本	上图、清华
	正德十四年(1519)汪谅金台书院刻嘉靖元年(1522)重修本	上图、浙图
	正德十四年(1519)汪谅金台书院刻嘉靖元年重修公文纸①印本	南图
	明刻本(有文集二卷)	湖南省图
	明抄本(存十一卷)	国图

由表可知,自宋至明,分类杜集一再翻刻不下十次,尤其是元之皇庆、至正,明之正德、嘉靖年间,翻刻甚多,足见该书影响之大。明人翻刻元椠本以皇庆元年(1312)勤有堂刻本和至正二十二年(1362)广勤堂刻本居多。勤有堂固然是宋元时期久负盛名的大书坊,广勤堂同样也是元代世以刻书为业的"建阳人叶日增的书坊名,明初其子景奎等继其业,至嘉靖间犹存"②。为了说明这两个元刊底本对明人的实际影响,笔者选取了清以来十种书目题跋中注明元刊本具体刻版,作一简要统计。

表 2-2 清以来十种目录题跋书著录"分类杜诗"的元刊本情况统计

序号	撰者	目录题跋书名	著录元刻本
1	于敏中	天禄琳琅书目	勤有堂本、广勤堂本
2	丁丙	善本书室藏书志	广勤堂本
3	吴骞	拜经楼藏书题跋记	勤有堂本
4	孙星衍	平津馆鉴藏记书籍	广勤堂本
5	孙星衍	孙氏祠堂书目	广勤堂本
6	瞿镛	铁琴铜剑楼藏书目录	勤有堂本
7	缪荃孙	嘉业堂藏书志	勤有堂本
8	邓邦述	群碧楼善本书录	积庆堂本

---

① 瞿冕良《中国古籍版刻辞典》:"【公文纸】印书用纸之一。把原已印上格线的公文用纸或已写过字的钱粮册纸反折过来,利用空白的背面印书。或称'册子纸'、'库抄纸'。明刻本约有 80 种。多数是棉纸。"(苏州大学出版社 2009 年版,第 93—94 页)

② 瞿冕良编著《中国古籍版刻辞典》(增订本),苏州大学出版社 2009 年版,第 25 页。

续 表

序号	撰者	目录题跋书名	著录元刻本
9	傅增湘	藏园群书经眼录	勤有堂本、圭山书院本
10	王国维	传书堂藏书志	勤有堂本

如表2-2所见，此书重刻最多、流传最广者为勤有堂本，而实际上广勤堂本也是以勤有堂本为底本来修补重印的①。《天禄琳琅书目》、《铁琴铜剑楼藏书目录》、《嘉业堂藏书志》、《传书堂藏书志》等几部重要古籍书志均以勤有堂本为是书历元以降翻印之"祖本"，元时广勤堂本、圭山书院本俱直接从其因袭而来，明人汪谅刻金台书院本仍然再度翻刻基于勤有堂底本的广勤堂本。

据岛田翰《古文旧书考》："秘府元皇庆壬子余志安勤有堂刻二十五卷本，所引彦辅以下增入极多，加迄刘辰翁，是宋末重雕时所搀入。皇庆刻本即据此，故刘辰翁名上题云'时贤'，是不啻失徐氏之旧，又已非黄氏之旧矣。"②由岛田记述可知，在南宋绍定本和元勤有堂刻本之间，宋末还存在一个增入刘辰翁评语之后的新刻本，元勤有堂本是以宋末新雕版为父本翻刻的。

清以来的书目题跋，有的同时载录多部元刊，并逐一记述，其中有言及各本关系者。如于敏中《天禄琳琅书目》据清泰兴季振宜藏本著录：

> 《集千家注分类杜工部诗》，篇目同前，后附《文集》二卷。此书即前版，惟将《传序碑铭》后"建安余氏"篆书木记劖去，别刊"广勤书堂新刊"木记。《门类》目录后钟式、炉式二木记尚存，而以"皇庆壬子"易刊"三峰书舍"，"勤有堂"易刊"广勤堂"。其《诗题》目录后别行所刊之"皇庆壬子余志安刊于勤有堂"十二字，虽亦劖去，而卷二十五后所刊者，当时竟未检及，失于削补。所增附之《文集》二卷，摹印草草，较之前二十五卷亦不相类。此拙工所为，虽欲作伪，亦安能自掩也耶！③

---

① 叶德辉《书林清话》卷四："建安余氏书业，衰于元末明初。继之者有叶日增广勤堂，自元至明，刻书最夥。亦有得余板而改易其姓名堂记者。"(复旦大学出版社2008年版，第99—101页)《天禄琳琅》、《瞿目》、《丁志》均著录其改易《集千家注分类杜工部诗》。

② [日]岛田翰撰，杜泽逊，王晓娟点校《古文旧书考》卷第二《宋椠本考》，上海古籍出版社2014年版，第198—199页。

③ [清]于敏中等撰《天禄琳琅书目》卷六，上海古籍出版社2007年版，第183—184页。

所记乃是广勤堂对勤有堂本的“盗印”痕迹。广勤堂本除直接“劖去”勤有堂牌记、题署外，于敏中还别录一种作伪方式：“(同)为一时摹印之书，其卷二十五后虽亦无‘皇庆壬子余志安刊于勤有堂’一行，乃用别纸黏接，非由板中劖去，系后之鬻书者知其作伪未周，又从而弥缝之耳。”①

至于元刻本《集千家注分类杜工部诗》的基本面貌及诸本关系，多家藏书志有不同角度的记述，现抄录三种主要的。一是缪荃孙《嘉业堂藏书志》的记述：

> 是编分七十三类。集注姓氏，唐贤二家，时贤一百五十四。鹤注本继其父希而作而名列于前，殊无伦次。每半叶十二行，每行大二十字、小二十六字，文集大、小均二十三字。年谱每半叶十三行，每行二十四字。诗门类后有钟式“三峰书舍”、鼎式“广勤堂”木印。杨蟠诗后有“广勤书堂”长方木记。按此即皇庆年余氏勤有堂板，后归广勤堂，增刊文集二卷，故行款迥异。②

二是王国维《传书堂藏书志》的记载和判断：

> 《集千家注分类杜工部诗》二十五卷《文集》一卷，元刻本。东莱徐居仁编次、临川黄鹤补注。杜工部传序碑铭、集注杜工部诗姓氏、杜工部年谱。每半页十二行，行大二十字、小二十六字。此即余氏勤有堂刊本，后其板归广勤堂，故《传序碑铭》后有“广勤书堂新刊”牌子，《集千家注杜诗门类》后有“三峰书舍”钟式墨印、“广勤堂”鼎式墨印，卷二十五后又有明人补书“至正戊子潘屏山刊于圭山书院”一行。此处原有牌子，云“皇庆壬子余志安刊于勤有堂”，归广勤堂后乃剜去此牌，未曾补刊，此本剜迹犹存，即为勤有堂本之证。圭山书院本则翻刊勤有堂本，后人以二本行款相同，故补书于此。③

三是《成都杜甫草堂收藏杜诗书目》的著录：

---

① [清]于敏中等撰《天禄琳琅书目》卷六，上海古籍出版社 2007 年版，第 184 页。

② 缪荃孙，吴昌绶，董康撰，吴格整理点校《嘉业堂藏书志》卷四集部，复旦大学出版社 1997 年版，第 514 页。

③ 王国维《传书堂藏书志》卷四，上海古籍出版社 2014 年版，第 864—865 页。

> 《集千家注分类杜工部诗》25卷附《文集》2卷。宋宁宗时(1194—1224)东莱徐居仁编次，宋临川黄鹤补注。元至正二十二年(1362)广勤堂印本，30册。此书为元皇庆元年(1312)建安余氏勤有堂刻本，后板归广勤堂叶氏，叶氏复刻文集二卷，遂称广勤堂本。前有黄鹤撰年谱一卷，集注杜诗姓氏一百五十六人，诗分七十二门，首纪行类《北征》诗。①

叶德辉《书林清话》在归纳“坊估宋元刻之作伪”时云：“自宋本日希，收藏家争相宝贵，于是坊估射利，往往作伪欺人，变幻莫测。总之不出以明翻宋板剜补改换之一途。或抽去重刊书序，或改补校刊姓名，或伪造收藏家图记钤满卷中，或移缀真本跋尾题签掩其赝迹。就《天禄琳琅》所辨出者，已有十余种之多。”②而根据以上各家的记述，可见翻版作伪已始于元代书贾，广勤堂翻刻本《集千家注分类杜工部诗》无疑即是“盗印本”。明代的各翻刻本多由此衍生。

一、正德汪谅翻元广勤堂刊本

徐居仁分类本杜诗颇为明人所看重，《集千家注分类杜工部诗》对明人翻刻宋本的版式及新编杜集的编次体例均有不小影响，但明人很可能从未见过南宋绍定四年初刻本，他们所接受的是元人重刻本，很多明人还是由正、嘉间书贾汪谅翻刻本而得读分类本杜诗的。

《中国古籍版刻辞典》载，汪谅是“明嘉靖间金台人，设书铺于正阳门内，多翻刻宋元善本，刻印皆工，藏书家多珍之”③。按，金台实为北京书肆云集之所，而非郡望或籍贯。时人李廷相为作《刻杜诗序》中谓“旌德汪谅氏以鬻书名京师间”④，陆深《重刻唐音序》亦有“旌德汪谅氏既刻杜集，力复举此，予嘉其勤也，复为之序”⑤的记述，知汪谅应为旌德人。

据清乾隆间于敏中《天禄琳琅书目》记述，汪谅刻《集千家注分类杜工部

---

① 成都杜甫草堂编印《成都杜甫草堂收藏杜诗书目》，南京图书馆藏成都杜甫草堂1958年油印本，第3页。

② 叶德辉《书林清话》卷十，复旦大学出版社2008年版，第228—229页。

③ 瞿冕良编著《中国古籍版刻辞典》(增订本)，苏州大学出版社2009年版，第403页。

④ [明]李廷相《刻杜诗序》，转引自周采泉《杜集书录》内编卷十一，上海古籍出版社1986年版，第663页。

⑤ [明]陆深撰《俨山集》卷三十八《重刻唐音序》，影印《文渊阁四库全书》第1268册，上海古籍出版社1987年版，第237页。

诗》实为元广勤堂刊本的翻印：

> 此书乃以前版重加翻刻，故将建安余氏前后所列之名尽为削去，其“广勤书堂新刊”木记亦复不存。惟以钟式木记中“三峰书舍”四字易刊“汪谅重刊”，而炉式木记中之“广勤堂”则仍其旧。汪谅，无考。观其去“广勤书堂新刊”木记，则是堂亦非汪谅所有矣。书中注字本小，一经翻刻，笔画未免较肥，然纸质印工实出前二部（即广勤书堂新刊本）之上。①

清代藏书家丁丙《善本书室藏书志》比较了此书的三个版本，即有一部明汪谅翻元刊本《集千家注分类杜工部诗》二十五卷，曰：

> 元时有数刻，一为建安余氏勤有堂刊，目录后有“皇庆壬子”钟式木印，“勤有堂”鼎式木印；一为广勤堂新刊，有“三峰书舍”钟式木印，“广勤堂”鼎式木印；又有至正戊子潘屏山刊于圭山书院者。此为明汪谅所翻，行款、字数与元刊无异，惟笔画稍肥耳。刷印用明时官牍残纸，颇多古趣。汪谅乃金台书估，柯氏《史记》、张氏《文选》，皆其所刊者。②

万曼《唐集叙录》认为：“所谓笔画稍肥，不过是由于刷印的次数多而变形的。”③叶德辉却不同意丁丙所谓“翻刻”的判断，曰：“‘行款、字数与元刊无异，惟笔画稍肥。’不知笔画肥由于久印低损，非出翻刻。”他认为这数个版本只不过是“同一刻版而数易主名”而已④。其实，叶德辉与丁丙等人对勤有堂、广勤堂、金台汪谅诸印本的关系认识基本一致，他们只是对“翻刻”概念理解略有差异。

关于汪谅覆刻本，王国维《传书堂藏书志》卷四著录又提及“亡其序跋”一点⑤，《清华大学图书馆藏善本书目》著录较细致，云：

---

① ［清］于敏中等撰《天禄琳琅书目》卷六，上海古籍出版社 2007 年版，第 185 页。

② ［清］丁丙撰《善本书室藏书志》卷二四，《续修四库全书》史部第 927 册，上海古籍出版社 2002 年版，第 438 页。

③ 万曼《唐集叙录・杜工部集》，中华书局 1980 年版，第 124 页。

④ 叶德辉《书林清话》卷四，复旦大学出版社 2008 年版，第 101 页。

⑤ 王国维《传书堂藏书志》卷四，上海古籍出版社 2014 年版，第 865 页。

> 《集千家注分类杜工部诗》二十五卷《文集》二卷，唐杜甫撰，宋徐居仁编次、黄鹤补注，《年谱》一卷，宋黄鹤撰。明正德十四年(1519)汪谅金台书院刻本。二十四册四函。十二行二十字，小字双行二十六字，粗黑口，四周双边。钤“泾川沈文瑞氏图书”印。①

此处“粗黑口”的描述，与傅增湘《藏园订补郘亭知见传本目录》补记勤有堂本“细黑口”特征的描述有明显区别。粗黑口，正是明前期刻书特征。

二、嘉靖马龠校订汪谅翻刻本

正、嘉时期，明人覆刻宋本达到了前所未有的高潮，汪谅翻元广勤堂刊本杜集也在嘉靖年间数度得以校刊重修。周采泉谓汪谅重刻分类本杜诗，乃于“明正德十四年(1519)刻，嘉靖元年(1522)刻成。浙江图书馆藏”②。今见《浙江图书馆馆藏杜诗书目》著录：

> 《集千家注分类杜工部诗集》二十五卷，宋徐居仁编次，黄鹤补注。
>
> 明嘉靖元年(1522)汪谅刻本，10册，甲善。
>
> 卷首有正德己卯李廷相、陆深序，杜工部传、序、碑铭及黄鹤撰杜诗年谱。卷末文集二卷。有嘉靖元年马龠校正跋，是为汪刻改正本。③

所谓“嘉靖元年(1522)汪谅刻本”，已非汪谅正德间初次覆刻元本，而是嘉靖元年(1522)由马龠校订汪谅翻元广勤堂刊本后的重修本。此本既保留了正德十四年(1519)李廷相、陆深为汪谅翻刻元刊所作的两篇序，又增添了校勘者马龠之跋识。故称“汪刻改正本”。

李廷相(1481—1544)，字梦弼，号蒲汀，山东濮州人。弘治十五年(1502)殿试探花，授翰林编修，嘉靖间官至南京户部尚书。④ 家藏万余卷

---

① 清华大学图书馆编《清华大学图书馆藏善本书目》，清华大学出版社2003年版，第276页。

② 周采泉《杜集书录》内编卷十一，上海古籍出版社1986年版，第662页。

③ 浙江图书馆编印《浙江图书馆馆藏杜诗书目》，上海图书馆公藏线普415160，浙江图书馆1956年油印本，第1(b)页。

④ 参看张㧑之、沈起炜、刘德重主编《中国历代人名大辞典》，上海古籍出版社1999年版，第971页。

书，尤尚宋元旧本。其《刻杜诗序》略云：

> 古今刻杜诗者，亡虑数十家。而天下学士大夫往往乏善本。盖其所刻，止五言或七言，而遗其歌行，则体裁不备；即五七言、歌行连梓矣，而遗其训注，则微言奥旨，或未易窥，是以观者病焉。①

李廷相生活的弘治末至嘉靖前，是明代社会急剧转型时期。仅就古籍刻印言，弘治前以官刻为主，伴随"弘治中兴"带来经济复苏、上升，家刻、坊刻日渐兴旺，及嘉靖而臻繁荣之极。故正、嘉间不惟崇尚翻刻宋元旧籍，还产生大量新编新刻杜集。当时刻印杜集，以杜律本最为时尚，又蔑弃宋人训注，多刻白文本，汲古好书的李廷相对出版市场反映出来的嘉靖学风颇为忧虑，因此见徐居仁编次、黄鹤补注的《集千家注分类杜工部诗》则倍加称赏。

陆深（1477—1544），字子渊，号俨山，直隶上海人。弘治十八年（1505）进士，仕太常卿，累官至礼部侍郎，谥文裕。颇负文名，兼工书法，著述亦丰。尤喜藏书，室名"四西斋"。② 所撰《江东藏书目录》已佚，而《俨山文集》载有《重刻杜诗序》，略云：

> 自迁史班书而下，杜诗韩文为世所流布，宜无限也。近时杜学盛行，而刻杜者亦数家矣。余所蓄千家注者，于杜事为备，间付汪谅氏重翻之，以与学杜者共诵其诗、读其书，且以论其世也。……工既成，因为之序。卷帙次第，固无改于旧云。正德己卯重阳日承德郎国子监司业云间陆深书。③

由此序可知，汪谅翻刻的底本乃是陆深藏本，此本必为元广勤堂本。

近人叶启勋撰《拾经楼䌷书录》中对"集千家注分类杜工部诗二十五卷文二卷（元刊明印本）"的由来始末作了最详赡的阐述：

---

① ［明］李廷相《刻杜诗序》，转引自周采泉《杜集书录》内编卷十一，上海古籍出版社 1986 年版，第 663 页。

② 参看瞿冕良编著《中国古籍版刻辞典》（增订本），苏州大学出版社 2009 年版，第 159 页。

③ ［明］陆深撰《俨山集》卷三十八《重刻杜诗序》，影印《文渊阁四库全书》第 1268 册，上海古籍出版社 1987 年版，第 237 页。

庚午春月，为先世父考功君校刻《书林清话》，知建安余氏书业衰于元末明初，其皇庆壬子所刊《千家注分类杜工部诗集》原有"皇庆壬子余氏"木记者，其板后为叶氏广勤堂所得，遂将"皇庆壬子余氏"木记剷去，别刊"广勤堂新刊"木记。其钟式、炉式二木记尚存，而以"皇庆壬子"四字易刻"三峰书舍"，"勤有堂"三字易刻"广勤堂"。目录后"皇庆壬子余志安刊于勤有堂"十二字虽已剷去，而卷二十五后犹未剷补，并别刊《文集》二卷附印以行，故其字迹与全书迥异。迨明，其板又为金台汪谅所得，削去"广勤堂"三字，而以"三峰书舍"四字易为"汪谅重刊"。惟全书久印低损，故较初印本笔画稍肥矣。癸酉秋九，余从道州何氏东洲草堂收得此本。全书图记均经剜补，以后附有《文集》二卷，知非广勤堂印本，即汪谅印本。盖书估欲伪充余氏勤有堂本以欺世，差幸不知此中源委，故未将《文集》割弃，尚有踪迹可寻耳。然其为叶氏印本，或汪氏印本，殊难审定矣。惟据聊城杨氏《楹书隅录》著录元广勤堂本，云卷首杨蟠《观子美画像》诗后有"广勤书堂新刊"木记一行。此本于此处既未剜补，又无此一行，已知其为汪谅得板后印行之本。旋从县人袁氏卧雪楼见一残本，缺一之十卷，其卷二十五后"正德己卯春正月吉旦金台书院汪谅重刊"一行，尚未被贾人剜去，乃贱价收之，取与此本比勘，益证此为明时汪谅印行之本矣。全书每半页十二行，每行大二十字，小廿六字。首题"东莱徐居仁编次，临川黄鹤补注"，盖分类分卷俱居仁之旧，注则鹤有所补益也。《四库全书总目》著录刘须溪评注二十卷本，诸注皆高楚芳所附入，已删节十之五六。此乃当时完帙，又为勤有堂原版，颇不数觏，诚秘笈矣。丙辰仲夏，从永明周季譻舍人銮诒家，得明正德庚辰刘宗器安正堂刊本《分类补注李太白集》二十五卷，与此可称双璧云。①

不论书贾如何变换手段作伪以充元刻旧本分类杜集，都不可回避此书元明两代确实历经了数度翻刻的版本流变：元皇庆勤有堂刻本→至正广勤堂覆刻勤有堂本→明正德汪谅翻广勤堂刊本→嘉靖马龠校订汪谅翻刻本。

---

① 叶启勋撰《二叶书录·拾经楼紬书录》卷下，上海古籍出版社 2014 年版，第 104—105 页。

第四节　明刻黄鹤补注、刘辰翁批点本《集千家注杜工部诗集》

在宋元明以来的杜诗版本中，分类本以题称徐居仁编次、黄鹤补注的书贾拼合本《集千家注分类杜工部诗》最著名而极复杂，更复杂的则是产生于宋末元初的批点本，或题称黄鹤补注、高楚芳编《集千家注杜工部诗集》，或题为高楚芳编、刘辰翁批点《集千家注批点杜工部诗集》。

此本主要特征：二十卷，有的另附两卷文集；以王洙、王安石、胡宗愈、蔡梦弼四序冠首，书名题为《集千家注批点杜工部诗集》者另有刘将孙序；系年编次；有刘辰翁的评点。

根据以上四项特征梳理，可归纳为两个系统，一书名题为《集千家注杜工部诗集》，无刘将孙序；一书名题为《集千家注批点杜工部诗集》，有刘将孙序。

清编《四库全书》收录江苏巡抚采进本《集千家注杜诗》。此本二十卷，以王洙、王安石、胡宗愈、蔡梦弼四序冠首，诗多有解题，句下集有宋人诸注，又有不署名评语，提要谓“其句下篇末诸评，悉刘辰翁之语”。此本提要称“不著编辑人名氏”，又推测云：“元大德间有高楚芳者，删存诸注，以刘评附之，此本疑即楚芳编也。”四库馆臣对此本价值的认定：“编中所集诸家之注，真赝错杂，亦多为后来所抨弹。然宋以来注杜诸家，鲜有专本传世，遗文绪论，颇赖此书以存。其筚路蓝缕之功，亦未可尽废也。”①四库所用江苏巡抚采进本无黄鹤署名，提要亦未及刊刻年代与底本所自。

按，高楚芳编本初为戊申年（1308）刊刻，原本半叶十四行，目录之后有“云衢会文堂戊申孟冬刊”木记，首更有刘辰翁子刘将孙大德癸卯年（1303）序。将孙序明确指出该书为高楚芳所编，又有将孙门人刘郁辅助，且称高氏“删旧注无稽者、泛滥者，特存精确必不可无者”，又谓“楚芳于是集，用力勤，去取当，校正审，贤他本草草借吾家名以欺者甚远”②。万曼《唐集叙录》比较多家藏本，发现元刻本还有半页八行、二十二行本③。

日本秘府藏本为元云衢会文堂本，岛田翰《古文旧书考》著录称：“二十卷之书，视皇庆本，其注本颇有删略，以刘辰翁评语散附句下，篇末是元大德

---

① ［清］永瑢等撰《四库全书总目》卷一四九（集部·别集类二），中华书局1965年版，第1281页。

② ［清］范邦甸等撰《天一阁书目》卷四之一（集部一），上海古籍出版社2010年版，第343—344页。

③ 万曼《唐集叙录》，中华书局1980年版，第125页。

中高楚芳所为也。秘府收大德戊申云衢会文堂刻本，卷首有大德癸卯冬须溪子庐陵刘将孙尚友序。"①岛田翰的著录，将元皇庆刻本《集千家注分类杜工部集》与此本相提并论，不知何故。又，清末民初目录版本学家、大藏书家杨守敬在《日本访书志》中亦对此本有描述：

> 《集千家注杜诗》二十卷、文集二卷，元椠元印本。首有元大德癸卯刘将孙序；次目录，前题"须溪先生刘会孟评点"；次附录各家序跋及须溪总论；次年谱。以下唯卷一题"会孟评点"（文集卷一亦有此题），余卷并无之。据将孙序（将孙系会孟之子），知此本为高楚芳所编，盖楚芳删次各家之注，而附以会孟评点也。其诗亦分类编次，而与鲁訔、黄鹤本，皆不甚合。明代白阳山人、金鸾、许自昌等所刻，皆从之出，而并遗刘将孙序，遂不知编此本者为何人。朱竹垞竟谓出之蔡梦弼，尤失考矣。②

杨守敬在此指出了明代诸翻刻本皆从元刻本出，但均遗落刘将孙序，朱彝尊还为此误以为源出蔡梦弼。按，朱彝尊所见本疑与四库馆臣所见者同，因无编者名氏，卷首无刘将孙序，收录四序中，末为蔡梦弼序，而有此误。此外，杨守敬称此本"分类编次"，竟与岛田的著录相似。而奇怪的是，杨守敬提及的几种明刻本都不是"分类编次"本而属于编年本。其实，朱、杨二氏致误的原因是未辨明此本有两个版本系统，书名无"批点"二字者，皆无刘将孙序。

书名有"批点"二字的版本，日本人涩江全善等撰《经籍访古志》中著录了"求古楼藏元椠本"《集千家注批点杜工部诗集》二十卷《文集》二卷《附录》一卷，署为"元高楚芳编"，谓：

> 首有大德癸卯刘将孙序，称"先君子须溪先生平生屡看杜集，既选为《兴观》，他评泊尚多，批点皆各有意。高楚芳类评刻之，复删旧注无稽者、泛滥者，特存精确必不可无者，求为序以传。楚芳于此注用力勤，去取当，校正审，贤他本草草籍吾家名以欺者甚远。

---

① ［日］岛田翰撰，杜泽逊，王晓娟点校《古文旧书考》卷第二《宋椠本考》，上海古籍出版社 2014 年版，第 198 页。

② ［清］杨守敬撰《日本访书志》卷十四，《续修四库全书》史部第 930 册，上海古籍出版社 2001 年版，第 702 页。"白阳山人"应是"明易山人"之误，详见后文的讨论。

> 相之者，吾门刘郁”云云。序后载杜工部年谱及目录。卷首并目录首题“须溪先生刘会孟评点”。每半板十四行，行廿四字或五六字，注双行，界长七寸二分，幅四寸六分。目录末有“云衢会文堂戊申孟冬刊”木记。考戊申乃大德十二年，是岁改元至大，隔刘序之时仅数岁，则此本当楚芳原刊。每卷有“梵后”、“大宁”、“松雪斋”等数印，他文不可读。容安书院、宝素堂俱藏元椠零本，板式一与此本同。《孙氏祠堂书目》载大德刊本，盖亦与此同种。①

下面考述前四种为无刘将孙序的系统，第五至七种书名均有“批点”二字，均有刘将孙序，为另一版本系统。

一、嘉靖玉几山人本

无论从刻印频次还是存世版本看，嘉靖玉几山人本都是明代翻刻最多、流传最广泛的宋人千家注本杜集。玉几山人，名曹道，安徽休宁人，嘉靖十五年(1536)前后在世，以坊刻为业，是古徽州刻书的代表人物之一。

关于玉几山人翻刻所据之底本，向有两种不同说法：一种以其脱胎于署为徐居仁编次、黄鹤补注《集千家注分类杜工部诗》，另一则归于元高楚芳所编刘辰翁批点本。笔者认为，前一说应是谬误，后一说抹煞与黄鹤的关系也不妥。以下试逐一分述考论。

(一)玉几山人本非自徐居仁分类本

于敏中《天禄琳琅书目》最初从明王时敏藏本中得出玉几山人本源自“分类”本之说：

> 《集千家注杜工部诗集》(二函二十三册)，唐杜甫著。《诗集》二十卷，附《文集》二卷。前宋王洙、王安石、胡宗愈、蔡梦弼四序，后载甫《墓志》、本传二篇。前元版中有是书，展转翻刻，木记互异，然标题俱称“集千家注分类杜工部集”。此则明人所梓行者，删去“分类”二字。所收序文亦与元刊不一。按：后一部标题次行称“玉几山人校刊”，此本无之，所空一行亦未别刊姓氏，则知玉几山人者必为明人书贾，欲伪作宋椠，嫌其名而掩之，固了然也。②

---

① [日]涩江全善，森立之等撰《经籍访古志》卷第六(集部)，上海古籍出版社 2014 年版，第 210 页。

② [清]于敏中等撰《天禄琳琅书目》卷十，上海古籍出版社 2007 年版，第 336 页。

前文已述《天禄琳琅书目》对明人翻刻元版《集千家注分类杜工部集》著录颇多，且对其辗转翻刻中剜改木记现象多所关注，于是将这种书贾作伪的思维迁移到同为黄鹤补注本《集千家注杜工部集》上来。始且将元广勤堂本和玉几山人本作一简要比较（表 2-3）。

表 2-3　集千家注分类杜诗与集千家注杜诗对比表

书名	集千家注分类杜工部诗	集千家注杜工部诗集
卷数	诗二十五卷，文集二卷，年谱一卷	诗集二十卷，文集二卷，附录一卷
版本	元广勤堂刊本	明玉几山人刻本
卷前	前有黄鹤撰年谱一卷，集注杜诗姓氏一百五十六人，诗分七十二门，首纪行类《北征》。	前宋王洙、王安石、胡宗愈、蔡梦弼四序，后载甫《墓志》、本传二篇。
版式	每半叶十二行，每行大二十字、小二十六字，文集大、小均二十三字。年谱每半叶十三行，每行二十四字。	八行十七字，小字双行同，白口，四周双边，双鱼尾，有刻工。

除同为黄鹤补注外，二书基本信息可说是完全不符，玉几山人本很明显没有黄鹤所撰年谱，也未采用分类编次，序文也与元刊不一，版式亦然。如此，便不可能存在因承关系，互异也绝非书贾作伪造成，而是根本上非同源之版。

（二）玉几山人本因袭黄氏补注本编年体例

若参校黄氏补注本和玉几山人本千家注杜集的卷目，就会发现二者既同属编年体，却又差别较大。由于宋本《黄氏补注杜诗》每卷收杜诗不及明玉几山人本《集千家注杜诗》一半，为了更好地比照两个版本之间的重合度，分辨造成殊异的原因，笔者选取了黄氏补注本前两卷和玉几山人本第一卷的杜诗目录，作表列示如下：

表 2-4　黄鹤补注本杜诗与玉几山人本目录对读

序号	黄氏补千家集注杜工部诗史（卷一、卷二）	集千家注杜工部诗集（卷一）
1	奉赠韦左丞丈廿二韵（天宝七载作）▲	游龙门奉先寺▲
2	送高三十五书记（天宝十二载作）	赠李白▲
3	赠李白（开元二十四年作）▲	望岳▲
4	游龙门奉先寺（开元二十四年作）▲	刘九法曹郑瑕丘石门宴集
5	望岳（开元二十四年作）▲	与李十二白同寻范十隐居
6	陪李北海宴历下亭（天宝四载作）▲	题张氏隐居二首

续表

序号	黄氏补千家集注杜工部诗史(卷一、卷二)	集千家注杜工部诗集(卷一)
7	登历下古城员外新亭(天宝四载作)▲	赠李白
8	亭对鹊湖(天宝四载作)▲	登兖州城楼
9	玄都坛歌寄元逸人(天宝四载作)▲	对雨书怀走邀许主簿
10	今夕行(天宝五载作)▲	巳上人茅斋
11	贫交行(天宝十一载作)▲	房兵曹胡马
12	兵车行(天宝九载作)▲	画鹰
13	高都护骢马行(天宝七载作)▲	临邑舍弟书至苦雨黄河泛溢……
14	天育骠骑歌(天宝末年作)	冬日有怀李白
15	白丝行(天宝十一载作)▲	龙门
16	秋雨叹三首(天宝十三载作)	天宝初……假山植慈竹
17	叹庭前甘菊花(天宝十三载作)	春日忆李白
18	醉时歌(天宝十二载作)	李监宅二首
19	醉歌行(天宝十四载作)	与任城许主簿游南池
20	赠卫八处士(天宝九载作)▲	过宋员外之问旧庄
21	苦雨奉寄陇西公兼呈王徵士(天宝十三载作)	夜宴左氏庄
22	同诸公登慈恩寺塔(天宝前十载作)▲	郑驸马宅宴洞中
23	示从孙济(天宝十三载作)	重题郑氏东亭
24	九日寄岑参(天宝十三载作)	陪李北海宴历下亭▲
25	送孔巢父谢病归游江东兼呈李白(至德二载作)	同李太守登历下古城员外新亭▲
26	饮中八仙歌(天宝年间作)▲	亭对鹊湖▲
27	曲江三章章五句(至德元载作)	暂如临邑至㟏山湖亭奉怀李员外……
28	丽人行(天宝十三载作)	行次昭陵
29	乐游园歌(天宝年间作)▲	饮中八仙歌▲
30	渼陂行(天宝十三载作)	赠特进汝阳王二十韵
31	渼陂西南台(天宝十三载作)	赠比部萧郎中十兄
32	戏简郑广文虔兼呈苏司业源明(天宝十四载作)	今夕行▲
33	夏日李公见访(天宝十四载作)	奉寄河南韦尹丈人

续　表

序号	黄氏补千家集注杜工部诗史(卷一、卷二)	集千家注杜工部诗集(卷一)
34	奉同郭给事汤东灵湫作(天宝十三载作)	赠韦左丞丈济
35	夜听许十一诵诗爱而有作(天宝十四载作)	奉赠韦左丞丈二十二韵▲
36	桥陵诗三十韵因呈县内诸官(天宝十三载作)	高都护骢行▲
37	沙苑行(天宝十三载作)	冬日洛城北谒玄元皇帝庙
38	骢马行(天宝十四载作)	赠卫八处士▲
39	去矣行(广德二年作)	赠翰林张四学士垍
40	自京赴奉先县咏怀五百字(天宝十四载作)	重经昭陵
41	白水县崔少府高斋三十韵(天宝十五载作)	故武卫将军挽词三首
42	三川观水涨二十韵(天宝十四载作)	兵车行▲
43	大云寺赞公房四首(至德二载作)	同诸公登慈恩寺塔▲
44	哀江头(至德二载作)	投简成华两县诸子
45	哀王孙(至德元载作)	杜位宅守岁
46	悲陈陶(天宝十五载作)	玄都坛七言六韵寄元逸人▲
47	悲青坂(天宝十五载作)	乐游园歌▲
48		敬赠郑谏议十韵
49		送韦书记赴安西
50		奉赠太常张卿垍二十韵
51		奉赠鲜于京兆二十韵
52		贫交行▲
53		白丝行▲

(注:表中带“▲”者表示两个版本均有的杜诗篇目)

读表2-4可知:

(1)宋本《黄氏补注杜诗》是逐首编年的杜集,然单从前两卷括注的作诗年份便可见其依年编次中有紊乱之处。即如《游龙门奉先寺》、《赠李白》、《望岳》三首均是“开元二十四年作”,却反被排序于“天宝七载作”《奉赠韦左丞丈廿二韵》、“天宝十二载作”《送高三十五书记》之后,这种不合理的编次被明玉几山人本校正之例,比比皆是,不再赘举。

(2)宋本《黄氏补注杜诗》录杜诗目卷一、卷二共计47条,明玉几山人本卷一录53条(有些条目中有数首杜诗)。明本有17条诗目与宋本完全重合。从篇目排序中,可见玉几本与黄氏补注本有一定的渊源关系。尽管未见玉几本有明确作诗年份标注,但其编排杜诗先后次第的合理性,不得不令人推测编者编年功力之深。若非黄鹤本人在《黄氏补注杜诗》以后又校订修整过千家注本的系年诗目,便是后来的编纂者悉心考辨过黄鹤编年的失误才做出及时补正。

(3)玉几山人本卷一第6条录"《题张氏隐居》二首",其一为七律、其二为五律。若系分体本,则不可能同时置于同一卷中。因其均为杜甫早年之诗,编年本自应编入卷一。

综上所述,玉几山人本除了黄鹤注语外,还与《黄氏补注杜诗》一样采用编年体例,后世书目多有著录玉几山人本为黄鹤补注①,也并非完全没有道理。

(三)玉几山人本为高楚芳编定说

至于元高楚芳所编刘辰翁批点本之说,清孙星衍《平津馆鉴藏记书籍》谓《集千家注杜工部诗集二十卷》"即前元板须溪批点高楚芳编本,删去圈点,改作大字本。《天禄琳琅》所收,后附《文集》二卷,又载甫墓志、本传二篇,此本无之"②。其后,莫友芝《持静斋藏书记要》则认定《集千家注杜诗二十卷附录一卷》乃"元高楚芳删南宋书肆所编千家注,散附以刘会孟评语刻之,印本尚可。亦元末明初也"③。今王重民《中国善本书提要》沿袭了四库馆臣以为高楚芳编撰之说:

> 集千家注杜工部诗集二十卷文集二卷,十二册(国会)。明嘉靖刻本[八行十七字注双行(21.5×13)]。唐杜甫撰。原书不题集注人姓氏,四库馆臣以为元高楚芳编者,即此本也。卷内题:"大明嘉靖丙申玉几山人校刻。"有"许印乃普"、"滇生"、"昌平王氏北堂藏书"等印。许氏藏书,多载邵懿辰《四库简明目录标注》,其中称:

---

① 北京师范大学图书馆古籍部编《北京师范大学图书馆古籍善本书目》著录:"集千家注杜工部诗集二十卷文集二卷附录一卷。唐杜甫撰,宋黄鹤补注,明嘉靖十五年(1536)玉几山人刻本。二十四册。八行十七字,小字双行同,白口,四周双边。有刻工。白棉纸印。"(北京图书馆出版社2002年版,第225页)清华大学图书馆编《清华大学图书馆藏善本书目》亦录该书为"唐杜甫撰,宋黄鹤补注。明嘉靖十五年曹道刻本。二十册四函。八行十七字,小字双行同,白口,四周双边,双鱼尾,有刻工。钤'潘缪图书'、'陇西多兰氏审定书画'、'思彦'诸印。"(清华大学出版社2003年版,第276页)

② [清]孙星衍撰《平津馆鉴藏记书籍》卷二,上海古籍出版社2008年版,第84—85页。

③ [清]莫友芝撰《持静斋藏书记要》卷之上,上海古籍出版社2009年版,第188页。

“许滇翁有”者是也。惜无藏书目，故近人谈藏书史事者缺焉。[①]

除以上明确认定高楚芳编定之说外，尚有几位重要藏书家未言明其底本所自，而仅就其内容记述。丁丙《善本书室藏书志》有云：

> 集千家注杜工部诗集二十卷附文集二卷（明嘉靖刊本，祝芷塘藏书）。明嘉靖丙申玉几山人校刊。宝元二年翰林学士王洙序……，又有王安石、胡宗愈二序，蔡梦弼跋，后附录元稹撰《墓志铭》、《唐文艺传》。此为诗集二十卷附文二卷，题玉几山人校刊……有“祝德麟印”、“芷塘过眼”两印。[②]

傅增湘《藏园群书经眼录》录曰：

> 集千家注杜工部诗集二十卷文集二卷（唐杜甫撰，宋黄鹤补注）附录一卷。明嘉靖十五年玉几山人刊本，八行十七字。钤有“保山李素藏过”、“太和玉屏山人张峰私印”二印。（余藏。丙辰）[③]

笔者所见《丛书集成续编》所收湖北先正遗书之元高楚芳编《集千家注杜工部诗集二十卷附录一卷》，扉页题有“海阳孟氏慎始据明玉几山人刻本景印”，卷前依次为王洙《杜工部诗史旧集序》、王安石《杜工部诗后集序》、胡宗愈《成都草堂诗碑序》、蔡梦弼《杜工部草堂诗笺跋》四篇序文，然后是目录，大抵按杜诗作年先后编排，既不分体，亦未分类。卷二十后有《附录》一卷，辑有元稹《唐杜工部墓志铭》和宋祁《唐文艺传》，均无注释，不同于卷首王洙之序尚有小字夹注。是书为白口、双白鱼尾、四周双边版式，每半页八行、行十七字，版心为杜集卷次及页码，下注刻工。正文首行“集千家注杜工部诗集卷之一”，次行署“大明嘉靖丙申玉几山人校刻”。诗题下时见“鲁訔曰”、“师曰”、“黄鹤曰”、“梦弼曰”、“王彦辅曰”、“杜修可曰”、“王洙曰”、“赵

---

① 王重民撰《中国善本书提要》，上海古籍出版社1983年版，第500页。

② ［清］丁丙撰《善本书室藏书志》卷二四，《续修四库全书》史部第927册，上海古籍出版社2002年版，第439页。

③ 傅增湘撰《藏园群书经眼录（四）》卷十二，中华书局1983年版，第1033页。

次公曰”、“鲍彪曰”等双行小字注，即印证其“集千家注”之名实①。各诗的评语未标评者名氏，均出刘辰翁氏，如第一首《游龙门奉先寺》在“云卧衣裳冷”句下，有“卧字可虚可实用”之评；《望岳》首两句下评曰：“望岳而言即‘齐鲁青未了’五字，雄盖一世。”又曰：“‘青未了’，语好。‘夫’字谁‘何’，跌荡，非凑句也。”②

经笔者寓目，上海师大古文献特藏明嘉靖十五年(1536)玉几山人校刻《集千家注杜工部诗集二十卷附录一卷》，署为“唐杜甫撰，宋黄鹤补注，元高楚芳编”③，三函十二册。无论版式特征，还是征引诸家注，均与湖北先正丛书本同。

又，玉几本或题为“明易山人校刻”，如笔者所见上图藏本(十二册)，正文首行刻“集千家注杜工部诗集卷之一”，次行即镌“大明嘉靖丙申明易山人校刻”④，其他与玉几山人本几无差别。

二、万历金鸾重刊本

《浙江图书馆馆藏杜诗书目》在玉几山人本后，又附录“万历九年(1581)金鸾重刊本，6册”⑤，似意在标明二者间有承续关系。

金鸾，字在衡，号白屿，陇西(今甘肃)人。《山东大学图书馆古籍善本书目》著录：“《重刊千家注杜诗全集》二十卷《文集》二卷《年谱》一卷《附录》一卷，唐杜甫撰，明万历九年(1581)陇西金鸾刻本。三册一函，十一行、行二十二字，小字双行同，白口，单鱼尾，左右双边。”⑥郑庆笃《杜集书目提要》亦录：“是书北京图书馆藏有明万历九年(1581)刻本，十二册，半页十一行，行二十二字，左右双边，诗集二十卷，后有文集二卷。前有黄芳序云：‘陇西金生鸾从吾游，悯此集久湮于世，请刻以传。予既嘉其志，进之以力学，因僭为

---

① 参看[唐]杜甫撰，[元]高楚芳编《集千家注杜工部诗集二十卷附录一卷》，《丛书集成续编》第163册，台北新文丰出版公司1988年版，第289—755页。

② [唐]杜甫撰，[元]高楚芳编《集千家注杜工部诗集二十卷附录一卷》，《丛书集成续编》第163册，台北新文丰出版公司1988年版，第314页。

③ [唐]杜甫撰，[元]高楚芳编《集千家注杜工部诗集二十卷附录一卷》，明嘉靖十五年(1536)玉几山人校刻本，上海师范大学图书馆古文献特藏部二乙善本694200/445304。

④ [唐]杜甫撰，[元]高楚芳编《集千家注杜工部诗集二十卷文集二卷附录一卷》，明嘉靖十五年(1536)明易山人刻本，上海图书馆馆藏古籍线善771350—61。

⑤ 浙江图书馆编印《浙江图书馆馆藏杜诗书目》，上海图书馆公藏线普415160，浙江图书馆1956年油印本，第1(a)页。

⑥ 山东大学图书馆编《山东大学图书馆古籍善本书目》，齐鲁书社2007年版，第317页。

之序。'是书内容与高楚芳本同。"①

今《北京师范大学图书馆古籍善本书目》录有两部金鸾刻本，均为万历九年(1581)刻本，且署为"唐杜甫撰，宋黄鹤补注，宋刘辰翁评"。一部有"佚名朱、蓝、墨笔批注，十二册。十一行二十二字，小字双行同，白口，左右双边。钤'平阳汪氏藏书'、'平阳旧族'、'云荪'、'毛廉印'、'秋堂'、'涤盦藏书之印'诸印"②。另一部为八册本，行款版式与前一部完全相同。

金鸾刻本卷之首载有黄芳《重刊杜诗全集序》云：

> 凡物有大体，有肢节，观者总其全而等之，乃有辨。评子美之诗，而不要其全，乌乎其可哉？子美在当时，名亚李白，又少白十余岁。而生平逋徙颠蹶，知者亦鲜。死四十余年，至元和间，天下争诵元白而已。而于子美，覆加诋訾。及韩子有"光焰万丈"，"何用谤伤"之语；元微之又极称其盛，谓非李所及。于是子美之名，烨烨与纬耀流辉，而业辞艺者宗之矣。然其为诗，本该博，而发之以雄浑之气；触世故，而宣之以忠义之情；历困抑，而参之以凄惋之音；合文质，而酌之于古今之变。而又善叙事理，如马迁之文，初不缚于绳墨而绳墨在是。若其汪洋之中，偶吐奇峻，乃意兴所到，适然而成；或单词短章，虽极兴致，然在子美，无关重轻；揆以近时诗法，未必皆合，而评诗者乃呫呫摘之以诩声调，又规规然模之。是取肢节而遗大体，非复韩、元二子与之之意矣。旧注凡数十家，惟此本详实，不为臆说。须溪刘会孟批点，亦极平婉。其他《分类》、《补注》、《选注》、《演义》等皆祖之，而庞杂迂衍，吾无取焉。陇西金生鸾从吾游，悯此集久湮于世，请刻以传。予既嘉其志，进之以力学，因僭为之序。万历辛巳重刊，岭南黄芳仲实序。③

因公私书目鲜少著录金鸾刻本，其善本亦不得见。若依浙江图书馆藏本所言，其据玉几山人本重刊，而内容亦同于高楚芳所编，则是书惟版式异于玉几山人本。

---

① 郑庆笃等《杜集书目提要》，齐鲁书社 1986 年版，第 50 页。

② 北京师范大学图书馆古籍部编《北京师范大学图书馆古籍善本书目》，北京图书馆出版社 2002 年版，第 226 页。

③ [明]黄芳《重刊杜诗全集序》，明万历金鸾刻本《重刊千家注杜工部全集》卷首，见冀勤编著《金元明人论杜甫》，商务印书馆 2014 年版，第 399—400 页。

三、万历黄陞校刻本

出于金鸾本而比之流传更广的，却是万历中后期黄陞重修本。目今各大古籍善本书志依然录其校刻本甚为周详，特列示如下：

表 2-5 今人书目著录黄陞校刻本集千家注杜集版本信息辑录

古籍善本书目	著录版本信息
浙江图书馆馆藏杜诗书目	集千家注杜工部诗集二十卷：明黄陞重编，明万历刻本，二十四册。卷首仍王洙、王安石、胡宗愈、蔡梦弼四序，黄陞刻书序及附录、年谱，末文集二卷。此本按诗体编排：分五古、七古、五律、七律、五排律、七排律、五绝、七绝。①
清华大学图书馆藏善本书目	集千家注杜工部诗集二十卷文集二卷：明黄陞校，明万历间刻本，十册二函。八行十七字，小字双行，白口，左右双边，有刻工。存二十卷：诗集卷三至二十，文集二卷。②
北京师范大学图书馆古籍善本书目	集千家注杜工部诗集二十卷文集二卷、重刊杜工部年谱一卷附录一卷：明万历间黄陞校刻本，十二册。八行十七字，小字双行同，白口，左右双边。③
山东大学图书馆古籍善本书目	集千家注杜工部诗集二十卷附录一卷：明黄升校，明万历九年(1581)刻本，十册二函。八行十七字，小字双行同，白口，单白鱼尾，四周单边；有写工、刻工名录。④
日藏汉籍善本书录	集千家注杜工部诗集二十卷文集二卷附年谱一卷：明黄昇校，明万历九年(1581)刊本，共十二册。东洋文库、静嘉堂文库藏本。每半叶有界八行，行十七字。注文双行，行同正文，白口，左右双边。⑤

从以上诸家著录中，非但能识得“八行十七字，白口，左右双边”等基本一致的版式特征，以见其万历间刻书风格；还约略可以提炼出三大困惑：首先，《集千家注杜诗》重刻本的校刻者究竟是黄陞、黄升还是黄昇？其次，所谓万历间刊本是否即万历九年(1581)刊本？最后，既然和嘉靖玉几山人本同为一书的不同版刻，何以玉几本为编年体，而此本却骤然改作分体编次？若要予以考辨回应，则尚须揭出两部记述更详赡的海外藏中文善本书志。

美国《柏克莱加州大学东亚图书馆中文古籍善本书志》所录“集千家注

① 浙江图书馆编印《浙江图书馆馆藏杜诗书目》，上海图书馆公藏线普 415160，浙江图书馆 1956 年油印本，第 1(a)页。

② 清华大学图书馆编《清华大学图书馆藏善本书目》，清华大学出版社 2003 年版，第 276 页。

③ 北京师范大学图书馆古籍部编《北京师范大学图书馆古籍善本书目》，北京图书馆出版社 2002 年版，第 225 页。

④ 山东大学图书馆编《山东大学图书馆古籍善本书目》，齐鲁书社 2007 年版，第 316—317 页。

⑤ 严绍璗编著《日藏汉籍善本书录》(集部 · 别集类)，中华书局 2007 年版，第 1444 页。

杜工部诗集二十卷文集二卷"云：

> 唐杜甫撰，宋黄鹤补注，附年谱一卷附录一卷，明万历间黄陞刻本，十二册。匡高 21.5 厘米，广 13.3 厘米。半叶八行，行十七字，左右双边，白口，单鱼尾。卷端题"睢阳后学黄陞校"。首《杜工部诗史旧集序》，次赐同进士出身山东道监察御史钦差提督南畿学校前奉敕巡茶巡按陕西翰林院庶吉士睢阳黄陞序。版心下题写工、刻工名。写工：周应达、侯朝稳、张仕评、杨纯、杨安邦、成福。刻工：胥守连、赵应瑞、孙光裕……①

从是书卷首《杜工部诗史旧集序》题署可知，撰写人睢阳黄陞乃是进士出身，历山东道监察御史，时任陕西巡按。在《明清进士题名碑录》中，明代河南睢州黄陞仅一人，为万历二十六年戊戌科(1598)第三甲第一一二名进士②，未见黄升或黄昇。因"陞"、"升"、"昇"三字互为异体，倒不难理解今人书目著录校刻者时何以会产生不统一的现象。惟其登科年份及作序时已官至陕西巡按，则此书断不可能刻于他及第前之万历九年(1581)。今山大藏本和日藏汉籍均将之误为万历九年刻本，实是受到黄芳序的影响。惜柏克莱加州大学藏本已佚是序，然普林斯顿大学藏本有"万历九年(1581)黄芳序，无年月黄陞序，及旧序四篇"③，即知混淆了黄芳、黄陞二序及其作年，便会导致对此书刻年的判断失误。复据黄陞序称：

> 出箧中旧本，参以诸家本，逐体诠次，正其豕亥，剖其疑似。互存者标之，逸散者补之。要于分体中不失编年遗法，使读之者由各体以详按轨则之变，亦即由各体以究稽历履之实，衡验诸本，此其近便。为捐俸贻三原令吴江沈琦、临晋李楼凤勖工告成事。④

---

① [美]柏克莱加州大学东亚图书馆编《柏克莱加州大学东亚图书馆中文古籍善本书志》，上海古籍出版社 2005 年版，第 261 页。

② 朱保炯，谢沛霖撰《明清进士题名碑录索引》附《历代进士题名录》，上海古籍出版社 1980 年版，第 1566、2579 页。

③ 屈万里编著《普林斯顿大学葛思德东方图书馆中文善本书志》卷四集部，台北联经出版事业公司 1984 年版，第 411 页。

④ [美]柏克莱加州大学东亚图书馆编《柏克莱加州大学东亚图书馆中文古籍善本书志》，上海古籍出版社 2005 年版，第 261 页。

屈万里《普林斯顿大学葛思德东方图书馆中文善本书志》按《三原县志》:“沈琦万历二十七年(1599)任,李棲凤万历三十三年(1605)任,则此书当刻成于万历三十三年以后。而有黄芳序,知其出于金鸾本也。”①然此刻本先分体编次、再依年编排之体例,倘若脱于金鸾本,则与玉几山人编年本不切合,那么金鸾本亦非承袭玉几本而来。不知黄陞所谓“要于分体中不失编年遗法”是否即指欲从玉几本之编年法,抑或受其启发而应用于分体编次中。这在万历以来的明人编刻杜集中却是较为普遍的一种编纂方式。

四、万历许自昌刻本

万历间,许自昌不仅重新校刻了宋人集千家注杜诗,而且同时辑入李白集以成合刻本李杜全集,极大地推动了李杜二家在晚明的传播影响,也客观地促进了世人对李杜诗的艺术比较与价值评判。王穉登谓“李、杜诗无合刻,刻之自许子元祐始”②,已盛赞其开创性意义。

许自昌(1578—1623),字玄祐(一作元祐),号霖寰,又号去缘。万历间江苏吴县甫里人。所居霏玉轩,亦曰梅花墅,尤富藏书。刻书亦甚多,除自撰《秋水亭诗草》、《卧云稿》诸作外,还刻印过《唐甫里先生集》二十卷、《前唐十二家诗》二十四卷、《集千家注杜工部诗集》二十卷《文集》二卷、《分类补注李太白诗》二十五卷《分类编次李太白文集》五卷等诸多唐人诗文集。③

即今传世之万历许自昌刻本,分为杜诗校修本和李杜全集本两种。浙图、复旦、山大、中大、中国科学院、成都杜甫草堂、日本内阁文库和东洋文库均藏有前一种单行本杜诗校刻本。其中,惟《成都杜甫草堂收藏杜诗书目》具体标注着“明万历三十年(1602)长洲许自昌校刻本”④,余则仅录为万历间刊本。国内外书目所描述的版式特征大抵相仿。即如王重民《中国善本书提要》著录:

> 《集千家注杜工部诗集二十卷文集二卷》,十六册(国会)。明万历间刻本。[九行二十字(21.8×13.6)]。唐杜甫撰。卷内题

① 屈万里编著《普林斯顿大学葛思德东方图书馆中文善本书志》卷四集部,台北联经出版事业公司1984年版,第410—411页。

② [明]王穉登《合刻李杜诗集序》,见冀勤编著《金元明人论杜甫》,商务印书馆2014年版,第361页。

③ 参看瞿冕良编著《中国古籍版刻辞典》(增订本),苏州大学出版社2009年版,第950页。

④ 成都杜甫草堂编印《成都杜甫草堂收藏杜诗书目》,南京图书馆藏成都杜甫草堂1958年油印本,第5页。

"明长洲许自昌玄祐甫校"。卷内有"扬州方氏得园藏书印"、"方鼎锐印"、"子颖"、"真州方氏所藏书画之章"等印记。王洙序，宝元二年(1039)。王安石序，皇祐四年(1052)。胡宗愈序，元祐五年(1090)。蔡梦弼序，嘉泰四年(1204)。①

又如严绍璗《日藏汉籍善本书录》所录：

《集千家注杜工部集》诗二十卷文二卷目一卷，明许自昌校。明万历年间(1573—1620)刊本。宫内厅书陵部，京都大学文学部中国语学文学哲学研究室，爱知大学附属图书馆简斋文库，福井县立大野高等学校藏本。[按]每半叶有界九行，行二十字。注文双行，行同正文。白口，四周双边，间或左右双边。②

从版式特征上看，许自昌刻本明显比黄陞刻本排版得更密集紧凑。尽管此本仍保留了杜集最初的四篇旧序，但较之金鸾刻本、黄陞刻本则缺了黄鹤撰《年谱》一卷；较之玉几山人本则又少了《附录》一卷所辑元稹《唐杜工部墓志铭》和宋祁《新唐书·杜甫传》，成都杜甫草堂藏本因之将其纳入刘辰翁批点、高楚芳辑定本，而全然不提黄鹤补注，大约是出于不见黄鹤《年谱》考虑的，但鹤注毕竟贯穿此书始终，似不应忽略不计。

至于另一种李杜合集本，王穉登在《合刻李杜诗集序》中以对话形式表明许自昌合刻李杜诗之初衷：

李、杜诗无合刻，刻之自许子元祐始。既成，问序于王子。王子曰："是乌可序乎？非独不可，盖有所不能，且不敢也。夫此光焰万丈者谁？何伧父偃然，任为嚆矢哉？"曰："奈何刻者一李而九杜耶？学之者亦若是，请问袒将谁左？"王子曰："余曷敢言诗，闻诸言诗者，有云供奉之诗仙，拾遗之诗圣，圣可学，仙不可学，亦犹禅人所谓顿渐，李顿而杜乃渐也。……然乃分路扬镳，或同一轨，二先生诗不同，而语其极则一耳。……是刻既出，二先生之集将同运并行，且俾学者各法其极，不空疏无当与木偃肤立乎？剞劂之功，实

① 王重民撰《中国善本书提要》，上海古籍出版社1983年版，第500页。
② 严绍璗编著《日藏汉籍善本书录》(集部·别集类)，中华书局2007年版，第1443页。

弘多矣。余之序，姑述昔人之论，明刻者之旨，以复许子之问。若曰评骘二先生诗，是蛙坐井而谈苍旻广狭，鼠饮河而测洪流浅深也，则吾岂敢。”①

自宋人扬杜抑李之风日炽，千家注杜带来了杜集的广泛、频繁编刻，李集付梓却不及十之一。这是宋代主流诗学尊杜所造成的不均衡现象。然而，明人崇唐的整体时代氛围下，自明初高棅《唐诗品汇》分品李杜“正宗”、“大家”地位，至弘治以还“前七子”、“后七子”从格调论立场对李杜诗艺术价值的剖析，于李杜比较中并尊二家的同时，扬杜的倾向隐然。王穉登、许自昌之欲使李杜集“同运并行”的传播意图，反映的是李杜之争中的调和观，背后有对“七子派”崇杜立场的反拨，也有对北宋中期以来悬置李白而不论倾向的调整。

李杜合集本现分别藏于上图、江西省图、湖南师院、北师大、南京大学和美国普林斯顿大学等处。今见《南京大学图书馆馆藏古籍善本图书目录》载：“《李杜全集》四十七卷（《分类补注李太白诗》二十五卷，《集千家注杜工部诗集》二十卷《文集》二卷）唐李白、杜甫撰，明许自昌编，明万历三十年(1602)长洲许自昌刻本，二十四册。九行廿字，小字双行同，白口，左右双边。”②

笔者所寓目有两种：一为上海图书馆藏本③。全二十册，题为《集千家注杜工部诗集文集》，明万历刻本。是本卷前无序，卷末无跋，亦未标注“黄鹤补注”字样，只诗文中有“鹤曰”、“师曰”云云。首册扉页即《集千家注杜工部诗集目录》二十卷（按年编次），次为《集千家注杜工部文集目录》二卷。自第二册始录正文，首行刻“集千家注杜工部诗集卷之一”，次行刻“明长洲许自昌玄祐甫校”。正文部分为白口、单黑鱼尾、四周单边版式，且每半页九行，行二十字。版心上方刻“杜诗集注”，版心中央刻卷次，下有页码。杜诗诗题下有详赡题解，诗文行线上有朱笔圈点，诗中有双行小字夹注，诗末另有大量注解。又，杜诗部分共计十七册，而最末二册，除版心上方刻“杜工部文集”外，依旧署“明长洲许自昌玄祐甫校”，其余版式特征与诗集亦别无二

---

① [明]王穉登《合刻李杜诗集序》，见冀勤编著《金元明人论杜甫》，商务印书馆 2014 年版，第 361—362 页。标点有改动。

② 南京大学图书馆编《南京大学图书馆馆藏古籍善本图书目录》，南京大学图书馆 1980 年印，第 45 页。

③ [明]许自昌校刻《集千家注杜工部诗集文集》二十二卷，明万历刻本，上海图书馆馆藏古籍线普 406744—406763。

致。惟文题下或有“年谱云……”，杜文中无圈点及夹注，文末稍作注解。

另一为江西省图书馆藏本。全五册，中缺四卷，为诗集前两卷及文集两卷。版式为白口、单鱼尾、四周单边，每半页九行，行二十字。版心上方镌“杜诗集注”，版心中为卷次，下有页码。正文首行刻“集千家注杜工部诗集卷之一”，次行题“明长洲许自昌玄祐甫校”。各诗题下除保留“公自注”外，还附以“梦弼曰”、“鹤曰”等题解，并以诗系年交代创作背景。诗中亦有双行小字夹注，诗末还有评点。

笔者反复逐一核对所见这两种许自昌本与玉几山人本《集千家注杜工部诗集目录》，发现二者所录诗目及顺次完全相同，且许自昌本亦非分类或分体编次，故其应是校修翻刻玉几山人本而来。

另据屈万里《普林斯顿大学葛思德东方图书馆中文善本书志》著录：

> 集千家注杜工部诗集二十卷文集二卷（十二册，二函），唐杜甫撰，元高楚芳编。明万历三十年（1602）长洲许自昌校刊本。九行二十字。板匡高 21.5 公分，宽 13.9 公分。是本题“明长洲许自昌玄祐甫校”，为许氏合刻李杜集之一。卷内有明天启间人墨笔批注，惜未详其名氏。①

由此可见，许自昌于万历三十年（1602）校刻李杜全集本，李集吸收了分类补注成果，杜集却采宋人千家集注而佚去年谱，或许正是为了李杜合刻的整体统一。

普林斯顿大学葛思德东方图书馆还藏有另一部明余泗泉翻刻万历间长洲许氏刊本：

> 集千家注杜工部诗集二十卷文集二卷（八册，一函），唐杜甫撰，元高楚芳编。明余泗泉翻刻万历间长洲许氏刊本。九行二十字。板匡高 21.6 公分，宽 13.8 公分。是本题“明长洲许自昌玄祐甫校”，板式行款，一如许刻。惟笔画气韵，略有不同。版心所记字数，与许刻亦有歧异处。（如卷一第十六叶许刻作五百三十八字，此本作五百四十五字；第十七叶许刻作五百三十三字，此本作五百

---

① 屈万里编著《普林斯顿大学葛思德东方图书馆中文善本书志》卷四集部，台北联经出版事业公司 1984 年版，第 409—410 页。

四十字。)知是翻刻许本。本馆藏有余泗泉翻刻分类补注李太白诗,板式行款及字体风格,悉同此本;知此亦余泗泉所刻也。①

余泗泉翻刻许自昌本,除"笔画气韵"、"版心所记字数"稍异外,诗文集卷数、内容、版式行款、字体风格俱仿照许刻,属于翻刻重刊本,故可并入许刻版本系统。

五、元明间及明初翻元刻本

傅增湘在《藏园订补郘亭知见传本书目》中补录有"《集千家注批点杜工部诗集》二十卷《附录》一卷,唐杜甫撰,宋黄鹤补注,刘辰翁批点。元明间刊本,十二行二十三字,注双行同,黑口,四周双阑。卷首题'须溪先生刘会孟评点'。行间有圈点,卷后有补注。有钱大昕跋,言是其婿瞿中溶藏"②。又补《集千家注批点杜工部诗集》二十卷《年谱》一卷云:"明初刊本,十行十六字,注双行同,白口,四周单阑。有评点。"③同一本书,注评人一致,一有附录,一附年谱,版式特征却大相径庭,书口黑白之分、板框单双之别,及行界字数的多寡,均反映出由元末进入明初这一特殊历史阶段,刻书风格发生了显著变化。

毛氏汲古阁旧藏元明间刻刘氏批点千家注本,今《山东大学图书馆古籍善本书目》录为白口、四周单边,每半页十行,行十六字,小字双行同。有毛扆题记、"汲古主人"朱文方印等。④ 十行十六字本遂成明初翻元刻本的代表样式。

近人罗振常《善本书所见录》卷四载:"《集千家注批点杜工部集》二十卷,前有大德癸卯庐陵刘将孙尚友序,须溪之子也。次为《年谱》,每卷次行题'须溪先生刻,会孟评点'。白口,双鱼尾,鱼尾内空心,单框。半页十行,行十六字,注同。板式古雅,殆明翻元刻也。"⑤黄裳《来燕榭书跋》亦录其私藏《集千家注批点杜工部诗集》二十卷,跋云:"须溪先生刘会孟评点。明初刻。十行,十六字。白口,单阑。前有大德癸卯冬庐陵刘将孙尚友序。次杜

① 屈万里编著《普林斯顿大学葛思德东方图书馆中文善本书志》卷四集部,台北联经出版事业公司1984年版,第410页。

② [清]莫友芝撰,傅增湘订补《藏园订补郘亭知见传本书目》卷十二,中华书局2009年版,第983页。

③ [清]莫友芝撰,傅增湘订补《藏园订补郘亭知见传本书目》卷十二,中华书局2009年版,第983页。

④ 山东大学图书馆编《山东大学图书馆古籍善本书目》,齐鲁书社2007年版,第317页。

⑤ 罗振常撰《善本书所见录》卷四,上海古籍出版社2014年版,第133页。

工部年谱。次目录。收藏有‘曾为徐紫珊所藏’(朱长)、‘吴兴刘氏嘉业堂藏书记’(朱长)。戊戌春二月。”①其版式特征均与毛氏旧藏基本吻合。

笔者所见为上海图书馆藏《集千家注批点杜工部诗集》二十卷(缺诗集卷十七、十八)《附录》一卷《年谱》一卷,明初刻本。十册。版框12.3cm×19.8cm,版式为黑口、双鱼尾、四周双边。佚名批校,并钤有“唐岛书屋”、“晦叟”、“徐乃昌马韵芬夫妇印”②等藏印。

此版本卷首有庐陵刘将孙尚友书《序》,次为《杜工部年谱》,复次为《集千家注杜工部诗集附录》。其中,《附录》部分依次有元稹撰《唐杜工部墓志铭》、宋祁撰《杜甫传》、王洙撰《杜工部诗史旧集序》、王琪《增修王原叔编次杜诗后记》、王安石《杜工部诗后集序》、胡宗愈《成都草堂诗碑序》、欧阳修《堂中画像探题得杜子美》、王安石《子美画像》、韩愈《题杜子美坟》、李观《遗补杜子美传》、蔡梦弼《杜工部草堂诗笺跋》。又,《附录》末明确标注“以上皆须溪先生文集中评论之及杜诗者,故附于此”。继之,有《集千家注批点杜工部诗集目录》(首行刻),次行署“须溪先生刘会孟评点”。是书按年编目,正文部分每半页十二行,行廿二字。鉴于行格甚密、字体过小,间有朱笔圈点,文中双行夹注夹评及版面上方之狂草眉批,均甚难辨识。此本卷末无任何跋文。

六、嘉靖朱邦苎懋德堂刻本

明代藩府刻书是历史上特有的文化现象。尽管各家书目著录藩刻总数不一,《古今书刻》载142种、《千顷堂书目》载244种,但仅张秀民《中国印刷史》所录明代有过刻书记载的藩府就达43藩之多,如此繁盛景象,可谓空前绝后。③ 嘉靖朱邦苎懋德堂刻本即为明代藩刻杜集的典型代表,也是明代翻刻刘辰翁批点千家注本中影响较大、流传至今最多的一个版本。

傅增湘《藏园群书经眼录》载:“《集千家注批点杜工部诗集》二十卷,唐杜甫撰,宋黄鹤补注,刘辰翁批点。明嘉靖己丑靖江藩府懋德堂刊本,前有靖江自序。阔板大字,八行十八字,黑口,四周双阑。前有《年谱》。附刘会孟批点。”④朱邦苎(?—1572)⑤,嘉靖间为靖江恭惠王,所居曰“懋德堂”。其

---

① 黄裳《来燕榭书跋》,上海古籍出版社1999年版,第46页。

② [唐]杜甫撰,[宋]刘辰翁评点《集千家注批点杜工部诗集》二十卷《附录》一卷《年谱》一卷,明初刻本,上海图书馆馆藏古籍善本750220—29。

③ 参看缪咏禾《中国出版通史(明代卷)》“藩王府刻书”,中国书籍出版社2008年版,第160页。

④ 傅增湘撰《藏园群书经眼录(四)》卷十二,中华书局1983年版,第1033页。

⑤ 参看瞿冕良编著《中国古籍版刻辞典》(增订本),苏州大学出版社2009年版,第964页。

嘉靖八年(1529)翻刻本却仍保留了正德以前崇尚黑口的刻书风格,而非追从嘉靖时人多作遥仿宋雕之白口,且以“阔板大字”排印,均见此刻板之不俗。

王国维《传书堂藏书志》卷四著录:“《集千家注批点杜工部诗集》二十卷(明刊本),须溪先生刘会孟评点,靖江懋德堂序(嘉靖己丑),杜工部年谱,吴朝喜跋(嘉靖己丑)。此明靖江恭惠王邦苎刊本。昔人以王阮亭、汪钝翁、查声山、张种松评点录于其上,前有题识,署乾隆丁丑而不署姓名,不知何人笔也。天一阁藏书。”①

王重民《中国善本书提要》亦录北大藏本:

> 《集千家注批点杜工部诗集二十卷》,十册。(《四库总目》卷一百四十九)
>
> 明嘉靖间靖藩刻本[八行十八字(24.5×18.1)]
>
> 唐杜甫撰。卷内题“须溪先生刘会孟评点”。每卷末间有《补遗》,多辑诸家诗话之说,疑在《千家注》之后,为别一人所辑者。此本有靖江懋德堂序云:“一日,得蜀郡所刊《集千家注批点杜诗》者而观之,遂因其旧本重刻以传。”……此序末署“嘉靖己丑”,己丑为嘉靖八年,则此本为邦苎所序刊也。朱邦苎序,嘉靖八年(1529)。吴朝喜后序,嘉靖八年(1529)。②

徐乃昌《积学斋藏书记》载录元刊本《集千家注批点杜工部诗集》二十卷,有云:“须溪先生刘会孟评点,不著编辑姓氏。每半叶十三行,行二十二字。黑线口,双边。首有大德癸卯冬庐陵刘将孙尚友序,次年谱,次附录。尚友,须溪之子。明刊本于‘批点’下多‘补遗’二字。”③似可回应王重民“每卷末间有《补遗》,多辑诸家诗话之说,疑在《千家注》之后,为别一人所辑者”,其说并不成立。

沈津《美国哈佛大学哈佛燕京图书馆中文善本书志》对此藩刻本亦有详细著录:

> 《集千家注批点杜工部诗集》二十卷,唐杜甫撰、宋黄鹤补注、刘辰翁评点。《年谱》一卷。明嘉靖八年(1529)朱邦苎懋德堂刻

---

① 王国维《传书堂藏书志》卷四,上海古籍出版社 2014 年版,第 866—867 页。

② 王重民撰《中国善本书提要》,上海古籍出版社 1983 年版,第 500 页。

③ 徐乃昌撰《积学斋藏书记》集部,上海古籍出版社 2014 年版,第 190 页。

本。十册。半页八行十八字，四周双边，黑口，双鱼尾。框高 25.2 厘米，宽 18.5 厘米。题“须溪先生刘会孟评点”。前有嘉靖八年(1529)朱邦苎序。

朱邦苎序云：“一日，得蜀郡所刊《集千家注批点杜诗》者而观之，因其注，索其理，则少陵之微辞奥旨、爱君忧国之意，宛然在目。真可以匹休风雅之盛，而为三代以下一人。……遂因其旧本重刻以传。”《明史》卷一一八《诸王列传》，洪武三年始封守谦为靖江王，奉藩桂林，其七世孙安肃王经扶，正德十一年嗣，嘉靖四年薨。子恭惠王邦苎嗣，隆庆六年薨。邦苎序后钤有印，云“十代靖江王芷岩图书”、“宝善堂记”。

此本序之首叶，并嘉靖八年吴朝喜后序佚去。

《四库全书总目》入集部别集类。《中国古籍善本书目》著录，北京图书馆、上海图书馆等八馆、台湾“中央图书馆”(二部)亦有入藏。①

笔者所见为上海图书馆藏明嘉靖八年(1529)朱邦苎懋德堂刻本《集千家注批点杜工部诗集二十卷年谱一卷》，二十册。版框 18.7cm×25.4cm，粗黑口、双黑鱼尾、四周双边，版心中为杜诗卷次及页码。每半页八行十八字，行格疏朗，正文字大清晰，题解及注释为双行小字。钤有“余姚谢氏永耀楼藏书”印。

此本卷首依次为《重刊集千家注批点杜诗序》、《杜子美年谱》、《杜子世系考》，其“年谱”采用表格形式呈现，首记作年、次叙背景、复录诗题、末以时地编年。目录及正文诸卷首刻“集千家注批点杜工部诗集”，次行署“须溪先生刘会孟评点”。不惟诗中夹以注评，诗末亦附精赡解说。另，书之卷末辑录《重刊集千家注批点杜诗后序》一篇。

就该书前后两篇序文而言，卷前所载朱邦苎序大抵澄清编纂缘起及始末，略云：

杜少陵之诗，古人称之者多矣。有曰诗之史记，有曰诗之六经，有曰诗之大成，是三代以下，风雅不作之后，少陵一人而已。予始因其言，取其诗而读之，且病其注意之深、□□之远，而旧注浅

① 沈津编著《美国哈佛大学哈佛燕京图书馆中文善本书志》，上海辞书出版社 1999 年版，第 617 页。

易，或未足以□□□□及。一日，得蜀郡所刊《集千家注批点杜诗》者而观之，因其注，索其理，则少陵之微辞奥旨、爱君忧国之意，宛然在目。真可以匹休风雅之盛，而为三代以下一人。……乃以少陵之诗探之索之其心，殆有□□□焉。遂因其旧本重刻以传。……《北征》篇忧国，《百舌》咏忧谗，《秋雨叹》忧□，《兵车行》忧开边，《石壕吏》忧苦役，如此之类，不一而足，哀之至也。夫以少陵之诗，先之以志，继之以诗，节之以礼，和之以乐而又切之以哀，不亦可传乎哉。后之君子体其忠爱之心，会其精神之妙，即以其诗用鸣我国家之盛，杜少陵弗专美矣。是为序。嘉靖己丑仲春既望靖江懋德堂书。①

朱邦苎将诗放在中国礼乐文化背景中来认识，以“先之以志，继之以诗，节之以礼，和之以乐而又切之以哀”的观点来要求读者，并期望读者“体其忠爱之心，会其精神之妙，即以其诗用鸣我国家之盛”，既发挥杜诗的教化作用和社会政治功能，又尊重诗的艺术特性。

又，卷末“嘉靖己丑孟夏之吉奉议大夫右长史海阳（臣）吴朝喜”所撰《后序》，不惟盛赞“后世作诗者，惟称杜子美，可以步驰《三百篇》之后尘”，还极力称扬“我国主”靖江王朱邦苎重刊《集千家注批点杜诗》的历史功绩：

训释备具，阐明无遗，且亲为制序，以弁其首，可谓遇子美于数百载之上而有功于诗学矣。……抑能翻刻杜诗之善本以传四方，使四方之人因批释以明其诗，讽之诵之，玩之味之，而深好之焉，则忠君爱国之念油然而兴。是亦有助于我圣天子平治天下之理矣，岂独有功于少陵而已哉。②

于诗学言，此集注批点本确实有利于世人解读并传播杜诗。而靖江王“亲为制序”，则又进一步明确强化了读杜学杜的“忠爱”倾向，对“平治天下”更是大功。

---

① ［明］朱邦苎撰《重刊集千家注批点杜诗序》，见［宋］刘辰翁评点《集千家注批点杜工部诗集二十卷年谱一卷》卷之首，明嘉靖八年（1529）朱邦苎懋德堂刻本，上海图书馆馆藏古籍线善798951—70。（注：文中“□”为此版本中有纸皮汗漫脱落，根本无法辨识残阙纸页上的字迹。）

② ［明］吴朝喜撰《重刊集千家注批点杜诗后序》，见［宋］刘辰翁评点《集千家注批点杜工部诗集二十卷年谱一卷》卷之末，明嘉靖八年（1529）朱邦苎懋德堂刻本，上海图书馆馆藏古籍线善798951—70。

七、万历间重刊黑口本

黑口本是弘治以前明人刻书的一种典型风格。诚如《书林余话》所言："明初承元之旧，故成弘间刻书尚黑口。嘉靖间书多从宋本翻雕，故尚白口。"[①]所以，嘉靖以后刻书一般多为白口是普遍共识。然万历间，坊间却出现了一种黑口本重刊千家注杜集。

《清华大学图书馆藏善本书目》载："集千家注批点补遗杜工部诗集二十卷附录一卷年谱一卷，唐杜甫撰，宋黄鹤补注、刘辰翁评点。明刻本。十二册二函。十行二十三字，小字双行，粗黑口，四周双边，双鱼尾。有佚名眉批。钤'灵源'、'审五'二印。"[②]

屈万里《普林斯顿大学葛思德东方图书馆中文善本书志》不仅著录了这种黑口本，而且作过详细考证辨析：

> 集千家注批点补遗杜工部诗集二十卷年谱一卷（十册，一匣）
>
> 唐杜甫撰，宋刘辰翁评点，黄鹤补注。
>
> 明万历间刊黑口本。十行二十三字，板匡高 19.3 公分，宽 11.8 公分。
>
> 是本黑口，四周双阑，乍视之类明初叶刊本。卷前有"重刊杜诗序"，末幅被割去，致撰者及年月皆不可见。按：明万历刊本集千家注杜工部诗集，有黄芳"重刊杜诗全集序"，作于万历辛巳（九年，一五八一）。以两本互勘，此本之序即黄序也。黄序固非为此本而作；此本既借用之，知其刻于万历九年以后。书估见其黑口，有似元椠或明初刊本，遂割去序文年月以充古本也。卷内钤"文登于氏小谟觞馆藏本"、"于氏小谟觞馆"等印记。[③]

此本既辑黄芳为万历九年（1581）金鸾刻本所作《重刊杜诗全集序》，便定为万历刻本，而黑口双阑版式，纯粹是坊贾为冒充明前期刻本甚至元本而作伪的一种手段。

---

① ［清］叶德辉《书林余话》卷下，复旦大学出版社 2008 年版，第 280 页。

② 清华大学图书馆编《清华大学图书馆藏善本书目》，清华大学出版社 2003 年版，第 276 页。

③ 屈万里编著《普林斯顿大学葛思德东方图书馆中文善本书志》卷四集部，台北联经出版事业公司 1984 年版，第 409 页。

综合本章考述，可概括为以下几点：

一、明代翻刻宋本杜集最多的为以下两大系统：一是题称徐居仁编次，实为书贾拼合本的《集千家注分类杜工部诗集》二十五卷，为分类集注系统。二是题称刘辰翁批点的《千家注批点杜工部诗集》二十卷，为编年批点系统。此二本在明代翻刻多次，绵历数百年，对明代杜诗学的影响最大。其中，刘辰翁批点本尤其受到明人重视。明代自洪武元年(1368)会文堂刻本、嘉靖八年(1529)懋德堂刻本以迄万历间、明末刻本，一版再版、不断重修翻刻。明初，单复《读杜愚得自叙》有云："近世重须溪刘氏评点杜诗，家传而诵，亟取读之。"①明末，钱谦益《钱注杜诗》亦云："元人及近时宗刘辰翁，皆奉为律令，莫敢异议。"②可见，刘氏评点已成为明代杜诗学之显学。明人研究杜诗较宋元人更为注重解说、评点，很大程度上便是受到了刘辰翁批点杜诗的深刻影响。

二、黄鹤父子补注之后的"千家注"本，原本三十六卷，属于分体系统，在明代未见翻刻，但是该本经书贾拼合形成"集千家注分类"本和"千家注批点"本后，成为明代传播最广的杜集类型，对明代杜诗学影响甚深。

三、宋本杜集，二王本和赵次公注本存于明代，并得到部分学者和出版家的关注，故能最终传世。但现有资料显示，此二本在明代并未得到广泛传播，明人用过二王本或赵次公注本的甚为有限，影响微弱。

四、宋本杜集中还有"十注"本、"九家集注"本、"草堂诗笺"本等数种，均未见明代抄、刻本踪影，也即未对明代杜诗学发生影响。

下面试在前面考述的基础上稍作讨论：

明代杜集文献以分类集注系统和编年批点系统为热点，构成明代杜集的显著特点。前者分类与集注体例发源于六朝，反映了明代学术文化的复古倾向；后者的编年与批点为宋代史学繁荣、理学昌明的产物。

刘辰翁评杜可视为宋末文士力求摆脱文献束缚，以自身情感体验来解读杜诗的一种审美自觉。由于"这种指陈关键利害的随文批评，实出于点勘校注，是唐宋人的新法"③，而刘辰翁所开创的杜诗评点④，强调对诗艺本身的价值判断，自是不同于传统训诂所注重的意义阐释。但就广义而言，"宋

---

① [明]单复《读杜愚得》卷首，《四库全书存目丛书》集部第 4 册，齐鲁书社 1997 年版，第 4 页。

② [清]钱谦益《钱注杜诗》"注杜略例"，上海古籍出版社 1979 年版，第 4 页。

③ 罗根泽《中国文学批评史》(三)，上海古籍出版社 1984 年版，第 262 页。

④ [清]宋荦《读书堂杜工部诗集注解序》云："至于杜诗有评有批点，自刘辰翁须溪始。"《四库全书存目丛书》集部第 5 册，齐鲁书社 1997 年版，第 511 页。

人评点之杜集往往在旧注的基础上进行，或铨摘旧注以成书，或辑录他人批语而成，故也可视为宋人注释的一种类型"①。就成因而言，无论千家注杜的兴盛，还是杜诗学理论的发展，乃至科举应试的需要，都多方面推动了南宋末杜诗评点的蔚然成风。②

笔者认为，边阅读边凭借已有知识经验来评点诗文，首先是个人阅读的行为习惯。现存诸多古籍中均有古人朱笔圈点和自抒心得之"评"的痕迹。其次，文人气质、兼善诗词的刘辰翁，"以全副精神，从事评点，则逐渐摆脱科举，专以文学论工拙"③。作为创作型的诗评家，面对宋人早已完成的杜诗集注、编年、分体成果，刘辰翁另辟蹊径，以评代选，对此前各家注进行抉择、裁汰，附以简要评点，既汲取了前人成果，又在文献工夫里注入了自我见地，使得评点成为继注释之后最容易为人接受的一种诗学传播样式。刘辰翁因此被誉为"中国第一位杰出的评点大师"④，他所开创的杜诗评点学，是对杜诗学的重要发展。

---

① 胡可先《杜甫诗学引论》，安徽大学出版社 2003 年版，第 46 页。

② 参看于立君，王安节《中国诗文评点史研究》，时代文艺出版社 2001 年版，第 9 页；祝尚书《宋代科举与文学考论》，大象出版社 2006 年版，第 284 页。

③ 罗根泽《中国文学批评史》(三)，上海古籍出版社 1984 年版，第 263 页。

④ 孙琴安《中国评点文学史》，上海社会科学院出版社 1999 年版，第 55 页。

第三章　明代元本杜集的抄刻传播

元人编注、元代刻行的杜集，惟范梈注本传世，其他都为元人编注、明人刻梓。不论董养性、张性、虞集、赵汸四家注本，还是虞、赵两家合刻本，均未见元人刻本。宋代史学家、目录学家郑樵《通志·校雠略》有云："古之书籍，有不足于前朝，而足于后世者。""古之书籍，有不出于当时，而出于后代者。""古之书籍，有上代所无，而出于今民间者。"①元人注杜的重要成果未大行于元，却在明代获得了重见于世的机遇，历宣德、弘治、正德、嘉靖、万历数朝，频频重修翻版，这正好印证了郑樵的观点，同时，也充分显示了明人对元代杜集传播的重要贡献。

在元人编纂的杜集中，全注本少见，当中似乎仅有俞浙《杜诗举隅》。此本著者俞浙生当宋末元初，著成之后以稿本形式存于家，可能至明初才由其玄孙俞钦请宋濂作序并刻行。宋濂序今存《宋学士文集》卷三十七，但该本大约在清代亡佚。仇兆鳌《杜诗详注》采录俞注两条，同时在卷首载入宋濂序，所加按语称其为"元时全注杜诗者"代表。此后的何焯《义门读书记》和齐翀《杜诗本义》对《杜诗举隅》仍有不少征引②。

相比较而言，元代新出现了较多的杜诗选注本。在张忠纲等编著的《杜集叙录》所辑 26 种元本杜集中，除去亡佚不明以及杂剧戏文、集杜等衍生形式，杜诗选本已逾 10 种，且存世之董养性、范德机、张性、虞集、赵汸五家注也无一不是选本。③ 这充分说明了杜诗文献在元代主要是依靠选本形式传播，也预示着从宋到明杜集传承取向的改变正是从元人这里开始的。

笔者结合《杜集叙录》所述元本杜集在明代的传播情况，依次对版本类型、编次体例、明刻种类、印次、刻印年份等方面作了梳理统计，列表如下：

---

① [宋]郑樵撰《通志》卷七十一《校雠略》"阙书备于后世论"篇、"亡书出于后世论"篇、"亡书出于民间论"篇，中华书局 1987 年版，第 833 页。

② 张忠纲等编著《杜集叙录》"金元编"，齐鲁书社 2008 年版，第 117 页。

③ 数据统计结论依据张忠纲等编著《杜集叙录》"金元编"，齐鲁书社 2008 年版，第 115—133 页。

表 3-1　《杜集叙录》著录元本杜集的主要版本信息

元注家	元本杜集分类	编排体例	明版种类	明版印次	刻印时期
董养性	通选本 选注本	分体 分类	1	1	明初
范梈	通选本 选注本	分体 编年	1	2	弘治 嘉靖
张性	律选本 七律注本	分类 编年	1	4	宣德 天顺 嘉靖
虞集	律选本 七律注本	分类 编年	15	25	宣德 正统 正德 嘉靖 万历
赵汸	律选本 五律注本	分类	8	12	宣德 正德 嘉靖 万历
虞 赵	合刻本 律注本	分类	4	6	正德 嘉靖

笔者从上表中得出几点认识：

(1)元本杜集流存至明代进入传播领域的主要是董养性、范德机、张性、虞集、赵汸五家注。

(2)元代开始杜集传播主流转入选本传播，不仅专门的五、七律杜注肇始于此，而且杜集编纂体例也随着杜律意识的强化而逐渐由编年转入分体或分类。

(3)明人刻印的元本杜集，惟以虞集注杜的版本种类及刻梓频次最多，赵汸注本略次之，范德机、张性两家影响不小，然重刻得以传世者却相对稀少，而董养性一家注，惜成海外孤本，这是杜集传播过程中受主客观因素影响造成极不平衡现象的一种突出反映。

(4)正、嘉两朝是明人刻印元本杜集的高潮期，嘉靖朝不仅刻书数量为明代之最，而且刻书形式日趋多样、特色鲜明。尽管范、张、虞、赵四家注皆流行于嘉靖间，但五、七言律注本显然重刻得最多，其中还出现了 3 种虞、赵两家杜律注的合刻本。

(5)从传播阶段看，董注大致在元末明初，范、张二家注约在明前中期，虞注和赵注则从宣德一直延续到万历，横跨明前期至明末几近两百年。这五家注共同构成了元本杜集在明代传播的一条主线。

元人编纂的杜集能大行于明世，不惟形成了与宋本内容、体制迥异的杜诗文献传播系统，还开启了有明一代崇尚选隽解律的诗学风气。因而在版本流变史上，明人刻印的元本杜集既是立异于宋的肇端，也是自宋入明的过渡，地位实不容忽视。

第一节 明刻董养性《杜工部诗选注》

元人编杜集以选本、简注本为尚，这是与宋人辑全、集注最大的区别。董养性撰《杜工部诗选注》是现存元代辑杜最多的选本，也最能代表元人注杜的风格和特点。

一、董养性的生平

董养性，名益，"入明不仕，作《高闲云赋》以自况，因以名集"①，故亦自称"临川高闲云叟"②。所撰《杜工部诗选注》卷前自序末署"岁在丁未十一月日临川之高闲云叟董益养性叙"③，"丁未"即元至正二十七年(1367)，次年乃至正二十八年(1368)，朱元璋建立明朝，正式改元洪武。据此可以确定董养性选注杜诗是在元末完成，但初刻于何时仍不得而知。

又，清同治十年(1871)《乐安县志・人物志・文苑》载有"董养性小传"曰：

> 董养性，流坑人，居家孝友，学贯经史。洪武间应通经名儒，征授剑州知州，赴任八千里，惟一僮相随。居官简静，惟修廨舍，兴学校，暇则哦诗缀文以自乐。所著《书易题断》、《李杜诗注》及生平诗文，名曰《高闲云集》。④

此"小传"录于"文苑"之"明"部，说明清人将董养性归为明人而非元人。流坑隶属乐安县，故董氏出现在《乐安县志》中符合记载实情。董养性既在洪武朝为官，则其应生活于元末明初，可能主要还在明初。考虑到《杜工部诗选注》一书惟有明刻本传世，笔者推测其大致编成于元末、付梓于明初，且仅此初刻。

然明清人书目中却有两种不同卷数的版本著录，这与董氏人名的混淆有关。一种是明高儒《百川书志》、清黄虞稷《千顷堂书目》俱载"董养性《杜

① [清]永瑢等撰《四库全书总目》卷一七四(集部・别集类存目一)，中华书局1965年版，第1547页。

② [清]黄虞稷撰《千顷堂书目》卷三十二，上海古籍出版社2001年版，第781页。

③ 转引自张忠纲等编《杜集叙录》，齐鲁书社2008年版，第131页。

④ [清]朱奎章修，胡芳杏纂《(江西省)乐安县志》，据尊经阁藏板，清同治十年重修刊本影印，台北成文出版社有限公司印行，第769页。

诗选注》四卷”[①]，另一种是清范邦甸等撰《天一阁书目》录为“临川董益辑”[②]《杜诗选注》七卷，且有叙曰：

> 平生最嗜读，然观旧注，如鲁訔之编年，黄鹤之分类，刘会孟之评论，虽颇详悉，病其附会穿凿，徒牵合引据，而于作者之情性略无见焉。遂校勘诸本，略加删补，必求以著明作者之初意。分门归类，共为七卷，庶于初学之士或少助焉。[③]

董氏之所以选注杜诗，是出于所见鲁、黄、刘等宋人旧注皆有为求翔实而牵强附会之弊，进而忽略了对杜甫性情的体察。因此，董氏在校修诸本时，不惟删冗补漏，更期以意逆志、彰显诗人本意，务求对初学诗者有所裨益。

二、《杜工部诗选注》的价值

《杜工部诗选注》七卷，辑录杜诗816首，另附王维、岑参、严武七律各1首，属于通选本杜集。全书按先分体、再分类编排。清浦起龙以“编杜者，编年最上，古近分体次之，分门为类者最劣”[④]，但所撰《读杜心解》却仍寓编年于分体之中。穷本溯源，以地系年、以事系地的这种做法，似自赵次公注杜而来。宋人对杜诗那种编年集注的编排方式，更利于辑录唐以来诸多散佚的杜诗，使之系统化、线索化；元人继承了宋人注杜的成果，更明确的目的则是使杜诗成为元人乃至后人诗歌创作模拟的对象。特别是“按主题分类的编排，意味着把作品看作关于某一事类的文本，阅读的目的在于了解该事类的描写传统，这是一种‘类’的眼光。……‘文’和‘类’眼光的编排，主要是为了方便读者的模仿和借鉴，这样的诗文集往往是写作的范本或检索的资料，而非真正的理解与阐释的对象”[⑤]。于是，看似琐屑的分类编纂本，却为初学者提供了一种按图索骥的良策，具有很高的实用价值。

---

① [明]高儒撰《百川书志》卷十四：“董养性《杜诗选注》四卷，临川高闲云叟董养性。”（上海古籍出版社2005年版，第203页）[清]黄虞稷撰《千顷堂书目》卷三十二，上海古籍出版社2001年版，第781页。

② 张忠纲等编《杜集叙录》认为：“《高闲云集》为《四库全书总目》著录，然将此董养性与清初山东乐陵撰《周易订疑》之董养性混为一人；后之书目，如周采泉《杜集书录》等又将注杜诗之董益与董养性录作两人，均误。”（齐鲁书社2008年版，第131页）

③ [清]范邦甸等撰《天一阁书目》卷四之一，上海古籍出版社2010年版，第345页。

④ [清]浦起龙《读杜心解·发凡》，中华书局1961年版，第8页。

⑤ 周裕锴《中国古代阐释学研究》，上海人民出版社2003年版，第232页。

从分体情况看,《杜工部诗选注》七卷:卷一五古,131 首;卷二五律,351 首;卷三七律,85 首;卷四七古,134 首;卷五五排,35 首;卷六七排 4 首、五绝 23 首;卷七七绝 53 首①。作为杜诗选本,此本是通选本,众体兼备;杜诗之五言收录量虽略多于七言,但古、近体比率在杜诗实际创作量中显得相对均衡,并未显示出偏爱某体之特征。应该说,这是一个眼光不尽独到、不够犀利,却抉择相对稳妥、大抵公允的一个杜诗选本。它的出现,似反衬出以某一体为独立审美对象的选本产生之必要,已成为时代的召唤。

从分类情况看,此本共有天文、地理、人物、时令、花木、禽兽、宫室、书画、人事、器用十类。前文已列,早在宋代题署徐居仁编次、黄鹤补注《集千家注分类杜工部诗》二十五卷中,就将全部杜诗分为七十二门类,故此本分类较之宋人更简洁明了,确实合乎"选"本特色。

董养性选注杜诗,不仅延续了宋人注杜侧重训诂名物、串解诗意的笺释传统,汲取了刘辰翁多所挥发杜诗情性的评点形式,而且充分结合元人热衷选本、尤尚简约洗练的风格,除间有题解外,注文一置于诗末,格外晓畅明了。故从特色鲜明角度说,董氏"注"之内蕴更丰富,价值似甚于"选"。若联系宋人精于注而明人耽于选,亦可见此通体选注本在文献传播源流上具有自宋入明的过渡性质。

由宋人千家集注的杜诗全集,到董养性诸体皆备的杜集选本,若说是杜诗传播从求全至于求精的重要一步,那么元人张性的杜律选本,便是从通选杜诗走向精选杜律的必然深化。这种必然源于元明人对杜律的特殊偏好,却也是杜诗传播由整体均衡向着局部细化的一种趋势。

第二节　明刻范梈《杜工部诗范德机批选》

范梈不仅是"元诗四大家"之一,而且对明人编刻杜集影响甚大。明初单复编《读杜诗愚得》、正嘉间张綎撰《杜工部诗通》,均直言承袭范德机批选杜诗而来。范梈(1272—1330),字亨父,一字德机,人称文白先生,江西清江人。初以荐任翰林院编修,累官至福建闽海道知事。诗文造诣颇深,著有《燕然稿》、《东坊稿》、《海康稿》、《豫章稿》、《侯官稿》、《江夏稿》、《百丈稿》等

---

① 依据张忠纲等编《杜集叙录》,齐鲁书社 2008 年版,第 132 页。另见赫兰国编《元董养性〈选注杜诗〉》,河南人民出版社 2017 年版。

十二卷，经后人整理成《范德机诗集》行于世。[1] 从生卒年看，范梈活动时期早于元末人董养性，且范批杜诗初刻于元；但考虑到董选只在明初刻本行世，后未见传刻，而范批选本却直到弘治、嘉靖年间仍有翻刻本，其影响波及明中叶，故将范批置于董选后来考察。

一、范梈《杜工部诗范德机批选》的版本特征

范批杜诗的书名，明杨士奇《文渊阁书目》作"杜诗范选一部五册"[2]，叶盛《菉竹堂书目》亦录"杜诗范选一册"[3]，周弘祖《古今书刻》"武昌府"条下称"杜诗范注"[4]，清黄虞稷《千顷堂书目》作"范梈批选李太白诗四卷又杜子美诗六卷"[5]，赵宗建《旧山楼书目》作"范批杜诗"[6]。诸家著录，书名有异，但互为参照，不难看出批、选两大特征。

是书元本初刻年不详。笔者所见为1974年台湾大通书局据元刊本影印《杜诗丛刊》本，黑口、双鱼尾、四周单边版式，每半页十一行，行廿二字，似为元末郑鼐校刻本。清范邦甸《天一阁书目》载："《范德机批选李翰林诗》四卷（刊本）。唐李白撰，郑鼐编。鼐先刻范选杜诗已，读者便之，因复取范批选李集并锓诸梓。"[7]此说仅提及郑鼐先后刻印范批杜诗、李诗，二书单刻，非合刻。王国维《传书堂藏书志》别录一部"杜工部诗范德机批选六卷李翰林诗范德机批选四卷（元刻本）"，署为"高密郑鼐编次"，称有"虞集序（序杜工部诗选），郑鼐跋（跋李翰林诗选），缪艺风手跋"，并附曰：

> 每半页十行，行二十一字。此书《四库》未著录，仅见于卢抱经《补元史艺文志》。天一阁藏明刻《范选李诗》今在余家，无杜诗。此元刊元印，二种具存，尤为罕见。每卷"高密郑鼐编次"下，均有"郑氏鼎夫"木记。有"嘉树斋"、"龚仁百印"、"餐芝客"三印。[8]

---

① 参看利煌《范梈的生平和交游——元代中期士人文化之管窥》，暨南大学硕士学位论文，2006年，第3页；张撝之、沈起炜、刘德重主编《中国历代人名大辞典》，上海古籍出版社1999年版，第1426页。

② [明]杨士奇等撰《文渊阁书目》卷二，影印《文渊阁四库全书》史部第675册，上海古籍出版社1987年版，第164页。

③ [明]叶盛撰《菉竹堂书目》，见《四库全书存目丛书》史部第277册，齐鲁书社1996年版，第62页。

④ [明]周弘祖撰《古今书刻》，上海古籍出版社2005年版，第370页。

⑤ [清]黄虞稷撰《千顷堂书目》卷三十二，上海古籍出版社2001年版，第783页。

⑥ 参看周采泉《杜集书录》内编卷六，上海古籍出版社1986年版，第282页。

⑦ [清]范邦甸等撰《天一阁书目》补遗，上海古籍出版社2010年版，第530页。

⑧ 王国维《传书堂藏书志》卷四，上海古籍出版社2014年版，第867页。

王国维亦以范批李诗、杜诗为“二种”，即不认其为“合刻本”，此与明代流行的李杜合集不同，但却可能对明人李杜合刻有一定的启发。

范批杜诗之卷首有虞集序（此序《道园学古录》未收），说明此书为“豫章郑鼐鼎夫编次”，“凡六卷”。按，郑鼐，字鼎夫，元季山东高密人①。周采泉先生以其为明嘉靖间人②，误。根据虞集序可知，郑鼐为范氏门人，其生活时代不会晚于明初。又，虞集评范梈此书用语无多，仅“其用心勤矣”一句，余则主要是评杜，有曰：“杜公之诗，冲远浑厚。上薄风雅，下陵沈宋。每篇之中，有句法、章法，截乎不可紊。”又云：“公之忠愤激切、爱君忧国之心，一系于诗。故尝因是而为之说曰：三百篇，经也；杜诗，史也。诗史之名，指事实耳，不与经对言也。然风雅绝响之后，唯杜公得之，则史而能经也。”③阐明以杜诗为“诗史”及其与“经”的互文性，既是抬升杜诗地位的需要，借用杨经华的观点，也是宋儒为稳固杜诗不被时代审美范式变迁而淘汰所采取的拟经阐释对元人深刻影响的表现④。钱锺书《宋诗选注序》有云：“文学创作的真实不等于历史考订的事实，因此不能机械地把考据来测验文学作品的真实，恰像不能天真地靠文学作品来供给历史的事实。……考订只断定已然，而艺术可以想像当然和测度所以然。”⑤的确，诗与史有别，历史求真，而诗往往求善求美。宋人欲以杜诗之真实来补白历史的真实，故在以诗为史的编年体中表现得最为突出。

范批选本的卷末尚有题跋一则，署名佚缺，一般认为是校刻者郑鼐所为。其略曰：“先生之点选是编，粲然表句法之精，截然得章法之□。其批切而要，其注简而明，其有补于学者不少也。盖先生于诗，深得古人情性之真，而能极其法度之密，故其所作尽洗末宋之陋而为皇元治世之音。论者至以唐临晋帖为喻，言其优入于盛唐之域也。今观是编，然后知先生之得于杜公者又如此。”⑥盛赞范梈批选杜诗简明切要，深得杜公句法、章法之精髓。题跋者既由此推尊范氏诗学深得唐人性情之真、法度之密，又进一步将原因归为元帝国空前广阔、统一，与唐帝国泱泱大度的气象相近。

---

① 参看瞿冕良编著《中国古籍版刻辞典》（增订本），苏州大学出版社 2009 年版，第 582 页。

② 周采泉《杜集书录》内编卷六，上海古籍出版社 1986 年版，第 283 页。

③ ［元］范梈批选《杜工部诗范德机批选》卷之首，见黄永武主编《杜诗丛刊》第一辑，台湾大通书局 1974 年版，第 1—2 页。

④ 参看杨经华《宋代杜诗阐释学研究》第三章“拟经阐释与集注现象”前两节，中国社会科学出版社 2011 年版，第 156—183 页。

⑤ 钱锺书《宋诗选注》卷首《序》，生活・读书・新知三联书店 2002 年版，第 3—4 页。

⑥ ［元］范梈批选《杜工部诗范德机批选》卷之末，见黄永武主编《杜诗丛刊》第一辑，台湾大通书局 1974 年版，第 209—210 页。

跋尾称范椁取《诗三百》之义，通选杜诗各体计 311 首。今据《杜诗丛刊》，考察此本分卷及各卷收诗情况，如下统计表(表 3-2)所示①：

表 3-2　范批杜诗各卷诸体所录杜诗情况统计表

卷次	分体	杜诗篇数	卷次	分体	杜诗篇数
卷一	五言古诗	96	卷四	五言长律	22
卷二	七言古诗	69	卷五	七言律诗	38
卷三	五言律诗	71	卷六	七言长律	2
				七言绝句	15

从表中可以看出，范批本作为分体本，比仅区分为古、近二体的宋代分体本要细密得多，并直接为明清两代的分体本奠定了基础，这是此本第一个重要价值。其次，范氏各体并重，仅有五绝未选一首，其他各体都选入一定量的作品。从各体选篇来看，相对均衡，而有略重古体的倾向。五律原本是流传下来杜诗全集中最多的一体，然而范选的篇数却不及五古多。就卷三至卷六所收近体诗的总数看，亦不及前两卷古体诗多，可见后来明人普遍重视杜律的倾向并非发端于此。

再次，是书不似虞集序中所言"鼎夫承德机之教，以所选杜诗分类编次"②，而是采用了分体之下再编年的体例，既吸纳了黄鹤编年的优势，又巧妙置于分体的格局中，形成经纬纵横的编排体系。为了更直观考察这种体制的特点以及不足，笔者选取了前两卷杜诗编年目录，依次统计各年份相对应的诗篇数，又对照五古、七古两种诗体所呈现的篇数差异，见表 3-3。

表 3-3　范批杜诗(卷一和卷二)所录杜诗情况统计表

写作时期	卷一五古篇数	卷二七古篇数
开元间留东都	2	0
齐赵梁宋之间	2	0
天宝以来在东都	18	6
至德二载归至凤翔	4	12

① 特别说明：表中所记各体杜诗篇数均由笔者逐一翻阅 1974 年大通书局《杜诗丛刊》本《杜工部诗范德机批选》而来，反复统计三次，均为 313 首杜诗。与该书序跋所录 311 首有别。因不影响分体统计所下结论，姑仍遵统计结果列表以示。

② [元]范椁批选《杜工部诗范德机批选》卷之首，见黄永武主编《杜诗丛刊》第一辑，台湾大通书局 1974 年版，第 3 页。

续 表

写作时期	卷一五古篇数	卷二七古篇数
至德二载丁酉在贼中	3	2
至德二载夏自贼中达行在	14	2
收京后作	5	6
乾元元年夏六月出为华州司功	1	7
乾元二年秋七月弃官居秦州	5	2
自秦州如同谷	10	4
上元二年辛丑在成都	1	1
宝应壬寅在成都	6	2
广德元年癸卯春在梓州	3	2
春末再至成都	4	3
永泰元年到云安	1	2
大历元年在夔州	3	4
大历二年丁未春在夔州	2	2
大历二年秋在瀼西	4	7
大历四年在潭州	5	3
大历五年三月自衡州暂往潭州	3	2

范氏的编次方法是分体选篇之后再约略编年，分体细，编年则不像黄鹤逐首系年那么繁复，而又把握住杜甫行踪和人生阶段，关注到杜诗作为"史"的实录精神。所以，从选篇看，天宝、至德年间杜甫避乱流寓之际所创作的大量忠爱诗篇颇为范氏关注，诸如"三吏"、"三别"、《诸将》、《前出塞》、《后出塞》、《茅屋为秋风所破歌》等一系列关心民瘼之作，均被选录。

复次，范梈批选本以白文为主，诗有分段，行间有圈点，偶有简注。注语多选自宋人旧注，征引《东坡志林》颇多，都力求言简意赅。如卷一《新安吏》诗末评："天地无情而仆射如父兄，当时之人心可知，朝廷之大体可悲矣。"①卷三《秦州》诗后评："渭无情而东向，为臣子有人性而不知尊王之义，此子美愁时独有取于水者也。"②又如卷二《释闷》诗后总评曰："福善祸淫，此事之

① [元]范梈批选《杜工部诗范德机批选》卷一，见黄永武主编《杜诗丛刊》第一辑，台湾大通书局1974年版，第52页。

② [元]范梈批选《杜工部诗范德机批选》卷三，见黄永武主编《杜诗丛刊》第一辑，台湾大通书局1974年版，第149页。

常，而必可料者。善未必福，淫未必祸，事之非常而不可料者也。此老翁之所谓错也，孽孽全生是其事矣。”①以上是对句篇意旨的评点。再如卷二《醉歌行别从弟勤落第归》题下评：“歌行转换处，类联联有之，观其用虚字处可见也。”②卷五《赠献纳使起居田舍人澄》前两联后评云：“律诗叙事当如此。”③以上则指明艺术特点。诸例都对读者理解、欣赏杜诗颇有参考价值。

二、范梈批选本杜诗的重要影响

范梈批选本是元代第一个重要的杜诗选本，不仅对元以来杜诗选本的勃兴具有重要的垂范意义，而且对元明两代的杜集编纂和杜诗学发展方向都有不小的影响。譬如其诸体皆选，又按体分卷、以年系诗的编纂体例，开启了对杜诗细密辨体的方向。而编年系地、分段、圈点、简注，崇尚简约，不作繁琐考证，不作散漫、游离原作主题的借题发挥，对此后的杜诗批评沾溉无穷。明初单复撰《读杜诗愚得》，有序云：

> 余初读杜子诗，茫然莫知其旨意。……于是屏去诸家注，止取杜子诗，反复讽咏，似略见大意，亦未昭晰。既又得范德机氏分段批抹杜诗，观之，恍若有得，向所谓莫知而可疑者，始释然矣。④

又，正德、嘉靖间，张綖撰《杜诗五言选》，其序亦谓：

> 清江范德机先生批选杜诗，共三百十一篇，皆精深高古之作，盖欲合葩经之数，标点分节，悉有深意。太史公云：“古者诗三千余篇，孔子删之为三百五篇，皆弦歌之，以求合《韶》、《武》、《雅》、《颂》之音。”然则清江杜选，其亦有志求合于斯耶？⑤

单、张二人都读到此书，且深受此书批、点、注的影响。不仅如此，此书

---

① [元]范梈批选《杜工部诗范德机批选》卷二，见黄永武主编《杜诗丛刊》第一辑，台湾大通书局1974年版，第127页。

② [元]范梈批选《杜工部诗范德机批选》卷二，见黄永武主编《杜诗丛刊》第一辑，台湾大通书局1974年版，第95页。

③ [元]范梈批选《杜工部诗范德机批选》卷五，见黄永武主编《杜诗丛刊》第一辑，台湾大通书局1974年版，第191页。

④ [明]单复撰《读杜诗愚得十八卷附杜子年谱诗史目录一卷》，《四库全书存目丛书》集部第4册，齐鲁书社1997年版，第4页。

⑤ [清]仇兆鳌注《杜诗详注附编·诸家论杜》，中华书局1979年版，第2328页。

卷首所收的虞集序也被明初高棅摘入其《唐诗品汇》卷七中，足见是书至少在明代前中期的重要地位。

范梈批选本在明代翻刻多次。上引王国维《传书堂藏书志》称天一阁藏有明刻范批杜诗，傅增湘《藏园群书经眼录》亦明确著录所藏《杜工部诗范德机批选》六卷为"高密郑鼒编次。明刊本，十一行二十二字，注双行二十四字，黑口，左右双阑，板心上鱼尾下题杜选一、二等字。行间有圈点，间有批语附本句下。前有虞集序，后有跋，缺尾叶。有缪荃孙、曹元忠跋"①。其"十一行二十二字"、"黑口"版式特征，一如大通书局影元刻本，结合正德以后明本多尚白口的刻书风格，大体推知此明刊为弘治翻刻本可能性较大。又，张忠纲《杜集叙录》称：《韩国所藏中国汉籍总目》载韩国国立中央图书馆及延世大学藏有两种明版，一为弘治辛酉(1501)安彭寿跋本，一为嘉靖戊子(1528)蔡世英跋本。②

第三节　明刻张性《杜律演义》

元初方回标举"诗以格高为第一"③以评杜律，其所著《瀛奎律髓》选评杜律 221 首。元人选杜、注杜看重律诗，几十年间产生数种杜律注本，很可能是受到方回的影响④。张性专注杜甫七律，赵汸专注杜甫五律，开启了元明两代杜诗学的一大方向。

真正独立的杜律选本，肇始于张性编《杜律演义》二卷。清范邦甸《天一阁书目》录为"《杜律演义》二卷。刊本。元张性撰。序残阙"⑤。黄虞稷《千顷堂书目》则作"《杜律衍义》二卷"，并谓"张性，字伯成，临川人。乡贡进士。又尝著《尚书补传》，见曾昂夫撰《张先生传》"⑥。另据《中国历代人名大辞典》，金溪(今江西抚州)人张性，元至正十年(1350)领乡荐，任太和州学正。⑦ 所撰《杜律演义》先后在宣德、天顺、嘉靖百余年间重刻过数次，正处于明前期向着明中叶的过渡阶段。是书明清以来公私书目著录甚少，今犹

① 傅增湘撰《藏园群书经眼录(四)》卷十二，中华书局 1983 年版，第 1034 页。

② 参看张忠纲等编《杜集叙录》，齐鲁书社 2008 年版，第 122 页。

③ [元]方回撰《桐江续集》卷三十三《唐长孺艺圃小集序》，影印《文渊阁四库全书》(别集类·集部一三二)第 1193 册，上海古籍出版社 1987 年版，第 682 页。

④ 参考赫兰国《辽金元杜诗学》，河南人民出版社 2012 年版，第 87 页。

⑤ [清]范邦甸等撰《天一阁书目》卷四之一(集部一)，上海古籍出版社 2010 年版，第 344 页。

⑥ [清]黄虞稷撰《千顷堂书目》卷三十二，上海古籍出版社 2001 年版，第 783 页。

⑦ 参看张㧑之、沈起炜、刘德重主编《中国历代人名大辞典》，上海古籍出版社 1999 年版，第 1218 页。

可见者为上海图书馆藏宣德初刻本和嘉靖王齐重刻本，试分别从辨伪、编纂体例、注评特色等方面予以考述。

一、宣德刻本

元张性所编《杜律演义》是开有明一代选隽解律风气之先的杜律注本，却从未刻梓于元，反而初刻于明宣德四年(1429)。后临川人黎近在天顺元年(1457)秋为其重刻本撰序云：

> 诗至于律，其法精矣。唐之工于律者万家，其浑噩深永独少陵，虽驰骋变化于绳尺之外，纵容微婉于矩度之中，盖得六艺之遗风，不失性情之正者也。故鉴世者以注少陵诗者非一，皆弗如吾乡先进士张氏伯成《七言律诗演义》。训释字理，极其精详，抑扬趣致，极其切当，大抵仿佛朱子《诗》传、《楚辞》解而折衷众说焉。盖少陵有言外之诗，而《演义》得诗外之意也。然近时江阴诸处以为虞文靖公注而刻板盛行，谬矣！其《桃树》等篇，"东行万里"等句，复有数字之谬焉。吾临川故有刻本，且首载曾昂夫、吴伯庆所著《伯成传》并挽词，叙述所以作《演义》甚悉。奈何以之加诬虞公哉！按文靖早居禁近，继掌丝纶，尝欲厘析《诗》、《书》，汇正三礼，弗暇，独暇为此乎？昨少师杨文贞公固疑此注非虞，惜不知其为伯成耳。"嫁白诡坡"，自昔难免哉！……因辩而正之，庶文靖得释此诬，而伯成之功弗昧云。天顺丁丑秋临川黎近久大序。①

杜诗向被认为得风雅遗意、持性情之正而不失规矩法度。元张性所撰《七言律诗演义》，不仅于训诂诠解杜律详切得当，而且多仿朱熹注《诗》、《骚》之传统，故黎近以其深得杜公言外之意。至此均为高度评价张性注杜的不俗成就。其后再辩白江阴各地所刻是书并非虞集之注，临川早有宣德四年初刻本，"曾昂夫、吴伯庆所著《伯成传》并挽词"即有力佐证。

正统九年(1444)，举人曹安所撰《谰言长语》②似承黎近之说，仍以"杜

---

① [元]张性《杜律演义》卷首，见黄永武主编《杜诗丛刊》第一辑，台湾大通书局1974年版，第3—5页。按，黎近，名、字、号记载不一。或曰名久之，字未斋，或曰名近，字之大，颇难考实。

② [清]永瑢等撰《四库全书总目》卷一二二(子部·杂家类六)："《谰言长语》一卷(内府藏本)明曹安撰。安字以宁，号蓼庄，松江人。正统甲子举人。官安邱县教谕。是书前有安自序，谓皆零碎之词，故名曰《谰言长语》。谰言者，逸言也；长语者，剩语也，则长当读为长物之长矣。书中多据所见闻，发明义理。"(中华书局1965年版，第1053页)

子美律诗自成一家言。元进士临川张伯成注《杜诗演义》，曾昂夫作《传》有此作，又有刊版告语，惜其少传”①，却又持不同意见：“往时见《杜律虞注》，以为虞伯生。古今人冒前人之作为己作者居多。”②似以虞注为先、张注在后，故有后人张性冒充前辈虞注之嫌。

成化初，陆容《菽园杂记》云：“《杜律虞注》，本名《杜律演义》，元进士临川张伯成之所作也，后人谬以为虞伯生所注。予尝见《演义》刻本，有天顺丁丑临川黎送久大序及伯成传序。”③这部以记述朝野故实为主要内容的明代笔记，辩驳《杜律演义》非虞即张的依据依然是天顺黎近序。

弘、嘉之际，内阁首辅蒋冕④在《书元张伯成杜诗演义后》中也力辩张性《杜律注》为虞注的谬传：

> 杨文贞公序虞文靖公所注杜少陵七言律诗，所谓《杜律虞注》者，刻本在江阴，行于天下久矣。序不书年月，惟书“荣禄大夫少傅兵部尚书华盖殿大学士”官衔，盖在宣德、正统间。而宣德初年，已有金溪进士元人张伯成所注《杜诗演义》梓行于世。二书篇目次序虽微有不同，而皆用文公传《诗》与《楚辞》例，先明训诂，次述作者意旨，而以一圈别之。其同者盖十之八九。《演义》篇首有曾子白之子昂夫所撰《伯成传》，称伯成之文，务在追古作者。尝以所著《尚书补传》、《杜诗演义》杂文若干，手抄成编，谓门人宗季子曰：“吾志在斯！惟求吾师曾先生正之而已。”先生，指子白也。传后附录独是翁吴伯庆哭伯成诗，亦有“笺疏空令传杜律”之句，则注《杜律》者乃张伯成，非虞文靖明矣。窃意文靖家临川，去金溪万里而近，伯成所注《杜律》，文靖岂尝见而爱之？其不同者，岂文靖当笔削之欤？未可知也。⑤

① ［明］曹安撰《谰言长语》，影印《文渊阁四库全书》子部第867册，上海古籍出版社1987年版，第31页。

② ［明］曹安撰《谰言长语》，影印《文渊阁四库全书》子部第867册，上海古籍出版社1987年版，第31页。

③ ［明］陆容撰《菽园杂记》卷十四，中华书局1985年版，第172页。

④ 瞿冕良《中国古籍版刻辞典》著录：“蒋冕（1463—1533）明广西全州人，字敬之，成化二十三年（1487）进士，正德间累官至户部尚书，有《湘皋集》、《琼台诗话》。”（苏州大学出版社2009年版，第849页）

⑤ ［明］蒋冕《书元张伯成杜诗演义后》，见冀勤编著《金元明人论杜甫》，商务印书馆2014年版，第221页。

依蒋冕之说，纵然《杜律演义》、《杜律虞注》二书篇目、序次略有差别，但同样沿用了朱熹注诗体例而注释方式一致，因而重合度相当高。而其推断虞注实乃张注之据亦出于曾昂夫《传》及吴伯庆"挽诗"，与黎近所辨说几乎如出一辙。只不过蒋冕最后还作了大胆揣测，质疑虞集有否见到张性注《杜律》及删改其书的可能性，这便与曹安之疑恰好相反，焦点都在张性、虞集二人孰先孰后。

清仇兆鳌《杜诗详注附编·诸家论杜》"杨载仲弘"条有注云："又考《杜诗七律演义》，元朝进士张性伯成所撰，坊贾假名虞伯生以行世。嘉靖间，济南黄臣重梓复旧，作叙辨之。但此书议论浅略，不能发明杜意，适足累虞公之大名耳。"①查《中国古籍版刻辞典》，"黄臣，明山东济阳人，字伯邻，明正德六年(1511)进士，历任右副都御史、大中丞。嘉靖七年(1528)刻印过元虞集《杜律七言注解》2 卷(半页 9 行，行 20 字)"②。尽管署为虞集本，却证明嘉靖初确有黄臣重刻本，惜不得见原书。若仇注黄臣"作叙辨之"属实，则今瞿冕良亦讹误。翻阅《杜诗详注》，仇注时有引及，应是见过黄臣刻本的可能性大。

当代著名文献目录学家余嘉锡在《四库提要辨证》中旁征博引、多所考辨，亦持虞注非真、实出张性注之说。且谓"是编所注杜诗，凡七言近体一百四十九首"③，按类编次，是最早出现的杜诗七律注本。程千帆先生《杜诗伪书考》以"果二者全部雷同，焉有贸然抄录，毫无辩证者。此大可疑也"④，作结曰："故二人若相抄袭，自虞袭张；若相雷同，亦张不出虞。"⑤

今人赫兰国《辽金元杜诗学》一方面从阐释风格变化的角度说："张注一改宋人繁琐考证、过度阐释的毛病，继承朱熹《诗集传》的传统，随文略解，稍加注释，然后疏通诗意，很少作附会之解。从而形成了浅显易懂、易于为人接受的特点，明显是对宋人过度阐释杜诗的一种反拨"⑥，与仇注指斥其"议论浅略，不能发明杜意"恰形成鲜明对比。不过，仇兆鳌以集注编年方式编撰杜集，想来承袭宋人千家注颇多，是以瞧不上元人以精简晓畅为原则的杜律注评，也不无缘由。另一方面从题目、分类、注释等方面列表比对《杜律虞注》和《杜律演义》的差异，得出几条重要结论：一、二注所选篇目完全相同，

---

① [清]仇兆鳌注《杜诗详注附编·诸家论杜》，中华书局 1979 年版，第 2322 页。

② 瞿冕良编著《中国古籍版刻辞典》(增订本)，苏州大学出版社 2009 年版，第 772 页。

③ 余嘉锡《四库提要辨证》卷二十四(集部五·别集类存目一)，中华书局 1980 年版，第 1521 页。

④ 程千帆《古诗考索·杜诗伪书考》，武汉大学出版社 2008 年版，第 338 页。

⑤ 程千帆《古诗考索·杜诗伪书考》，武汉大学出版社 2008 年版，第 339 页。

⑥ 赫兰国《辽金元杜诗学》，河南人民出版社 2012 年版，第 139—140 页。

皆为124题151首杜律;二、两书编排次序大异,张注编在前卷的诗,虞注往往置于后集,先后次第亦大不相类;三、虞注32大类中有29类与徐居仁本《集千家注分类杜工部诗》同且编次顺序一致,张注未遵循以类相从原则而次序相对紊乱;四、张注多有题解系年,注文却极简略,虞注几乎无题注,注释反更周详。① 这是非常有价值的辩证,足以启人深思。

二、嘉靖王齐刻本

嘉靖王齐刻本旁征博引,附录了诸多可证张性为《杜律演义》编撰者的序跋传记,是继宣德初刻本后又一个重要的明人翻刻本。刻者王齐,字元修,号镜堂,新蔡人。大约生活于嘉靖年间,官任丘令。②

笔者所见为台湾大通书局据台北"中央图书馆"所藏嘉靖十六年(1537)王齐刻本影印《杜律演义》,白口、无鱼尾、四周双边,大字正文十行、行廿一字,小字注文十三行、行廿三字,版心中刻"杜律演义"卷次及页码,下录刻工。正文首行刻"杜律演义",次行署为"京口张性伯成演,汝南王齐元修校"。故知张性或许先世出京口(今江苏镇江)。又据曾昂夫《张伯成传》题下注,张性举进士第六名。此书每首诗的题解多有系年,交代作诗时地、缘起,篇中除圈点外,尚有少量双行小字校语,诗末则集中予以评点。也有如《拨闷》一首,不仅于题下注"永泰元年在忠渝作",而且特别指明其为"折腰体"③。

卷之首有嘉靖十六年(1537)王齐《刻杜律演义》云:

> 涯翁《麓堂诗话》谓:"杜律非虞注,乃张注。"宣德初已刊,恨未之见也。予因读道园诸录,疑其藻思弗伦,及考墓碑,又弗及载,心知非虞,而惜张注无征之难信也。他日应聘关中,道出洛下,谒王乔,洞见于铁门学究朽蚀,几不可读矣。涯翁平生所思,一朝获之,始信为伯成之演义焉。岂昔人以伯成、伯生音近而误传耶?抑虞公尝为题品,而江阴诸处遂伪传耶?抑好事者以张之穷、虞之达而借重以传耶?然虞公轻重,固不系此注之有无也。黎氏辩之详矣。夫以涯翁名相,博洽闻海外尚尔未见,而予适见之,是其书之显晦,固自有数,亦不可谓不遇也。呜呼!世之遇不遇者,岂独一演义也

① 参看赫兰国《辽金元杜诗学》,河南人民出版社2012年版,第192—210页。

② 参看瞿冕良编著《中国古籍版刻辞典》(增订本),苏州大学出版社2009年版,第58页。

③ [元]张性《杜律演义》,见黄永武主编《杜诗丛刊》第一辑,台湾大通书局1974年版,第125页。

哉。是故校评、翻刻，与好古者传焉。嘉靖丁酉夏新蔡王齐书于瀛西之湛一堂。①

李东阳未见宣德刊本《杜律演义》，却臆断为张性注。而王齐初以否认虞集注，也仅因注文缺乏条理，墓碑亦不见载。后于王乔处得宣德原刻本，书虽已汗漫难读，却无妨其领悟当初李东阳所作评判之高深见地，遂更坚信《杜律演义》乃张性所注，复叹此书命途偃蹇，是以重刻以传世。

王齐序后有"天顺丁丑秋临川黎近"作《杜律演义序》，又曾昂夫撰《元进士张伯成先生传》(前元进士第六名)，其略曰：

金溪一邑，当元之世，士之学文章，其知名于时而可传于后世者，有六君子焉：……张贡士伯成氏。贡士讳性，伯成字也。……会兵起，科举废，乃日取经子、秦汉、唐宋之书与文章读之，学为碑铭序记论说箴谏之文，刮陈剔垢、驰骛开阖、演绎含蓄，言其所当言，纪其所当纪，是非之公，不以时废，不以俗存，务在追古作者。尝将所著《尚书补传》、《杜诗演义》杂文若干，手抄成编，谓门人宋季子曰："吾志在斯，惟求吾师曾先生正之而已。"未达而卒，人悲其志……②

《传》后附"独足翁吴伯庆撰"《哭张先生诗》云："何处重逢说别时，斯文千载尽交期。学怜知己先登早，生愧同庚后死迟。笺疏空令传杜律，志铭谁与继唐碑。寡妻弱子将焉托，节传遗文只益悲。"③充分表达了对这位笺注杜律的知己张性的深切悼念。

又有《刊版告语》曰："金溪石门元朝进士伯成张先生所注《杜律七言演义》，极为精详，足以启发后学。传写恐有舛讹，告诸朋友，共刻于版，则斯文之传，庶广可见。张先生用心精密，为杜少陵之忠臣，诸公则又为张先生之忠臣也。卷首刻曾昂夫所著《张先生传》，文以表其实云耳。宣德四年十月良吉坶交吴巩子固敬告。(附同志助刊人名)"④再次申明《杜律演义》乃张性

① [明]王齐《刻杜律演义》,[元]张性《杜律演义》卷之首，见黄永武主编《杜诗丛刊》第一辑，台湾大通书局1974年版，第1—2页。

② [明]曾昂夫《元进士张伯成先生传》,[元]张性《杜律演义》卷之首，见黄永武主编《杜诗丛刊》第一辑，台湾大通书局1974年版，第5—6页。

③ [元]张性《杜律演义》，见黄永武主编《杜诗丛刊》第一辑，台湾大通书局1974年版，第7页。

④ [元]张性《杜律演义》，见黄永武主编《杜诗丛刊》第一辑，台湾大通书局1974年版，第8页。

所作，曾昂夫作《传》为证。

是书按类编次，前、后二集均先录分类目录，再叙杜律及注文。前集分为 8 类，辑诗 67 首；后集分为 13 类，辑诗 84 首。总计合收杜诗七言律 151 首。其分类的具体情况如下表所示：

表 3-4　嘉靖王齐翻刻元张性《杜律演义》二卷分类辑杜律数据表

前集 67	雨旸	山川	时序	果实	禽鸟	宫殿省府	居室	隐居
	4	3	35	2	4	6	8	5
后集 84	楼阁桥梁	寺观	音乐	将帅	宗族	释老	纪行	述怀
	10	3	1	5	3	2	2	8
	怀古	游宴眺望	简寄酬赠	寻访送饯	杂赋			
	6	6	20	17	1			

较之宋人徐居仁分杜诗为七十二门的繁复分类，元人张性于七律一体上的分类相对简洁明了。而造成各类选录杜律多寡之别，一方面由杜诗题材本身决定，另一方面也确实存在模棱两可的棘手问题。总体而言，“时序”、“简寄酬赠”、“寻访送饯”还是七言杜律表现最多的三大主题。

除了凸显杜诗七言律所重点指涉的分类对象，张性还在分类基础上通过题解方式为杜律大体编年以系时地。笔者通读全书后，发现“雨旸”、“果实”、“禽鸟”、“隐居”、“寺观”、“音乐”、“宗族”、“释老”、“纪行”、“杂赋”这 10 类并未进入编年系统。其余 11 类凡涉于题注中编年的杜律，尽皆胪列如下表：

表 3-5　嘉靖王齐翻刻元张性《杜律演义》二卷杜诗编年题注辑录

杜律分类	杜律篇名	杜诗编年题注
山川	望岳	西岳在华州，当是乾元元年任华州司功时作。
	黄草	广德元年十二月，吐蕃陷松州维州，而今诗云被围，则是作于其年秋，是时公在梓阆也。
时序	曲江二首	当在乾元元年京师所作。
	暮春	当是自云安初迁夔州而作也。
	秋兴八首	此诗因秋而感兴，皆在夔州思长安而作。鹤云：当是大历元年秋作。
	又九日	广德元年在梓州作。

续 表

杜律分类	杜律篇名	杜诗编年题注
时序	秋尽	鹤曰:宝应元年秋公自梓州归迎家再往,当是其年作。
	至日遣兴	乃乾元元年在华州作,两院左右拾遗之署也。
	至后	鹤曰:当是广德二年公在严武幕中所作。
	十二月一日三首	公以永泰元年秋至云安,明年春晚迁夔州,当是年冬在云安而作。
	腊日	鹤曰:当是至德二年扈从京师而作。
	夜	一云秋夜客舍。鹤曰:当大历元年夔州所作。
宫殿省府	和贾至舍人早朝大明宫	此当是乾元二年在谏省而作耳。
	宣政殿退朝晚出左掖	公为左拾遗,属门下省,故曰左掖。此当在乾元二年春作。
	紫宸殿退朝口号	宣政殿在紫宸即内衙正殿,龙朔三年四月廿五日始御听政。
	题省中院壁	门下省中拾遗院内之壁,当是乾元二年之所作也。
	宿府	严公节度使之府也。公时参谋,故当直宿,当是广德二年秋所作也。
居室	卜居	上元元年庚戌,公年四十九在成都时,剑南节度使裴冕为卜此居,原有卜居一篇,故公因以为题。又有卜居一篇,则在夔州之所作也。
	简吴郎司法	公大历二年秋自瀼西迁东屯,故以草堂借吴郎司法。
楼阁桥梁	江陵节度阳城郡王新楼成请严侍御判官赋七字句同作	郡王卫伯玉也。大历三年,公至江陵,当是其夏所作也。
	七月一日题终明府水楼	鹤曰:是在夔州作,意终明府是奉节。
	登楼	鹤曰:意是广德二年春晚公还成都,闻代宗车驾还长安而作。
	阁夜	在夔州作。
	滕王亭子	广德二年,公再至阆州作。
将帅	诸将	鹤曰:永泰元年四月严武死,公亦去成都。此诗当是其年秋在云安作也。

续 表

杜律分类	杜律篇名	杜诗编年题注
述怀	闻官军收河南河北	广德元年田承嗣说史朝义往幽州发兵，既去，承嗣即以城降，送朝义母子于官军。又范阳节度使李怀先请降，朝义穷蹙，遂乃自缢而死矣。
	拨闷	永泰元年在忠渝作。
	即事	鹤曰：诗云"未闻细柳散金甲"，当是指大历二年九月吐蕃寇乱邠□州，京师戒严时也。
	览物	大历三年，公在夔州之所作。
	暮归	此在荆南作者。是鹤云：在夔州作者，非盖桂水下，在夔州之南也。
怀古	咏怀古迹五首	在夔州作。
游宴眺望	城西陂泛舟	即渼陂也。当是天宝间在长安所作。
	野望	鹤曰：宝应元年十一月，公在射洪时所作也。
	又野望	在成都作。
简寄酬赠	将赴成都途中有作先寄严郑公	广德三年自阆归成都①。
	奉待严大夫	武以上元元年建丑之月受命，此诗多是宝应元年正月作也。
	奉寄高常侍	鹤曰：高适为成都尹，广德二年三月以严武代还，用为刑部郎转散骑常侍，此当是永泰元年公在成都作。
	奉寄章十侍御	梓州刺史东川留后章彝初罢将赴朝廷，公在成都作此诗以寄之。
寻访送饯	季夏送乡弟韶陪黄门从叔朝谒	杜鸿渐大历元年以黄门侍郎同平章事为剑南节度使，二年入朝。
	送辛员外	惠义寺园在梓州，当是广德元年作。

反复揣摩表 3-5 中杜诗编年题注，大致可以得出以下两点认识：

(1)张性在杜律分类中又有选择地编年，既全然不同于黄鹤逐一以诗系年的编次方式，又与范梈先分体再分段以年系诗的选本体制相区别。

(2)表中摘录张性为杜律所作编年性题解，大致可分为四种类型：第一种既考订作年又交代地点，力图勾勒整首诗创作背景；第二种不仅考见时代地理，而且征引黄鹤编年，或补充意见，或聊备他说；第三种不发己见，而仅以"鹤曰"补录宋人编年成说；第四种只交代作于何地，而不及作于何年，最是笼统含糊。在所有 40 条编年题注中，引黄鹤之说达 12 条之多，更未见别

① 代宗广德仅有两年，此处原书有误。

家编年见解，足以说明张性对杜律的编年系注受黄鹤影响之深。

除此而外，还有一些杜律未在题解下作简略编年，而于诗末附以详注。如《长沙送李十一衔》既已圈点出“朔云寒菊倍离忧”句，再作尾注云：“至德元年，以同谷县置州，后废。此用王乔飞凫事，尚书官属得赐履，公为员外尚书郎故云。”又“公在康州同谷县与李衔相处乃乾元元年也，今复会于洞庭之上，逆计之已十二年矣。……所以望云看菊、倍增忧愁也”①。可谓融叙事编年、串解诗意、点评诗句于一体。总体来说，张性编注杜律多以句解评析面貌呈现，明显要比范梈批点杜诗阐释得更博赡精细，却又不似宋人千家注般繁芜冗杂。这是由其“注”之成分远不及“评”之分量多带来的结果，也是元人由训注杜诗向着评释杜律方面发展的一种演变趋向。

是书卷末有王齐门生曹亨为之题跋曰：“杜诗诸体具备，惟律为精。而注尤易鲜，推类旁达，殆无余蕴。三隅自反，顾读者所得之何如耳。亨也幸叨甲第，学而未能。今镜师出宰任丘，以政学鸣焉。于时暇取《杜律演义》批评校刻，与天下共，而艺之心法又将引之于无穷矣。得艺得诗，又得君子与人为善之公也。问一得三，亨其有焉。嘉靖丁酉夏仲新蔡门人曹亨顿首谨跋。”②

又有《跋杜律演义》一篇，署为“瀛洲锦屏山人缀”，其略云：“镜堂好古且力，才识高明，博通今古典籍，夙悟诗学，逼情脍口，皆杜老家法，故能成此以嘉惠后之学者。愚乃信以三哲名，言非私于友也。诗曰：‘维其有之，是以似之。’其镜堂之谓欤?”③大有为人延誉之意，亦犹见王齐尊杜学杜、崇尚“杜老家法”之心。

《杜律演义》开明人注杜以律诗为独立审美对象的先河，嘉靖以来所涌现的大量五七言杜律本率以之为祖。其中，张綖编《杜律本义》四卷，更直接以张性《杜律演义》为底本，篇目、收诗总数悉同于张性注本；惟《杜律演义》以分类为主，辅以编年，《杜律本义》则完全是编年本。然《演义》发凡起例之功，自是不可磨灭。

---

① [元]张性《杜律演义》后集，见黄永武主编《杜诗丛刊》第一辑，台湾大通书局1974年版，第184—185页。

② [元]张性《杜律演义》卷之末，见黄永武主编《杜诗丛刊》第一辑，台湾大通书局1974年版，第188页。

③ [元]张性《杜律演义》卷末《跋杜律演义》，见黄永武主编《杜诗丛刊》第一辑，台湾大通书局1974年版，第189—190页。

第四节 明刻虞集《杜律虞注》

《杜律虞注》是明代刻印最多、流传最广、影响最大的一部元人注杜选本。笔者据《杜集叙录》等古今书目统计过，从宣德至万历不足二百年间，通共有15种虞注杜律问世，一再翻刻更达25次之多。此不独堪为明人重刻元本杜集之冠，甚至可与任一种宋本杜集在元明两代覆刻的总和相媲美。然虞注同书异名现象十分突出，体例、卷数也不尽统一，尤以《杜工部七言律诗》二卷重刻最多，也最常见。其余按明人刻印多寡依次有《杜律七言注解》、《虞邵庵分类杜诗注》、《虞伯生七言杜选》、《杜律》、《杜律虞注》、《翰林考正杜律七言虞注大成》诸本。此外，还有李廷机撰《内阁批选杜工部诗律金声》二十四卷，汪慰校刻《虞本杜律订注》二卷①，以及正德、嘉靖间数种虞注七言杜律、赵注五言杜律的合刻本。

虞集(1272—1348)，字伯生，号道园。宋亡，随父自蜀地徙迁至崇仁。少受家学，通晓经义，尝从吴澄游。元大德初，以荐授大都路儒学教授，累迁奎章阁侍书学士，领修《经世大典》。至正八年病卒，谥文靖。弘才博识，平生为文万篇，稿存者十二三，有《道园遗稿》、《道园学古录》、《平猺记》等。又"早岁与弟槃同辟书舍为二室，左室书陶渊明诗于壁，题曰陶庵，右室书邵尧夫诗，题曰邵庵，故世称邵庵先生"②。后至元三年(1337)刻印过《集千家注批点杜工部诗集》二十卷《年谱》一卷(半页八行，行十八字)。③

正如上节所述，明代以来许多人都指出过《杜律虞注》是书贾对张性注《杜律演义》简单加工处理之后，即署作者为虞集。除上节所引材料，大学问家杨慎则于《闲书杜律》中极力指斥贾人嫁名虞注"既晦杜意，又污虞名"④。万历七年(1579)奉诏册封琉球的谢杰，也在《杜律詹言序》中广辑谬误，以澄清《杜律虞注》不可能为虞注之由：

> 注杜律者众矣，而莫盛于虞。伯生闻人，且东里学士为之序

---

① 孙殿起《贩书偶记续编》卷十三："《虞本杜律订注》二卷，明新安汪慰撰，无刻书年月，约万历间精刊。"(上海古籍出版社1980年版，第204页)

② [明]宋濂撰《元史》卷一百八十一，中华书局1976年版，第4181—4182页。

③ 参看瞿冕良编著《中国古籍版刻辞典》(增订本)，苏州大学出版社2009年版，第895页。

④ [明]杨慎撰，王大厚笺证《升庵诗话新笺证》(附录二·升庵论诗序跋录要)，中华书局2008年版，第1182页。

也。然是恶足以注杜乎哉！说者谓为元人张性伯成所为，而托之虞以显，理或然者。欧阳原功撰虞墓碑，不及注杜，东里业已疑之，则此之为赝书可必也。余使琉球，见彼国所读书独无经，而以《杜律虞注》当之。亦唐鸡林贾之俦欤？第贾能辨白传之赝，彼直以燕石宝少陵，窃谓白传幸而少陵不幸也。今其书俱存。……甚者金碗泥于玉碗，步檐讹为步蟾。军储自供，未稽府兵之制；洞门对雪，莫察掖垣之规。高叶忽云石之光，打鼓昧发船之节。芋栗忘其橡实，诸天遗乎内典。柑黄三寸，莫忆义康之豪；鹏碍九天，弗纪楚文之异。彩笔气象，谓以才人而干人；江汉垂纶，恐因老而不录。则其涉于芜陋谬悠也滋甚。曾谓闻人之注有是乎？故以此解杜，是为诬杜；以此名虞，是为诬虞。①

既然虞集墓碑未录注杜片言，谢杰出使琉球又见《杜律虞注》流传甚广，那么一部讹错百出之作如何蜕变为经典读物？又何以被诬为虞注？便独赖作伪手段的高明了。周采泉《杜集书录》卷十一中考订说："其所以嫁名于虞集者，实出于朱熊之手，经杨士奇等巨公品题以后，故终明之世，率奉为圭臬。"②赫兰国《辽金元杜诗学》认为周氏之论当属可信，且进一步分析道："《虞注杜律》后出转精，在张注的基础上进行了加工，首先是编次上，依循徐居仁本千家分类顺序并基本采用徐本所分类别，以类相从，比起张注的次序与分类科学合理了许多。……当然，虞注《杜律》亦有纠正张注《演义》注释之误者；许是伪虞注《杜律》不是出自一人之手，而是书商组织一批人手分工合作所为，故各部分水平参差不齐，有少数篇章对张注或照抄不误，或出现知识性错误。"③诚为切中肯綮之论。

尽管从明代前期开始，质疑虞注的声音不断，虞注杜律的刻本却仍然不断出现，古今书目对其著录也甚多。如明高儒《百川书志》谓"《杜律虞注》二卷，元雍虞集伯生注。仿朱子《诗经》、《楚词》例，训解集览，一视详明，得诗本旨。惜止七言律耳"④，可知早期书名即《杜律虞注》。至清范邦甸等撰《天一阁书目》详录云：

---

① ［明］谢杰《杜律詹言序》，见冀勤编著《金元明人论杜甫》，商务印书馆 2014 年版，第 403—404 页。

② 周采泉《杜集书录》内编卷十一，上海古籍出版社 1986 年版，第 666 页。

③ 赫兰国《辽金元杜诗学》，河南人民出版社 2012 年版，第 210 页。

④ ［明］高儒撰《百川书志》卷十四，上海古籍出版社 2005 年版，第 204 页。

《杜工部七言律诗》二册(刊本),元虞集注,明杨士奇序。《刘须溪批点杜诗》二十二卷后增《赵东山类选》一卷《虞伯生注》一卷。罗履泰序云:"旧见《后村诗话》中,评王、杨、卢、骆,证以杜诗,颇有贬数子意,尝疑后村误认杜诗为贬语。一日,须溪谈此,先生因出所批本示仆曰:'吾意正如此。'时《兴观集》未出也,惟末章仆有欲请者,客至而罢。每自恨赋远游、病索居,望先生之庐,有不能卒业之愧。今《兴观集》行,不载此,每念复见先生所示本,不可得。族孙祥翁得其本以示仆,视《六绝句》批语,则昔所见也。其舅氏彭镜溪又铨摘旧注,不失去取,刻之以便览者。"东川黎尧卿跋云:"杜少陵诗,旧注坌冗,探公心曲者鲜。顷居秣陵,得刘须溪批本。续见赵东山五言批评,又复明备不揣。并虞伯生七言注,统三子合为一编,以便检阅。其阙解,质以全集补之。"湘江卢纶后序。①

清人所接受的虞注已名为《杜工部七言律诗》,这大约与此本在明代翻刻最多,为流传最广、最常见的版本有关。从所引黎尧卿跋语中,可知天一阁藏本或是正德云根书屋刻《须溪批点选注杜工部诗》二十二卷所附之增《虞伯生注杜工部诗》。

另傅增湘藏有明正统石璞刊本《虞邵庵分类杜诗注》一卷,"十行二十六字,黑口,四周双阑。前有明人序,云是江西按察使石公仲玉所刻"②。邹百耐《云间韩氏藏书题识汇录》也记述过一部明刊本《杜工部七言律诗》二卷:

标题下列"虞集伯生注"。前有四序,一正德三年新安郑庄、二庐陵杨士奇、三建安杨荣、四宣德九年胡滢。后有黄淮序。每半叶十一行,行二十字。注低一格。卷末有记语云:"岁在乙酉,北兵剿邑,书籍无不散佚。予偶得此于涂遇之手,因珍藏之。"不署姓名。藏章有"徐印玄植"白文、"穉登私印"朱白文、"寿孙"汉满合璧朱白文、"寿孙之印"朱白文四方印。③

今《中山大学图书馆古籍善本书目》还录有明抄本《杜工部七言律诗》二卷云:

① [清]范邦甸等撰《天一阁书目》卷四之一(集部一),上海古籍出版社2010年版,第343页。
② 傅增湘撰《藏园群书经眼录(四)》卷十二,中华书局1983年版,第1034页。
③ 邹百耐纂,石菲整理《云间韩氏藏书题识汇录(集类)》,上海古籍出版社2013年版,第117页。

> 唐杜甫撰，元虞集注，明毛晋抄本，二册。八行，十八字，小字双行，字数同，白口，四周双边。卷端下盖“甲”、“元本”、“毛氏子晋”及“毛晋之印”篆文方朱印。目录首页有“夏树嘉”、“田耕堂”等篆文方朱印。①

一部元本旧籍，能在明代宣德、正统、正德、嘉靖、万历各朝获得一再翻刻传抄，其主要原因恐怕是明代复古文学蓬勃发展中，杜甫七律正好符合明人学盛唐典范的标准。

诗学之外的原因则可能是明代书商为求迅速推广虞注，多借时流名家作序来抬高刻本的声望。如永乐二年(1404)进士王直曾作《虞邵庵注杜工部律诗序》云：

> 虞邵庵先生独取其七言律诗一百五十余首而注释之，本朱子《诗传》之作，疏其事实，述其旨趣，而公所以作诗之意了然明白，其有益于学者不少。余姚魏仲厚与弟仲英最好读杜诗，得公所注，刻之梓以传，使天下作者皆有所悟入，而得以臻其妙。……杜诗天下后世之所取法也，而邵庵先生之注未盛传闻者，盖有愿见而不可得之叹。……今仲厚兄弟得此书，不私于为己，而公以及人，其贤可知矣。刻既完，仲英之子瑶为泷水丞，述职来京师，请予序其首。予谓诗不待序而传，仲厚兄弟嘉惠学者之心，不可不白也。故为序之。②

身为明朝大学士的王直，不但首肯了杜诗得性情之正而直承风雅精神，还特别指出虞集学习了南宋大儒朱熹《诗集传》的诠释方法，以之诠解杜甫七律，这是对虞注的崇高评价。③

下面就几种所见虞注本逐一考述。

---

① 中山大学图书馆编《中山大学图书馆古籍善本书目》，中山大学图书馆 1982 年版，第 255 页。

② [明]王直撰《抑庵文集·后集》卷十一《虞邵庵注杜工部律诗序》，影印《文渊阁四库全书》第 1241 册，上海古籍出版社 1987 年版，第 578 页。

③ 笔者查阅《抑庵文集·提要》，王直是历仕永乐、洪熙、宣德、正统、景泰、天顺多朝的文阁重臣、大学士，“自永乐时即承命入阁，典司制诰。凡朝廷著作，多出其手”(影印《文渊阁四库全书》第 1241 册，上海古籍出版社 1987 年版，第 1 页)。由此可知，王直是位典型的封建正统文人。又自朱熹后，说《诗》者多以《诗集传》为宗，元明以后科举取士也以《诗集传》为准。故王直序《虞邵庵注杜工部律诗》要以《诗传》为衡量杜律虞注的标准，亦见其评价之高。

一、正德罗汝声刻本

明正德间人罗汝声，刻印过元虞集《杜工部七言律诗》二卷、王纶《本草集要》八卷。[①] 笔者所见为上海图书馆藏正德三年(1508)罗汝声刻《杜工部七言律诗》二卷，四周单边、白口版式，版心镌刻题目、卷次。正文题为"虞集伯生注"，正文有圈点，每半页十一行，行二十一字。版面上方有大量朱笔眉批。版心是"杜律虞注"卷次及页码。每首诗后有详细注评。[②]

是书卷首有"正德三年戊辰岁七月吉旦新安郑庄书"《杜律虞注序》云：

> 文以载道，诗则言之成文，而发于咏歌者也。使其言而不于道，则虽文，亦奚以为？稽之于古，诗自《三百篇》删于圣人，其文皆道，其藩篱固非后学所敢窥也。秦汉而下，世愈远而诗愈变。至于唐，而有律诗出焉。其变极矣！求其不畔于道，而出乎心胸之自然者，□□有过于杜公子美者焉。观其流落剑南，往来□□，□走于寇乱之中，其发于言、出诸口者，□□□□□□之心，伤时悼俗之意。他如□□□□□□□□□□爱物之清，忘物之机，不可一一□□□□□□□□老成之辞，其谨严也，凛乎春秋之笔。□□□□□□信乎其然矣。然其辞奥，其指远，非学者□□□□□庵虞先生，法朱子《诗传》而注释之，仅一百三十篇。□律诗也，不啻不泛，深得其旨，惜乎未及其多也。四□学者，如景星覆云，皆欲争先而快睹。虽已梓行，而售者极少。罗君汝声，尝以孝友尚义名于乡，其于子美，素所羡慕。特发其囊箧所蓄，命工绣梓，盖将以广其传，暴白其心于后，使学者不惟欲其有所自得，而且欲效其为人，不以颠沛流离而忘乎世。其嘉惠之心，不亦至耶？呜呼！圣门之才多矣！惟商赐可与论诗。杜诗之注多矣，惟邵庵之注独得其妙。由此观之，则子美之诗，非邵庵固不足以明。邵庵之注，传之不广，又何以知其学之博，而识之深者耶？是知邵□□□□有功于杜，而汝声之梓行，大有功于邵□□□□□才肤，固不敢妄以序，而于汝声之好事□□□□□，故僭以识其岁月焉。正德三年戊辰岁七月

---

① 参看瞿冕良编著《中国古籍版刻辞典》(增订本)，苏州大学出版社 2009 年版，第 537 页。

② [元]虞集注《杜工部七言律诗》二卷，明正德三年(1508)罗汝声刻本，上海图书馆馆藏古籍线善824335—38。

吉旦新安郑庄书。①

律诗自古被视为诗之变极，杜律又被奉为律体之变，却犹得春秋笔法，有伤时载道之意，因辞奥旨远，实难诠解，虞集是以采朱熹注经之法而深得其旨。从郑庄“虽已梓行，而售者极少”的表述中即知，虞注在正德以前当流传不广，故有罗汝声深慕杜公而付梓重刻之说。

是书以类编次，据《杜诗七言律目录》载：卷上分为纪行、述怀、怀古、将相、宫殿、省宇、居室、题人屋壁、宗族、隐遁、释老、寺观、四时 13 类；卷下分为节序、昼夜、天文、地理、楼阁、眺望、亭榭、果实、舟楫、桥梁、燕饮、音乐、禽鸟、虫类、简寄、寻访、酬寄、送别、杂赋 19 类。分类较张性《杜律演义》更为细致丰富些。

书之卷末还有署名“荣禄大夫少保户部尚书兼武英殿大学士永嘉黄淮”所作《杜律虞注后序》，其略云：

律诗始于唐而盛于杜少陵，盖其志之所发也，振迅激昂，不狃于流俗；开阖变化，不滞于一隅。……其即景咏物，写情叙事，言人之所不能言。诵之者心醉神怡，击节蹈抃之不暇，诚一代之杰作也。元奎章学士虞文靖公，掇其尤精者百篇，注释以惠后人。文靖以雄才硕学为当代儒宗。其注释引援证据，不泛不略，因辞演义，深得少陵之旨趣。然而未有刻本，而所传不广也。江阴朱熊于京都录而得之，持归，将锓诸梓，求二杨少傅先生序以冠其端。熊之伯父善继暨乃父善庆，尝承庐陵杨公之命，刊刻单复《读杜愚得》。然今于此复能致力，逾月而告成。呜呼！文靖之注释，实有功于少陵。而朱氏一门，亦可谓有功于诗学者矣。……诗至于律，其变已极。初唐盛唐犹存古意，驯至中唐晚唐，日趋于靡丽，甚至排比声音，摩切对偶，以相夸尚，诗道几乎熄矣。文靖深为此虑，故因变例之中，特取少陵之浑厚雅纯者表章之，以为世范。是亦狂澜砥柱之意也。学者由此而求之，则思过半矣。②

---

① [明]郑庄撰《杜律虞注序》，[元]虞集《杜工部七言律诗》卷首，见冀勤编著《金元明人论杜甫》，商务印书馆 2014 年版，第 249—250 页。

② [明]黄淮撰《介庵集》卷十一《杜律虞注后序》，《四库全书存目丛书》集部第 27 册，齐鲁书社 1997 年版，第 80—81 页。

黄淮不惟高度褒奖了虞注详略得当、释义得旨，称赞朱熊首刻虞注有功于明人学杜，还特别指出诗之变至律已极，虞集考虑到诗道衰微，所以选取杜诗中浑厚而典雅的七律作为世人学诗范式，大有力挽狂澜之意味。实际上，黄淮应该深知杜律中不乏拗体，因此，单从杜诗风格角度揣度虞集选注七律的用意，似嫌不妥。无怪乎后人质疑黄淮后序亦是书贾假托之伪作。

二、明邓秀夫刻本

笔者所见江西省图书馆藏《杜工部七言律诗》，版框 18.9cm×14.2cm，开本 27.8cm×18.1cm，金镶玉 30.7cm×18.1cm。邓秀夫，其人不详，该刻本无编例，大都以类相从，仍按纪行、述怀、怀古等编次。是书白口、白鱼尾、四周单边，版心刻"杜律"二字，下方有页码。每半页九行、行十九字。正文首行先刻"杜工部七言律诗卷一"，下署"虞集伯生注"，钤有藏印两枚。律诗中既有圈点，又有单行小字旁注，诗末先叙作诗背景，再详以注评。

邓秀夫刻本卷之首载有杨士奇《杜律虞注序》云：

> 律诗非古也，而盛于后世。古诗三百篇皆出乎情，而和平微婉，可歌可咏，以感发人心，何有所谓法律哉？自屈宋下至汉魏，及郭景纯、陶渊明，尚有古诗人之意。颜谢以后，稍尚新奇，古意虽衰，而诗未变也。至沈宋而律诗出，号近体，于是诗法变矣。律诗始盛于开元、天宝之际，当时如王、孟、岑、韦诸作者，犹皆雍容萧散，有余味可讽咏也。若雄深浑厚，有行云流水之势，冠冕佩玉之风，流出胸次，从容自然，而皆由夫性情之正，不局于法律，亦不越乎法律之外，所谓"从心所欲，不逾矩"，为诗之圣者，其杜少陵乎！厥后作者代出，雕镂锻炼，力愈勤而格愈卑，志愈笃而气愈弱，盖局于法律之累也。不然，则叫呼叱咤以为豪，皆无复性情之正矣。夫观水者必于海，登高者必于岳，少陵其诗家之海岳欤？百年之前，赵子昂、虞伯生、范德机诸公，皆擅近体，亦皆宗于杜。伯生尝自比汉庭老吏，谓深于法律也。又尝取杜七言律为之注释。伯生学广而才高，味杜之言，究杜之心，盖得之深矣。观其《题桃树》一篇，自前辈以谓不可解，而伯生发明其旨了然，仁民爱物，以及夫感叹之意，非深得于杜乎？或疑此篇非出于虞，盖谓欧阳原功所撰墓碑不见录也。伯生以道学文章重当世，碑之所录，取其大而略其小，故录此未足以见伯生，然必伯生能为此也。此编旧未有刻本，江阴朱

善庆尝刻单阳元《读杜愚得》,其子熊得此编,又请于父而刻之。吾闻熊有孝行,固其克承父志欤。荣禄大夫少傅兵部尚书兼华盖殿大学士庐陵杨士奇序。①

杨士奇所谓“法律”,实即针对“性情之正”而发。杨氏肯定的是既要符合儒家正统观念“性情之正”的诗法,又要讲求法度却“不拘泥”、“不逾越”,是以少陵诗法为律体的最高准则。而高度赞誉虞集对杜律体味、探究之深,则俨然视之为少陵律法的知己了。

是书卷末还有重刻人邓秀夫所撰《杜律虞注后序》曰:

诗曷为而作也?情根于心,达乎其辞也。曷为其达也?因静明物,物以先志,静其神志,其发也。风雅既漓,音格浸坠,野淡纯夷者,号称绝唱,诗之变也。下此而有传焉者,华则贼实,枯则灭文,变之甚也。求其巧而不媚,达而不溺,似腴实癯,似绮实质者,惟杜少陵其庶几焉。惜乎评训徒攻,而异趣别材,宜莫能肖。须溪其失也浅,单父其失也谵。下此而有传焉者,鲜不为晋明之訾矣。惟虞伯生以意逆志,推所得而析之,虽少陵自谓不是过也。是故采摭证疑,洞而切矣。典实象事,核而审矣。音叶属辞,廉而确矣。条贯融意,明而正矣。是岂徒其学之赡,必有扼其会而触其机者耳。盖天宝之乱,少陵有忧君爱国之念,故其为诗,莫非忠义之发,而伯生承夷夏易命,身虽强进,不无悲愤感慨存乎其心,惟其心同,故其志一,其志一,故其情均而言契。间世相孚,自不容遏,乃所谓得于心而能求其意者矣。未有不得于心,而能达其意者也。读其诗者,诚能因言以求志,因志以究心,使二氏之意,蔼然不昧,则于性情礼义之正,温柔敦厚之教,庶几有补。苟徒诵美于文字之末,则亦可谓不善变矣。②

邓秀夫不仅看到了杜诗在诗之变中的特殊意义和价值,而且充分肯定虞集“以意逆志”来解析杜诗之法,进而还引申杜、虞二人命运遭际相仿,故

① [明]杨士奇《杜律虞注序》,见《杜工部七言律诗》卷之首,江西省图书馆馆藏明万历邓秀夫刻本。又见黄永武主编《杜诗丛刊》第一辑《杜律演义·杜律虞注》(合订本),台湾大通书局1974年版,第1—6页。

② [元]虞集撰《杜工部七言律诗》卷之末,明邓秀夫刻本,江西省图书馆古籍特藏。

"不无悲愤感慨"、"志一"而情契之说。但最终又都回归于得性情之正和儒家诗教的规范体系之中。

三、嘉靖龚雷刻本

龚雷，字威明，嘉靖间长洲人。嘉靖七年(1528)于苏州翻刻宋本《鲍氏战国策注》十卷、《陶渊明集》十卷《附录》二卷，还合刻了元本赵、虞二家注《杜律五七言》四卷。①

笔者所见为上海图书馆藏嘉靖龚雷刻元虞集注《杜工部七言律诗》二卷，二册，为刻《杜律五七言》本之一。版框12.3cm×17.4cm，版式为白口、单鱼尾、四周双边，版心下方是王师禹刻。有清许蔓聚批校、清赵宗建题跋。钤有"许蔓聚印"、"燮堂"、"泽峰"、"赵宗建印"、"非昔居士"等印记。

是书卷首载杨士奇《杜律虞注序》，又《王渔洋说部精华》一则，序跋皆每半页七行、行十七字。《杜工部七言律诗目录》按类编次：纪行、述怀、四时、节序、昼夜、天文、地理、楼阁、眺望、亭榭、果实、舟楫、桥梁、燕饮、音乐、禽兽、虫类、简寄、寻访、酬寄、送别。附注批校者"许蔓聚，字宝君，工诗，精汉隶，兼善丹青，著有《桐花书屋诗钞》等"。正文首镌"元虞集伯生注"，每半页八行、行十八字。又有圈点，双行小字夹注夹评，版心中刻杜律卷次及页码，版面上有大量眉批且内容详赡，亦附朱笔眉批。每首诗后均有总评以解析诗意。

书之卷末还录有龚雷跋曰：

> 杜律五七言，古今疏其义者凡几家，惟赵氏子常、虞氏伯生得考亭解经法，典显旨要，学者过目辄了其义，故二家晚出，独盛行于世。然既分为两编，则未有同刻而并传者，或岁月后先、或邑里隔越，学者虽欲芜致之，而无从也。余即长千里，检出旧藏各数种，校雠比次，汇为一帙，同刻于家塾，以并传于九垓。且尝读《旧唐书》至子美传，每三复焉。今增列前简，使人先考其世系履历落寞不偶，次观其忠义悲壮，发于声诗，可以味其风旨，而挹其豪纵矣。若夫揄扬品藻，则昔人所谓诗之圣者，尽之泰华、北溟，曷从而窥测乎？后学龚雷跋。②

---

① 参看杨军《明代翻刻宋本研究》之"出版者小传"，中国社会科学出版社2011年版，第143页。

② [元]虞集注《杜工部七言律诗》二卷卷末，明嘉靖龚雷《刻杜律五七言本》，上海图书馆馆藏古籍线善789084—85。

龚雷认为赵汸、虞集五七言杜律注之所以能后出转精、超越诸家，是因为得朱熹《诗集传》解经疏义之法。但历来赵、虞二家注皆单行付梓，不利杜律五七言并传。故在广泛搜集元刻旧本、校勘讹误后，龚雷合而同刻之，并附增杜氏世系履历以彰其忠义悲壮之源。

四、万历吴怀保刻本

明万历间人吴怀保有室名七松居，其刻书众多，有《晏子春秋》四卷，元赵汸《杜律五言注解》三卷，元虞集《杜律七言注解》四卷，《诗法家数》一卷等。①

吴怀保刻七言杜律，笔者所寓目有两种：一为上海图书馆藏《杜律七言注解》（存卷三、卷四），白口、单白鱼尾、四周单边，版心上方刻"杜律虞注"，版心中刻卷次，下有页码。每半页九行、行二十字。首行刻"杜律七言注解卷之三"，次行刻"邵庵虞集伯生注"。正文部分，版面上方有朱笔眉批，杜诗中亦见朱笔圈点，诗末则先注而后评。各诗题下或有"比兴格"、"两重格"、"叠韵格"、"先体后同格"等，或如《黄草》篇作"广德元年十月……"一类编年性题解，甚或类《立春》题解曰："次联以首句'盘菜'二字重出，与《吹笛》诗重见首句'风月'二字同一格。"②这些大致表明此书于编撰题解的思路上并不统一。

值得注意的是，上图藏本在卷四之末附"戊子冬日商山吴氏七松居家藏板"字样并钤印，而最末页却又镌有"歙县黄德懋刊"。由《徽州古刻书》知，歙县虬村黄氏非但以刻工最多、最佳居于"徽刻四大家族"之首，且刻书手艺精湛，时人有刻，多聘黄姓歙工为刻师。然吴怀保亦出自最擅刻书的徽州吴氏，家富资巨，又颇好刻书，理应无须假他人之手。③ 但读卷之末《杜律注解跋》交代："……顾板刻久湮，人鲜能睹。伯兄仁父合而梓之，间语余曰……。时万历戊子嘉平月朔日仲献吴怀贤书于明远楼。"④吴怀贤为吴怀保之弟，据此跋，则是书应为吴怀保家刻本。

另一为江西省图书馆藏明万历十六年（1588）吴怀保七松居重刻元虞集注《杜律七言注解》四卷（附《诗法家数》一卷），一册。白口，无鱼尾，四周单

---

① 参看瞿冕良编著《中国古籍版刻辞典》（增订本），苏州大学出版社 2009 年版，第 8 页。

② ［元］虞集注《杜律七言注解》四卷，明万历吴怀保刻本，上海图书馆馆藏古籍线普 60651。

③ 参看方维保，汪应泽《徽州古刻书》之四"四大家族：数百年徽刻辉煌的象征"，辽宁人民出版社 2004 年版，第 40—55 页。

④ ［明］吴怀贤撰《杜律注解跋》，见［元］虞集注《杜律七言注解》四卷卷之末，明万历吴怀保刻本，上海图书馆馆藏古籍线普 60651。

边版式。版心上方刻“杜律虞注”，版心中为卷次，下有页码。序文部分每半页六行，行十六字。正文部分首行刻“杜律七言注解卷之一”，次行题“邵庵虞集伯生注”。每半页九行，行二十字。按类编次，正文有朱笔圈点，杜诗中有校语，始末附以评点。

是刻卷之首载吴怀保草书题为“建安杨荣撰”《杜律虞注序》云：

> 诗莫盛于唐，而声律之变亦始于唐。盖近体虽自徐陵、庾信稍变，然杜审言辈而律体遂成。盛唐时作者日盛，惟审言孙子美诗得其家法，气象浑涵，辞语正大，出于豪纵，入于谨严，一皆声协于律，而意独超诸作。盖集众家之长，而成一家之卷。论者谓其有风雅之遗音，信非虚语也。世之学杜者，多为之注，率求于文学语句之间，往往穿凿附会，而子美之本意则失。盖子美之诗，长于才，富于学，情之所到，神生境具，初无意于文。惟其无意，而意已至。宜非后学所能窥其涯涘矣。有元虞文靖公，尝取杜近体百余篇，按《诗传》、《楚辞》例解之，考究精当，训释详明，于其妙处，多求于用事造语之外，得于虚心讽咏之余，较之诸家之注，大相远矣。呜呼！子美圣于诗者也。其立意立言，足为后世法。然而流落人间者，亦太山一毫芒耳。学者已不得其所作之全，而虞公之注，仅止于斯，其于长篇大章又皆未及之，是何注杜之难也？昔黄公鲁直雅喜学杜，尝欲因其欣然会意处笺以数语，竟亦弗果。夫以鲁直之才，而惧于注也如此；而虞公独能为之，则公之用心亦勤矣！是编之出，学者即而诵之，不烦思索，而得古人之意于数百载之下，是虽为注之不多，而所以资益于后学者，不既多乎？万历戊子冬月之吉新安吴怀保书。①

冀勤《金元明人论杜甫》及刘明华《杜甫资料汇编》明代卷均摘录此序文，并加按语：“此篇原题建安杨荣撰，然《文敏集》中未载”②。

五、万历郑云竹刻本

明万历间金陵人郑氏（一作郑云竹）的书坊名宗文书舍。其刻印过何烓

---

① ［元］虞集注《杜律七言注解》四卷（附《诗法家数》一卷），明万历十六年（1588）吴怀保七松居刻本，江西省图书馆古籍特藏。

② 冀勤编著《金元明人论杜甫》，商务印书馆2014年版，第163页。刘明华编《杜甫资料汇编》明代卷，中华书局2021年版，第70页。

辑《新刻翰林考正京本李诗评选》四卷、《杜诗评选》四卷，元赵汸《翰林考正杜律五言赵注句解》三卷，元虞集《翰林考正杜律七言虞注大成》二卷等书。①

笔者所见为江西省图书馆藏万历郑云竹刻本，名曰《翰林考正杜律七言虞注大成》。版框 19.1cm×12.9cm，开本 25cm×14.1cm。白口，双鱼尾，四周双边，每半页九行、行二十字。版心刻杜律卷次，下方有页码。《杜诗七言律目录》下署“大共一百五十五首”。大抵依次按“纪行”、“述怀”等分类编次。正文首行刻“翰林考正杜律七言虞注大成卷之一(前集)”，次行“子美先生杜甫诗集”、第三行“邵庵先生虞伯生注释”、第四行“宗文书舍郑云竹绣梓”。

是书卷之首有未署名《虞邵庵注杜工部律诗序》一篇，云：

> 诗之变，屡矣。三百篇之后，而五七言继作。至于有唐沈宋之流，又作为律诗，诗变至是，亟矣。开元天宝以来，作者日盛，其中有奥博之学、雄杰之才、忠君爱国之诚，闵时恤物之志者，莫如杜公子美。其出处劳佚、忧悲愉乐、感愤激烈，皆于诗见之。粹然出于性情之正，而足以继风雅之什。至其触事兴怀、率然亦作，有比兴，寄深远，曲尽物情，非他所能及。元微之尝谓诗人未有如子美者，信哉所言也。惜为之注者虽多，然不失之泛，则失之凿。又或简略，不足以尽发其意，读者病焉。虞邵庵先生独取其七言律诗一百五十余首，而注释之。本朱子《诗》传之作，疏其事实，而述其指趣，而公所以作诗之意，了然明白。其有益于学者不少。余姚魏仲厚与弟仲英最好杜诗，得公所注，刻之梓以传，使天下作者皆有所悟入，而得以臻其妙，厚矣哉用心也。诗者，志之所发也。方其动于中而形于言，虽各有自然之机，然非取法于前人，而欲从容中度，不失其正，亦难矣。杜诗天下后世之所取法也。而邵庵先生之注，未盛传闻者，盖有愿见而不可得之叹。汉蔡伯喈得王充《论衡》，而秘玩以自资。今仲厚兄弟得此书不私于为己，而公以及人，其贤可知矣。刻既完，仲英之子瑶为泷水丞，述职来京师，请予叙其首。予诗不待序而传，然仲厚兄弟嘉惠学者之心，不可不白也，故为序之。②

① 参看瞿冕良编著《中国古籍版刻辞典》(增订本)，苏州大学出版社 2009 年版，第 586 页。

② [元]虞集注《翰林考正杜律七言虞注大成》卷之首，明万历郑云竹刻本，江西省图书馆古籍特藏。

此序一是强调杜诗得风雅性情之正，二是痛惜宋以来注杜多有穿凿附会，三是肯定虞集独取杜甫七律以注的高明，四是交代余姚魏氏兄弟刻梓虞注之功及撰序始末。

第五节 明刻赵汸《杜律赵注》

诗人出身的元末休宁人赵汸(1319—1369)，字子常，世称东山先生。明经义，尤通《春秋》之学，著有《东山存稿》，还撰刻过《春秋师说》三卷、《春秋左氏传补注》十卷、《春秋属辞》十五卷。① 又深受虞集诗学影响，其编注《杜律赵注》是杜诗学史上第一个专门的五律注本。

据《唐诗书录》载，赵汸注本明代版刻共有 8 种，重刻达 12 次，从卷帙形态看，有一卷本、二卷本、三卷本、四卷本，还有与虞注合刻本。从体例看，有五律注本和五律类选本，有类选注本，有句解本。赵汸注追求简明切当，批点受刘辰翁启发而多警语。由于赵汸注多指陈杜诗师法及后人效仿杜诗之法，为明人学杜所看重。在宣德、正德、嘉靖、万历数朝广为传播，特别是为明中后期文人学习、研究杜甫五律提供了方向指导。明人陈如纶将虞、赵二注合并成《杜律》一书，并且删去注释，遂成一部白文无注的五七言杜律选本。

明高儒《百川书志》载"《杜诗类选》一卷，元枢密院都事东山赵子常选注批点。选止五言，视诸家独为简当。而时取刘氏评语附之，想有意全诗而未暇，故仅此耳"②。缪荃荪《艺风藏书记》在著录《杜工部五七言律诗》二卷时云："五言诗，元赵汸注。七言诗，元虞伯生注。分类编次，赵注刻于广平，都元敬序之。虞注刻于江阴，朱熊、杨东里序。龚雷合二家刻之，观其字式，仍是正、嘉之间，不能后也。"③前者大抵为刘辰翁批点本杜集所附增赵注一卷，后者则应为龚雷合刻虞、赵五七言杜律注本。以下列述其中较重要的四种刻本。

一、正德鲍松刻本

据《明人传记资料索引》载："鲍松(1467—1517)，字懋承，号钝庵，歙县

---

① 参看瞿冕良编著《中国古籍版刻辞典》(增订本)，苏州大学出版社 2009 年版，第 617 页。
② [明]高儒撰《百川书志》卷十四，上海古籍出版社 2005 年版，第 204 页。
③ 缪荃孙《艺风藏书记》，上海古籍出版社 2007 年版，第 502 页。

人。酷爱古今书，售者辄厚其价，四方挟异书者日走其门，积至万余卷，以多书闻于歙。尝取切近者手校梓行，皆精严可传。正德十二年卒，年五十一。”[①]歙县与休宁毗邻，同属徽州府管辖范围内。尽管鲍松生活的时代距离赵汸编注杜律已经过去了近百年，但雅好藏书的他得益于地缘优势，仍获取了赵注，并亲自加以审定校刻，从而为元本杜律在明代的传播作出了一定贡献。

笔者在上海图书馆得见正德九年(1514)刻《类选杜诗五言律》三卷，三册。为白口、无鱼尾、四周单边版式；版心中镌“类选杜诗”卷第，下有页码；每半页九行、行二十字，版面上方偶有眉批。每首诗均有题解，正文首行刻“《类选杜诗五言律》卷之一‘五律’”，次行题“东山赵汸子常选注批点”[②]，以下诸卷行款同。文中为双行小字夹注夹评、行格间有朱笔圈点，诗后则有总评。

是书卷末录有正德八年(1513)鲍松所撰刻书题跋：

> 右杜诗五言律三卷共二百六十一首，为类凡十有六。乡先正东山赵先生所编注者也。先生国初硕儒，以理学自任，文章高世，而最潜心于著述。壮年及游黄楚望、虞道园二公之门，故其经义得于楚望为多，而文与诗则兼有得于道园也。道园尝注杜律七言，先生此编，岂亦因之而注也欤？先生之注，虽因之，而不拘其例，逐联提掇，随句剖析，意脉自贯，而什伍总结之于后。中间多引用刘须溪，盖须溪善于说杜者也。学者观此，即思过半矣。顾虞注盛行于世，惜此未有传之者，爰命工入梓，谨识其后以见先生学有所自如此。先生所注，有《春秋属辞》、《左传补注》诸书，此特其余事云。正德八年岁次癸酉夏五月既望古歙后学棠樾鲍松谨识。[③]

鲍松题跋对选注人赵汸作了介绍，突出他经义源于黄泽，诗文学自虞集。由此说明赵注与虞注、刘评的联系。

卷首载有正德九年(1514)董玘作《杜律赵注引》云：

---

① 台湾“中央图书馆”编《明人传记资料索引》(下)，台北文史哲出版社1978年版，第874页。

② [元]赵汸选注《类选杜诗五言律》三卷，明正德九年(1514)鲍松刻本，上海图书馆馆藏古籍线善751834—751836。

③ [元]赵汸选注《类选杜诗五言律》三卷卷之末，明正德九年(1514)鲍松刻本，上海图书馆馆藏古籍线善751834—751836。

杜诗不易注，亦不易选。杨伯谦《唐音》不编杜，山谷欲取两川夔峡诗，笺以数语，竟弗就，岂非以难故邪？此编出东山赵子常氏，独取杜五言律分类附注，诗家谓可与七言律虞注并传，而未有梓之者。近始梓于鲍氏。然予尝闻长老先生言，虞注亦后人依托为之者，非伯生所自著。若此编所选虽略，然不为剿说曲喻，篇才数语，而意象跃如，庶几善注杜者，其出子常氏无疑。而宋太史景濂常叙子常所著书，有《春秋属辞》，有《师说》，有《集传》，有《左氏补注》，而不及是编者，盖所重在经也。子常名汸，歙休宁人，工古文辞，尤邃于诸经。隐居东山，学者称为东山先生。鲍氏名松，字懋承，亦歙人，雅好图籍云。正德甲戌冬十月望前二日，赐进士及第翰林院侍读经筵讲官同修国史会稽董玘书。①

董玘这篇书引从注杜、选杜不易引出话题，说明赵注的价值。由赵、虞二注可并传而言及鲍松的合刻。为慎重起见仍然引用虞注为伪托的"长老先生言"，反过来再对赵注作评价，说明赵注之确乎出于赵汸。

二、嘉靖穆相刻本

嘉靖间有穆相刻印的虞集、赵汸二注合集。穆相，字伯寅，陕西三原人。正德十六年(1521)进士，累官监察御史，以直言著称。②

在穆相刻本《杜律五言注解》卷首有穆相撰《序》，云：

杜律虞注七言、赵注五言，各自为本，刊不同地，得赵者或不得虞，且虞注音释不于逐句下，观者病之。嘉靖戊子，予承乏按晋。适黄门东毂孙公，以公见过地方，一日，偕杨宪副会予于清戎草堂。偶论诗，公乃出所收二诗，属予刊之以传。予曰："固素志也，欲与志诗者共。"宪副曰："杜诗广甚，独此便于学者，可以刊矣。"于是付太原府黄守(某)校勘，并迁虞注于句，求与赵句同体。统为一部。前五言，后七言，仍分二本，未拘注者之世，信经也。题其名曰《杜律注解》行，阳曲县尹崔廷槐刊焉。佥谓予不可无言。予曰：杜诗情近而旨远，类多忧国怀亲之意，读者可以兴。有关世教，其为美，

① [元]赵汸选注《类选杜诗五言律》三卷卷之首，明正德九年(1514)鲍松刻本，上海图书馆馆藏古籍线善751834—751836。

② 参看瞿冕良编著《中国古籍版刻辞典》(增订本)，苏州大学出版社2009年版，第951页。

夫人人能知之而言之也。此诗之至妙者欤！矧前修诸序，发扬殆尽，兹固无伺于赘。因书其所以刊之之意，并纪岁月云。孙公讳应奎，字文宿，洛阳人。宪副讳维聪，字达夫，固安人。予三原穆相伯寅也。嘉靖七年，岁次戊子六月之吉，赐同进士出身巡按山西监察御史浮山穆相谨撰。①

嘉靖戊子即嘉靖七年(1528)，是年穆相官于晋，六月即撰此序。根据此序，穆刻本的虞注是按赵注体例作了统一处理。

三、嘉靖熊凤仪刻本

嘉靖间虞、赵合刻本又有退省堂本。退省堂，为熊凤仪的官廨名。熊凤仪，字宾阳，一作宾旸，嘉靖年间任郏县令。在郏令期间熊凤仪捐俸刻赵汸《杜律五言注解》三卷、虞集《七言注解》一卷为合刻本，半页九行，行廿字。②

清瞿镛《铁琴铜剑楼藏书目录》卷十九著录：

《杜工部五言律诗》二卷(明刊本)。题元赵汸子常注，前列《旧唐书·杜甫传》一篇。旧有董文玉序，已失。卷分上下，分朝省、宴游、感时、羁旅、闲适、宗族、送别、哀悼、登眺、朋友、感旧、节序、天文、禽兽、题咏十五类。板刻楮印俱精，明刻中仅见者。案：嘉靖中章美中《重刻杜律二注序》云："关中旧本，有虞、赵二注本，最为详明，支分句解，挈旨探原，宛然朱子释诗家法。"此殆即关中本也。旧为怀清堂藏书。③

瞿氏对赵注类目作了罗列(鲍松刻本分十六类，此本少一类，不知何故)，又指出此本板刻和楮印皆精，看来熊凤仪对此注的宝重。瞿氏所引章美中序，亦收录在范邦甸等撰《天一阁书目》。源出嘉靖二十六年(1547)退省堂刻本《杜律二注》中，章序有曰：

---

① [明]穆相《杜律五言注解序》，见[元]虞集注，赵汸选注《杜诗选律》六卷卷之首穆相撰《原序》，上海师范大学图书馆古文献特藏三乙善本 694200/445322，第 3 页。

② 参看瞿冕良编著《中国古籍版刻辞典》(增订本)，苏州大学出版社 2009 年版，第 659 页。

③ [清]瞿镛撰《铁琴铜剑楼藏书目录》卷十九，《续修四库全书》史部第 926 册，上海古籍出版社 2002 年版，第 312 页。

> 读杜者容有以文害词,以词害意,而于少陵作诗之本旨,多或昧之。惟伯生、子常二注,最为详明,支分句解,挈旨探原,宛然朱子释诗家法。故不读杜,不可与言诗,不考二注,不可以读杜。偶阅关中旧本,虞、赵二注类为一篇,而中州文献地,未有是刻。方与牧伯莲塘崔君议改梓之,而郏令宾旸熊子,慨然捐俸举之。刻成书此,以识岁月。①

此序对虞集、赵汸二家注与朱熹"释诗家法"相提并论,评价甚高。说明因感于关中有旧本流传而"中州文献地"却无,故有刻之之举。其中所说的"议改梓之",似乎说明所用底本为关中旧本,而退省堂本或有所改订。

四、万历吴怀保刻本

距离明代第一个著名赵注刻本——正德鲍松刻本七十五年的万历十六年(1588),赵汸《杜律五言注解》又为赵汸乡人吴怀保重刻。清吴寿旸《拜经楼藏书题跋记》卷五载:"《杜律五言注解》,杜五言律三卷,元赵汸注。吾族商山家塾刻本。卷一行云'戊子春日之吉,休邑商山吴氏七松居家藏板',下有'吴怀保印'、'四皓居'二图记。"②又《山东大学图书馆古籍善本书目》著录:"《杜律五言注解》三卷,唐杜甫撰,元赵汸注。明万历十六年(1588)休宁商山吴怀保七松居刻本。一册一函。九行二十字,小字双行同,白口,黑白单鱼尾相间,四周单边。书分上中下三卷,末镌'戊子春日之吉,休邑商山吴氏七松居家藏板'二行。"③

笔者所见为江西省图书馆藏明万历十六年(1588)吴怀保七松居重刻元赵汸《杜律五言注解》三卷,一册。白口,无鱼尾,四周单边版式。序文每半页六行,行十四字。正文首行刻"杜律五言注解卷之上",次行题"东山赵汸子常注",每半页九行,行二十字。每首诗题下有双行小字题解,正文除朱笔圈点外,还有双行小字夹注夹评,诗末仍附以总评。是书辑杜律 261 首,分 16 类:朝省 2 首、宴游 24 首、感时 12 首、羁旅 40 首、闲适 50 首、宗族 12 首、朋友 16 首、送别 14 首、哀悼 8 首、登眺 18 首、感旧 4 首、节序 9 首、□14 首、天文 22 首、禽兽 10 首、题咏 6 首。

---

① [清]范邦甸等撰《天一阁书目》卷四之一(集部一),上海古籍出版社 2010 年版,第 345 页。

② [清]吴寿旸撰《拜经楼藏书题跋记》卷五,《续修四库全书》史部第 930 册,上海古籍出版社 2002 年版,第 437 页。

③ 山东大学图书馆编《山东大学图书馆古籍善本书目》,齐鲁书社 2007 年版,第 318 页。

书之卷首有吴怀保草书《杜律赵注引》曰：

少陵公律诗，七言有虞注，五言未及注，注五言者予乡赵东山先生也。先生生元末，幼即向慕乡先正朱夫子，尽读其书。弱冠游黄楚望、虞道园之门，讲求理学渊微，故所得粹然一出于正。其经学多著论，尤邃于《春秋》。诗学亦充然妙称一时，间仿道园之例注杜，批点极精当，而发扬趣致，尤得言翁之意。又取刘须溪所论格调句法附之。杜之精神性情，居然可见，视虞注则已详矣。呜呼！诗未易言也。生于千百载之下，而欲逆探其意趣于千百载之上，非深于造养，鲜能得其情者。故《三百篇》惟吾朱子说得其正。是编其亦有所契受而然乎？世之论诗者，惟少陵公可继《三百篇》后。愚亦谓注诗者东山公亦可以继美朱夫子也。顾虞注业已广，而此帙虽刻而未广，于是命工梓之，复表先哲精神工化之极也。是为引。万历戊子春月之吉，新安吴怀保书。①

在吴怀保看来，作为虞集的后学，赵汸注杜甫五律乃“仿道园之例”，同为朱熹解经用之于注杜的典范，另外，赵注还吸取了刘辰翁以格调句法评杜的特点，因而，价值极高。

另，冀勤《金元明人论杜甫》中收录《杜律五言赵注句解》卷首载吴怀贤《杜律注解跋》，与笔者所见上图藏本吴怀保刻《杜律七言注解》卷末跋语完全相同，云：“诗家以盛唐为法，以少陵为宗。宗少陵者，从而注脚之，虞氏、赵氏颇得其綮。顾板刻久湮，人鲜能睹。伯兄仁父合而梓之，间语余曰：少陵中其军，虞赵左右翼。嘲风弄月者张其帜曰：予少陵，予少陵！迨今千载，而卒无一人登其坛，代之将，岂少陵诗不足范，而说诗者未之详耶？其水中月，镜中花，非言言者之所能尽耶？不然，人之不能少陵，与少陵之得以雄视百代者必有所在矣。愿中子以斯语质诸奚囊而游者。时万历戊子嘉平月朔日仲献吴怀贤书于明远楼。”②据此而知，吴氏万历刻本亦为虞、赵二注合刻本。

明代杜诗研习偏重七律，故虞注在明代版刻也最多，而杜甫五律的赵汸

① ［元］赵汸注《杜律五言注解》三卷卷之首，明万历十六年（1588）吴怀保七松居刻本，江西省图书馆古籍特藏。

② ［明］吴怀贤《杜律注解跋》，见冀勤编著《金元明人论杜甫》，商务印书馆2014年版，第465—466页。

注本论影响显然要弱于杜甫七律虞集注本，但以上考察也说明五律赵注仍然得到了明人的重视，可以说在明人心目中，杜甫五律是仅次于其七律的成就最高的所在。赵汸为明代杜甫五律学的崛兴起了关键性的作用。明人汪瑗《杜律五言补注》即补充赵注，将赵注 261 首补至 622 首，在引证赵注基础上完成了杜诗全部五律的注释，将杜甫五律研究推上了新的台阶。

综合以上两章考述，在明代传抄、翻刻旧本杜集中，引人注目的有两个现象：一是完全意义的元本杜集，除范梈一家注有元刻本传世外，董本、张本、虞本、赵本现所能得见的最早刻本都是明人刻梓，其中有的还历宣德、弘治、正德、嘉靖、万历数朝频频重修翻版，可见元代对杜集的整理之功是有赖明人传播的；二是宋本杜集中，九家集注本、十注本、蔡梦弼本都无明代翻刻本，二王本、赵次公本在明代的传播也很有限，仅有经书商加工后的分类集注本和评点集注本在明代流传最多。明代对宋元旧本杜集的传播透出了明人治杜的一些新信息，而明人新编新刻杜集便将这些信息凸显出来了。

第四章　明初至正德间新编新刻杜集

新编新刻杜集是明人学杜、研杜的重要形式，正德以前相对较少，嘉靖以后趋于繁荣。通过勾稽、考索明代新出现的杜集编纂形式、编次方法、笺注特点，可以窥测明代杜诗学的一些特点，也可认识明代社会文化的某些信息。明初人所用杜集多为宋元旧本及其翻刻本，但也出现了少量的新编新刻本。其中，单复《读杜诗愚得》、谢省《杜诗长古批注》、张潜《杜少陵集》及鲍松《李杜全集二种》，分别代表着三种不同方向的尝试，为明代此后的杜集整理开拓了丰富多样的形式。

第一节　编年全注本杜集考论

全集本，特别是有注全集本，是杜诗历代传播中最主要的形式，宋代杜诗文献整理亦以此为最重要的成就，明前期编刻的杜集也多是在承袭宋元杜诗全集基础上稍加新变。

一、单复《读杜诗愚得》的版本特点

成书于洪武年间的单复《读杜诗愚得》是明初乃至整个明代受到欢迎的佳本，其突出特点有三：一是追踵元代虞、赵两家注，将朱熹《诗集传》的注释方法移以注杜，一扫繁琐集注的陈法，简明、清通，自出己意；二是学习宋人所编杜甫年谱，并加以完善，编成以时叙人、以诗系年的体例；三是在宋人基础上，相当完备地收罗了几乎所有杜诗文本，编成了真正意义上的杜诗全集。以下分别从这四个方面加以申述。

首先，书名《读杜诗愚得》（亦简称《读杜愚得》），标明它不同于元季以来众多翻刻、覆刊本那样为“集千家注”，自出己意的追求非常明显。据《千顷堂书目》载，此书编纂者“单复，字阳元，嵊县人。洪武中为汉阳河泊官。一云名复亨，举怀材抱德科，授汉阳知县”①。由此，则是书非出硕儒之手。

其次，这是明代第一部具有全集性质的杜诗注本。全部十八卷计1454

① ［清］黄虞稷撰《千顷堂书目》卷三十二，上海古籍出版社2001年版，第781页。

首杜诗，均依年编纂。卷首有单复所撰之序、凡例及杜子世系考，还辑入元稹《唐杜工部墓志铭》、宋祁《新唐书・杜甫传》，并重订《杜子年谱诗史目录》。

再次，洪武十五年(1382)秋，单复撰《读杜诗愚得自叙》，详细交代了其注杜始末：

> 余初读杜子诗，茫然莫知其旨意。注释者虽众，率多著其用事之出处耳。或有指其立言之意者，又复穿凿附会。作诗之旨意，卒莫能白，深窃疑焉。……余于是屏去诸家注，止取杜子诗，反复讽咏，似略见大意，亦未昭晰。既又得范德机氏分段批抹杜诗观之，恍若有得，则向所谓莫知而可疑者，始释然矣。於乎！杜子之诗皆发于爱君忧国之诚心，且善陈时事，度越今古，世号诗史。至若父子、夫妇、宗姻、朋旧间，虽流离颠沛，□尤曲尽其道，自非杜子天资粹美、学问该博，其能若是乎。故元稹氏谓："诗人以来未有如子美者。"昌黎韩子亦曰："李杜文章在，光焰万丈长。"信哉。余于暇日辄取杜子长短古律诗读，每篇必先考其出处之岁月、地理、时事，以著诗史之实录。次乃虚心玩味，以《三百篇》赋、比、兴例分节段，以详其作诗命意之由，及遣辞用事之故。且于承接、转换、照应处，略为之说。其诸家注释之当者取之，而删其穿凿附会者，庶以发杜子作诗之旨意云，未知然否。积久成帙，留之巾笥，以与同志者商榷，题曰《读杜愚得》，盖取"愚者千虑，必有一得"耳，非欲多上人也。□呼！人苦不自知，前注之失，吾固知之。而吾注之失，第苦不能自知也，尚冀高明君子为之是正焉。幸甚。时洪武壬戌秋八月既望古剡单复自序。①

是序大抵道出单复治杜的三阶段。一，初读杜诗，茫然莫知其旨。这突出表现为既对旧注专事用典、牵强释意之法表示怀疑，又无法在删汰旧注后通过自我揣摩来完全清楚明白地把握杜诗旨意。二，读范氏批选杜诗，疑虑始释然。范注简略，编年精善，"其作法既有编年之效，又无牵强之弊"②，遂为单氏推崇。三，注杜实践三步骤。首先考辨岁月、地理、时事，其次详叙杜

① ［明］单复撰《读杜诗愚得十八卷重定杜子年谱诗史目录一卷》，《四库全书存目丛书》集部第4册，齐鲁书社1997年版，第4页。

② 张忠纲等编《杜集叙录》，齐鲁书社2008年版，第122页。

诗命意及篇章脉络等,最后对前人诠释加以去取。

最后,单复还在《凡例》中表达了他编注杜诗的一系列思想,即通过重订杜甫年谱以序次其诗及游历之实;考究诗史用事之妙;取诸家注中精要切实者而去其牵强附会者;遵朱熹《诗集传》体例,"通其所可通,不强其所难通"①;效仿朱子说《诗》、《骚》赋比兴例来探索杜甫作诗命意与用典奥妙。

综合《自序》、《凡例》而知,单复注杜最核心的追求是作诗旨意,极力抵制旧注穿凿之弊,推崇诗史互证的方法和朱熹治《诗》程序。至其重新编定杜诗年谱,则受元人范梈影响。这些也正说明了以单复为代表的明初人实际上是在消化前代杜诗研究成果之后,以朱熹治学原则、治《诗》程序为基础,扬弃宋元旧注近似于汉学的繁琐、寡要,以直窥古人内心的简洁、明快为追求的一种新范式。

二、单复《读杜诗愚得》的重要影响

单注本为明代前期成就最高的佳本,对此后的杜集编刻产生了重要影响,在宣德、天顺、弘治、隆庆等几朝均有重刻。现在可知的最早刻本当为宣德九年刊本,今藏日本内阁文库。台湾"中央图书馆"《善本书志初稿》著录有"明宣德九年江阴朱氏刊本"十八卷十册,并钤有"昆山郑氏珍藏"、"魏氏图书"、"方功惠藏书印"、"巴陵方氏碧琳琅馆珍藏古刻善本之印"、"柳桥"、"方功惠印"、"碧琳琅馆藏书之印"、"方家书库"、"张乃熊印"、"芹伯"、"莛圃收藏"等印记。但杜泽逊根据 1974 年台北大通书局影印《杜诗丛刊》本,取校《中国版刻图录》所收北图梅月轩本,以为二者系同版,故推断台湾藏本因佚去天顺元年末朱熊重刻跋,而误定为宣德原版。②

笔者所见《四库存目丛书》集部第四册缩印收录北京大学藏天顺元年(1457)朱熊梅月轩刻弘治十四年(1501)重修本。瞿冕良《中国古籍版刻辞典》载:"[梅月轩]明天顺初江阴人朱熊的室名。熊字维吉,朱善庆子,刻印过单复《读杜诗愚得》18 卷(修订朱善庆本,半页 12 行,行 24 字),元虞集《杜工部七言律诗注》2 卷(8 行 18 字),元赵汸《杜工部五言律诗》2 卷(行款同上)。"③可知,江阴朱氏是明初较早接触并刻印杜集的家族,不单翻刻过元本杜集,父子两代人先后刻印、修订过明人单复所编注杜集。这种世代家刻

① [明]单复撰《读杜诗愚得十八卷重定杜子年谱诗史目录一卷》,《四库全书存目丛书》集部第 4 册,齐鲁书社 1997 年版,第 5 页。

② 参看杜泽逊《四库存目标注》卷五十一,上海古籍出版社 2007 年版,第 2475 页。

③ 瞿冕良编著《中国古籍版刻辞典》(增订本),苏州大学出版社 2009 年版,第 757 页。

本对明初杜诗承传产生了重要影响。

若从版式看，朱氏刻本为黑口、四周双边、双鱼尾，版心有杜诗卷次、下方是页码，这些都是典型的明前期刻书风格；复观其版面，每半页十二行、行廿四字，因行格较稠密而文字稍显滋漫，甚或些许汗漫难辨。然每首诗后一般先引王洙、蔡梦弼、赵汸几家注，再作总体陈述以畅达己意。

值得注意的是，此版卷首还录有明前期台阁重臣杨士奇所作《读杜愚得序》，不惟指出单复注杜沿袭了虞集注杜、朱熹释《诗》之例，且"考事究旨，必归于当。其疑不可通者，阙之"，又"简直、明白，要其得杜之心为多"①，还交代单复注杜生前并未付梓，后武昌丁鹤年乃从江阴朱善继、朱善庆兄弟尝刻当时名人所作中求得初刻本并重刻，再索求杨序的。由此可得两点认识：其一，单复生卒年虽不详，然单注在其本人生前并未刻印，已知最早刻本是明宣德九年(1434)江阴朱氏刻本，故单复卒年当不晚于此。朱熊克承父志于天顺年间覆刻之，此本与丁鹤年所求当为同一版本，亦即杨士奇所序之本。其二，单复作为明初最早接受并传播杜诗之人，明显秉承了元人治杜之旨与注杜之法。这也见出元、明杜诗学之间的文化传承关系。

王国维《传书堂藏书志》卷四记该书天顺重刻本："卷末有牌子云'江阴朱维吉睹先君竹泉翁所刊《读杜愚得》，板字湮没不便览，因命二子世宁、世昌躬录考对，辨正次第，由是蒙昧一新，乐与四方共之。天顺元年春贸工重刻于文林孝义门之梅月轩'云云。有'林浃'、'希说'二印。"②可知此翻刻本之由来始末。

单复《读杜诗愚得》不知何时传入日本。现日藏本即有宣德、隆庆刻本。严绍璗《日藏汉籍善本书录》记载：

> 《读杜诗愚得》十八卷。明宣德九年(1434)跋江阴朱善继、朱善庆刊本，共八册。内阁文库藏本。每半叶有界十二行，行二十四字。前有杨士奇《序》，明洪武十五年(1382)《自序》，后有明宣德甲寅(1434)黄淮《后序》。本文末尾(《后序》前叶)有明人王德操(人鉴)楷书手识文三行。《后序》之后，有附纸二页。第一页系光格天

---

① [明]单复撰《读杜诗愚得十八卷重定杜子年谱诗史目录一卷》，《四库全书存目丛书》集部第4册，齐鲁书社1997年版，第2页。[明]高儒撰《百川书志》卷十四亦著录："《读杜诗愚得十八卷·年谱诗史目录一卷》，皇明洪武中汉阳河泊官古剡单复阳元用志于杜，不足前注，遂以自得。仿文公例为注，考事究旨，必归于当。简直明白，要其得杜之心为多，其疑不可通者阙之。"(上海古籍出版社2005年版，第204页)

② 王国维《传书堂藏书志》卷四，上海古籍出版社2014年版，第869页。

皇天明三年(1783)江户时代名家市河世宁手识文。卷末附纸第二页系仁孝天皇文政四年(1821)市河世宁之长男市河米庵(三亥)手识文。

《读杜诗愚得》十八卷。明隆庆年间(1567—1572)刊本。共十册。尊经阁文库藏本。原江户时代加贺藩主前田纲纪等旧藏。[①]

明中叶时,此书传入朝鲜。今日本宫内省图书寮编《图书寮汉籍善本书目》著录:

《读杜诗愚得》十八卷十五册,明单复撰。朝鲜铜活字印本,前有洪武壬戌单复自序、杨士奇序、天顺元年朱熊重刊序,后有宣德九年黄准序,次有弘治辛酉八月重修一行。旧藏枫山文库,庆长十九年德川家康在骏府所贻其子秀忠云:每册首有"嘉靖丙辰"、"秘阁图书之章"两印记。(《御书籍来历志》所载本)[②]

朝鲜铜活字本相对完备地保留了此书从编刻伊始到屡次翻刻覆刊的诸家序文,对于研究其流播及接受历程价值较高。

以上考述说明单氏对旧注博览广收、鉴别去取的"集大成"[③]之功,由效朱子《诗集传》而开拓明人注杜常例,以及在宋人杜甫年谱基础上所采用的以诗系年的体例,均广为明人所接受。再从传播学视角看,越受大众追捧便越引起上层文士的关注,获得文坛领袖的认可,进而为之序跋溢美,是以传播影响力更非常本可同日而语。

第二节　分体白文全集本杜集考论

明代正德年间,杜集还出现了分体编排的白文全集本,这就是张潜所编《杜少陵集》十卷。

---

① 严绍璗编著《日藏汉籍善本书录》(集部·别集类),中华书局2007年版,第1449—1450页。

② [日]宫内省图书寮编《图书寮汉籍善本书目》集部卷四,文求堂书店,松云堂书店发行,日本昭和六年(1934)版,第8—9页。

③ [明]杨祜《刻〈杜律单注〉序》云:"国初剡单复氏参伍错综,以意逆志,撰《读杜愚得》凡若干言,独为集大成云。"转引自张忠纲等编《杜集叙录》,齐鲁书社2008年版,第137页。

一、张潜《杜少陵集》的刊刻情况

张潜(1472—1526),字用昭,号东谷。岷州①(今甘肃岷县)人。少颖秀,博闻强识,从李东阳受《尚书》,为李激赏。弘治九年(1496)进士,授户部山西司主事。正德四年(1509)官广平府知府,后擢山东左参政。晚年定居华州,常与"前七子"之一的康海交游,纵情山水以终。②

所编《杜少陵集》十卷,傅增湘《藏园群书经眼录》述曰:"明正德刊本,十行二十字,白口,单阑。诗文皆无注,分为八册,以八音纪之。前有正德七年前祭酒和顺王云凤序,序言广平太守张潜用昭所编刊,府判宋灏孟清为之校订讹误。"附按:"此书罕见,字体疏古,颇有雅致。"③成都杜甫草堂今存,乃正德七年(1512)山西宋灏校刻本。《中国科学院图书馆藏中文古籍善本书目》亦收录"《杜少陵集》十卷,明张潜辑。明刻本。八册一函"④。严绍璗《日藏汉籍善本书录》则载:"宫内厅书陵部藏张潜编明刊本《杜少陵集》十卷,共八册。前有明正德七年(1512)王云凤《序》。卷首有'家在云间'、'松俦竹伴'等印记,卷尾有'服之莫斁'印记。"⑤而清末民初邵章在《增订四库简明目录标注》中云"杜诗各刻本甚多,明正德刊白文分体八卷……明张潜、宋灏校刊本十卷"⑥,亦即此本。按,宋灏,字孟清,山西博士,广平府判官。王云凤,字应韶,山西和顺人,曾任中宪大夫、陕西提刑按察副司、国子监祭酒。此本是初刻本,为张潜在广平府任上编纂并由下属校对过再刊印的刻本。

---

① 关于张潜的籍贯,有两种不同说法。一说见王云凤撰《博趣斋稿二十三卷》卷一七《杜少陵集序》云:"用昭求序于余……用昭,名潜,岷州人。"(《续修四库全书·集部》第1331册,上海古籍出版社2002年版,第207页)王云凤(1465—1516)与张潜属同时代人,且有交往,故其说"岷州人"应可靠。傅增湘撰《藏园群书经眼录》(集部上)亦载:"张(潜)岷州人,丙辰进士。"(中华书局1983年版,第1035页)周采泉撰《杜集书录》、张忠纲等编《杜集叙录》皆作"岷州人",从王、傅二人之说。另一说为《明人传记资料索引》(上)作"陕西泯州人",出处不详,疑误(台北文史哲出版社1978年版,第549页)。

② 参看张忠纲等编《杜集叙录》,齐鲁书社2008年版,第149页。张潜生平事迹见王九思《山东布政司左参政张公潜墓志铭》(焦竑《献征录》卷九十五)、曹溶《明人小传》卷三、过庭训《本朝分省人物考》卷一百三、朱彝尊《明诗综》卷四十四等。

③ 傅增湘撰《藏园群书经眼录》(四)集部上,中华书局1983年版,卷十二,集部一,第1035页。

④ 中国科学院图书馆编《中国科学院图书馆藏中文古籍善本书目》(集部·别集类·唐五代),科学出版社1994年版,第418页。

⑤ 严绍璗编著《日藏汉籍善本书录》(集部·别集类),中华书局2007年版,第1447页。

⑥ [清]邵懿辰撰,邵章续录《增订四库简明目录标注》,上海古籍出版社1979年版,第647页。

二、张潜《杜少陵集》的体例特征

此本卷前有名臣王云凤作《杜少陵集序》，序中不仅盛赞子美功业堪称古之“君子”，推崇朱熹所谓杜诗“晚年横逸不可当”之说，而且称述了张潜编子美集的功绩，云：

> 广平太守张侯用昭，以子美集刻者虽多，然或以所至之地为类，或以所命之题为类，观者卒难得其各体之全。其释事、释文、补遗、补注诸书，则收擥纷哤，未易寻省。乃以诗体分为八，为子美作者附录诗后，文又附其后，尽去其注为卷十，每卷各著其目于首。判府宋君孟清实订讹焉。子美集，斯明白矣。用昭求序于余，余以子美之诗不待赞也，故独举其大节，使世知子美诗之传愈久，而愈为人所宝爱，殆将与天壤俱弊者，有由然也。用昭，名潜，岷州人。英爽精敏，作郡有余力，以及文事。孟清，名灏，则吾邦之博能士也。①

此序交代了张潜刻杜甫集的宗旨、编排原则、方式以及校勘情况等。以“所至之地”编次，大抵接近于编年体。宋人林亦之曾云：“杜陵诗卷作图经。”②杜诗又是“诗史”，二者结合即依编年以纪实事。而以“所命之题”即题材内容编排，属分类体。张潜认为这两种编集方法，反映了宋元至明初杜集的编排方式，但都难以顾全杜诗各体的面貌。相形之下，他更重分体，这应是时代风气使然。他还认为历来注杜多流于琐屑、繁缛，不利于推求省察。故其删汰众注，独取白文，录成十卷。前八卷辑杜诗，依先古体后近体排列：卷一、卷二为五古，卷三为七古，卷四绝句，卷五、卷六收五律，卷七录五排，卷八为七律、七排。卷九附录他人“为子美作者”，共十五首，乃酬赠杜甫之作。卷十别录杜甫之文。宋灏以博学之才为之校订甚精。从“用昭求序于余”知王云凤与张潜有交往，故是序说明当时人似乎偏重分体本、白文本杜集。

明代杜诗学表现在杜集阐释上，最典型的特征是厌弃宋元集注的穿凿、

---

① ［明］王云凤撰《博趣斋稿二十三卷》卷一七《杜少陵集序》，《续修四库全书》集部第1331册，上海古籍出版社2002年版，第207页。

② ［宋］林亦之《纲山集》卷一《奉寄云安安抚宝文少卿林黄中》，影印《文渊阁四库全书》第1149册，上海古籍出版社1987年版，第866页。

繁缛，新编杜集力求清通、简捷，甚至独存白文。正德年间张潜所编分体白文本《杜少陵集》的出现，后来终于发展到万历时以“默于不知”①为一种杜诗学习风气。

第三节　古体诗杜集选本考论

现存明人第一部杜诗选本出现于弘治年间，为谢省所编《杜诗长古注解》，是一部杜甫古体诗选本。

一、谢省《杜诗长古注解》的编纂缘由

谢省编《杜诗长古注解》共二卷，选注杜甫五、七言长古142首。谢省(1420—1493)，字世修，号愚得，晚更号台南逸老。浙江黄岩人②。景泰五年(1454)进士，授兵部主事，迁员外郎。出知宝庆，政尚仁恕。在官三年，颇有治绩。年五十四归乡，宝庆人立去思碑于学宫。隐居桃溪二十年，人称桃溪先生。享年七十四，卒后私谥贞肃先生。著有《逸老堂净稿》。③

此书卷前有谢省自序，云：

> 予谓杜子非诗人也。负经济之学，不得用于时，穷而在下，发于诗以见其志者也，岂可例以唐之诗人观之哉？唐以诗赋取士，当时以诗名者不啻千百，独李太白之天才高于一代，与之抗衡者杜子一人耳。故时人谓之李杜。此但知其诗，而不知其人也。以诗言之，固可以李杜并称；若论其人，则太白岂子美之伦哉？观子美诗之所发，无非忠君忧民之心，经邦靖难之计；识见通明，议论高远；褒善刺恶，得《春秋》之体；扶正黜邪，合风雅之则。非它诗人模写物象，排比声韵，疏泄情思而已。昔人有谓其为灵丹一粒，光焰万丈者；有谓其残膏剩馥，沾溉后人者。皆极称许其诗贯绝古今，而

---

① [明]周光夔撰《杜诗分类跋》，见傅振商辑《杜诗分类五卷》卷末，《四库全书存目丛书》集部第5册，齐鲁书社1997年，第334页。

② [明]袁应祺修，牟汝忠等纂《(万历)黄岩县志》卷六《人物志下·廉节》载：“谢省，字世修，号愚得。景泰甲戌进士，授南京车驾主事，转武选员外郎，迁宝庆知府。……早岁以诗名，晚益精通群书而尤邃于礼。所著有《行礼或问》、《杜诗注解》行于世。既卒，门人私谥曰‘贞肃先生’，从祀太平乡贤祠。”见廖鹭芬编《天一阁藏明代方志选刊》(据宁波天一阁藏明万历刻本景印)，上海古籍书店1963年版，第9—10页。

③ 参看台湾“中央图书馆”编《明人传记资料索引》(下)，台北文史哲出版社1978年版，第885页。

不论其人物之高迈也。使有力者能知而荐之于上，任以枢柄之职，则其建立功业，必有异于人者。惜乎其才不试，卒困于羁旅，而以诗人见称。非子美不遇于唐，而唐不遇子美耳。噫！子美生于乱世而不见用，予生于治世而不能用，则予不逮子美远甚，岂独诗哉！虽然，予之违众戾俗之怀，与之无异，故取长古诗一百四十二首，为之注解，非所以申杜，乃因以自发焉尔。观者不无笑予拟非其伦，而以为狂僭也？台南逸老谢省序。（《杜诗长古注解》卷首）①

谢省在此序中说明了他对杜甫的一个基本认识，即以李杜并称，始于唐代，后一直为世所公认的是二人诗堪比并，但若论其人，则李白与杜甫并不同类。因为杜甫之诗都是忠君忧民、拯邦济世之作，而非发泄个人情绪。基于这种认识，他特别看重杜甫那些“得《春秋》之体”的长篇古体诗。

二、谢省《杜诗长古注解》的版刻情况

谢省《杜诗长古注解》，今可知者仅有弘治五年（1492）王弼、程应韶刻本，卷前有谢省自序，卷末有省侄谢铎题记及王弼跋。谢铎是“茶陵诗派”的重要作家②，在“台阁体”诗风笼罩文坛之时，曾提出明道、纪事、重情、复古的文学主张，并在实践创作中为扭转当时诗风作出过很大贡献③。在正德十六年（1521）刻本《桃溪净稿》（诗四十五卷，文三十九卷）中，载有谢铎为其叔父谢省所作《读杜诗注解》云：

杜诗注至千家，则世之有慕于杜而为之者，不为不众矣，然卒未闻有能尽得其平生之心者。於乎！作者之心，曷尝不有待于后世？大之道不得行，则因之以示教法。其次焉者，志不克售，亦托之以俟知己。故《三百篇》之删，必待晦翁之传，而后温柔敦厚之教明；《离骚》之赋，亦必待晦翁之注，而后忘身殉国之志白。然则士生千载之下，而欲求作者之心于千载之上，不亦甚难矣乎？叔父太

---

① ［明］谢省《杜诗长古注解序》，见冀勤编著《金元明人论杜甫》，商务印书馆 2014 年版，第 198 页。标点有改动。

② 张㧑之、沈起炜、刘德重主编《中国历代人名大辞典》载：“谢铎（1435—1510），明浙江太平人，字鸣治，号方石。天顺八年（1464）进士。授编修，进侍讲，直经筵。弘治初，召修《宪宗实录》，擢南京国子祭酒，累官礼部右侍郎管祭酒事。卒谥文肃。有《赤城论谏录》、《伊洛渊源续录》、《赤城新志》、《桃溪净稿》。”（上海古籍出版社 1999 年版，第 2372—2373 页）

③ 参看林家骊《谢铎与“茶陵诗派”》，载《文学评论》，2003 年第 5 期，第 80 页。

> 守先生既休致之十有八年，犹好学不倦，经史之余，因取杜诗七言长古若干首，芟厘旧注，以发其平生未尽之心，而曰杜子非诗人也。兴化守王君存敬见而悦之，驰书谓予将锓梓以传。於乎！先生固杜子之知己，若王君者，不亦先生之知己也哉！予不能诗，敬书于后，以俟世之知杜子与先生之心者。①

这篇题跋站在士君子行天下大道之责任与使命的角度，认定了杜甫的文化意义和注杜者应有的文化价值，并将叔父谢省归隐之后，在读经史之余研杜、注杜与朱熹注《诗经》、《楚辞》以传圣贤心志相提并论，推重之意甚明。

王国维《传书堂藏书志》卷四著录："《杜诗长古注解》不分卷，明刊本。赤城谢省世修注解。自序、谢铎跋（弘治四年）、王弼跋（弘治壬子）。此兴化守王弼所刊。天一阁藏书。"②因查《天一阁书目》，得弘治五年（1492）王弼③跋语云：

> 此弼乡先进桃溪先生所注杜诗长古若干首，盖始得之兴化郡庠程司训怀佐，而并属之莆田邑庠程教授应韶，相与正其讹舛，而梓行焉。杜诗之注，至千百家，若近代虞绍庵注《杜律》，实用文公注《三百篇》法，先训诂而后章旨，盖他家所不及。今先生之注，又用虞法，而益精以核者也。先生以进士历官兵部，出为宝庆守。三年，遂以老请，于是居隐桃溪者二十年。其在官、在乡，所以嘉惠生民、仪式后学者，具有典则，此益其余事云。④

王弼乃谢省同乡、后学。此跋语首言此本刊刻始末，即最先得之于兴化府学司训程怀佐，继而与莆田县学教授程应韶一同校勘原本误谬，而后刻版印行。其次，还揭明此本"用虞法"注杜的特点。原来，元人虞集借鉴了南宋朱熹注《诗》之法，由释字辨句而探究文旨，这种表里相因的做法，使得虞注

① [明]谢铎撰《桃溪净稿》八十四卷，原北平图书馆藏明正德十六年（1521）台州知府顾璘刻本，现收录于《四库全书存目丛书》集部第38册，文集卷三十一，齐鲁书社1997年版，第471—472页。

② 王国维（中册）《传书堂藏书志》卷四，上海古籍出版社2014年版，第868页。

③ [明]王弼（？—1498），字存敬，号南郭，黄岩人。成化十一年（1475）进士，历任溧水知县、莆田知府。著有《南郭集》十卷，《南郭诗集》五卷（据《（光绪）黄岩县志》）。由王弼生平可知，弼与谢省既是同乡，又属后学。且王弼颇通诗文，对杜诗全集及谢省所选《杜诗长古注解》应相当熟悉，有鉴别眼光，故于弘治五年（1492）将其付梓行世，又一并作序，为之延誉。

④ [清]范邦甸等撰《天一阁书目》，上海古籍出版社2010年版，第345—346页。

在诸家中脱颖而出。虞集以朱注之法注杜律，谢省则“用虞法”来注杜甫古体。

谢省所编，经王弼、程应韶于弘治五年(1492)刊刻印行的《杜诗长古注解》，不仅是现存明代第一部杜诗选本，而且是现存明代唯一一部杜甫五七言古体诗选本。嘉靖以降，选编评注杜律风行，此本的存世反映出明前期的文学生态尚未形成杜律一统天下的局面，古体杜诗尚未被近体所遮蔽。

第四节　李杜诗合刻本考论

李杜合称始于唐元稹、韩愈，宋元人也常将李杜并称，并形成了长期的李杜优劣之争，这构成了宋以降中国诗学批评中最热烈的话题之一。其中，宋代多有扬杜抑李者，明人接续宋元人李杜比较的话题，而观点则更为多元、通达，扬杜抑李、扬李抑杜及李杜并尊的观点在明代都有市场。理论上的热议，客观上要求对李杜二家诗合观并读，明代书商合刊李杜诗集就是顺应当时社会的这一学诗需要。

一、鲍松《李杜全集二种》的存世状况

目今知见的明人新编新刻李杜合集，当以正德初歙人鲍松所辑《李杜全集二种》为先。

鲍松(1467—1517)，字懋承，号钝庵。正德间安徽歙县人。雅好图籍，喜购藏图书，积至万余卷。刻印过《李太白集》三十卷，《杜工部诗集》五十卷《外集》一卷《文集》二卷，并附宋赵子栎撰《年谱》一卷。明正德八年(1513)自刻本，存世极罕。又曾刻元赵汸《类选杜诗五言律》三卷，《杜诗赵注》二卷(广平府本)。[①] 其中《类选杜诗五言律》已在上章中作了考述。

关于鲍松刻《李杜全集》的存世状况，张忠纲等编《杜集叙录》载：“现藏上海华东师范大学图书馆。一本有清丁耀亢跋，藏上海图书馆；一本有清赵烈文批，藏山东省图书馆。”[②]另据沈津述：“台湾‘中央图书馆’也有此零本。《中国古籍善本书目》有《李杜全集》八十三卷，上海图书馆、四川省图书馆等

---

① 参看瞿冕良编著《中国古籍版刻辞典》(增订本)，苏州大学出版社 2009 年版，第 899 页。李玉安，黄正雨编著《中国藏书家通典》亦著录“鲍松，明藏书家”条，(香港)中国国际文化出版社 2005 年版，第 212 页。

② 张忠纲等编《杜集叙录》，齐鲁书社 2008 年版，第 158 页。

六馆有全帙。”①笔者所见为上海图书馆藏本。馆藏题署和目见所及可得以下信息：

鲍松辑《李杜全集二种》，正德八年(1513)刻本，凡十册。其中，《李翰林集》四册、《杜工部集》六册，首册及第五册各为李、杜集的卷头语。是书白文无注。版式为白口、无鱼尾、四周单边，每半页十行、行二十字，版心中有“李集”或“杜集”卷次，下方有页码。

首册《李翰林集》依次载《草堂集序》、《李翰林别集序》、《李翰林集序》、《李翰林集序》、《故翰林学士李君墓志并序》、《唐故翰林学士李君碣记》、《翰林学士李公墓碑》。余三册计三十卷，俱是先目录，次及正文，且前八卷大抵按体编次，卷九至于卷二十却依分类编排，末十卷复以体顺次，故于体制列序上稍显凌乱。然第五册始《杜工部集》非但题下著为“建安蔡梦弼集录”，还辑宋祁《新唐书杜工部传》、元稹《唐杜工部墓志铭》、孙仅《读杜工部诗集序》、王洙《杜工部诗旧集序》、王安石《杜工部诗后集序》、胡宗愈《成都草堂诗碑序》、鲁訔《编次杜工部诗序》、蔡梦弼《序》、俞成元《杜工部集》及赵子栎《杜工部年谱》，并附完整《杜工部集总目》以昭示按年编次之体，更显有条不紊。

又由李集后有“咸淳己巳三月望天台戴觉民希尹书”之跋语，知此合刻之《李翰林集》应取于南宋晚期刻本。周采泉认为，《杜工部集》五十卷最初以宋蔡梦弼集录、戴觉民校刻为原本，初刻于宋咸淳五年(1269)，原为《李杜合刻》，杜集取自蔡梦弼《草堂诗笺》本，因删其注而题《杜工部集》。又有明初刻本，校刻人不详。此后才有明正德八年(1513)鲍松校刻本，虽未注明原本，实据戴觉民本翻刻，略有增损。② 沈津在《美国哈佛大学哈佛燕京图书馆中文善本书志》第1102条中著录“明正德鲍松刻李杜全集本杜工部集”，并简介：

> 《杜工部集》五十卷《文集》二卷《外集》一卷，唐杜甫撰。《年谱》一卷。明正德八年(1513)鲍松刻《李杜全集》本。六册。日本葛重良跋。半页十行二十字，四周单边，白口，无鱼尾。框高18.5厘米，宽13厘米。目录页题“建安蔡梦弼集”。前有旧序。末有正德八年鲍松跋。钤印有“读杜草堂”、“胜山书印”、“渡边千秋藏书”、“渡边千秋清观”。③

---

① 沈津编著《美国哈佛大学哈佛燕京图书馆中文善本书志》，上海辞书出版社1999年版，第618页。

② 参看周采泉《杜集书录》内编卷二，上海古籍出版社1986年版，第85—86页。

③ 沈津编著《美国哈佛大学哈佛燕京图书馆中文善本书志》，上海辞书出版社1999年版，第617页。

据沈津言，此本佚去《文集》二卷。由其目录页所题信息知，周采泉所谓鲍松刻本杜集取自蔡梦弼《草堂诗笺》本，并非虚言。

再观鲍松正德八年(1513)作《刻李杜全集后》所云：

> 昌黎韩子，文起八代之衰，于诗独推李杜，其言盖屡见于集中。晦庵朱子，集诸儒之大成，教人学诗，必先看李杜，如士人习本经，本既立，方可次及诸家。二公于李杜亟称如此，则夫有志于诗者，可不知所趋向哉？顾二家之集，笺注丛出，使其平易正大之词，反若艰深隐度之语，学者滋惑，往往以李杜藩篱为难窥，良可慨也。斋居之暇，偶得二集于吾宗先达燕斋先生之裔孙文儒。李集则有文附焉，镌如其旧；而杜集则伐去其笺解，鸠工梓行。读者于此，反复讽咏而有得焉，则知唐宋二大儒之言为不我欺，抑不负吾燕斋珍藏之善也。工完，爰述鄙意于后，以谂夫学诗者云。
>
> 大明正德八年岁次癸酉仲秋朔日古歙后学棠樾鲍松谨识。①

鲍松此跋着意说明其校刻李杜诗集的意图与方式。世人学诗皆崇尚李杜二家，然众多笺注本都将原诗旨味解说得晦涩难懂，故其删去杜集笺释，独留白文，以供后学讽咏自得。

二、鲍松《李杜全集二种》的后世评价

沈津《美国哈佛大学哈佛燕京图书馆中文善本书志》还辑有日本人葛重良题跋，云：

> 杜诗博大沉郁，比美风雅，古人所补，予又何言焉？宗臣尝言：寒可无衣，饥可无食，而此书不可以一时废也。知言哉！盖礼乐残缺，谁观其美？唯诗也。从容微婉，左右逢源，无声之乐，亦可以终岁矣。予亦置之于坐右，放古不彻琴瑟之意云。庆应丙寅春，葛重良志。②

---

① [明]鲍松《刻李杜全集后》，见鲍松辑《李杜全集二种》正德八年(1513)刻本第十册卷末，上海图书馆馆藏古籍线善。

② 沈津编著《美国哈佛大学哈佛燕京图书馆中文善本书志》，上海辞书出版社1999年版，第617—618页。

从跋语看，葛重良对杜诗的认识和接受与宗臣的评价有关。宗臣是“嘉靖七子”之一，倡导文学复古，讲求格调诗学，是以推崇温柔敦厚又韵律和谐的杜诗。葛重良以宗臣饥寒可忍、不废杜诗之精神为座右铭，亦袭杜诗而作雅乐正声。按庆应丙寅，为日本庆应二年，即清同治五年(1866)。故该书在清代已传至日本，终藏于美国哈佛燕京图书馆。

至明末清初，小说家丁耀亢又对鲍松刻《李杜全集》作过朱墨圈点、批校，并作跋云：

> 是书得之青州，明衡藩国除以后，市中所货也。族侄赤岸收之海上，顺治癸巳(1653)予卜居海村，借而读之，因记以丹铅。甲午赴容城教署，携为客笥，睹前题，固两代七十有七载矣，感而书之。琅琊丁野鹤耀亢题于容之椒轩。①

此跋主要记述丁氏得阅鲍松刻本《李杜全集》的始末。丁耀亢，山东诸城人。跋中称“是书得之青州……市中所货也”，足见此刻本传播范围甚广，尤其在山东。而其广为流布的大致时期，结合丁氏生卒年(1599—1669)，则至少在万历末以后。待丁氏读及此书并校订，已是顺治十年(1653)。翌年，丁氏又作跋，感慨系之。周采泉认为丁耀亢批杜，风格有似徐文长，属明季才人之笔，确有独具慧眼处，“即所提出之批评，亦多为前人所未发”②，但也指出其亦存在陈词滥调之弊。

由是观之，鲍松刻《李杜全集》本杜集，由于出现早，收录杜诗全，又采用与李白集合刻的形式，到明季清初仍然被后人看重，还有后学对它作批注校勘的加工，使这个最早的李杜合刻本的价值得到不断递增。

总的来说，明初至正德间处于明人在翻刻宋元旧本外，开始探索新编新刻新注杜集的历史阶段。尽管这期间编定付梓的杜集数量，上不能与宋元时期的始创、积累之功比，下亦不逮嘉靖以后之专门与繁多，但却为明人整理、开发和传播杜诗文献奠定了最基本的一些形态。无论是单复采用以诗

① 转引周采泉《杜集书录》内编卷九，上海古籍出版社 1986 年版，第 524 页。据周氏说丁跋本“现藏杭州大学图书馆”，即查今浙江大学图书馆馆藏珍贵古籍，确有《李杜全集》八十三卷。此藏本上还有明代新乐王朱载玺《题识》一行。按，今人张清吉校点《丁耀亢全集》(中州古籍出版社 1999 年版)未收丁氏为鲍松刻本杜集所作序跋。

② 周采泉《杜集书录》内编卷九，上海古籍出版社 1986 年版，第 525 页。

系年的编次方式,还是谢省独取杜诗古体以注评,都从编年、辨体方面为明中后期杜集的编刻作了重要示范与有益尝试。即使是白文杜集,亦能约略从其序跋中窥见时人读杜所持舍筏登岸、直取本源的学习态度。至于李杜合集的出现,更与明代宗唐诗学及李杜诗的崇高地位息息相关。这些无疑都是明前期杜集编纂、刻印的特殊价值和意义所在。

第五章　嘉靖朝新编新刻杜集

嘉靖朝不仅刻书数量多于明初①，而且校刻质量也颇受世人青睐，“标准嘉靖本”往往被视为仅次于宋元古本的善本②。杜集编刻至嘉靖朝也开始形成特色：第一，明初杜诗传播主要以翻刻宋元旧本杜集为主，嘉靖间开始出现较多的新编新刻杜集；第二，嘉靖朝新编杜集以新编杜律最有特点；第三，嘉靖朝杜诗注本逐渐从集注中走出，评点加串释的杜诗阐释逐渐构成明代注杜特色。

第一节　杜诗通选本考论

嘉靖一朝，不仅刻杜诗达到了空前繁盛的局面，而且更可谓明人治杜的选本时代。嘉靖前期，分体通选的杜诗，为嘉靖中叶以来杜律选本的集中涌现奠定了相当基础。

一、白文通选本：许宗鲁《杜工部诗》

清人讥笑“明人好刻书，而最不知刻书”③，向有明人“刻书而书亡”④之说。尽管清以来一直有人批评“明人虚伪之习”，但却又不得不承认“明人刻书，亦有极其慎重，必书刻并工者”⑤。相较而言，明代各朝刻书以嘉靖本最有规矩法度，清以来藏书家在宋元古本罕见难得之际，往往从校勘精良角

---

① 缪咏禾《明代出版史稿》载：“《明代版刻综录》共著录图书 7740 种，其中洪武、弘治时期出版的只有 766 种，嘉靖、隆庆时期出版的 2237 种，万历以后出版的 4720 种，未注明出版年代的 17 种。三个时期出书的年平均数的比例，以第一个时期为 1，则三个时期大概是 1∶6∶12。由于先代的书散佚较多，后代的书留下来的比较多，因此，这个比数不能完全作准，但足以看出其基本面貌。第一阶段 137 年，留下来的书，总数是 766 种，而嘉靖这一个朝代（45 年），出版的书留下来的却有 1699 种之多，有力地说明了明代出书数量在嘉靖年代的巨大变化。”（江苏人民出版社 2000 年版，第 15—16 页）

② 苏精《近代藏书三十家》，中华书局 2009 年版，第 75 页。

③ ［清］叶德辉《书林清话》卷七，复旦大学出版社 2008 年版，第 158 页。

④ ［清］陆心源著，冯惠民整理《仪顾堂书目题跋汇编》之《六经雅言图辨跋》一文有云：“明人书帕本，大抵如是，所谓‘刻书而书亡’者也。”（中华书局 2009 年版，第 29 页）

⑤ ［清］叶德辉《书林清话》卷七，复旦大学出版社 2008 年版，第 158、162 页。

度，亦看重标准嘉靖本[①]。近人邓邦述于其群碧楼藏书中特辟"嘉靖本"专卷，且自称"好收嘉靖刻书，尝刻'百靖斋'印，遇前刻辄与'群碧楼印'双钤之，冀迟数百年，为藏书增一故实也"[②]。同时人陶湘、吴梅亦刻有"百嘉"字样的藏印，皆以搜集百部嘉靖刊本为藏书目标。嘉靖本杜集的地位，亦由此可窥一斑。

自嘉靖以后，受复古风气影响，明人刻书多喜用古体字，其典型代表便是最为叶德辉所诟病的"明许宗鲁刻书用《说文》体字"，《书林清话》指其"过于好古"、"亦是一弊"[③]。然许宗鲁以其独创之小篆楷写的刻书字体，在嘉靖间刻书多种，且校勘精细、版刻古雅，影响颇大。

许宗鲁(1490—1559)，字东侯，一字伯诚，号少华山人，又号寂庐，别号思玄道人、青霞道人。咸宁(今陕西西安)人。正德十二年(1517)进士，改庶吉士，授监察御史。嘉靖初按宣大，又视湖广学政，后以佥都御使抚保定。嘉靖三十年(1551)，以副都御使抚辽东，以辽东巡抚致仕。[④] 著有《少华山人前后集》，又有净芳亭刊本《杜工部诗》。

《天一阁书目》载："《杜工部诗》八卷，明嘉靖五年(1526)关中许宗鲁编并序。"[⑤]成都杜甫草堂今存其残本，仅存一、六两卷。王国维《传书堂藏书志》云："《杜工部诗》八卷，明刊本。许宗鲁序(嘉靖五年)。每半页十二行，行二十二字。此每体分编，而各体中仍以先后为次，即许氏所为也。每页板心有'净芳亭'三字。有'碧萝馆'一印。"[⑥]另据黄裳《来燕榭书跋》载：

> 《杜工部诗》八卷，嘉靖刻。十二行，二十二字。白口，左右双边。版心下有"净芳亭"三字。前有皇明嘉靖五年柔兆阉茂相月望日关中许宗鲁序。卷尾附录宋祁撰传，元稹撰《杜工部墓志铭》。

---

① 参看苏精《近代藏书三十家》，中华书局 2009 年版，第 75 页。

② 邓邦述撰，金晓东整理《群碧楼善本书录》卷四"白虎通德论二卷"条，上海古籍出版社 2014 年版，第 140 页。

③ [清]叶德辉《书林清话》卷七，复旦大学出版社 2008 年版，第 160—161 页。

④ 生平事迹详参钱谦益《列朝诗集小传》丙集"许副都宗鲁"条，上海古籍出版社 1983 年版，第 362 页。

⑤ [清]范邦甸等撰《天一阁书目》，上海古籍出版社 2010 年版，第 343 页。[清]叶德辉《书林清话》云"明嘉靖间，闽中许宗鲁刻书，好以《说文》写正楷，亦是一弊"(复旦大学出版社 2008 年版，第 160 页)。今人郎菁《许宗鲁刻书考略》一文专门考证了"闽中"为"关中"之误，详见《图书馆杂志》2011 年第 6 期，第 75 页。

⑥ 王国维《传书堂藏书志》卷四，上海古籍出版社 2014 年版，第 867 页。

收藏有"聊城王氏南畹图书"朱文长印。①

刻于嘉靖,"白口,左右双边",遥仿南宋浙本而版心有牌记,此皆颇具宋版遗韵。"柔兆阉茂相月望日"即丙戌年(1526)七月十五日,是采用一种岁星纪年法②,亦追古雅。许刻钤印分明,递藏有序,多得名家收录或题跋,系由其开创了鲜明独特的刻书风格。

较之"标准嘉靖本",许宗鲁刻书复古风格更彻底,这与当时文坛复古尚奇习气及其个人独特才性有关。"明代中叶以后,经济活动频繁导致印章的使用率提高,刻印、读印刺激了人们对古文字的关注,明中晚期文人篆刻的兴起,促使文人进一步将古体字、异体字用于书法中,成为文人好古炫博的风尚。"③文人好古之风波及版刻印书,以善书闻名的许宗鲁,"作字又精诣古法,诸行草大小楷书杂置法帖中,人莫能辩。……得公诗翰者,咸珍玩藏之,谓当代二绝"④。故其以篆作楷,成为深受时人追捧的一种刻书字体。

不仅刻字个性独标,而且凡许刻之书皆作序。其刻《杜工部诗》卷首《自序》曰:

> 余读杜子美诗,见其有三变焉:盖初作多精丽,中作多雄浑,而晚作特放逸也,岂血气之所为邪?然其用字饰辞,陈事以载故,则终始有不异者。乃东都以前,齐鲁、吴越、赵卫、梁宋诸作,亡失不存,兹又斯文之遗憾矣!予刻是编,类析其体,而取次于编年,选辞辨格者,庶有所宗云尔。⑤

---

① 黄裳《来燕榭书跋》,上海古籍出版社 1999 年版,第 47 页。

② 此处黄裳著录《杜工部诗》八卷,版心有"净芳亭"字样,又以岁星纪年法标示刻于皇明丙戌年(1526)七月十五日。然周采泉《杜集书录》内编卷六载:"又宗鲁刻白文《杜工部集》,所谓净芳亭本是也。前人往往误认为宋刻,其镌刻之精可见。今上海图书馆有此书,题作许寂庐净芳亭刻,不知与上书(《杜工部诗》八卷)之刻,孰为先后?"(上海古籍出版社 1986 年版,第 305—306 页)周氏此说似认为许宗鲁刻有两种杜诗,且净芳亭本刻印精良,其与嘉靖本刻印时间先后不确定。但从黄裳《来燕榭书跋》关于刊刻时间记载相同来看,所谓嘉靖刻本、净芳亭本("净芳亭"乃许氏室名),应为同一本,即刻于嘉靖五年(1526)本。傅增湘撰《藏园群书经眼录》(四)亦载《杜工部诗》八卷,称"明净芳亭刊本。……审其字体雕工,是正嘉间风气(余藏)"(中华书局 1983 年版,第 1035 页)。许氏所刻"净芳亭本"正代表了雕工既精的"标准嘉靖本"。

③ 郎菁《许宗鲁刻书考略》,载《图书馆杂志》,2011 年第 6 期,第 77 页。

④ [明]乔世宁《都察院右副都御史许公宗鲁墓志铭》,见[明]焦竑辑《国朝献徵录》卷六二,《续修四库全书》史部第 528 册,上海古籍出版社 2002 年版,第 391 页。

⑤ [明]许宗鲁《刻杜工部诗序》,收录于[明]邵勋编《唐李杜诗集》十六卷卷首,见黄永武主编《杜诗丛刊》第三辑,台湾大通书局 1974 年版,第 7 页(据明嘉靖二十一年洪都万虞恺刻本影印)。

许氏以“精丽”、“雄浑”、“放逸”概括杜诗“三变”，又指其遣词、用典始终保有某些一贯品格。至杜甫早年漫游南北之作，因散佚未能收录。

许刻杜诗，其编次分体又编年。后邵勋编《唐李杜诗集》，杜集即翻刻此本。

二、编注通选本：张綖《杜工部诗通》

清代藏书家黄虞稷撰《千顷堂书目·著者索引》著录：“一、张綎，字世文，明高邮州人，正德癸酉科。王磐婿，武昌通判，迁知光州。有《南湖集》、《杜律本意》。别本綎作綖。二、张綖，明高邮州人，嘉靖举人。光州知州。有《诗余图谱》、《南湖诗余》。”[①]两种说法似系同指一人，惟中举年份有异。又《四库全书总目》著录：“《杜诗通》十六卷《本义》四卷，明张綖注。綖字世文。《千顷堂书目》作世昌，疑传写误也。”[②]

然明人顾瑮撰《南湖墓志铭》载：“张君世文，正德癸酉与予同领乡荐。……君讳綖，字世文。高邮人。君生于成化丁未(1487)二月二十二日，以嘉靖癸卯(1543)五月五日卒，得年五十有七。所著《诗余图谱》、《杜诗释》、《杜诗本义》、《南湖入楚吟》皆刊行于世，其他诗文未经编辑者，与《杜诗通》十八卷皆藏于家。”[③]由此确证，张綖于正德八年(1513)中举，授武昌通判，擢光州知州。后辞官归隐，自号南湖居士。一生致力于古籍整理和刻书，除《杜工部诗通》外，还撰有《杜律本义》，可谓专精于杜诗研究。

横跨正德、嘉靖两朝，张綖辑杜可谓耗时久、用力深。清人仇兆鳌《杜诗详注附编》辑有张綖《杜诗五言选序》揭其所宗尚：

> 有元宗工，首称范杨。杨仲弘编辑《唐音》，诗家到今宗之，然不及李杜大家。清江范德机先生批选杜诗，共三百十一篇，皆精深高古之作，盖欲合葩经之数，标点分节，悉有深意。太史公云：“古者诗三千余篇，孔子删之为三百五篇，皆弦歌之，以求合《韶》、《武》、《雅》、《颂》之音。”然则清江杜选，其亦有志求合于斯耶？惜世罕见其编，余家藏旧本，暇日为订其舛讹，释其大意，刻之郡斋，用贻同志。观者精思妙悟，触类而长之，由清江之意而逆杜子之

---

① ［清］黄虞稷撰《千顷堂书目》，上海古籍出版社 2001 年版，第 552、781、786、787、1168 页。

② ［清］永瑢等撰《四库全书总目》卷一七四(集部·别集类存目一)，中华书局 1965 年版，第 1532 页。

③ ［明］顾瑮撰《南湖墓志铭》，嘉靖三十二年张守中刻本《张南湖先生诗集四卷附录一卷》，见《四库全书存目丛书》集部第 68 册，齐鲁书社 1997 年版，第 395—397 页。

志，以上溯《三百篇》之旨，诗道尽在是矣。①

是序自述编纂杜诗系承袭元人范梈《杜工部诗批选》而来，略有增益。范氏从千余杜诗中仅选311首精妙佳作以标点、批注，与孔子删诗相仿，张綖遂以其颇得《三百篇》遗意，故将家藏范批作底本，增订讹误、解注大意，刻书以传。末一句还转换至读者角度，特意阐明了惟将触类旁通、以意逆志诸法贯通于读杜，方能回溯而及古诗原旨。

今见《四库存目丛书》集部第4册影印北京大学图书馆藏明隆庆六年(1572)张守中刻本《杜工部诗通》十六卷，为白口、无鱼尾、四周单边版式。每半页十行、行廿二字，行内字体密集，但仍清晰易辨。版心上方刻"杜诗通"，中央为卷次，下方注有页码及刻工。卷首有侯一元《杜工部诗通序》略云：

> 南湖先生本以异禀，肆力古学……而独心契杜子，得其精髓。今读其《杜诗通》，凡余所病于他注者，率皆冰释理解，虽使杜子自为之，亦何以加……唐诸大家非不宏丽，而其感于人也，率如春花睍睆，过则已焉。至杜子则其庄重者，若冠冕而佩玉；其凄苦者，使人感叹流涕而不能已。故诗必可以兴、可以观，而能之者杜子也。范氏选之，使合于毛诗之数；而先生通之，亦若考亭之传《诗》也。诗之道，其自此而复存乎？……隆庆壬申秋日，进士出身中奉大夫前江西布政使司左布政使二谷山人侯一元谨序。②

不可否认，侯一元极力褒扬《杜诗通》一改此前杜诗旧注之顽症，而深契杜之精髓，确有为人作序难免溢美之嫌。但以可兴、可观来概括杜诗庄重处令人赏心悦目、凄苦时催人感慨万端，却是切当中肯的。至于视范德机批选杜诗为祖述《诗三百》，而将张綖通释范氏选本看作效法朱熹《诗集传》，则约略出于其书以编年为体例来考虑。序末署"隆庆壬申秋日"即隆庆六年(1572)，为初刻时间。

是书卷末所附张守中为父撰《杜诗通跋》，还详细记述了何以失而复得、终得付梓的一段曲折经历：

---

① [清]仇兆鳌注《杜诗详注附编·诸家论杜》，中华书局1979年版，第2328页。

② [明]侯一元《杜工部诗通序》，张綖注《杜工部诗通》卷首，《四库全书存目丛书》集部第4册，齐鲁书社1997年版，第344—345页。

> 先大夫著《杜诗通》十六卷。嘉靖辛亥岁，素庵先叔尹定海，携行箧中。会临海举人胡子重氏借录。及□觐回，胡亦出仕山东。相继沦没，原本遂失传焉，殆今二十年矣。岁壬申，不肖以职事分巡浙东，历台，郡学诸生有胡承忠者，揖而进曰：“此先大人所注杜诗也，敢以献诸行台。”不肖且喜且悲，有若神授者，乃托进士张鸣鸾、侯一麟正其鲁鱼之误，捐俸锓梓。①

嘉靖辛亥岁即嘉靖三十年(1551)，张𫄧时已故去。《杜诗通》十六卷尚未及刻印，手稿却于多次转手传抄中不慎遗失，此后湮没二十余年。跋中“素庵先叔”为张绘，字世观，曾为定海县令。直到隆庆六年壬申(1572)，张守中任浙东按察副使，才偶然复得先君遗稿，悲喜交集，感慨良多，即请张鸣鸾、侯一麟为之校勘并序跋，遂有此书早成晚印之数。

在明代杜诗选本中，《杜工部诗通》应为上乘，其继承范德机批选杜诗最核心的精神在编年思想。张𫄧认定“观杜诗固必先考编年、据事求情，而后其意可见”②，但他同时考虑到数百年后之人，因诗意而求索考订之年，未必尽合史传之真。因此，他一面效仿范氏作编年体，对年月清楚者，逐诗考订并双行小字详注于诗题下；对无从断定者，则多忽略具体作年，酌情标注大致时期于其卷首。如此做法可谓审慎而通达，在确保编年之效时，亦对前人牵强之弊有所矫正。另一面，他又有力规避了范批本先分体后编年带来的编次困惑，索性将全书十六卷分开元、天宝、至德、乾元、上元、宝应、广德、永泰、大历九个年号来自然贯次。这种不分体的单一编年，就不易割裂时序线索，更不会造成两种编纂体例冲突。

至其注文，该书正文部分采用夹注和尾注相结合的形式。原文中双行小字夹注一般较为简明扼要，或音注，或校字，亦不乏征引范注。诗末的总评，除串解全诗大意外，还多点评精美之句，也时见考索《文选》、《东坡志林》等典籍并附议，抑或独会于心而阐发己意。然《四库全书总目》评之曰：“每首先明训诂名物，后诠作意。颇能去诗家钩棘穿凿之说，而其失又在于浅近。”③所讥未为公论，后世注杜者仍以其颇足观览而多所引证。

---

① [明]张守中《杜诗通跋》，张𫄧注《杜工部诗通》卷末，《四库全书存目丛书》集部第4册，齐鲁书社1997年版，第464页。

② [明]张𫄧注《杜工部诗通》卷一题下，《四库全书存目丛书》集部第4册，齐鲁书社1997年版，第345页。

③ [清]永瑢等撰《四库全书总目》卷一七四(集部·别集类存目一)，中华书局1965年版，第1532页。

是书惟隆庆六年(1572)刊本,未见后世重修翻刻,然今人诸家目录所载亦略有出入,兹列如下:

一、马同俨等撰《杜诗版本目录》:"明隆庆六年(1572)张氏刻本,八册。半页十行,行二十字,白口,四周单边。又一部:旧钞本,四册,书面及书口题《杜诗通》。"①异于北大本之册数及行间字数。

二、杜泽逊《四库存目标注》:"台湾'中央图书馆'藏明隆庆六年张守中刻本,《杜工部诗通》十六卷、《杜律本义》四卷俱全,共十二册。一九七四年台湾大通书局《杜诗丛刊》据以影印。《杜工部诗通》较北大本多侯一麟小叙一篇。"②

三、严绍璗《日藏汉籍善本书录》:"《杜工部诗通》十六卷,明隆庆六年(1572)刊本。内阁文库藏本,卷中有'佐伯侯毛利高标字培松藏书画之印'等印记,共四册。东洋文库藏本,原系小田切万寿之助旧藏,共四册。京都大学人文科学研究所东洋学文献中心藏本,共二册。"③

第二节　杜律选本考论

杜律选本的集中涌现,是嘉靖朝乃至整个明代杜诗编纂的特色所在。这种现象是明人诗学辨体意识和实践逐步展开、深化的产物。

一、律体白文本:陈如纶《杜律》

曾与许宗鲁同辑《杜工部诗》八卷的陈如纶,还独立编刻过《杜律》二卷。

陈如纶所编《杜律》刻于嘉靖十四年(1535),是白文杜律选本,所选为七律150首,几乎是杜甫七律的全部;五律240首,约为杜甫全部五律的三分之一。据陈如纶题识,乃是删削虞、赵等各家注,仅收杜律本文。

王国维《传书堂藏书志》卷四载:"《杜律》二卷,明刊本。陈如纶序(嘉靖乙未)。此即用虞、赵二注本而删其注。板心有'紫蓉精舍'四字。天一阁藏书。"④笔者所见为上海图书馆藏本,为蓝印本,二册,上册五律,下册七律,版式为白口、四周单边,每半页十行、行廿字,版心中央题"杜律"二字,下方

---

① 马同俨,姜炳炘撰《杜诗版本目录》,见《杜甫研究论文集》(三辑),中华书局1963年版,第364—365页。

② 杜泽逊《四库存目标注》卷五十一(集部二·别集类一),上海古籍出版社2007年版,第2477页。

③ 严绍璗编著《日藏汉籍善本书录》(集部·别集类),中华书局2007年版,第1449页。

④ 王国维《传书堂藏书志》卷四,上海古籍出版社2014年版,第869页。

有“紫蓉精舍”四字，属“标准嘉靖本”——白口欧体、白棉纸嘉靖本。“从校勘角度来说，标准嘉靖本中的古书多出自宋本，有的还是用宋本覆刻或仿刻，是公认的校勘性善本。”①又新版初印，字迹清晰，版式精巧，故周采泉谓之“写刻极精，确为嘉棸”。②

陈如纶(1499—1552)，字德宣，号午江，别号二余，江苏太仓人。嘉靖十一年(1532)进士，累官至福建布政使参议。陈如纶在《刻〈杜律〉题》中对编刻意图作了陈述，云：

> 杜少陵诗足嗣风雅正响，凡注家谓其句有攸据，意有攸寓，旁质曲证，匪泛即凿，俾读者心目黴缨，莫克了了也。然杜虽思宏而绪密，语迩而旨函，所以言旨者唯此理耳。以意逆志，以我观理，则人己同趣，古今一揆，随其所见各有得矣，讵须注？乃因《杜律》虞赵本抄得五言二百四十章，七言一百五十章，厥注皆削焉。於乎！天下之学敝于注诂，岂惟杜哉！岂惟杜哉！予懵亦罔敢议也。嘉靖乙未九月望日。③

据题识可知，陈氏认为“天下之学敝于注诂”，故删剔一切注解，任读者以意逆志，自行参会。明代正、嘉间复古思潮流行，提倡学唐诗，即有对宋人学术的反拨之意，沿着这个方向逐渐发展成从格调把握杜诗性情的路径。而对格调和情感的把握则是通过“吟咏”、“咏涵”，也即在吟诵中体味，而不是靠理性抽绎；在创作层面则通过模仿杜诗的格律声调，达到得其神似。陈氏蔑弃宋元以来诸家汲汲于字句出处、本事、义理等的注释，正是当时复古思潮的反映。

此外，陈如纶所刻《杜律》为蓝印本。这种以靛青代替黑墨的蓝印本，是明人首创。这种印本一向印数少、流布稀，故为版本学家和藏书家珍视。明代嘉靖、万历年间蓝印本风气最盛④。《杜律》采用这种印本形式，为其增加了版本价值。

---

① 黄永年《古籍版本学》，江苏教育出版社2005年版，第133页。

② 周采泉《杜集书录》内编卷六，上海古籍出版社1986年版，第306页。

③ [明]陈如纶《冰玉堂缀逸稿》卷一，《四库全书存目丛书》集部第96册，齐鲁书社1997年版，第510页。

④ 参看张秀民《中国印刷史》，浙江古籍出版社2006年版，第374页。

二、近体白文本：张三畏《杜律韵集》

嘉靖前后，七子派格调论对诗歌格律声韵的讲求，也体现在杜诗的辑刻中。陕西人张三畏刻《杜律韵集》四卷，即此典型例证。该书为家刻本，版心牌记“溪山草堂”即为张氏室名①。

张三畏于书前自序成书始末：

> 溪山畏曰：昔予在成童，承父师命，得□读李杜诗。乙未岁，与一岩子韵集为唐十家，而子美诗尤莫能释手。山馆面墙，因取其近体长咏者，复以韵录之，久而盈积几案。因分为卷，凡四卷，非直便于检阅，亦小子日程之一事也。爰命诸枣，博我同志。乃若随兴陈致，各仍其故，以及历履叙次，则他诸刊本固无弗善矣。②

由序可知：其一，张三畏曾于嘉靖乙未年（1535）编“唐十家诗”，按诗韵编次；其二，《杜律韵集》系在此基础上选取时人常咏的近体，仍按韵编次，说明重在“咏”，且为流习所熟悉之名作。

从声韵入手学诗，是明代格调诗学典型的体现。以七子派为代表的格调论者提倡复古师古，是以诗歌的体格声调作为入门的阶梯。他们视格调为“有意味的形式”，从艺术形式的变化来观察诗歌意味的变化，从而形成一种特殊的形式批评。而创作中则主张从模拟体格声调入手，然后摆脱，出入变化，但最终以神似古人为归宿。在组成“格调”的诸多因素中，声调始终处于最突出、最核心的位置。格调论者把诗的节奏韵律还原于情感运动的方式，进而揣摩声韵与诗意之间的深层关系。李东阳在分析杜诗时，即从具体用韵入手来辨识诗人的格调，如谓：“五七言古诗仄韵者，上句末字类用平声，惟杜子美多用仄，如《玉华宫》、《哀江头》诸作，概亦可见。其音调起伏顿挫，独为矫健，似别出一格。回视纯用平字者，便觉萎弱无生气。”③李东阳由声韵的运用效果而识别气格的强弱，为明代格调论者所继承。至嘉靖间，张三畏编纂杜集时，按韵编次，由杜诗声韵之变化来辨别体格的变化，实际是从编排形式上实践了格调论思想。

关于此书书名，相关目录学著述略有出入。杜信孚《明代版刻综录》“溪

---

① 参看瞿冕良编著《中国古籍版刻辞典》(增订本)，苏州大学出版社 2009 年版，第 905 页。

② 转引自张忠纲等编《杜集叙录》，齐鲁书社 2008 年版，第 177 页。

③ [明]李东阳撰《麓堂诗话》，丁福保辑《历代诗话续编》(下)，中华书局 2006 年版，第 1386 页。

山草堂”条：“《杜律韵集》四卷，明嘉靖张三畏溪山草堂刊。”[1]该书现藏国家图书馆，《北京图书馆古籍善本书目（索引）》标注此书书名为《杜律韵集》[2]，国图网站的文津搜索显示的信息亦为“善本《杜律韵集》四卷，明嘉靖（1522—1566）刻本”。而周采泉《杜集书录》与张忠纲《杜集叙录》皆作《杜诗集韵》，不知是否另有所本。

此书白文无注，共收杜诗1030首，应是除五古、七古之外的全部杜诗，实即王洙本近体部分，除四韵的五七言律诗，还包括排律和绝句。

三、五七言律诗注本：陈明《杜律单注》

明初单复《读杜诗愚得》开启明人注杜之风。单复原书为全集笺注本，嘉靖间濮州景姚堂刻陈明从单注本中选辑五七律149首，成《杜律单注》十卷，昭示着杜诗传播出现了选隽解律的方向。

傅增湘《藏园群书经眼录》云：

> 《杜律单注》，明单复撰，鹊湖陈明辑，钱塘杨祐校。明正嘉间刊本，八行二十二字，板心下方有“景姚堂”三字。前有洪武壬戌秋古剡单复自序。卷末有“生员檀轮缮写”，“省祭官刑仁督刊”二行。[3]

傅氏所谓“正嘉间刊本”的判断，完全是因正嘉之际明刻本发生了一次显著变化，即字体、版式由明初本的赵体黑口突然转变成欧体白口[4]。《书林余话》谓：“明初承元之旧，故成弘间刻书尚黑口。嘉靖间书多从宋本翻雕，故尚白口。今日嘉靖本珍贵不亚宋、元，盖以此也。”[5]此种书口正是识别嘉靖本的一种明显标记。“八行二十二字”，足见行格疏朗、界行清楚、字迹分明，有“雍容华贵、庄严舒展的气派”[6]。这种“始于正德、剧于嘉靖、下及隆庆”的新风格刻本，最早出现在以苏州为中心的江南一带，且延续了南

---

① 杜信孚撰《明代版刻综录》第5卷第6册，据北京图书馆馆藏善本书目著录，江苏广陵古籍刻印社1983年排印本，第31页。

② 北京图书馆编《北京图书馆古籍善本书目（索引）》，书目文献出版社1987年版，第197页。

③ 傅增湘撰《藏园群书经眼录》（四），中华书局1983年版，第1034页。

④ 黄永年《古籍版本学》，江苏教育出版社2005年版，第127页。

⑤ [清]叶德辉《书林余话》卷下，复旦大学出版社2008年版，第280页。

⑥ 缪咏禾《明代出版史稿》，江苏人民出版社2000年版，第285页。

宋浙本在版心下方刻录牌记的惯例①。

又，瞿冕良《中国古籍版刻辞典》载："[景姚堂]明嘉靖间浙江钱塘人杨祜的室名。祜字汝承，嘉靖十四年(1535)进士，曾任兴国知州、刑部员外郎、濮州知州、济南知府。刻印过单复《杜诗单注》10卷(濮州本，8行22字)等。"②据此，则《杜诗单注》一书似是钱塘人杨祜刻于濮州知州任上。

然《成都杜甫纪念馆馆藏杜集书目》却著录其刻于嘉靖十一年(1532)，亦称"濮州景姚堂刻本"。且《浙江图书馆馆藏杜诗书目》亦录：

> 《杜律单注》十卷。明单复撰，陈明辑。明嘉靖十一年(1532)濮州景姚堂刻本，10册，善本。前有明杨祜序，叙濮州刻书经过。单复原著为《读杜愚得》，四库著录十八卷(见存目)。明陈明辑其五、七言律为十卷。四库提要(存目)：其笺释典故，皆剽缀千家注，无所考证，注后檃栝大意，署为训解，亦循文敷衍，无所发明。至每篇仿诗传之例，注兴也、赋也、比也，尤多牵合。③

是书卷首有杨祜《刻〈杜律单注〉序》云：

> 国初剡单复氏参伍错综，以意逆志，撰《读杜愚得》凡若干言，独为集大成云。嘉靖中，历下陈佥宪明，采其注五七言律者，汇为十卷，以式后学，中丞天水胡公见而韪之，命刻于濮之景姚堂。刻之二年，而江陵李子炯为濮守，贻书祜曰：是不可不序。乃追论其所由刻如此。……嘉靖十一年江西按察司佥事钱塘杨祜序。④

序中所及陈明，历城人，嘉靖癸未(1523)进士⑤。嘉靖间辑录单复注杜之五七言律诗时，陈明已为佥都御使，则此书必在嘉靖二年(1523)陈明中进士之后完成，最迟又应不晚于嘉靖十年(1531)杨祜付梓之前。胡中丞令濮州景姚堂刊刻。次年，李炯任濮州太守，请杨祜为序，遂有"追论"刊刻始末。序末署嘉靖十一年(1532)，杨祜时任江西按察司佥事。

---

① 黄永年《古籍版本学》，江苏教育出版社2005年版，第128、131页。

② 瞿冕良编著《中国古籍版刻辞典》(增订本)，苏州大学出版社2009年版，第854页。

③ 浙江图书馆编印《浙江图书馆馆藏杜诗书目》，上海图书馆公藏线普415160，浙江图书馆1956年油印本，第4页。

④ 转引自张忠纲等编《杜集叙录》，齐鲁书社2008年版，第137页。

⑤ 周采泉《杜集书录》内编卷六，上海古籍出版社1986年版，第312页。

由杨祜序可考知：

其一，关于杨祜的中进士年份。瞿冕良《中国古籍版刻辞典》载“嘉靖十四年(1535)进士”①，周采泉《杜集书录》载“嘉靖四十四年(1565)进士”②，均误。

翻检《历代进士题名录》，嘉靖年间先后有两个“杨祜”中进士，分别是“嘉靖八年己丑科(1529)第二甲九十五名”之第三十二名，“嘉靖十四年乙未科(1535)第三甲二百二十七名”之第七十七名。又《明清进士题名碑录索引》载：“杨祜：四川内江，明嘉靖十四年，三甲，七十七名。”③万历《钱塘县志》之《纪士·进士》篇所记嘉靖八年进士乃钱塘杨祜，同书《纪士·乡举》篇记其嘉靖元年(1522)中举④。可见，瞿冕良《辞典》中“景姚堂”条误将四川内江杨祜当作钱塘杨祜，而周采泉或亦取自同一材料，且将嘉靖十四年误作嘉靖四十四年。

其二，关于杨祜的仕宦履历与此书校刻者之间关系。由濮州景姚堂知刻书地在山东，杨祜作序时却为官江西。“刻之二年”，新任濮州守李炯才索序于祜。自落款“嘉靖十一年”往前推“二年”，此书始刻当在嘉靖九年(1530)前后，杨祜时任濮州知州，但直到嘉靖十一年(1532)他调离濮州转任江西佥事前，该书尚未刻印完，待李炯继任濮州知州时才告竣，遂请校刊者杨祜补序，这才有祜在江西任“追论其所由刻”之说。

其三，关于杨祜刻此书的价值和意义。由杨祜序和以上考证可知，《杜律单注》应是现存最早的明人编杜律本，应是杜集传播方向转变中具有标志性意义的本子。

四、七言律注本：张綖《杜律本义》

嘉靖以来，明人对杜诗的摹习逐渐集中到律诗，又越来越聚焦于七律。周采泉谓：“明代自嘉靖以后，崇尚杜诗，名公巨卿，有为之注者数家，未始非张孚敬有以启之。但大都偏重近体，亦风气使然。”⑤张孚敬为嘉靖宰辅时所作《进〈杜诗训解〉》曰：“臣窃谓古诗自三百篇以后，其存忠君爱国之心者，

---

① 瞿冕良编著《中国古籍版刻辞典》(增订本)，苏州大学出版社 2009 年版，第 854 页。

② 周采泉《杜集书录》内编卷六，上海古籍出版社 1986 年版，第 312 页。

③ 朱保炯，谢沛霖撰《明清进士题名碑录索引》附《历代进士题名录》，上海古籍出版社 1980 年版，第 2515、2521、1682 页。

④ [明]聂心汤纂修《钱塘县志》，据万历三十七年修，清光绪十九年刊本影印，台北成文出版社有限公司 1975 年版，第 411、427 页。

⑤ 周采泉《杜集书录》内编卷六，上海古籍出版社 1986 年版，第 319 页。

惟唐杜甫之诗，而甫诗之尤精者，惟七言律诗。臣昔年于书院中，尝因注家多失其意，愚不自揣，略为训解，近托梓刻，以便抄誊。兹敢装演成册进呈，或备万几之暇垂览。"①可见，张孚敬尤重杜甫忠爱精神。其注杜并付梓，应在中进士之前的书院读书阶段，且其专注杜甫七律，训释解说亦洗练精审，入仕后进呈给皇帝赏读②。周采泉认为："《训解》现无传本。据《自序》及《进呈奏疏稿》观之，知是编以张性《演义》为蓝本。……明代颇重此书。自张氏以后名臣如郭正域、黄光升等均有注杜之什，亦张氏倡导之力也。"③由此可见，《杜诗训解》系受张性《杜律演义》影响而作，又对嘉靖以降明人重杜律——特别是七律，有很重要的导向意义。

元人张性所编《杜律演义》是现存中国第一部杜甫七律注本，也是嘉靖间编刻杜律时常仿效的对象。张綖编《杜律本义》四卷④，亦以张性《杜律演义》为底本，共辑七律151首，篇目、总数皆与张性本同，惟以编年方式取代了分类编次。据后序知其初刻于嘉靖十九年(1540)，后版毁于光州，张守中于隆庆六年(1572)重刻。

杜泽逊《四库存目标注》著录："《杜律本义》四卷，明嘉靖十九年高邮张氏刻本，四册，台湾'中央图书馆'藏。正文首行题'杜工部七言律诗卷之一'，次行题'高邮张綖本义'。半页十行，行二十字，白口，双白鱼尾，四周单边。版心上方刻书名'杜律本义'，下方有刻工：王良举、夏宪……杨伯瑀等。前有嘉靖十八年己亥张綖引，后有嘉靖十九年庚子张绘跋。据隆庆六年张守中重刻跋，知此本刻于光州。钤'长兴王氏季欢彝罍夫妇印记'、'长兴王氏诒庄楼藏'、'云蓝'、'王修鉴藏书画'、'季欢'等印(参该馆《善本书志初稿》)。"⑤此即《杜律本义》初刻本。

台湾大通书局1974年影印台湾"中央图书馆"藏明隆庆六年张守中刻《杜工部诗通》十六卷、《杜律本义》四卷，重刻本《杜律本义》为"半页十行，行

---

① [明]张孚敬《太师张文忠公集十九卷》卷四，《四库全书存目丛书》集部第77册，齐鲁书社1997年版，第79页。

② 周采泉《杜集书录》(内编卷六)称张孚敬为嘉靖宰辅时，"即以所注杜诗进呈宸览，有大臣补阙献替之风，固非热中禄位，逢迎固宠者可比。杜诗之有进呈本始此"(上海古籍出版社1986年版，第308页)。周氏所谓"有大臣补阙献替之风"，即认为张孚敬不是简单地将杜诗传播到更高层面，而是在用注杜以进呈御览的方式来匡补君王得失，这就将杜诗的政治性功用通过注解阐发出来了。

③ 周采泉《杜集书录》内编卷六，上海古籍出版社1986年版，第308页。

④ [清]黄虞稷撰《千顷堂书目》卷三十二作"《杜律本意》二卷"，应为记载之异，实为一书(上海古籍出版社2001年版，第781页)。

⑤ 杜泽逊《四库存目标注》卷五十一(集部二·别集类一)，上海古籍出版社2007年版，第2477页。

二十二字，白口，四周单边”①，版式上不同于嘉靖十九年（1540）初刻本。是刻卷前有嘉靖十八年（1539）张綖作《杜律本义引》：

> 夫释诗之病，舛误者其失易知，牵会者其失难辨，将使初学之士惑焉，此予于杜律所以僭为之本义也。②

此处论注杜之旨，鉴于宋元以来千家注杜存在大量牵合附会、注而失义之弊，故张綖注杜务求探源“本义”、竭力简明平实。在清人直斥明人学术空疏的背景下，《四库全书总目》评之“大抵顺文演意，不能窥杜之藩篱”③，未免太过苛责。

卷末还有隆庆六年（1572）张守中跋云：

> 庚子刻在光，毁之，兹不肖驻节东瓯，观风之暇，邀通判万子木，以俸资再刻于郡斋。④

故知《杜律本义》初刻于光州，重刻于温州，为张守中分巡浙东时与僚属捐俸以刻。

此外，据杜泽逊介绍，《杜律本义》隆庆重刻本“有原封面页，刻‘高邮张南湖先生注’、‘杜律本义’、‘永思堂藏板’。书中钤‘永思堂’朱文方印，知系张氏原印本。又钤‘木樨香馆范氏藏书’、‘石湖诗孙’、‘吴兴刘氏嘉业堂藏书记’等印”⑤。

又台湾“中央图书馆”藏清乾隆七年（1742）周其永钞本《杜律本义》一册不分卷：

> 正文首题“杜诗七律”，下题“高邮张綖本义，海上周其永涵千氏钞时壬戌秋七月”。半页十行，行二十九字。前有嘉靖十八年张綖序，目录分四卷，目录首页标题下署“大匏居士手钞时乾隆壬戌秋七月”。卷内钤“上海李氏古香阁珍藏”、“其永”、“涵千”、“海上

---

① 杜泽逊《四库存目标注》卷五十一（集部二·别集类一），上海古籍出版社2007年版，第2477页。

② 转引自张忠纲等编《杜集叙录》，齐鲁书社2008年版，第156页。

③ ［清］永瑢等撰《四库全书总目》卷一七四（集部·别集类存目一），中华书局1965年版，第1532页。

④ 转引自杜泽逊《四库存目标注》卷五十一（集部二·别集类一），上海古籍出版社2007年版，第2478页。

⑤ 杜泽逊《四库存目标注》卷五十一（集部二·别集类一），上海古籍出版社2007年版，第2478页。

钓鳌客”、“南吴下士”等印(参《善本书志初稿》)。①

笔者所见为上海图书馆藏本,题名《杜工部七言律诗》(亦即《杜律本义》)二册,上、下册各两卷。馆藏标示为“清刻本”。卷前题“癸卯举人弟绘校正、壬戌进士不肖男守中校刊”②,但无序跋,有目录。版式为每半页十行、行廿二字,白口、无鱼尾、四周单边,版心有题“杜诗本义”、卷次及页码。正文除朱笔圈点外,还有蓝笔作题记、圈点,诗末有总评。

根据以上著录和经眼可知,张缙《杜律本义》传世之本颇多,其影响及于清而不衰,是著名的杜律本。

五、七言律注本:王维桢《杜律颇解》

杜甫七律注本,还有嘉靖三十七年(1558)朱茹刻王维桢《杜律颇解》四卷③,收杜之七律 151 首,分类串解,亦为仿效张性《杜律演义》而来。

王维桢(1507—1555),字允宁,号槐野,陕西华州人。“嘉靖乙未进士,选庶吉士,授简讨,历修撰、论德,升南京国子监祭酒。以省母归,未上。嘉靖乙卯,关中地震,与朝邑韩邦奇、三原马理同日死。……允宁为文慕好太史公,论诗服膺少陵,自谓独得神解,尤深于七言近体,以为善用顿挫倒插之法者,宋元以来惟李空同一人。”④著有《王氏存笥稿》二十卷。王维桢撰《杜律颇解》,卷末附《李律颇解序》曰:“既注杜律,随取读李。所见附于行末。即未必中,亦可以著,无莽视作者之心焉。丁未仲冬十有二日槐野王维桢序。”⑤由此可知,其《杜律颇解》的完成时间在嘉靖二十六年(1547)十一月前。因王维桢死于非命,该书在他生前未得付梓,由继任华州知州朱茹刊印才行世。

朱茹,字以汇,号泰谷。江阳(今四川泸州)人。嘉靖三十二年(1553)进士,嘉靖三十四年(1555)迁华州知州⑥。此间,他刻印本邑人王维桢所撰《杜律颇解》四卷,卷末附《李律颇解》一卷,并为之序跋。

---

① 杜泽逊《四库存目标注》卷五十一(集部二・别集类一),上海古籍出版社 2007 年版,第 2478 页。

② [明]张缙《杜律本义》卷首,清刻本,上海图书馆馆藏古籍线普 551604—5。

③ 杜信孚,王剑《同书异名汇录》载:“《杜律颇解》四卷,明华州王维桢撰,明嘉靖四十五年刊本。又名:《杜诗七言颇解》。”(江苏古籍出版社 2000 年版,第 364 页)

④ 钱谦益《列朝诗集小传》丁集上“王祭酒维桢”条,上海古籍出版社 1983 年版,第 384—385 页。

⑤ [明]王维桢《李律颇解序》,《杜诗丛刊》第一辑《杜律颇解(附李律颇解)》,台湾大通书局 1974 年版,第 180 页。

⑥ [明]张光孝纂修《(隆庆)华州志》,《中国地方志集成・陕西府县志辑・隆庆华州志》卷十三,凤凰出版社 2007 年版,第 64 页。

笔者所见为台湾大通书局 1974 年影印《杜诗丛刊》第一辑《杜律颇解(附李律颇解)》，为白口、单白鱼尾、四周双边版式。版心中刻“杜律颇解”卷目，下录页码。每半页九行，行十六字。卷前依次有序文两篇、杜律七言颇解目录四卷(附李律七言颇解目录)。正文部分首行刻“杜律七言颇解卷之一”，以下各行依次署为“关中槐野王维桢解”、“西蜀泰谷朱茹编”、“关中左华张光孝校”，即明确了诸人与此书的编纂、校刻关系。

是书卷首载朱茹《刻杜律颇解序》，其略云：

> 杜诗诸体，并皆嘉妙，至其为律，尤悲壮可歌。……予数年窥作者之林，凡百名家矣，而焉有能方工部者乎？以其体格备而情实具也。……近官华州，履所谓郑县亭子涧之滨者，忽感工部为华州功曹，而佳律尚烨烨在石壑畔，一睹一钦，一歌一叹。嗟乎！萃正气、忧世艰者，此翁诚非易得哉！……华士子因出王太史所著《杜律颇解》。一披焉，见太史之才情，能传工部之秘。其辞简，其指真，盖可传者矣。予托左华张子校其舛讹，而又偕为之编次《杜律》四卷之数，原附李律七首以传。……嘉靖戊午冬十一月既望江阳泰谷朱茹书于西溪别署。①

在时任华州知州的朱茹看来，杜诗兼备众体，情真意实；杜律正气浩然，忧国忧民，尤悲壮可歌；王维桢《杜律颇解》才情洋溢，深得杜甫诗心；其训释简明，旨意真切，可以传世，遂请张光孝校勘，并一同编定卷次。该书初刻于嘉靖三十七年(1558)十一月。

张光孝，字惟训，号左华。陕西华州人。嘉靖二十五年(1546)举人，授河南西华知县。后绝意仕途，一生致力于编撰《华州志》，隆庆六年(1572)由李可久付梓刻印②。因与王维桢是同乡，张光孝格外推崇其所编注之杜律，校其书，并作《序》谓：

> 槐野先生评杜律，谓其老于体裁，玄思神运，当是作者。顾以诏业艺之客，而日亹亹数千万言，论杜公寄情纪律之妙，著为解说，

---

① [明]朱茹《刻杜律颇解序》，《杜诗丛刊》第一辑《杜律颇解(附李律颇解)》，台湾大通书局 1974 年版，第 1—5 页。

② 王重民撰《中国善本书提要补编》，北京图书馆出版社 1997 年版，第 92 页。

命曰《颇解》。辞不猥繁，而旨意即见，可以传工部之心矣。①

王维桢称杜甫在律诗艺术上老练精熟，足以垂范后世。张光孝认为其训解要言不烦，旨意发露，得杜之心，又阐述对杜诗情意与律调关系的理解：

> 予谓工部流离蜀中，爱君忧国、伤乱望治，不陈列而即吐奇谐律，以意胜也。作者念工部所以为律之意，则忠义之情易于激烈，而神遇为诗，可以言风矣。槐野先生曰："行墨之士，学诗无本真意，幸于偶中律调，非也"。予亦谓："幸于偶中律调者，非槐野先生解杜而示人意也，非泰谷公念杜老在蜀为诗意也。"②

杜诗因情真意切而致律调谐和，即情感决定律调。张光孝与王维桢诗学观甚为相近。

以上校刻者二序落款皆为嘉靖三十七年(1558)，又查《中国古籍善本书目》录此书版本为"杜律七言颇解四卷：明王维桢撰，明嘉靖三十七年朱茹刻本"③，由该书"藏书单位检索表"及"代号表"对应查证知：此书嘉靖三十七年刊本，即收藏于北京大学图书馆④。另《北京大学图书馆藏古籍善本书目》载："《杜律七言颇解》四卷，附《李律七言颇解》一卷。明王维桢解，朱茹编。明嘉靖三十七年(1558)刻本，三册 NC5314.2/1124。"⑤故周采泉所谓"嘉靖四十五年(1566)刊"⑥，应误。

六、七言律注本：赵大纲《杜律测旨》

同为嘉靖朝杜甫七律释义本的，还有赵大纲《杜律测旨》。据《滨州志》

---

① [明]张光孝《杜律颇解序》，《杜诗丛刊》第一辑《杜律颇解(附李律颇解)》，台湾大通书局 1974 年版，第 8 页。

② [明]张光孝《杜律颇解序》，《杜诗丛刊》第一辑《杜律颇解(附李律颇解)》，台湾大通书局 1974 年版，第 9—10 页。

③ 中国古籍善本书目编辑委员会编《中国古籍善本书目》(集部上)，上海古籍出版社 1996 年版，第 79 页。

④ 中国古籍善本书目编辑委员会编《中国古籍善本书目》(集部下)，上海古籍出版社 1996 年版，第 2195 页。

⑤ 北京大学图书馆编《北京大学图书馆藏古籍善本书目》，北京大学出版社 1999 年版，第 413 页。

⑥ 周采泉《杜集书录》内编卷六著录"《杜诗七言颇解》四卷，明嘉靖四十五年(1566)刊。所载卷册，系据北京大学图书馆所藏嘉靖刻本之卷数"，且称"上两序系北京大学图书馆抄寄，原书尚未过目"(上海古籍出版社 1986 年版，第 313—314 页)。

载，赵大纲，字万举，自号春台子，山东滨州人。嘉靖十三年(1534)举人，嘉靖二十年(1541)进士。授滁州知州，累官至江西左参政。著有《杜律测旨》、《赵大纲诗集》、《方略摘要》等。①

《杜律测旨》乃专就杜甫七言律诗作阐释，上、下两卷评诗150首。卷前无目录，文辞简要精辟，主要沿袭以宋人谢枋得《注解二泉选唐诗》为主的通俗串讲方式，强化诗意的阐发，旨在使世人能明诗艺、懂意旨。

是书有嘉靖二十九年(1550)初刻本和嘉靖三十四年(1555)重刻本。初刻本已佚，重刻本现藏清华大学图书馆。据《清华大学图书馆藏善本书目》著录：

> 《杜律测旨》二卷，(明)赵大纲撰。明嘉靖三十四年林光祖刻本。二册一函。九行二十字，粗黑口，四周单边，单鱼尾。钤"曾经手检"、"铁朋书画之章"、"铁朋山房"诸印。②

"粗黑口"是明前期最典型的刻书风格。至嘉靖时，书林所推重之"标准嘉靖本"已遥仿南宋浙本而尚白口、单鱼尾、左右双边版式了；惟建本仍未被同化，基本还保持着大黑口、双黑鱼尾、四周双边或左右双边的独特风格③。据此，则林光祖重刻本大抵融合了明中期的嘉靖本与建本两种刻书风格。

此本卷前有赵大纲《〈杜律测旨〉引》：

> 《杜律测旨》者，测其旨意大略如此也。少陵诗绪密思深，意在言表，而或以字句牵合附会者失之矣。昔孟子论读诗之法："以意逆志，是为得之。"余不能诗，又不自量，于读律之余，辄取前人训解，断以己意，僭为《测旨》。呜呼！以蠡测海，能尽其深乎？而无言神悟，固自有大方家也。若乃证事释文，前人似备，余复不能博云。测成，恐其忘也，志而藏之笥中。时嘉靖庚戌春三月。④

赵大纲亦有感于前人解杜牵强附会，欲依孟子"以意逆志"之法探测杜

---

① [清]李熙龄撰《(山东省)滨州志》卷十《人物·文学》类，据清咸丰十年(1860)刊本影印，台北成文出版社1976年版，第343页。

② 清华大学图书馆编《清华大学图书馆藏善本书目》，清华大学出版社2003年版，第276页。

③ 参看黄永年《古籍版本学》，江苏教育出版社2005年版，第131—133页。

④ 转引自钟文娟《明人赵大纲〈杜律测旨〉研究》，首都师范大学硕士学位论文，2002年，第59页。

诗深思密绪。因此，该书乃针对前人训解的杜诗意旨作出评判，表达自己的看法。

卷末广信知府林光祖[①]《重刻〈杜律测旨〉跋》则云：

> 春台赵公读杜律有得而作焉者也。公尝治淮阳，淮人爱且梓传矣。光祖得而诵之，爱尤不置。方欲重梓以广其传，适公观风至，因请益焉。公又出旧本，中多改易新得，且命识之。夫《测旨》之意，诸序悉矣，复何能赞一词？[②]

此书初刻于淮阳，传播甚广，当地人接受度很高。林光祖亦尤爱赏，复得赵大纲本人增补修订、精心改易后，于嘉靖三十四年(1555)重刻。

为广其传，林光祖重刻本在刻印数量上远多于初刻本。周采泉谓“是书在万历间与张孚敬《训解》最为风行”[③]。明邵傅《杜律集解序》云：“罗峰统合诸家，考证详实而注义略陈；滨州演会罗峰章旨，亦稍更易，愚出入滨州尤多。”[④]“罗峰”乃张孚敬，是启嘉靖朝律注风气之先者；“滨州”即赵大纲，邵傅以为张孚敬注与赵大纲注有渊源关系，但邵傅本人却多征引赵注。张孚敬以宰辅之尊，其书却不得传于今。赵大纲《杜律测旨》却在嘉靖至万历间备受世人珍视，恐怕与其诗学修养深湛，能得杜律之精髓有密切关系。

究其根源，明代新编杜诗选本——特别是杜律——之所以到嘉靖年间才大量出现，并显示出独特的版本与注释特色，是因为明人对杜诗学观念的认识和接受需要一个过程。可以说，正德时开始大量出现杜诗的重刻汇刻，是前七子在社会产生广泛影响的标志，说明人们对前七子产生了感性上的认同，因而出版商通过“现买现卖”的方式迅速迎合市场需求；进入嘉靖后，经过长时间的思想积累，而嘉靖初年诗坛上不同声音的出现，又促使人们在不同观念的碰撞中，强化或深化自己的认识，这就使人对前七子、对杜诗的理解，由感性上升到了理性层面。于是，选家深思熟虑、精心裁鉴的杜律选本及伴随而来的注本杜律才得以盛行于世。

---

① 瞿冕良《中国古籍版刻辞典》载：“林光祖，字益轩，广东揭阳人。嘉靖二十三年(1544)进士。任广信知府时，刻印过赵大纲《杜律测旨》二卷。”(苏州大学出版社 2009 年版，第 508—509 页)

② 转引自钟文娟《明人赵大纲〈杜律测旨〉研究》，首都师范大学硕士学位论文，2002 年，第 63 页。

③ 周采泉《杜集书录》内编卷六，上海古籍出版社 1986 年版，第 316 页。

④ [明]邵傅《杜律集解》，万历十六年(1588)刻本。转引自郑庆笃等编《杜集书目提要》，齐鲁书社 1986 年版，第 88 页。

第三节　李杜诗合刻本考论

自正德间鲍松编刻李杜诗合集本后，嘉靖朝又出现了数种李杜合集。兹考述其中两种。

一、分体白文本：万虞恺《唐李杜诗集》

近代藏书家邓邦述撰《寒瘦山房鬻存善本书目》著录有《李杜诗》十六卷，《杜集》即前述许宗鲁刻《杜工部诗》。邓氏作题记二则，其中壬戌(1922)十一月记云：

> 《李杜诗》，据邵氏后序，知为无锡宰枫潭万氏合正德李濂所刊《李集》、嘉靖许宗鲁所刊《杜集》而汇刊者，故前载李、许两序。明人好刻古籍，固为可尚，但以同时之人翻刻其所雕之本，已觉浅陋，而杜诗既分体又分类，乃至《秋兴》、《咏古》诸作忽而入于"宫词"，忽而编诸"时令"，忽而厕之"陵庙"，忽而标为"怀古"，支离割裂，则又陋之陋者。宗鲁在嘉靖时颇能刻书，惟喜用古字，由此观之，岂乡里之陋儒耶？万氏顾取此刻翻之，殊不足重。然百靖斋中，讵能不收陋本？亦姑备一格云尔。①

由此观之，邓邦述所见并非许宗鲁原刻本杜集，其所购藏乃万虞恺汇刻《唐李杜诗集》本。但邓氏显然对此本颇为不满，认为其存在"陋"弊：一是同为嘉靖时人，相隔仅十六年，合编李杜集时，杜集即直接翻刻许宗鲁刻本，一味承袭，毫无新意；二是编次既分体又分类，支离割裂，自乱体例。

然而，关于嘉靖二十一年(1542)洪都万虞恺刻《唐李杜诗集》的编校者，学界存在两种不同观点：其一，陈伯海等先生《唐诗书录》著录"《杜诗集》八卷，明邵勋辑"②，张忠纲等编《杜集叙录》载"《唐李杜诗集》十六卷，明邵勋

---

① 邓邦述撰，金晓东整理《寒瘦山房鬻存善本书目》卷六，上海古籍出版社 2014 年版，第 484—485 页。张忠纲等编《杜集叙录》(齐鲁书社 2008 年版，第 164—165 页)亦引述邓邦述藏《李杜诗》十六卷之壬戌题记，但文字与《寒瘦山房鬻存善本书目》原文有明显出入。经笔者查证，其引文实际采自台湾大通书局 1974 年据明嘉靖二十一年(1542)洪都万虞恺刻本影印《杜诗丛刊》第三辑之《唐李杜诗集》十六卷卷首，亦是邓邦述壬戌(1922)十一月题记。两处引文意思基本一致。然大通版邓之题记必是影印嘉靖本时，后补加在卷首的，万氏原刻本无此题记。

② 陈伯海，朱易安编撰《唐诗书录》，齐鲁书社 1988 年版，第 247 页。

编，万虞恺汇刻”①；其二，邓邦述《寒瘦山房鬻存善本书目》有“《李杜诗》十六卷，明嘉靖刻本，曹彬侯手校”②，周采泉《杜集书录》云“《李杜诗集》十六卷，明万虞恺汇集编辑，邵勋校并《后序》，曹炎录”③。概括言之，前一种观点认为万氏刻本系邵勋编辑，后一种则以万虞恺为编刻者、邵勋为校者兼作序、曹炎为录者兼手校。

邵勋，庠生，无锡人。1974年台湾大通书局影印《杜诗丛刊》本《唐李杜诗集》卷末所录邵勋《刻李杜诗后序》略云：

> 世有博学雄才，识足以兼二家者，心与辞会，即了然知其志之所在，固无待于训注也。夫训注，岂无资于初学哉？苟非其人，曲为引证，或失则诬，或失则凿。本以解诗，顾为诗病，此训注李、杜者累千百家，皆未迄于正，信乎其为难矣。近得李、许二公所刻二家诗，独存本文，盖为知诗者设也。但其刻本各出豫、雍之地，未能并行，读者有遗望焉。吾邑君侯枫潭万公论诗及此，谓先得其心，乃命勋校补舛遗，分其体类，复录二家诸赋，各冠卷端，刻之县斋，用广传布。……嘉靖壬寅冬十月望锡庠后学邵勋顿首谨书。④

邵勋认为，诗人之志必得有识之士依心而能神会，而大量训注或诬或凿，皆无补于真正读懂李杜二家诗。故谓所得李濂刻李集、许宗鲁刻杜集俱删注存文，实为懂诗之人。鉴于这两家刻本分散于各地，不便同时观览，邵勋才奉命校补、划分体类，编成李杜合集，由知县万虞恺组织县学汇刻，从而广泛传播李杜二家诗。据此可知，万虞恺非《唐李杜诗集》辑录、校勘者，而为组织者、出品人。

至于此本的缮写者，邓邦述《寒瘦山房鬻存善本书目》中交代得很清楚：“此书朱墨凌杂，阅之生厌，然有曹彬侯手录白诗，字体极雅，其藏印钤于十三卷首页。是亦曹仓之糠秕也，何遽不可疗饥耶。”“彬侯读《杜集》时有校勘，皆以小字旁注，若不经意观之，易于忽略。其藏印有‘书仓校本’一章，非漫钤也。今为揭出，以贻阅者。甲子三月，正闇再记。”⑤曹炎，字彬侯。邓

---

① 张忠纲等编《杜集叙录》，齐鲁书社2008年版，第164页。

② 邓邦述撰，金晓东整理《寒瘦山房鬻存善本书目》卷六，上海古籍出版社2014年版，第484页。

③ 周采泉《杜集书录》外编卷二，上海古籍出版社1986年版，第771页。

④ [明]邵勋《刻李杜诗后序》，出自《唐李杜诗集》十六卷卷末。见黄永武主编，台湾大通书局1974年据明嘉靖二十一年(1542)洪都万虞恺刻本影印《杜诗丛刊》第三辑，第1193—1194页。

⑤ 邓邦述撰，金晓东整理《寒瘦山房鬻存善本书目》卷六，上海古籍出版社2014年版，第485页。

氏所藏版本即为曹彬侯手校本，誊录字体既雅，又有校勘旁注。

笔者所见为上海图书馆藏本，题署为万虞恺辑《唐李杜诗集》。八册，白口、四周单边，每半页十二行、行廿二字。扉页刻有"《李杜合集》，陈三立题"并云：

> 李杜集向未见有合刻者，此乃家瀹斋阁学士被赐之本，先赋后诗，诗则分体分类，为前明洪都万虞恺刻于嘉靖二十一年壬寅者。李杜文章，光焰万丈，非尚方善本，曷由合观其盛耶？阁学士其永宝之。道光丁酉三月廿有五日南海吴荣光敬观并识。①

这篇清道光十七年(1837)吴荣光所作题识，既标明李杜合集确为"前明洪都万虞恺刻于嘉靖二十一年"，又指出其编纂体例是"先赋后诗，诗则分体分类"。

万虞恺(1505—1588)，字懋卿，号枫潭。南昌人。嘉靖十七年(1538)进士，授无锡知县，后官至刑部右侍郎。《唐李杜诗集》卷首即载有汇刻人万虞恺撰《刻李杜诗集序》云：

> 诗自《三百篇》变而为《骚》，《骚》变为五言。由汉迄晋魏，作者不一，体亦屡变。《骚》而下冲澹雅适，得风雅遗趣者，惟陶渊明近之。比唐则作者益多，五言七言长短，诸体悉备，亦各就其才、各成其家。求其温柔敦厚，如风雅者，不多见矣。然今之言诗者，渊明而下，必称唐人，岂不知风雅之足尚邪？要之，时世风气之变，古风殆不可追也。唐诗名家以十数称"大家"，则惟李杜齐名、冠绝一代。今之选唐诗者，独于二诗，无敢去取，而亦不预选。此其诗为后世宗信，风雅而下，莫过也。盖李之雄放、杜之矩矱，各造其极，亦有谓其为风雅之变者。论者必以李杜并推，夫岂私所好邪？其诗集并行于世而传诵无间，非一日矣。但各处刻本不一，又多纷纷注释，间有失其意者。夫性情之动而发之于诗，诗本以注作者之性情，未尝不易知。好事者又从而注之，是非益远于性情邪？近见大梁李公有李刻，关中许公有杜刻，皆去其注是也。不及其文，专以便诗学者也。惟刻李未及杜，刻杜未及李。窃以二集并为后世诗家元宗，有志者又孰不便于兼得而并观之。余是以因其二本，命庠

---

① [明]吴荣光《李杜合集》"题识"，万虞恺辑《唐李杜诗集》十六卷卷之首，明嘉靖二十一年(1542)刻本，上海图书馆馆藏古籍线善 796521—28。

> 生邵勋订其讹，间增其逸。汇而并刻，题曰《李杜诗集》，以便观者。以意逆志，会而得之，存乎其人，愚乌乎敢佞。嘉靖壬寅十月后学洪都万虞恺书于无锡县之冰玉堂。①

此序称李杜二家"为后世诗家元宗"，反映了七子派力倡法盛唐之风气，而白文刊印则亦当时人厌弃繁缛，以意逆志，直达诗人本心的文化心理使然。

万虞恺序后，依次是"《唐李白诗序》明正德己卯春三月既望大梁李濂川父题"、"《刻杜工部诗序》皇明嘉靖五年柔兆阉茂相月望日关中许宗鲁序"、"《唐李白传》宋祁撰"、"《唐翰林李君碣记》尚书膳部员外郎刘全白撰"、"《唐杜甫传》宋祁撰"、"《杜工部墓志铭》元稹"。然后值得关注的是《唐李杜诗集》目录，兹整理罗列成表。如表 5-1 所示：

表 5-1 《唐李杜诗集》目录

集	卷次	分体	分类
李白集八卷	第一卷	古赋五言古诗	古风、乐府
	第二卷	五言古诗	歌吟、寄赠
	第三卷	五言古诗	寄赠、留别、送别
	第四卷	五言古诗	训答、游宴、登览、行役、怀古
	第五卷	五言古诗	闲适、哀伤
	第六卷	七言古诗	乐府、歌吟、咏物、题咏、杂咏、闲情、寄赠、留别、送别、训答、游宴、行役、咏物、杂咏、闲情
		长短句	乐府
	第七卷	长短歌	歌吟、寄赠、留别、送别、训答、游宴、行役、写怀、咏物、杂咏、闲情、哀伤
		五言律诗	乐府、寄赠、留别、送别
	第八卷	五言律诗	游宴、登览、行役、怀古、闲适、咏物、题咏、杂咏、哀伤
		五言排律	寄赠、送别、训答、怀古、闲适、怀思
		七言律诗	寄赠、留别、送别、登览、咏物、题咏
		五言绝句	乐府、歌吟、寄赠、留别、送别、训答、游宴、行役、闲适、怀思、写怀、咏物、题咏、闺情、哀伤
		七言绝句	乐府、歌吟、寄赠、送别、训答、游宴、登览、行役、怀古、闲适、咏物、杂咏、闲情、哀伤

① ［明］万虞恺撰《刻李杜诗集序》，万虞恺辑《唐李杜诗集》十六卷卷之首，明嘉靖二十一年(1542)刻本，上海图书馆馆藏古籍线善 796521—28。

续　表

集	卷次	分体	分类
杜甫集八卷	第九卷	赋、五言古诗	纪行、述怀、怀古、时事
	第十卷	五言古诗	边塞、将帅、军旅、宫殿、陵庙、居室、题人、居室、田圃、皇族、世胄、宗族、外族、婚姻、仙道、隐逸、释老、寺观、夏秋、节序、梦月、雨雪、云雷、山岳、江河、楼阁、亭榭、园林、果实、燕饮、文章、书画、音乐、器用、食物
	第十一卷	五言古诗	鸟、兽、花、草、木、投赠、简寄、怀旧、寻访、惠贶、送别、庆贺、伤悼、杂赋、歌
	第十二卷	七言古诗	纪行、述怀、疾病、怀古、古迹、时事、将帅、居室、皇族、世胄、宗族、仙道、释老、四时、节序、雨、山岳、江河、都邑、楼阁、园林、燕饮、书画、音乐、器用、食物、鸟、兽、花、木、寄简、送别、杂赋、歌
	第十三卷	五言律诗	纪行、述怀、疾病、怀古、古迹、时事、军旅、宫词、省宇、陵庙、居室、邻里、题人居壁、田园、皇族、宗族、外族、隐居、释老、寺观、四时、夏、秋、冬、节序、昼夜、梦、月、雨雪
	第十四卷	五言古诗	云雷、山岳、江河、都邑、楼阁、眺望、亭榭、园林、果实、池沼、舟楫、桥梁、燕饮、文章、书画、音乐、器用、食物、鸟、兽、虫、鱼、花、草、竹、木、简寄、怀旧、寻访、训答、惠贶、送别、伤悼、杂赋
	第十五卷	五言排律	纪行、述怀、时事、将帅、陵庙、居室、皇族、世胄、宗族、外族、婚姻、仙道、隐逸、四时、秋、节序、昼夜、江河、都邑、楼阁、眺望、园林、燕饮、文章、书画、投赠、简寄、训答、惠贶、送别、庆贺、伤悼
	第十六卷	七言律诗	纪行、述怀、怀古、将帅、宫殿、宫词、省宇、陵庙、居室、邻里、题人居室、宗族、隐逸、释老、寺观、四时、夏、秋、冬、节序、昼夜、梦、雨雪、山岳、江河、都邑、楼阁、眺望、亭榭、果实、舟楫、桥梁、燕饮、鸟音乐、虫、花、简寄、怀旧、寻访、训答、送别、杂赋
		七言排律	节序、园林、怀旧
		五言绝句	军旅、陵庙、居室、四时、节序、音乐、鸟、简寄、杂赋
		七言绝句	时事、陵庙、皇族、四时、秋、雨雪、都邑、果实、池沼、桥梁、燕饮、文章、音乐、器用、鸟、花、竹、木、简寄、思贶、送别、庆贺、伤悼、杂赋、绝句

从目录列表中，大致可以读出以下诸条信息：

(1)《李白集》八卷依次：古赋、五古五卷，七古、长短句一卷，长短歌、五律一卷,五律、五排、七律、五绝、七绝合一卷。《杜甫集》八卷依次:赋、五古三卷,七古一卷,五律一卷,五古一卷,五排一卷,七律、七排、五绝、七绝合一卷。

(2)若从分体的合理程度而言,李杜集都存在明显缺陷:李集一面将长短句归入七古,一面又将长短歌划入五律,且将五律一体分别编进不同卷次,这些都是分体不够严谨的具体表现;杜集则更明显,将五古先单列三卷,又落下一卷编入五律和五排之间,如此便打乱了先古体后近体的总体布局,造成古律错综的混淆格局。

(3)若从整体比较李杜集,李集中古体诗超过六卷,杜集中近体诗却已达整三卷。同为唐诗"大家",此即印证了李白特重于古诗、杜甫尤擅于近体的不同之处。

(4)《李白集》八卷分类中,古体少于近体,五古又少于七古,表明李白对于律绝在题材上的选取把握要比五言古诗丰富多样,这符合诗歌演进的客观规律,即七言表现功能的扩大和近体唐诗表现领域的拓展。《杜甫集》八卷分类中,除七排创作数量本身就有限以外,其余诸体皆分类十分细致,可知原编刻者许宗鲁对杜集题材研究用力颇深。

此书正文部分版心刻有李诗或杜诗卷次及页码,尽管多数诗只录白文而无注释,保持了原刻本的基本样貌,但仍可见双行小字夹注及少量眉批,诗尾也时有简评。大抵应是后世藏家阅时所附加。书之卷末,有张瀛暹题识曰:

> 向见汲古阁刻盛唐二大家诗,意为李杜合刻之始。今从瀹斋先生假观此本,乃知有先茅为之者矣。刊落注文,独存真面,较茅本尤为大雅云。道光十有七年四月廿四日平定张瀛暹敬识。①

故知万虞恺嘉靖二十一年(1542)合刻本固为白文本。

此书卷末还有"民国二十四年八月十一日萍乡文素松"题识,记述其流传始末:

> 《李杜合集》十六卷,明嘉靖壬寅洪都万虞恺汇刊者,先赋后诗,诗则分体分类,无注文,诸目录皆未载。惟徐兴公《红雨楼题

① [明]万虞恺辑《唐李杜诗集》十六卷卷末,明嘉靖二十一年(1542)刻本,上海图书馆馆藏古籍线善796521—28。

跋》云："世传杜诗不下数百本，笺注者十之七，编年者十之三，分类者十之一。"此则分类无注，简而易览，是否即此刊本，不得而知。此书有吴荷屋、张石洲、程春海三先生题识，盖吴瀹斋学士被赐之本也。瀹斋名其濬，固始人，官山西巡抚，所著《植物名实图考》最有名于世。廿二年秋偕何叙甫兄游贡院西街，邂逅得此于吴氏后人。嗣陈散原□丈过京赴平，嘱景印传世，并承题数字于篇首，亦可见此老之重视矣。原为二十册，改订八册，记其原委于此。①

此段文字与该书扉页清道光十七年(1837)吴荣光所作题识吻合，交代是书影印底本之由来，多人曾为之题跋，以及原书二十册被改订成八册的经过。

综上所述，由邵勋编校、曹彬侯校录的《唐李杜诗集》嘉靖二十一年(1542)刻本，反映出李杜合集的时代需求与分体编次、白文无注的编刻特征。这既表明嘉靖处于文学复古热潮中而对摹拟李杜二家不加轩轾的取向，又体现明人正在探索一条与宋人训注完全不同之路，即强化辨体而格外关注诗体艺术，删汰旧注而找回诗的价值。

二、编年评注本：张含《李杜诗选》

张含(1479—1565)，字愈光，又字用光，号禺山，陕西永昌卫人，正德二年(1507)举人。"少与杨用修同学，丙寅除夕，以二诗遗用修，文忠公极称之，谓当以诗名世。尝师事李献吉，友何仲默，然其平生知契，白首唱酬者，用修一人而已。"②所撰《禺山诗选》、《禺山七言律钞》，皆得杨慎评骘，足见交情亲厚。嘉靖二十二年(1543)起，先后陆续刻印了李梦阳《空同诗选》及自辑《李白诗选》、《唐诗绝句精选》、自撰《禺山诗》等书。③

杨慎(1488—1559)，字用修，号升庵，四川新都人。正德六年(1511)，举会试第二，廷试第一，授翰林修撰，后充经筵讲官。嘉靖三年(1524)，召为翰林学士。因上疏力谏大礼议，遭廷杖，谪云南，投荒三十余载，卒后追谥文宪。一生博览群书，诗文集之外，凡百余种。明代记诵之博、著述之富，当首

① [明]万虞恺辑《唐李杜诗集》十六卷卷末，明嘉靖二十一年(1542)刻本，上海图书馆馆藏古籍线善796521—28。

② [清]钱谦益《列朝诗集小传》丙集"张举人含"，上海古籍出版社1983年版，第355页。

③ 参看瞿冕良编著《中国古籍版刻辞典》(增订本)，苏州大学出版社2009年版，第184页。

推之。著有《升庵集》、《陶情乐府》、《丹铅总录》、《艺林伐山》等。[①] 刻书亦甚多，有《宣和画谱》、《宣和书谱》、《水经》及自撰《异鱼图赞》、自辑《赤牍清裁》等。稿本尚有《六书索隐》。

郑庆笃《杜集书目提要》著录《杜诗选》版本有三：

一、明嘉靖刻本，六卷，三册，半页八行，行十八字。署杨慎、张含合选。

二、明天启吴兴闵氏刻朱墨套印本，二册。

三、一九七四年台湾大通书局据明天启闵氏刻本影印《杜诗丛刊》本。[②]

今见《四库存目丛书》集部第299册影印北京师范大学图书馆藏明刻朱墨套印本《李杜诗选》十一卷，内含《李太白诗选》五卷、《杜少陵诗选》六卷，白口、无鱼尾、四周单边版式，每半页八行、行十八字。版心上方刻"李诗选"或"杜诗选"卷次，下方有页码。诗题下有双行小字注，正文有圈点、夹注及眉批。

尽管是刻各卷题下均不著编辑者名氏，然《李诗选》五卷之首载有杨慎作《李诗选题辞》。《四库全书总目》谓其"辨白里贯出处甚详" [③]，并特别关注到是序之末所云：

吾友禺山张子愈光，自童习至白纷，与走共为诗者，尝谓余曰："李杜齐名，杜公全集外，节抄选本凡数十家，而李何独无之。"乃取公集中脍炙人口者一百六十余首，刻之明诗亭，属慎题辞其端云。成都杨慎书。[④]

据此，非但足证《李杜诗选》应为张含编选、杨慎题注并序，还表明正因张含秉持着"李杜齐名"的诗学观念，才有合刻同辑二家诗之举措。这也充分体现诗学理论对于文献传布、刻印的干预作用。

① [清]钱谦益《列朝诗集小传》丙集"杨修撰慎"，上海古籍出版社1983年版，第353—354页。另参瞿冕良编著《中国古籍版刻辞典》(增订本)，苏州大学出版社2009年版，第301页。

② 郑庆笃等《杜集书目提要》，齐鲁书社1986年版，第81页。

③ [清]永瑢等撰《四库全书总目》卷一九二(集部·总集类存目二)，中华书局1965年版，第1745页。

④ [明]张含辑，杨慎等评《李杜诗选》十一卷《李诗选题辞》，《四库全书存目丛书》集部第299册，齐鲁书社1997年版，第607—608页。

杨慎题辞后，为《李诗选目录》。依次录：卷一，古风、古乐府、乐府；卷二，乐府、歌吟；卷三，赠、寄、留别；卷四，送、酬答、游宴、登览；卷五，行役、怀古、闲适、感遇、题、哀伤。由此可见，前两卷大抵依体编排，后三卷则大致按题材分类。整本书的编纂体例并不统一。又《杜诗选目录》显示杜甫诗系编年排序，六卷凡 240 首诗。笔者分体作一统计，得五古 35 首、七古 32 首、五律 92 首、七律 72 首、五绝 4 首、七绝 5 首。可知对杜诗亦是众体兼收，也未偏废或独钟任一体。

《四库全书总目提要》指摘曰："乌程闵氏所刊朱墨版，其卷端评语引及钟惺、梅鼎祚，皆明末人。含及慎在嘉靖中，何自见之？则已非含之原本矣。杜甫诗凡二百四十余首，前后无序跋。多载刘辰翁评及慎评，其去取殊无别裁。盖闵氏以意钞录，取配李诗并行耳。明末刊版，真伪错杂皆类此，不足异也。"①故此明末翻刻本注评已不抵嘉靖间初刻本，惜原刻难见，真伪不免混淆。

① ［清］永瑢等撰《四库全书总目》卷一九二（集部・总集类存目二），中华书局 1965 年版，第 1745 页。

第六章　万历以来新编新刻杜集

若说明初至正德间是明人在探索中逐步确立编刻杜诗的模型范式，嘉靖时期是杜集编纂由全集转向选本、由笺注转向评点，进而汇聚到对杜律的关注与偏好，那么，万历以来便是在深化明前期初步成果、扩大嘉靖朝刻杜范围的基础上，呈现多元、全盛格局的新阶段。一方面从存世刻本看，万历朝是整个明代新编新刻杜集存世量最多的时期；另一方面，从杜集编刻形态看，无论是杜诗全集本、选本还是李杜合集刻本，晚明的发展程度都是前所未有的繁复多样。

第一节　杜诗全集本考论

杜集的最主要形式是杜诗全集，但是万历以来新出现的杜集，全集本并不多，留存至今的主要有五种，兹逐一加以考论。

一、分类白文本：李齐芳《杜工部分类诗》

李齐芳，字子蕃，一作子繁，号�村，又号青霞外史①。广陵（今江苏扬州）人。出身兴化望族李氏，乃时任隆庆首辅李春芳之弟。曾官参军，刻书多种。著有《�村诗集》、《于庭集》②。所辑《杜工部分类诗》，有万历二年（1574）刻本存世，但又分为十一卷本和十卷本两种。兹罗列诸家著录情况如下（表 6-1、表 6-2）：

---

① ［明］李齐芳《刻南华真经副墨序》著录为“青霞外史李齐芳子蕃撰”，见［明］陆西星撰，蒋门马点校《南华真经副墨》（道教典籍选刊），中华书局 2010 年版，第 6 页。

② ［清］梁园棣，郑之侨，赵彦俞纂修《咸丰重修兴化县志·民国续修兴化县志》卷十四（艺文志·书目二·别集类）著录，《中国地方志集成》（江苏府县志辑），江苏古籍出版社 1991 年版，第 689 页。

表 6-1 《杜工部分类诗》十一卷本

书名	卷数	刊刻情况
唐诗书录①	杜工部分类诗十一卷赋集一卷	万历二年广陵李氏刻《李杜诗合刻》本
杜集书录②	杜工部分类诗十一卷赋一卷	万历二年写刻
杜诗版本目录③	杜工部分类诗十一卷赋集一卷	万历二年李氏刻本
北京大学图书馆藏古籍善本书目④	杜工部分类诗十一卷赋集一卷	万历二年广陵李氏刻本
中国古籍版刻辞典⑤	杜工部分类诗十一卷赋一卷	万历间《李杜诗合刊》本

表 6-2 《杜工部分类诗》十卷本

书名	卷数	刊刻情况
杜集书目提要⑥	杜工部分类诗十卷赋一卷	万历二年
杜集叙录⑦	杜工部分类诗十卷赋一卷	万历二年
中国古籍善本书目⑧	杜工部分类诗十卷	万历二年自刻《李杜诗合刻》本
中国善本书提要⑨	杜工部分类诗注十卷	万历间刻本

根据以上九种版本目录书的著录，可以明确两点：一、李齐芳辑《杜工部分类诗》，万历二年所刻，存在十一卷本和十卷本两种版本；二、无论十一卷本还是十卷本，都存在杜诗单行本和李杜诗合刻本两种版刻书。

南京图书馆、北京大学图书馆现藏有李齐芳所刻杜诗，在南京图书馆古

① 陈伯海，朱易安编撰《唐诗书录》，齐鲁书社 1988 年版，第 247 页。

② 周采泉《杜集书录》内编卷三，上海古籍出版社 1986 年版，第 132 页。

③ 马同俨，姜炳炘《杜甫研究论文集（三辑）》，中华书局 1963 年版，第 352 页。

④ 北京大学图书馆编《北京大学图书馆藏古籍善本书目》载："杜工部分类诗十一卷，赋集一卷。明李齐芳等编。明万历二年（1574）广陵李氏刻本，十二册。"（北京大学出版社 1999 年版，第 414 页）

⑤ 瞿冕良《中国古籍版刻辞典》载："[李齐芳]明万历间广陵人，字子繁。刻印过所辑唐李白《李翰林分类诗》8 卷赋 1 卷，唐杜甫《杜工部分类诗》11 卷赋 1 卷（二种合称《李杜诗合刊》），陆西星《南华真经副墨》8 卷等。"（苏州大学出版社 2009 年版，第 317 页）

⑥ 郑庆笃等《杜集书目提要》，齐鲁书社 1986 年版，第 86 页。

⑦ 张忠纲等《杜集叙录》，齐鲁书社 2008 年版，第 185 页。

⑧ 中国古籍善本书目编辑委员会编《中国古籍善本书目》（集部中）载："《李杜诗合刻》十九卷，明李齐芳编，明万历二年自刻本。《李翰林分类诗》八卷赋一卷，唐李白撰；《杜工部分类诗》十卷，唐杜甫撰。"（上海古籍出版社 1996 年版，第 1438 页）

⑨ 王重民撰《中国善本书提要》，上海古籍出版社 1983 年版，第 500 页。

籍文献库[2014-2-28]书目检索“杜工部分类诗”，可得其馆藏信息如下①：

> 题名：杜工部分类诗/十一卷/赋集一卷
> 版本说明：刻本
> 载体形态：十二册
> 个人著者：杜甫、李齐芳、李茂年、李茂材
> 馆藏：GJ/117513

又在北京大学数字图书馆古文献资源库[2014-2-28]古籍检索“杜工部分类诗”，则得两种版本情况②，如表6-3所示：

表6-3 北京大学数字图书馆古文献资源库著录《杜工部分类诗》版本情况

正题名及说明	杜工部分类诗11卷赋集1卷	杜工部分类诗10卷赋1卷
主要责任者	(唐)杜甫撰	(唐)杜甫撰
其他责任者	(明)李齐芳编	(明)李齐芳编
出版	万历二年广陵李氏	万历二年
版本类别	刻本	刻本
外观形态	线装12册(2函)	线装6册(2函)
一般附注		版刻年据明万历二年序
		有方功惠题记
责任者附注	杜甫，字子美；李齐芳，字墟村	杜甫，字子美；李齐芳，字墟村
典藏号	NC/5314.2/4404	SB/811.144/4004
馆藏信息	北京大学图书馆	北京大学图书馆

读表可知：

(1)北京大学图书馆所藏《杜工部分类诗》十一卷本和十卷本均为杜诗单行本，且都另附杜甫赋集一卷。

(2)两种版本的载体形态不同：十一卷本12册，十卷本6册。

(3)十卷本上有清代藏书名家方功惠题记，原为碧琳琅馆藏书。

(4)十卷本版刻年份是据明万历二年(1574)序，故其准确刊刻时间应存疑待考。

---

① 南京图书馆古籍文献库[2014-02-28]http://opac.jslib.org.cn/F/

② 北京大学数字图书馆古文献资源库[2014-2-28]http://rbdl.calis.edu.cn/aopac/controler/main

另据《中国善本书提要》著录，《杜工部分类诗》（十卷本）卷内题："广陵李齐芳、侄茂年、茂才分类，同里潘应诏、舒度、冯春同阅。"卷内有"严印大经"、"碧琳琅馆藏书印"、"碧琳琅馆珍赏"、"巴陵方功惠柳桥甫"等印记。又有方氏题记，移录如下：

《杜工部分类诗注》十卷，六本一函，明李齐芳编。按《四库》附存目中有《杜诗分类》，为明傅振商编，与此不合。此本盖仿王十朋《苏诗分类》例，区为六十八门，名目繁杂，重叠琐碎，又删去各注，不刻文集，只选赋七首，毫无体例，殊觉厌观，殆无识之辈借以传名耶。前有潘应诏序，称参军李齐芳多刻古名家集，暇日出其所编《杜诗》命校之。所刻何集，均未之见。齐芳、应诏亦未详考其人，徒以工部之全诗具在，纸板、字体尚佳，藏之以备浏览云。光绪乙亥秋九月重阳后一日，君山樵子方功惠识于碧琳琅馆。①

此题记主要对此本的价值作了评论。

李齐芳《杜工部分类诗序》则云：

……大家者，合众调而咸备，不可以一端限，此高棅汇诗独归之于杜甫云。杜诗传者甚多，有古本、有蜀本、有集略、有小集、有少陵、有别题、有杂编、有千家虞赵注，序者持异同，解释分户牖。高明者加以傅会，卑凡者则胶漆其见。予深慨夫学人之无宗也，暇日得别本玩之，为之分门别类，加以裁割。盖情事殊感，篇格自异，步武后尘，径排门闼。……且但存本义，不载群解，又可撤障耳目，自索之于心臆之中。虽不能千载悉符，而镌研揆度，畅然于心者必多也。于是命工梓之，以为海内同志者共。万历二年（一五七四）秋孟初吉，广陵壚村李齐芳书于集雅轩。②

此序对高棅《唐诗品汇》中特标"大家"之目提出了自己的理解，同时说明采用白文无注本付梓的缘由。

又，潘应诏序云：

---

① 王重民撰《中国善本书提要》，上海古籍出版社1983年版，第500—501页。

② 转引周采泉《杜集书录》内编卷三，上海古籍出版社1986年版，第132—133页。

> 李参军墻村，多刻古名家集，暇日出其所类编杜诗，命潘子校之。潘子曰：刻杜集者旧多，如黄仲实（芳）《千家注》，则尽备矣。然又先后漶漫，门径错杂。今而分类序刻，极便览观。但中有《秦州》、《秋兴》等诗，括以一题，中备数类，则将如何？参军曰：《秦州》非止纪秦也，《秋兴》非尽咏秋也。其感赋不同，而时地偶值，故总识之。余今剖析其类，俾合有所统，分有所属，岂必括数首于一目，并他意于强同，始符作者之意哉？潘子曰：是所谓解牛而刃理者，识者当见全牛也，可梓也已。遂正其字。万历甲戌（一五七四）秋中望日，广陵潘应诏启明甫识。[1]

按内容分类编次杜诗，对学诗者而言，有较强的实用性，宋代就有此种杜集，明代学人亦有此需要，故有此本问世。然杜集中同一组诗分属不同类别，李齐芳以“合有所统，分有所属”为说，终究显得牵强。

舒度在《刻杜诗后叙》中着重强调了李齐芳编刻全集本杜诗的意义，其略云：

> 夫杜诗有刻五言律者，有七言律者，有古诗集者，参军全梓之，兹何意耶？盖珠玉中含，渊石无尽藏也。即有所遗，探之者无必求尽得之意。若大成之乐，必始终条贯，不遗而后语全。诸名公所述珠玉也，可以拾其所得，而略其所遗。少陵集诸家之胜，备各体之长，金声玉振之希音也，或残缺，或失次，可乎哉？以故日与同志谋焉。讹者正，遗者补，淆者次第之，注释尽去，又恐不无附合之弊，而滋文辞之害也。噫，休哉，兹集之复传也。学者玩索无拟测之苦，统会无瀚浩之烦。参军之于少陵也，盖未必无所补矣。广陵舒度惟范识。[2]

杜诗是诗家典范，诸体兼备，各臻其妙，犹如老子所谓“大音希声”[3]般难以捉摸。故舒度以为编刻杜诗，若独选一体，则失之偏矣。而李齐芳辑杜，既校订讹谬、补缺遗漏，又分类编次、删裁训释，如此白文本杜集确无令人费解之繁琐注辞，但依题材分类过细，又兼同题异类现象，却已成浩瀚之

---

① 转引周采泉《杜集书录》内编卷三，上海古籍出版社 1986 年版，第 133 页。

② 转引周采泉《杜集书录》内编卷三，上海古籍出版社 1986 年版，第 133—134 页。

③ 李存山注译《老子》四十一章，中州古籍出版社 2004 年版，第 55 页。

烦。清代浦起龙认为："编杜者，编年最上，古近分体次之，分门为类者最劣。"①而李齐芳刻杜诗，分为六十八门，无论从分类的逻辑性，还是从查阅的方便性来看，这种编次方法都确实存在着明显的弊病。故此类本子无法得到精英读书界的肯定，在明清两代处于弱势地位。

二、分类白文本：傅振商《杜诗分类全集》

傅振商，字君雨，号星垣，汝阳（今河南汝南）人。万历三十五年（1607）进士，选庶吉士，改监察御史，崇祯间官至南京兵部尚书。卒赠太子太保，谥庄毅。著有《缉玉录》、《南都稿》、《爱鼎堂全集》、《爱鼎堂遗集》、《恒南稿》、《西征稿》，辑有《李太白诗钞》、《四家诗选》等。

所编《杜诗分类》五卷，辑录杜诗总量、篇目编次乃至先分体再分类、门类名称，均完全沿袭了邵宝《分类集注杜诗》，而邵注本又脱胎于徐居仁千家注本，故《四库全书总目》谓之曰："杜诗分类始于王洙《千家注》，振商此编，则又因《千家注》本，小为更定，殊无所取也。"②分类辑杜并不始于王洙，而发端于陈浩然，尤以徐居仁本流传甚广，明人依其分类编次杜诗者不在少数，傅氏所收之 1454 首杜诗依旧按五古、七古、歌行（附歌行）、五绝、七绝、五律、七律分体，分类亦达到 59 种之多，唯一不同之处是完全删去了邵本注释，仅保留杜甫自注及解题以略陈时事。

关于此书的版本，台湾"中央图书馆"自编其馆藏善本书目著有"《杜诗分类》五卷五册，明傅振商编，明东海杜溴重刊本，清王鸣盛手批"。然更早、更可靠的明版，杜泽逊《四库存目标注》卷五十一则著录有万历间周光夔重刊本：

> 《武英殿第二次书目》："《杜诗分类》五本。"首都图书馆藏明万历四十一年刻本，题"天中星垣傅振商君雨父重辑"。半叶十行，行二十字，白口，四周双边。前有万历四十一年癸丑孟冬巡抚直隶带管四府学校监察御史前翰林院庶吉士汝南傅振商叙，有云："因属杀青，以公同好。"后有周光夔跋云："汝南傅公君雨直指畿南，畀夔重梓杜诗，去注释而从其类，意固深矣。"版心刻工：魏良刊、陈志刊、张德坤、邢文明、张洪儒。卷内钤"元澂之印"、"秋蟾"、"马宛

---

① [清]浦起龙《读杜心解》卷首《发凡》，中华书局 1961 年版，第 8 页。

② [清]永瑢等撰《四库全书总目》卷一七四（集部 · 别集类存目一），中华书局 1965 年版，第 1533 页。

山”、“马元瀓印”等印记。《存目丛书》据以影印。北图、清华、浙图、湖北图等亦有是刻。①

此本浙江图书馆亦藏，《浙江图书馆馆藏杜诗书目》著录：

《杜诗分类》五卷，明傅振商撰。明万历四十一年(1613)刻本，5册，甲善。卷首有自序及周光夒跋。自序称：每厌注解，本属蠡测，妄作射覆，割裂穿凿，种种错出，……因盍剔去，使少陵本来面目如旧，庶读者不从注脚盘旋，细为讽译，直寻本旨，从真性情间，觅少陵性情之薪火不灭。②

《四库全书存目丛书》集部第5册所收为首都图书馆藏万历四十一年刻本影印，卷首有傅氏自序及编排目录，卷末有周氏跋语。从缩印本仍清晰可见周氏重刻本亦为每页十行、每行二十字，四周双边、白口、单鱼尾的版式，且版心有书名、卷次、页码等基本信息。这应是除傅振商自刻本外，万历间最早翻刻《杜诗分类》的一部重要版本，因此也最接近初刻本原貌。

编纂人傅振商在《杜诗分类叙》末交代作序时地为“万历岁次癸丑孟冬，巡按直隶带管四府学校监察御史前翰林院庶吉士汝南傅振商书于真定冰玉堂中”③，由此确证此书编刻于万历四十一年(1613)其任职真定期间。此外，傅氏还特别说明了他辑杜诗只取白文而尽汰旧注的用意：

予日与《少陵集》对，服膺其诗，更论其人，益羡能重其诗。每厌注解本属蠡测，妄作射覆，割裂穿凿，种种错出，是少陵以为诠性情之言，而诸家反以为逞臆妄发之的也。何异以败蒲藉连城、以鱼目缀火齐乎？因尽剔去，使少陵本来面目如旧。庶读者不从注脚盘旋，细为讽译，直寻本旨，从真性情间觅少陵。性情之薪火不灭，

① 杜泽逊《四库存目标注》卷五十一(集部二・别集类一)，上海古籍出版社2007年版，第2480—2481页。

② 浙江图书馆编印《浙江图书馆馆藏杜诗书目》，上海图书馆公藏线普415160，浙江图书馆1956年油印本，第4页。

③ [明]傅振商辑《杜诗分类五卷》卷首，《四库全书存目丛书》集部第5册，齐鲁书社1997年版，第82页。

少陵固旦暮遇之也耶！①

日读杜诗，又仰慕、深解杜甫其人，其诗必自性情中流出。傅振商由此而对以往那些侧重从字句及典实方面来训诂、考释杜诗语言的注评方式不甚赞同，更欲恢复杜诗之本来面目，故删去一切繁芜旧注。

此书卷末尚有周光燮撰《杜诗分类跋》结语云：

> 汝南傅公君雨直指畿南，畀燮重梓杜诗，去注释而从其类，意固深矣。谚云："僧闭口，佛缩手。"盖默于不知也。雍丘周光燮跋。②

《说文解字》有"畀，相付与之。约在阁上也"③，据此则是傅振商将所编《杜诗分类》给予周光燮重刻，二人必定生活于同一时代且相知相交。《杞县志》卷十四载："周光燮，字和则。万历癸卯举于乡，丁未成进士，由大理评事升刑部……出为正定知府，清介自持，惠声载道。累官广西左布政使。"④再考《明清进士题名碑录索引》而知：一则周光燮是雍丘（今河南杞县）人、傅振商是汝阳（今河南汝南）人，算是名义上的同乡；二则周光燮与傅振商俱为万历三十五年丁未科（1607）第三甲进士，周第 115 名，傅第 123 名，两人确为同年。⑤ 在无从查证二人确切生卒年的情况下⑥，这篇跋语大抵意味着此书重刻、周氏作跋时，傅振商仍在世。不惟仅此，今有《河北书院史》一书考证过明代嘉靖、万历年间位于河北真定的崇正书院（后改名恒阳书院）兴废始

① ［明］傅振商辑《杜诗分类五卷》卷首，《四库全书存目丛书》集部第 5 册，齐鲁书社 1997 年版，第 80—82 页。

② ［明］傅振商辑《杜诗分类五卷》卷末，《四库全书存目丛书》集部第 5 册，齐鲁书社 1997 年版，第 334 页。

③ ［汉］许慎撰《说文解字》卷五上（丌部），中华书局 1963 年影印，第 99 页。

④ 周玑纂修《（河南）杞县志》卷十四，台湾成文出版社 1976 年版，第 888—889 页。

⑤ 朱保炯，谢沛霖撰《明清进士题名碑录索引》附《历代进士题名录》，上海古籍出版社 1980 年版，第 2235、2587 页。

⑥ 吕友仁，查洪德主编《中州文献总录（上）》明代四："周光燮（1578？—1641？）字则和，杞县（今属河南）人。万历三十五年（1607）进士，官广西布政使。见乾隆十一年《杞县志》二六"（中州古籍出版社 2002 年版，第 821 页）；屈正平《汝南风土记》："傅振商（1573—1640）字君雨，明汝阳县西南 70 里傅家堂人。万历三十一年（1603）参加乡试中举，万历三十五年（1607）进京会试进士，选为翰林院庶吉士。崇祯十三年（1640）病逝，终年 68 岁"（远方出版社 2002 年版，第 81—82 页）。尽管二书分别标注了周光燮和傅振商的生卒年，但均未给出确切的明清史料原始文献记载依据，笔者亦查无实证，故认为其可信度仍存疑待考。

末，有关涉傅振商、周光夔二人交情的叙述，谓：

> 明嘉靖二年(1523)，真定(今正定)知府王腾在城西北角改天王寺为崇正书院。嘉靖三十年(1551)，御史杨选和知府孙绩对书院加以修葺，并更名为恒阳书院。……万历六年(1578)，宰相张居正实行改革，取消天下书院，恒阳书院停办，后来改为游击将军署，再后来改为邮亭。万历四十年(1612)御史傅振商、知府周光夔、推官魏运开协议捐赎钱，别置游击署，仍复书院。①

既然万历四十年(1612)时傅振商与周光夔一同在河北真定为官，且重视教育、重修书院，那么翌年，傅振商为普及推行学校教育而专门修缮编刻杜诗，且采取辨体分类方式编排以供士子模仿学诗，是很有可能和必要的。而周光夔理解和赞同这一兴学举措，并欣然为之重刊作跋，亦是顺理成章之事。

该书跋语还提示了两点：一则其深微用意在"去注释而从其类"，即强化并细别杜诗分类，实亦突出了诗体概念，是对编次方式的格外偏重；再则承明初以来注家多感于宋人千家注的穿凿附会，而宁愿选择"默于不知"的传播态度，把充分理解和想象杜诗情境的颖悟空间留给了读者。

今人周裕锴《醉翁寱语：不说破原则》中分析指出，南宋人从禅宗《慧超问佛》一则体现的言意观中开辟出一种"不说破"阐释原则，强调文本的"第一义"是抗解析、抗阐释的，更是说不破，也不能说破的。严羽和刘辰翁评诗，不刻意于钩沉史实，亦不致力于索隐本事，大抵受其影响。及至明人反感旧注的穿凿附会，便接连出现了数种尽删注释的杜诗白文本。这应是"不说破"倾向推到极端的结果。为了抵制注评对杜诗意义的遮蔽和消解，更为了彻底清除水平参差的千家注，防止人云亦云抑或臆断强解的新注，明代一些编刻者坚信不附着注释的白文集是最好的学诗读本。② 周光夔认同傅振商"默于不知"的辑杜做法，并在作跋时特加推明其深意，也是当时风气所致。

这部白文无注的杜诗全集，历经明末清初的动乱散佚，却仍得以流传于今，这不能不归功于杜溮的辑补重刻。王重民《中国善本书提要》即录北大藏本一部：

---

① 吴洪成，刘园园等著《河北书院史》第四章"明代的河北书院"，河北大学出版社 2011 年版，第 85 页。

② 参看周裕锴《中国古代阐释学研究》第六章"元明才子批诗评文"，上海人民出版社 2003 年版，第 296、301、303 页。

杜诗分类五卷，六册（《四库总目》卷一百七十四）

明万历间刻本（十行二十字）

唐杜甫撰。卷内题："天中星垣傅振商君雨父重辑，东海琅槐杜漺子濂甫重梓。"下书口记刻工，有陈志、张德坤等名。此书盖刻于真定，则陈、张应是真定或大名刻工。卷内有"明善堂珍藏书画印记"、"安乐堂藏书记"等印记。

自序，万历四十一年（1613）①

显而易见，此本定非万历四十一年初刻本，而为杜漺据傅氏原刻重修本，然行款版式及刻工姓名悉同原刻。即便如此，王重民推衍其为"明万历间刻本"，仍误。理由有四：

一是据《清史列传》卷七十载："杜漺，字子濂，山东滨州人。顺治四年（1647）进士，授直隶真定推官。……康熙二十四年（1685）卒，年六十有四。"②则杜漺生于明熹宗天启二年（1622），主要活动在清顺治以后，此时万历进士傅振商业已故去。因而，从严格意义上说，杜漺应算作清人，其重修傅刻本更在入清任职于真定期间。故台湾"中央图书馆"所录"杜诗分类五卷五册，明傅振商编，明东海杜漺重刊本，清王鸣盛手批"，亦未确，1974年台湾大通书局《杜诗丛刊》本据以影印。

二是此本惟存傅振商自序，却不见周光夔跋，说明杜漺翻刻本与周氏重刊本并非同一版本。

三是马同俨、姜炳炘《杜诗版本目录》载"傅振商辑，明万历四十一年（1613）自刻本，五册，有残破。清杜漺依明刻补刻本，十册。杜甫草堂藏"③。又《成都杜甫纪年馆馆藏杜集目录》云该馆藏本乃"清初就明刻本补刊十册"，"半页十行，行二十字，四周双边。单鱼尾。版心上为书名，中为卷次，下为页数，间有刻工姓氏字数"，且"首为傅振商叙，次为重刻序、跋"④。一方面，既知杜漺重刻本不仅版式同于初刻，也是基于原刻残卷补缀漏逸以成完书。当然，此书尽皆杜诗白文，不存在恢复旧注上的阐释困惑；又多效徐居仁辑杜之体，悉芟邵宝注杜之文，故更利于辑佚修补。另一方面，亦明

① 王重民撰《中国善本书提要》，上海古籍出版社1983年版，第501页。

② 王锺翰点校《清史列传》卷七十，中华书局1987年版，第5718页。

③ 马同俨，姜炳炘撰《杜诗版本目录》，见《杜甫研究论文集》（三辑），中华书局1963年版，第352页。

④ 转引自郑庆笃等编《杜集书目提要》，齐鲁书社1986年版，第102—103页。

其完整全本应别有顺治八年(1651)梁清标[1]序、梁清宽跋，而仅凭刻工名籍就推度“盖刻于真定”，却有意隐去真定人梁氏兄弟重刻序、跋。特别是梁清标序中还明确提及：“傅公刻《分类集》……既久，渐多残缺，滨州杜使君司李吾郡，慨然补辑，顿还其旧。”[2]因此，溘然抹煞此序对于验证杜溸辑补之力的重要意义，实已不惟不确，更难免刻意假充明刻本之嫌。

四是由其卷内钤印“明善堂珍藏书画印记”，查瞿冕良《中国古籍版刻辞典》著录：“[明善堂]清乾隆间宗室弘晓(1722—1778)的藏书室名。弘晓，别号冰玉道人、讷斋主人、侍萱主人，袭封怡僖亲王。……喜刻书，乾隆七年(1742)刻印过《集千家注杜工部诗集》20卷《文集》2卷《附录》1卷，纸墨精莹，为乾隆初期北京地区写刻本的代表作。”[3]由杜溸重刻于顺治八年(1651)的这部《杜诗分类》曾为弘晓所藏，想必也为他乾隆间写刻极精的杜诗千家注善本提供了某些有益启示。亦至少说明了万历时傅振商勠力编刻的分类杜诗全集，如果不是得到清初杜溸的黾勉修缮，很可能在清代就逐渐散佚不存了，更不可能一版再版地流播迄今。

今上海图书馆藏有两部《杜诗分类全集》五卷，题“中州张缙彦坦公、古燕谷应泰霖苍辑定，海宁后学高士尔达、钱塘后学汪淇右子校阅”[4]，为清顺治十六年(1659)还读斋翻刻明傅振商辑《杜诗分类》五卷而来，康熙间又覆刻顺治本。是版分上、下两册，版式为白口、单鱼尾、左右双边，版框 14cm×21.3cm，钤有朱芸澹如藏印。扉页有镌识“朱竹垞亲笔批点”，暨清朱芸之跋曰：

> 《分类杜诗》二册系竹垞太史手批，旧属迂村周先生家物，后为先曾祖枢臣公攘得，来索辄不与。及晤时，握先公手而笑曰：“愿吾子谨藏之，勿轻示人，恐有豪夺如君者。”其物奈何？坐客为之绝倒。盖迂翁与先公谊属卢、李，情犹莫逆，故不拟以此为谑耳。以上颠末，得之所遗日记中。嗟乎！城东老屋，久属他人；砚北残书，尚存敝箧。披兹手泽，能不泫然？志畧前因，亦堪破涕。志在乾隆

---

① 王锺翰点校《清史列传》卷七十九：“梁清标(1620—1691)直隶真定人。明崇祯十六年进士，官庶吉士。顺治元年，投诚，仍原官。寻授编修，累官至户部尚书、保和殿大学士。康熙三十年辞世。所著有《蕉林文集》。”(中华书局 1987 年版，第 6584—6586 页)

② 转引自周采泉《杜集书录》内编卷三，上海古籍出版社 1986 年版，第 146 页。

③ 瞿冕良编著《中国古籍版刻辞典》(增订本)，苏州大学出版社 2009 年版，第 533 页。

④ [清]张缙彦，谷应泰辑《杜诗分类全集》卷一，清顺治十六年(1659)还读斋刻本，上海图书馆馆藏古籍线善 798949—50，第 2(a)页。

五十九年秋九月晦前一日，澹如朱芸跋于齐如门东之蓝田赁舍。①

是跋在标明朱彝尊批点的特殊价值后，便以谐谑之语道出《分类杜诗》的流传原委。从中颇见藏书家均深加爱赏是刻，而他们之间笃厚的交谊也更直接地促成了这本杜诗的传播与保存。

该刻本的编纂体制为先分体、再分类，且不论细致的分类，即逐次分体为卷一五言古，卷二五言古(附排律)，卷三五言古，卷四七言古、五言律，卷五五言律、七言律。又正文部分每半页十二行、行廿五字，版心上方有“杜诗分类全集”，版心中是卷次及诗类(如卷一“纪行”)，下有页码，最下方还标注“五言古”等体式。虽界行较多、文字密布，但版面清晰、齐整。每首诗题下基本都有朱笔题解，有详有略；界行线上有朱笔圈点，且尤多于杜诗韵脚处；杜诗原文中有少量朱笔双行小字批注，量不甚多，总评较简略且往往以朱笔置于眉批、题解中。值得注意的是，不少诗题下除朱笔题解外，尚存墨笔注文，乃雕镌而成，非徒手批得，应别是一家批笔，且在朱笔手批之前。

杜泽逊《四库存目标注》卷五十一辑录：“清顺治十六年还读斋刻本，作《杜诗分类全集》五卷，……前有顺治十六年谷应泰序、顺治十五年张缙彦序、傅振商序、顺治八年梁清标《重刻原序》、顺治八年梁清宽《重刻原跋》。……清华、浙图、成都杜甫草堂等皆有是刻。”②以上各序跋在上图两部线善藏本中均未见，故知傅氏《分类杜诗》这一祖本在清初流传过程中，又由批点、序跋人之不同而衍生出多部重刻覆刊本，影响力不言而喻。

三、分体白文本：刘世教《杜工部诗分体全集》

刘世教，字少彝，一作孝彝，浙江海盐人③。万历二十八年(1600)进士，曾任闽清令，以清节自砺。所著今传有《研宝斋遗稿》十二卷，及所编刻《杜工部分体全集》六十六卷《目录》二卷、《李翰林集》四十二卷《年谱》一卷④。

《杜工部诗分体全集》是万历间刘世教辑合刻《李杜分体全集》(目录六

① [清]朱芸《分类杜诗跋》，见清张缙彦，谷应泰辑《杜诗分类全集》卷首，清顺治十六年(1659)还读斋刻本，上海图书馆馆藏古籍线善798949—50，第1(a)页。

② 杜泽逊《四库存目标注》卷五十一，上海古籍出版社2007年版，第2481页。

③ 周采泉《杜集书录》内编卷三云：“仇注引称‘海盐刘氏’，但书中凡例末行题作‘平原刘世教’，殆寄籍平原耶？”(上海古籍出版社1986年版，第135页)经查刘世教撰《研宝斋遗稿》十二卷，各卷卷首均署名为“海盐刘世教少彝著”，量“平原”或为刘氏郡望，也未可知。参见《四库未收书辑刊》第6辑第25册，北京出版社1997年版，第205—309页。

④ 参看瞿冕良编著《中国古籍版刻辞典》(增订本)，苏州大学出版社2009年版，第228页。

卷、年谱一卷)之杜集部分,有万历四十年(1612)平原刘氏自刻本。今国图、台北“中央图书馆”俱藏有是刻,重庆藏本有清汪琬批并跋,浙大藏本有清吕留良批,日本国会图书馆亦有藏本。

清人于敏中等撰《天禄琳琅书目》以同书异名之“《杜工部全集》六十六卷”载曰:

> 前明姚士麟序,次杜集旧序八篇、跋二篇,次甫墓志,次韩愈《题杜子美坟诗》,次《旧唐书》本传,次《新唐书》本传,次《年谱》,次《凡例》,后明刘鉴序。
>
> 此书为明人刘世教分体编校,所著《凡例》系合李、杜二集而言。刘鉴序中亦述其伯父之言,谓李源风、杜源雅,两公之诗体从风雅出云云。是鉴亦为李、杜合编而作。惟姚士麟一序,止言杜诗不及李集。或士麟别有序文载于李集之首,而此则其分部单行之本,而当时固为合刊也?考《海盐县图经》,称世教,字少彝,万历庚子举北闱,谒选授闽清令。于诗好李、杜。尝取旧集之编年者,分体次之,序以行世云云。据《图经》所言,尤于此书体例隐然吻合。刘鉴,靖江人。嘉靖三十年岁贡,官蜀府纪书,见《常州府志》。姚士麟,爵里未详。①

该书收罗前人序跋、年谱、传记、墓志等可谓详备。然为之作序者姚士麟、刘鉴,既非名家,又系晚辈,相对而言,可能在一定程度上影响其传播效果。又因李杜合编,《凡例》合用,而姚士麟序却明显偏倚杜集,故被清人疑为其时李、杜并非合刊,应有单行本问世。

傅增湘《藏园群书题记》著录清汪琬评点本云:

> 《杜工部分体全集》六十四卷,明万历刘少彝世教辑刻本。前有姚士麟序,次凡例十六则,次旧本各序,次年谱。凡例以李、杜并举,当时似并刻二家,兹仅存工部也。文、诗皆只录本文,文字异者别注于后,各卷尾有校勘人姓名,其校订似极矜慎。全书经汪钝翁手自评点,每册钤有“钝翁手评”朱文印,然词意殊简略,或标领名句,或撮举单词,或遇人事、物品粗加诠释,而于词旨精要、篇章构

---

① [清]于敏中等著《天禄琳琅书目》卷十,上海古籍出版社2007年版,第337页。

造绝少论及。……余获此于江南故家，闻出于先生裔孙椒原孝廉之手，其传授要为可信。……

辛未六月初四夜三鼓，藏园手识。①

傅氏民国辛未年(1931)所收乃明末清初散文家汪琬评点过的刘世教辑刻《杜工部分体全集》，故其卷数与原刻本稍有出入，也与前引《天禄琳琅书目》中记载存在明显差异，未见刘鉴序、韩愈题诗、杜甫墓志铭及新、旧唐书本传。刘世教自刻本仅录杜诗文本，校记均附于各首之末，故知其于该书编次及校订上用功颇多。仇注于异文也多征引此本。至清人汪琬以之为杜诗底本进行评点，诠释粗疏简略，甚少关涉题旨，其评点本遂渐湮没难得。

李维桢在合刻本卷首作《李杜分体全集序》，略云：

盐官刘氏，世绍雕龙之庆；而孝廉孝彝，著名文苑最早。其于供奉、工部二家，讨论最精，盖垂二十年，二家分体全集始成。其集以古近诸体分，而先后仍本编年，古赋及杂文如之。其体则古近律绝，各以类从，而删长短句之目。其以他人集误入者，黜之；其确为二家所作而偶遗者，收之；其本古体而误入律，及二家自注误入目中，若字句之讹、音释之谬者，更之；其诸家注与评不尽佳，可笔则笔之，可削则削之。校雠譩譆，几无纤微憾，而要领莫重于分体矣。……夫诗至唐而体备，体至李、杜而众长备，而李、杜所以得之成体者，则本《三百篇》。……后人知有李、杜，不知有《三百篇》，是以学李学杜，往往失之。少彝为之分体，直指其本于《风》、《雅》，学人得所从来，可以为李，可以为杜，可以兼为李杜；可以为《风》，可以为《雅》，可以兼为《风》、《雅》；可以自为圣，可以自为神，不至为李、杜作使。宁惟有功二家，其于诗道，岂小补哉？是说也，少彝亦本之李、杜。②

是序对刘世教编校合刻李杜二家诗的分体、编年、辨伪、拾遗、正误、注评、校雠等作了具体阐释，明确了分体编次的重要性。同时，从根本上指明

① 傅增湘撰《藏园群书题记》卷十一《汪钝翁手评杜工部全集跋》，上海古籍出版社1989年版，第591页。

② [明]李维桢撰《大泌山房集》卷九《李杜分体全集序》，《四库全书存目丛书》集部第150册，齐鲁书社1997年版，第493—494页。

了李、杜诗能众体兼备，也是源于对风雅精神的继承。这正是刘世教直溯风雅之绪，以分体来编刻李杜合集的重要意义所在。

该书白文无注，刘世教奉行“夫解者之不必笺，而笺者之不必解也”①，然时或校注异文，并以朱笔圈点。仇注亦取证异文于此。刘氏于该书编次用力最多，大抵以分体为主，兼及编年。周采泉谓“此刻寓编年于分类之中，犹存王洙编次遗意”②，似不确。因刘世教在《李杜分体全集·凡例》中对其编排方式有详说，云：

> 杜诗今行世者不越二：一曰分类、二曰编年。编年岁月可考者固多，而傅会臆度亦复不少，分类则错乱割裂，更益无所谓。兹刻悉以古近诸体区分，而先后仍本编年。其古赋、杂文，并从旧本分编前后，庶体裁既无混淆，而次第亦复犁然，凡我同好，无不欣赏。③

自宋以来，杜集编次以编年最多，分体次之，分类愈少。编年本最利于考证杜甫生平事迹、思想情感变迁轨迹，而宋人重视杜诗的诗史价值，所以编年法在宋人手上用得最成功。明人实难逾越宋人编年，渐次步入一个需要在继承学习中有所创新的时代，分体本利于依体摹仿学习，故明人最好分体。刘世教了然诸法利弊，即以古体、近体划分杜诗，再大致按编年排序，是借鉴宋人经验又结合明人实际的做法。

《杜工部诗分体全集》前有姚士麟序，谓分体编次与杜诗之“神”的关系，云：“所谓神者，即少陵生平之所遭遘……莫不衡遇以赴体，缘体以见长，情既中乎体之量，体亦当乎事之概，惟体所适，神者寓焉。”④杜诗之“神”大致被阐释为三个层面：一、杜甫生活际遇制约着他在人生各阶段所偏好选用的诗歌体式；二、即使众体兼备，杜甫对于创作体式也仍然有擅长与否之别⑤；三、凡杜之情感恰好适于某种体式本身的包容度，这种体式又适于表述当前

---

① [明]刘世教撰《研宝斋遗稿》卷七《合刻分体李杜全集序》，《四库未收书辑刊》第 6 辑第 25 册，北京出版社 1997 年版，第 262 页。

② 周采泉《杜集书录》内编卷三，上海古籍出版社 1986 年版，第 137 页。

③ [明]刘世教《李杜分体全集·凡例》，引自周采泉《杜集书录》内编卷三，上海古籍出版社 1986 年版，第 137 页。

④ 转引自叶绮莲《杜工部集关系书存佚考》(中)，台湾《书目季刊》1970 年秋季号，第 58 页。

⑤ [清]仇兆鳌注《杜诗详注·杜诗凡例·杜诗根据》云：“集中古风近体，篇帜弘富。昔人谓五古、七律入圣，五律、七古入神。盖其体制之精，上自风骚汉魏，下及六朝四杰，各有渊源脉络也。……若五七言绝句，用实而不用虚，能重而不能轻，终与太白、少伯分道而驱。”(中华书局 1979 年版，第 23 页)

世事人生的景况，则固可遵循体式、运其所长，自然地将其人生感受、世事真相传达出来，即有神焉。这是明人辨体意识的一种理论概括。

而在实践中，刘世教将杜集依次分为赋表、五古、七古、五律、七律、排律、五绝、七绝、杂文九种体式。清人浦起龙《读杜心解·发凡》云："忽古，忽近，忽五言，忽七言，初学观诗每苦之。今统分六卷：一、五古；二、七古；三、五律；四、七律；五、排律；六、绝句。而每卷篇数不均，则窃取诗传之例，各就卷内析之，使楮叶停匀。其七排、五绝篇数最少，则一附卷五之末，一附卷六之前。"①两者对比，刘氏所收范围更广，亦录杜文。除赋表、杂文外，浦氏分体杜诗与刘氏之本近似，各体编排次序也完全一致。这至少说明两点情况：一是先古体后近体、先律诗后绝句、先五言后七言这种编排模式，在明清时期是较为流行也广为接受的一种诗歌编次体例；二是浦起龙可能见过刘世教编校的分体杜集，甚至对刘氏用功较深的分体模式有过研究、吸收或借鉴，受过其影响。总之，刘氏分体杜集的价值应是值得肯定的。

然今人叶绮莲《杜工部集关系书存佚考》以所见台湾"中央图书馆"藏本为据，认为刘氏"分体殊无根据"，如：

> 五律《暂如临邑至䃅山湖亭》、五排《桥陵诗三十韵因呈县内诸官》、五律《得舍弟消息》等均入五古，七排如《释闷》、《寄岑嘉州》则入七古，至《江头五咏》则《丁香》、《丽春》二首入五古，其他三首入五律，《屏迹》一首（衰年甘屏迹）入五古，其他三首入五律，则失于割裂矣。②

笔者以为，所列应属对诗体分辨有误，而与割裂同题诸作无关，况举证恐亦有误。浦起龙《读杜心解》即将《得舍弟消息》（风吹紫荆树）划入五古，《江头五咏》中前两首《丁香》、《丽春》入五古，余三首入五律，《屏迹三首》其一（衰年甘屏迹）入五古，其后二首为五律。③ 且不论以上有待商榷的分体问题，而事实上，分体、分类乃至编年法都不能完全避免在编次时"割裂"杜诗的客观可能。以下试分述这三种编次法的相互牵制性。

（1）分体法：杜甫的一些组诗确实存在着同题异体现象。如《题张氏隐居二首》：其一为七律，其二为五律。既是分体编次，则此二首同题诗就必然

---

① ［清］浦起龙《读杜心解》卷首，中华书局 1961 年版，第 8 页。

② 叶绮莲《杜工部集关系书存佚考》（中），台湾《书目季刊》1970 年秋季号，第 58 页。

③ ［清］浦起龙《读杜心解》，中华书局 1961 年版，第 45、94、95、429、430、431 页。

被划归不同的诗体内，进而分入不同卷次。

(2)分类法：杜诗创作的时空跨度长，往往看似隶属于同一主题，被纳入同一分类之诗，实际却由存在境域的变化导致意义、情感的变化，影响诗体选择的一致性。如邵宝撰《刻杜少陵先生诗分类集注》先分体再分类，本身编排方式似较严密。然举其第五卷编次：五言古“仙释类”17 首、“时序类”23 首(含《九日》排律 1 首)，七言古“仙释类”1 首、“时序类”9 首①。如此，明显因分体而割裂分类，也因分类而割裂编年。

(3)编年法：杜诗编年虽能赋予各诗以相应的时空语境，形成以“史”为中心的连贯线索，但考订前人行迹，凡混沦难辨者，则易流于附会揣度。宋刘克庄《陈教授杜诗补注》云：“第诗人之意，或一时感触，或信笔漫兴，世代既远，云过电灭，不容追诘。”②清仇兆鳌《杜诗详注》论及“杜诗编年”亦云：“今去杜既远，而史传所载未详，致编年互有同异。”③

杜甫思想及杜诗艺术的成熟是一个复杂而渐变的过程。笔者以“隐逸”为例，分别截取杜甫早年漫游齐鲁、中年流寓草堂及晚岁漂泊荆湘三阶段的诗句，按编年、分体、分类三种方式列表排序(表 6-4)。

表 6-4　杜诗编次方式比较研究(以“隐逸”主题为例)④

编年	诗题	杜诗摘句(隐逸)	分体	分类
开元年间	夜宴左氏庄	诗罢闻吴咏，扁舟意不忘。	五律	燕饮类
天宝四年	与李十二白同寻范十隐居	不愿论簪笏，悠悠沧海情。	五排	仙释类
广德元年	严氏溪放歌	呜呼古人已粪土，独觉志士甘渔樵。	七古	杂赋类
广德二年	院中晚晴怀西郭茅舍	浣花溪里花饶笑，肯信吾兼吏隐名。	七律	宫室类
大历三年	别董颋	当念著皂帽，采薇青云端。	五古	送别类
大历五年	过洞庭湖	湖光与天远，直欲泛仙槎。	五律	纪行类

从编年看，杜甫在人生各阶段都有过隐逸之思；从分体看，各种体裁均

① [明]邵宝集注《刻杜少陵先生诗分类集注》目录，万历二十年刻本，日本山明水土岐善麿旧藏，土岐文库 17，w0109 号，今早稻田大学图书馆藏本。

② [宋]刘克庄著，辛更儒笺校《刘克庄集笺校》卷一〇〇，中华书局 2011 年版，第 4207 页。

③ [清]仇兆鳌注《杜诗详注·杜诗凡例·杜诗编年》，中华书局 1979 年版，第 22 页。

④ 本表编年据清仇兆鳌《杜诗详注》，分体据清浦起龙《读杜心解》，分类据明邵宝《刻杜少陵先生诗分类集注》。

适合杜甫借以抒发隐逸情感；从分类看，隐逸情结能寄托在各类题材的杜诗中。因此，这三种杜诗编排方法既优势互补，又互相制约。单纯选用任何一种，都势必打破其他两种的针对性、连贯性及统一性。

总的来说，刘世教编校杜工部全集，以分体为要、辅以编年的编排方式，在理论与实践中都取得了一定的成效，对后世杜集编纂之体例改善也颇有启发意义。

四、分体白文本：张文栋《杜少陵诗》

《杜少陵诗》十卷是一部万历间全集性的杜诗刻本，分八册。据目前所知，海内外惟上海图书馆特藏其善本，并著录以下基本信息：

> 题名：杜少陵诗十卷
>
> 分类：集　别集　唐五代
>
> 出版：明
>
> 版本：刻本
>
> 册数：8
>
> 版框：14.9×21.8
>
> 版式：白口，无鱼尾，四周单边
>
> 题跋者：明张栋跋，清王昶跋
>
> 藏印：张栋印，吴门张栋之印，长任父，王昶，述盦，秋官侍郎，孙文藻读，木雁轩书画记
>
> 索取号：792215—22
>
> 等级本：古籍善本

是书白文无注，仅录杜诗原文。版式为白口、四周单边、无鱼尾及版心。每半页十行，行二十字，且行间有圈点。无论从题跋人还是藏印看，均无法判定其编刻者。书之卷首有云：

> 元椠《杜少陵集》皆有注本，而无注本极少。是集尾册有明张太常跋语，据云胜国时无注本杜集甚少见也，依此可以确信。夫溯有元迄明季，累百年矣；明季迄今，又累百年矣。独是集字文俱古，楮墨犹新。书长无俚，展阅一过，弥不禁尽盥露瓣香虔奉云。
>
> 乾隆甲寅春日后学王昶谨书。

按：明张太常讳栋，字伯任，昆山人。著有《木雁轩诗文集》。平生藏书甚富，见《明史列传》。昶又。①

若按乾隆五十九年(1794)春王昶语，则《杜少陵集》卷尾之跋应为明昆山人张栋所作。然是刻卷末实乃张文栋跋，曰：

杜集刻板至多，训诂则厌其繁，编类则悼其紊。兹刻尽削厥注，一次以体揽之，转觉爽然，犹恨其剔劂欠精尔。万历乙未八月十七日买遂记此。张文栋任甫。②

因是书流布甚少，亦不见于诸家目录题跋。即使上图藏本，也未标明其编刻者，而只录跋文与钤印。严格来说，从张文栋跋中只能明确其于万历二十三年(1595)购得此书且作跋，以及他对杜集编次以分体为上、内容以删削冗注为佳的大致意见，仍不能裁定他就初刻或重刻过该书。

事实上，无论是谁人编纂了这十卷白文本杜诗全集，张文栋对其编次体例上的认识都是非常精准的。正文卷前的目录(见表 6-5)即完整展现了编书者敏锐清晰的杜诗辨体意识。

表 6-5 《杜少陵集》总目

编次	册数	卷数	诗体	篇数
金	第一册	卷一	五言古诗	147
石	第二册	卷二	五言古诗	119
丝	第三册	卷三	七言古诗	144
		卷四	五言绝句	31
			七言绝句	106
竹	第四册	卷五	五言律诗	267
匏	第五册	卷六	五言律诗	254
土	第六册	卷七	五言长律	122

① [清]王昶《杜少陵诗跋》，《杜少陵诗》十卷卷之首，明万历间刻本，上海图书馆馆藏古籍线善792215—22。

② [明]张文栋《杜少陵诗跋》，《杜少陵诗》十卷卷之末，明万历间刻本，上海图书馆馆藏古籍线善792215—22。

续　表

编次	册数	卷数	诗体	篇数
革	第七册	卷八	七言律诗	151
			七言长律	5
		卷九	附录	15
木	第八册	卷十	赋	6
			表	5
			赞	1
			记	1
			述	2
			说	2
			策	5
			状	3
			文	4
			志文	3

《尚书·舜典》云："三载，四海遏密八音。"孔传曰："八音：金、石、丝、竹、匏、土、革、木。"①据此而知，编者乃依"八音"以排序这八册杜集。再因其逐卷分体观之，大抵仍循先古体后近体、先五言后七言之顺次，惟以绝句为前、律诗为后，则分明彰显出不以绝句为律体之截句的辨体主张。这应是明人辨体思想成熟的反映。

五、分类集注本：邵宝《刻杜少陵先生诗分类集注》

邵宝《刻杜少陵先生诗分类集注》是万历年间初刊，至清代仍有覆刻，且较有影响的一种杜集。仇兆鳌《杜诗详注》卷首《凡例》中于"历代注杜"条下列述注家数种，其中就有此本②。清初张缙彦《杜诗分类全集序》亦谓"古今注杜诗者，有赵氏、虞氏数十家，独邵氏二泉颇简实有据"③。现代著名杜诗研究专家洪业在《杜诗引得序》中亦肯定"其所为全诗讲解，亦费煞苦心，照应弥缝，时亦灿然成篇，便于初学"④。此书流传到日本后，也受到肯定，出

① ［清］阮元校刻《十三经注疏·尚书正义》卷三，中华书局1980年版，第129页。
② ［清］仇兆鳌注《杜诗详注·杜诗凡例·历代注杜》，中华书局1979年版，第24页。
③ ［清］张缙彦《杜诗分类全集序》，转引自郑庆笃等《杜集书目提要》，齐鲁书社1986年版，第93页。
④ 洪业《杜诗引得序》，见《洪业论学集》，中华书局1981年版，第327页。

现了日刻本①。《倭板书籍考》卷七著录了《杜诗集注》二十三卷,评曰:“此系大明二泉人名宝字国贤者所作,杜诗中好注本也。”②

但是,此本的编注者、书名、卷数、序跋、版刻时间诸项,域内外汉籍书目载录情况颇有差异,需要辨析。兹抄录二种不同的代表性记载作比照分析。

第一种,清代藏书家丁丙撰《善本书室藏书志》:

> 杜少陵先生分类诗注二十卷(明万历刊本),锡山二泉邵宝国贤父集注。
>
> 杜诗注本极夥,而邵注藏书家著录甚罕。范氏《天一阁目》仅载“邵宝钞杜律二卷,姚九功校刊”,是文庄公固深于杜诗者。此本二十卷,题同邑最木过栋汝器参笺,三吴云望周子文岐阳校梓。子文序云:“先达邵二泉先生,诗鸣宏正间,酣嗜是业,一遵考亭六义之例,分类而集注之,良亦苦心。”时在万历壬辰。前又有王穉登序。③

第二种,日本宫内省图书寮编《图书寮汉籍善本书目》:

> 杜少陵先生诗分类集注二十三卷,首一卷,二十四册。明邵宝撰。明万历壬辰刊本。首题锡山二泉邵宝国贤父集注,同邑最木过栋汝器父参笺,三吴云望周子文岐阳父校梓。前有太原王穉登序及自序,首有“芙蓉窝图书”长方印。④

以上两种著录差异很明显,下面试一一加以辨析:

1. 书名:丁丙藏本题为“杜少陵先生分类诗注”,日本藏本题为“杜少陵先生诗分类集注”。题名略有差异,不是原则性问题,极有可能是著录者造

---

① 严绍璗编著《日藏汉籍善本书录》(集部·别集类)著录此书后增添附录,有曰:“日本后西天皇明历二年(1656)京都衣棚通刊印《刻杜少陵先生诗分类集注》二十三卷。此本系据万历二十年本重刊,题明人邵宝集注,过栋参笺,由日人鹈饲信之(石斋)等训点。后西天皇宽文二年(1662)吉田太郎兵卫刊《刻杜少陵先生诗集注绝句》二卷,此本由邵宝集注,过栋参笺。其后,大坂河内屋德兵卫又曾覆刊一次。”(中华书局 2007 年版,第 1447 页)

② 转引自严绍璗编著《日藏汉籍善本书录》(集部·别集类),中华书局 2007 年版,第 1447 页。

③ [清]丁丙撰《善本书室藏书志》卷二四,《续修四库全书》史部(目录类)第 927 册,上海古籍出版社 2002 年版,第 438—439 页。

④ [日]宫内省图书寮编《图书寮汉籍善本书目》集部卷四,文求堂书店,松云堂书店发行,日本昭和六年(1934)版,第 9—10 页。

成的，可不必辨析。

2. 版刻时间：日藏本明确称为明万历壬辰刊本，丁丙藏本则标周子文序作于万历壬辰，即二十年(1592)，刻本时间则称为"万历刊本"(不能确定是万历壬辰刊本，还是此后印本)。又，叶绮莲《杜工部集关系书存佚考》中引日本《内阁文库汉籍分类目录》著录并下断语曰："杜少陵先生诗分类集注二十卷，首一卷，明邵宝著，过栋注，日本鹈饲信之点，明万历二年(一五七四)跋刻本，是刻尤早于周子文校刊本也。"①如果叶氏所载不误，则此注本的初刻应是万历二年。然而，由于此本叶氏并未寓目，目前可见的各种书目均无支持此说者，故称万历壬辰本为初刊本是较可靠的。

3. 卷数：日藏本明确著录为二十三卷附首一卷，计二十四册。丁丙所藏，题识称二十卷本，若非别本，则最可能是残缺、散佚，如叶绮莲所疑②。查，梁一成《杜工部关系书目》云："南京国学图书馆藏本为二十卷，缺末三卷，为丁氏八千卷楼旧藏，见于《善本书室藏书志》。"③则确定丁丙所藏为残卷本，原刻本应为二十三卷。

4. 序跋情况：丁丙著录本称有周子文序，后又提及有王穉登序。上引日藏书目则称"前有太原王穉登序及自序"。王穉登序，两本都有。周子文序，丁丙著录本有，日藏书目中未及。日藏书目提及"自序"，未明确是否指邵宝自序。

关于"自序"，严绍璗教授《日藏汉籍善本书录》在著录此本时亦提及，抄录如下：

> [正题]杜少陵先生诗分类集注二十三卷，明万历二十年(1592)三吴周氏刊本，共二十四册。官内厅书陵部，东洋文库藏本。
>
> [按]每半页有界十行，行二十字。白口，四周单边。是集前有太原王穉登《序》及《自序》。首题"锡山二泉邵宝国贤父集注"、"同邑最木过栋汝器父参笺"、"三吴云望周子文岐阳父校梓"。
>
> 官内厅书陵部藏本，卷内有后人写补，卷首有"芙蓉窝图书"长方印。

---

① 叶绮莲《杜工部集关系书存佚考》(中)，台湾《书目季刊》1970年秋季号，第64页。

② 叶绮莲《杜工部集关系书存佚考》(中)云："同为万历壬辰周子文校刊本，然一为二十卷，一为二十三卷，不详何故，或者丁氏所藏本乃残卷耶？"台湾《书目季刊》1970年秋季号，第63—64页。

③ 转引自张忠纲等《杜集叙录》，齐鲁书社2008年版，第146页。

东洋文库藏本，原系小田切万寿之助旧藏。①

严绍璗所见日藏本有两种，一为宫内厅书陵部藏本，一为东洋文库藏本，所著录信息与上引《图书寮汉籍善本书目》无异，都有“王穉登《序》及《自序》”，且均未提及周子文序。而其他各种书目均载有周子文序而无“自序”之说。

为了查明实情，需要找到万历壬辰原刻，正好日本早稻田大学图书馆藏本高清图片已公之于世。该本为土岐文库本，原为东洋文库本，有“田中周荣”收藏钤印，分装24册，第一册序和目录，其余每册一卷，最后两卷为配抄。应是原本残末尾两卷，借别本配补。原本为万历二十年(1592)刻本。早稻田大学藏本卷首先为王穉登序，抬头题“刻杜诗分类集注序”，序文共六页，最后空行，于页末尾署“太原王穉登撰”。下页抬头仍题“刻杜诗分类集注序”，序文八页，末了跳行，在页底署“三吴周子文书”，可见此序即周子文序。此序末曰：

邑先达文庄邵二泉先生诗鸣弘正间，酣嗜是业，一遵考亭六义之例，分类而集注之，良亦苦心。……不佞十年下吏，偃卧栖迟。退食之余，鸠工绣梓。出以重镮，佐之薄俸，朝夕谋业，毕力殚精。是役也，自癸未以至壬辰，然后底绩。其岁月可考，已散诸词林，俾垂不朽。好事者将曰：夫是集也者，文庄注之，不佞梓之。少陵虽乏旦暮之遇，乃千载而下有吾两人在也。②

此序对邵宝和周子文自己所作的工作有明确的说明，邵是注者，周是出资人兼刻印组织与主持者。刊刻时间也说得很清楚，从万历癸未(1583)至壬辰(1592)，历时十年之长。就此序的口气看，万历壬辰必是此书初刻问世之时。

王穉登序的后半曰：

考亭之注毛诗也，高者则见以为卑，深者则见以为浅，奇者则见以为蒙茸，古者则见以为朴樕。惟夫泱泱大风之士，则见以为雅

① 严绍璗编著《日藏汉籍善本书录》(集部·别集类)，中华书局2007年版，第1447页。

② [明]周子文撰《刻杜诗分类集注序》，上海师范大学图书馆藏《邵二泉先生分类集注杜诗七卷》卷之首。

且驯，雅且驯而后不戾于温柔敦厚之旨……文庄之为杜注亦类于是。……余友周君岐阳，以明经取上第，两试严邑，鸣琴之暇，笃志风雅，割五斗之入，锓诸梨枣，以与能诗之士共。夫杜诗之有文庄，毛诗之有考亭，其为羽翼者功等耳。然微岐阳君锼而广之，焉能户诵人习哉！文庄之书不获行于文庄之世，而行于周君出宰之岁，扬云太玄非侯桓君山不显矣。①

王穉登(1535—1612)②，字百谷，号玉遮山人，吴郡人。著述甚多，声名斐然。一介布衣，却俨为骚坛赤帜。此序也与周序一样将邵宝注杜拟之于朱熹注《诗》，推挹更甚，显为过情。此序不见于《王百谷集》③，周采泉疑其为校刻者托名所作④。且不论此序真伪，其中指明此书为邵宝所注，且称周子文为出资刻印者，与周子文序可以印证。王序另有一点信息尤其值得重视：邵宝注杜之后，毕生未能刊布，若非周子文，此书未必能广为传播。

根据早稻田大学藏万历壬辰初刻本可知，上引日本《图书寮汉籍善本书目》和严绍璗《日藏汉籍善本书录》所言“自序”，并非集注者邵宝之自序，实为出资刻印者周子文之序。

要补充说明的是，周采泉怀疑王穉登序可能为周子文与过栋所伪托，可能是因看到了康熙五十八年(1719)重刻本。此本为洪士桂所刊，卷首有三序，一为周子文序，同初刻本。二序，末署“过栋书”，文本则与初刻本王穉登序同。三序为洪士桂序，洪序后半曰：

① ［明］邵宝集注《刻杜少陵先生诗分类集注》卷之首，万历二十年(1592)刻本，日本山明水土岐善麿旧藏，土岐文库 17，w0109 号，今早稻田大学图书馆藏本。

② 关于王穉登的卒年，目前至少存在两种说法：第一种观点认为其卒于万历四十年(1612)，以台湾“中央图书馆”编《明人传记资料索引》(台北文史哲出版社 1978 年版，第 71 页)及钱仲联等编著《中国文学大辞典》(上海辞书出版社 2000 年版，第 947 页)为主要代表。另一种认为其卒于万历三十二年(1604)，周采泉《杜集书录》内编卷三载“明王穉登(一五三五——一六〇四)”(上海古籍出版社 1986 年版，第 130 页)，疑误。笔者查阅［明］李维桢撰《大泌山房集》卷八十八之《征君王百谷先生墓志铭》载：“先生卒万历壬子十有二月十有六日，生嘉靖乙未七月二十有二日。年七十有八。”(《四库全书存目丛书》集部第 152 册，齐鲁书社 1997 年版，第 545 页)明确王穉登(1535—1612)，享年 78 岁。

③ ［明］王穉登撰《王百谷集》十九种三十九卷，今见于《四库禁毁书丛刊》集部第 175 册，北京出版社 1997 年版，第 1—417 页。经笔者检阅，未见《刻杜诗分类集注序》。案，此集各卷卷首均署“太原王穉登撰”，所署为郡望。

④ 周采泉《杜集书录》内编卷三中有“编者按”云：“邵氏生平著述颇多，《四库》所著录者有七种，而未提及注杜。……邵氏所有著作，多刻于生前，此书独迟至身后六十余年始得好事者为之锓版，其间显晦，自不能不引起人怀疑。窃疑此书出于周氏及过栋之手，王穉登之序亦为校刻者所托名者。”(上海古籍出版社 1986 年版，第 131 页)

> 惟邵二泉先生博涉群书，其注杜一用考亭注经之例，分别赋比兴之义，考据子史，详所自出，又复体会全诗，逐句巡释，俾读者无不晓其意趣，而识其大旨，是诚能以意逆志而无害辞害志之失者也。其板锓于前明万历初年，历年既久，率多剥蚀脱略，重以兵燹，不复流行于世。余偶得其善本，惜多鲁鱼亥豕之讹，至不可卒读。因偕弟楷于家塾中，严为校雠，加以厘正，始克复还邵先生之旧，遂梓以行世，而书其简端如此。①

洪序所据原本虽称为"善本"，但"剥蚀脱略"现象严重，而洪氏对原本校者、刻者和刊刻情形并不熟悉，所以，序中只字不提及周子文、过栋二人。此本二序末径署"过栋书"三字，疑为洪氏所据原本"太原王穉登撰"六字坏烂，遂臆加"过栋书"的题款。细味该序，除了对杜、邵、周三人加以评介，完全不涉及过栋的工作，不可能出自过栋之手。笔者以为，在没有其他更多证据之前，王穉登序的署名权不应轻易夺去。

5.编注者：上引丁丙题跋和日本图书寮著录没有差异。按，万历壬辰本每卷首在书名、卷次之后有三行，首行标"邵宝国贤父集注"，次行标"过栋汝器父参笺"，第三行标"周子文岐阳父校梓"。对于三人中"校梓者"身份的周子文，从无异辞。但对于邵宝和过栋二人，却有不同观点。此说最早是洪业先生在《杜诗引得序》中提出的，他根据前引康熙洪士桂重刻本，分析说：

> 《分类集注杜诗》二十三卷。卷一题"邵二泉先生《分类集注杜诗》"。次行"锡山过栋汝器笺"。三行"三吴周子文岐阳参"。康熙末新安洪士桂重刻本。每半页十一行、行二十一字。目录前有万历壬辰(1592)周子文序，过栋序，康熙五十八年(1719)洪士桂序。观诸序，知是书初刻于周，重刻于洪；过序盛赞著者邵宝、刻者周子文，己所为何事，乃不著一字，而逐卷前皆署"过栋笺"，殊可异也。据诸家目录，万历壬辰刊本前尚有邵宝自序，及王穉登序，今则无之矣。②

---

① [明]周子文撰《刻杜诗分类集注序》，见《邵二泉先生分类集注杜诗七卷》卷之首，清康熙五十八年(1719)刻本，上海师范大学图书馆古文献特藏善本 694200/445313—3。

② 洪业《杜诗引得序》，原载《杜诗引得》(《引得》特刊 14，1940)首页 i-1xxx。见《洪业论学集》，中华书局 1981 年版，第 326 页。

洪业据源自日藏书目“王穉登序及自序”的著录而猜测初刻本有邵宝自序，此在上文已辨其误。对过栋序的怀疑，虽有合理性，但其否定过栋作为“参笺”者的身份则属于证据不充分。笔者认为，洪业的判断源自康熙本错将王序题款人改为过栋，该书“逐卷皆署‘过栋参笺’”本身就说明过栋肯定是该书的重要著者。这是因为，邵宝很可能在生前只完成原注的初稿，未经过审阅、统稿环节。当周子文动议刊刻该书时，才请过栋对邵宝原注作必要的加工。这种加工可能包括体例统一、错漏的补充与订正等工作。初刻费时十年，工作量主要不应在刻印环节，最有可能在统稿、修订环节。由此看来，过栋的“参笺”者身份应该没有多大问题。

洪业在《杜诗引得序》中提出最重要的问题：此书可能并非邵宝所注。洪业从五个方面提出怀疑：一是“其书诗分体，题分类，参伍列之”，其中的分类“所分殊为烦杂”；二是被周子文、王穉登所盛赞的“依《诗传》之例标赋也、比也”等的做法，“殊亦无谓”；三是认为此书的串释“多是取材于《千家集注》”，就“编撰之例”看，则“大略取法于洪武时单复之《读杜愚得》，唯单于注后训解，隐括诗意，略具结构而已，此则加详也。然稍细审，即觉其殆非邵宝所为”；四是有引用“伪苏注”之类的低级错误，质疑“夫邵宝为一代巨儒，义理文章皆卓然可观，何至浅陋如此”；五是“况书之出版乃在宝卒后六十五年，所载宝序又不见宝《集》中”。根据以上五点，他得出结论：“业故疑其出于伪托也。”

《杜诗引得序》作于1940年，序中提出此说之后，数十年未引起世人关注。程千帆先生1936年所作并于1984年正式收入《古诗考索》中的《杜诗伪书考》一文①，亦未将邵注补入“杜诗伪书”中。1986年出版的周采泉《杜集书录》始直接接受和正式认可了洪说，2008年出版的张忠纲《杜集叙录》又再次介绍了这一说，只是未正面表态是否认可。由此，“伪邵注”问题就实际浮出了水面。

按，洪业所提出的关于“伪邵注”的五点理由，基本上都很勉强，根本上无法支持“伪注”或托名之说。其中只有第四点稍有辨析的余地。杜诗学史上，“伪苏注”是自南宋以来最著名的公案，作为“一代巨儒”、“文章巨公”的邵宝注杜时竟然采入“伪苏注”，稍后于邵宝的杨慎就已大为不解，在《升庵诗话》“东阁官梅”条中说：

---

① 程千帆《古诗考索》，上海古籍出版社1984年版，第345—365页。

(伪苏注)其说之脱空无稽如此。略晓史册者,知其伪矣。近日邵文庄宝乃手抄其注,入杜诗七言律刻行,岂不误后学耶?伪苏注之谬,宋世洪容斋、严沧浪、刘须溪父子、马端临《经籍考》皆力辨其谬。而文章巨公如邵文庄者,乃独信之,亦尺有所短也。①

杨慎所议的是邵宝另一部杜注——《杜诗七言律》,因其《杜少陵先生诗分类集注》也有同样的问题,洪业怀疑此书并非邵宝所注(可能是书商为牟利而托名邵宝所注),其逻辑与杨慎相同,推论却比杨慎更大胆。杨慎以"尺有所短"之名宽宥和理解此种现象,而洪先生却以"疑古"的态度,对此书的注者大胆提出了怀疑:先说"即觉殆非邵宝所为",后又谓"疑其出于伪托也"。

其实,"伪苏注"虽然南宋就已被人提出,但明代注杜者采入之却并不乏人,单复《读杜诗愚得》是明代第一部杜诗集注本,颇有影响,却未汰尽"伪苏注"。王嗣奭《杜臆》是明末清初成就最高的一部杜注,仇兆鳌《杜诗详注》卷首《凡例》"历代注杜"条谓:"宋元以来,注家不下数百……其最有发明者,莫如王嗣奭之《杜臆》。"②然而,张忠纲指出:《杜臆》中"解杜最大的缺点是好言比兴,且不乏其例。……其对旧注或是而取之,或非而驳之,大多颇为切当。然其未汰伪苏注,实是一大失误。"③洪业先生是杜诗研究名家,但他未尽览《读杜诗愚得》,亦可能对《杜臆》不熟悉,而独于邵注《分类集注》不恕,今天重新检讨这一问题,基本上可以得出结论:在没有更有力证据推翻邵宝《杜少陵先生诗分类集注》的著作权之前,似应认可原刻本的署名。

事实上,当我们立足整个明代杜诗学的发展历程,能清晰地看到嘉靖至万历时期是全盛期,作为"文章巨公"的邵宝加入注杜队伍,正是这种盛况的突出反映。

按,邵宝(1460—1527),字国贤,号全斋,学者称二泉先生,江苏无锡人。成化二十年(1484)进士,知许州,入户部,历郎中,出为副使,巡抚贵州,升户部侍郎,嘉靖间官至南京吏部尚书,卒谥文庄。早年受业李东阳,得其衣钵之后,独守师法,终生服膺。明末钟惺尝曰:"空同出,天下无真诗,真诗惟邵二泉耳。"④

据有关目录学著录,邵宝注杜传有三种,分别为《杜律钞》二卷、《杜诗七

① [明]杨慎撰,王大厚笺证《升庵诗话新笺证》卷八,中华书局 2008 年版,第 418 页。
② [清]仇兆鳌注《杜诗详注·杜诗凡例·历代注杜》,中华书局 1979 年版,第 24 页。
③ 张忠纲等《杜集叙录》,齐鲁书社 2008 年版,第 197 页。
④ 参看钱谦益《列朝诗集小传》丙集"邵尚书宝"条,上海古籍出版社 1983 年版,第 271 页。

言律》二卷、《刻杜少陵先生分类集注》二十三卷。其中第一种，范邦甸《天一阁书目》著录："《杜律钞》二卷，刊本。明无锡邵宝钞，姚九功校。"①第二种，王国维《传书堂藏书志》载："《杜七言律》二卷，明刊本。无锡二泉邵宝钞，后学襄垣姚九功校。翁大立序(嘉靖辛亥)。姚九功跋。此邵二泉所钞，间有笺注。许州守姚九功所刊，以二泉尝知许州故也。板心有'西湖书院'四字。余别藏残册一，存卷下，首题'无锡二泉邵宝钞，后学李文麟校正，后学安如磐校刻'，板心有'茂树堂'三字，似锡山刊本。均天一阁藏书。"②上引杨慎《升庵诗话》所指斥者，即为此本。此书国内已不见传本，仅存于日本。严绍璗《日藏汉籍善本书录》辑有"《杜七言律》二卷。明邵宝集注，姚九功校。明嘉靖三十年(1551)刊本，共二册。东洋文库藏本。"③。以上两种，亦有可能是同书异名，因未见原书，不能肯定。

邵宝《杜律钞》的面貌未见详细介绍，即使与《杜诗七言律》同时存在，就编抄而言，二者并无多少创意。而根据王国维著录，后者也只是"间有笺注"，也难有很大价值。所以，邵宝在杜诗学史上的地位，主要在《杜少陵先生诗分类集注》。

邵宝《杜少陵先生诗分类集注》在编次方式上有两大特点，一是如书名所示，为按题材内容分类，计有56类：

> 纪行、述怀、怀古、时事、边塞、将帅、军旅、宫殿、陵寝、居室、世族、宗族、姻戚、仙释、时序、雷雨、山河、都城、阴雨、诗文、书画、器物、品食、动植、寄赠、怀旧、寻访、惠贶、送别、庆贺、伤悼、杂赋、古迹、地理、燕饮、鸟兽、花木、宫室、皇族、外族、寺观、天文、楼阁、眺望、亭榭、园池、舟桥、文史、器用、食物、简寄、将相、释老、果实、音乐、禽虫。④

杜诗编次以类相从，大约始于北宋元丰年间陈浩然，后又有徐居仁《门类杜诗》和三种编者阙名的同类传本：《门类增广十注杜诗》、《分门集注杜工部诗》、《集千家注分类杜工部诗》。陈浩然编本、徐居仁编本已佚，十注本仅

---

① [清]范邦甸等撰《天一阁书目》，上海古籍出版社2010年版，第346页。

② 王国维《传书堂藏书志》卷四，上海古籍出版社2014年版，第868页。

③ 严绍璗编著《日藏汉籍善本书录》(集部・别集类)，中华书局2007年版，第1447页。

④ [明]邵宝集注《刻杜少陵先生诗分类集注》卷首目录，万历二十年(1592)刻本，日本山明水土岐善麿旧藏，土岐文库17，w0109号，今早稻田大学图书馆藏本。

存残本，南宋类编本杜集最有名的便是收入《四部丛刊初编》的《分门集注杜工部诗》。分门集注本共分七十二门，邵宝所分与之虽有同异，但从逻辑上审视，同样都不甚合理，很难令人满意。难怪明人徐𤊹撰《红雨楼题跋》有《分类杜诗》，云："世传杜诗不下数百本，笺注者十之七，编年者十之三，分类者十之一。"[①]清人仇兆鳌在《杜诗详注》卷首《凡例》中也指出"分类始于陈浩然，元人遂区为七十门，割裂可厌"[②]。唐宋时期类书传本不少，明代类书编辑更为兴盛[③]，其所建构的知识分类系统，可能对当时的读书人颇有助益，当时人编杜诗采用分类法，除了承袭陈浩然、徐居仁等人成法之外，或许可以认为源自将杜诗归纳为一知识系统的类书思维[④]。

邵宝此书编次上第二个特点是将分体与分类合而为一，全书先古体后近体，从卷一至卷十四为五七言古体和歌行，卷十五绝句，卷十六至卷二十三为五七言律诗。前十二卷各卷同时载入相同内容的五七言古体诗，譬如卷一：五古纪行类、七古纪行类；卷二：五古述怀类、七古述怀类、五古怀古类、七古怀古类；卷三：五古时事类、七古时事类、五古边塞类、五古将帅类、七古将帅类、五古军旅类、五古宫殿类、五古陵寝类。卷十三开始每卷只一体，分类编排，如卷十八为五律寺观类、时序类、天文类，卷十九为五律天文类、地理类、楼阁类、眺望类、亭榭类，卷二十二为七律纪行类、述怀类、将相类、宫室类、宗族类、释老类、时序类。这种方法与《分门集注杜工部诗》有较大差异。"分门集注"是先分门类，各门类下再分体，如卷一：月类，律诗二十一首，雨雪类，古诗十四首；卷二：四时门，春类，古诗一首、律诗四十首。虽然兼用两种方法，但二者分类为主，分体从之。而邵宝此书分体与分类似不分轩轾，主观上是想兼收两种编排方法之优势，这很可能是受到明代较为强势的分体法影响所致。从实际效果看，此法难称完善，分类系统因分体而人为割裂，分体系统也因分类而破碎不堪。可见，该书从整体上看，其编排方法虽有创意，但不甚令人满意。后来未有追随者，遭到无情淘汰，实为势所必然。

相比较而言，此书的"集注"倒是颇有令人称道之处。傅增湘《藏园群书

---

① [明]徐𤊹撰，郑杰辑《红雨楼题跋》卷下，《续修四库全书》史部第923册，上海古籍出版社2002年版，第18页。

② [清]仇兆鳌注《杜诗详注》卷首，中华书局1979年版，第23页。

③ 详见涂娟《明代类书考论》，江西师范大学硕士学位论文，2012年。

④ 参张巍《论唐宋时期的类编诗文集及其与类书的关系》，载《文学遗产》2008年第3期，第56—62页。

经眼录》谓其"注文先释词句故事,次述诗意及境地踪迹,略如赵次公之例"①。但是,邵宝不是完全袭用赵次公,而是同时吸收了朱熹《诗集传》的方法,并有所发展。其最大特点有二:一是名为"集注",即引用多家注释,但与以"千家注"为代表的集注不同处在于不多不滥,邵宝的集注很注重抉择和融汇,强调自出机杼;二是解释详尽、清晰,包括字词、典故的解释,时事背景、行踪轨迹、山川形势的说明,大意的串解。这是充分考虑到普通读者的爱好而设计的方法,既适合赏读,也有助于学习作诗。

第二节　杜诗选本考论

万历以后新出现的杜集中,最多的是选本。各体通选者较少,专选律体者较多。兹逐一考述之。

一、白文分体选本:卢世㴶《杜诗胥钞》

卢世㴶(1588—1653),字德水,又字紫房,晚号南村病叟。山东德州左卫人。天启五年(1625)进士,授户部主事,累官至监察御史。明亡入清后,以原职征召,辞病不就。② 陈去病《明遗民录》卷五载:"当启祯朝,有以能诗学杜,与虞山尚书并峙南北,称泰斗者,非东鲁卢德水先生其人乎?尚书家居有作,惟杜诗是仿。而先生构尊水园,亦筑室其中,以祀子美与宋五郎,号曰杜亭。尚书搜求典实,十年不倦,成《杜氏诗笺》,南都学子争推誉之。而先生亦自谓于子美诗,四十余读,因其余力,选摘成帙,名《杜诗胥钞》若干卷,名重当世。尚书获见胥钞,益有心得,作《寄卢小笺》。而先生复以其暇,成《读杜微言》。盖覃精研思,初终弗懈。如二公者,洵乎其善学杜氏矣。"③

孙殿起《贩书偶记》谓"《杜诗胥钞》十五卷《余论》一卷,明德州卢世㴶撰,崇祯七年尊水园精刊"④。周采泉未见原书,即以《成都杜甫草堂收藏杜诗书目》录其为崇祯四年(1631)刻,而据草堂书目之说,以崇祯七年(1634)为刻《钱卢两先生论杜合刻》之年⑤。

---

① 傅增湘撰《藏园群书经眼录》(四),中华书局1983年版,第1035页。

② 参看瞿冕良编著《中国古籍版刻辞典》(增订本),苏州大学出版社2009年版,第876页。

③ 陈去病《明遗民录》卷五《卢德水先生传第四》,见殷安如,刘颖白编《陈去病诗文集(下编)》,社会科学文献出版社2006年版,第552页。

④ 孙殿起《贩书偶记》卷十三,中华书局1959年版,第319页。

⑤ 周采泉《杜集书录》内编卷七,上海古籍出版社1986年版,第338页。

严绍璗《日藏汉籍善本书录》载日本内阁文库、东洋文库、大谷大学悠然楼及爱知大学附属图书馆简斋文库俱藏有卢氏此书的崇祯七年(1634)刊本。除内阁藏本为四册外,余皆六册。①

卢世㴶辑《杜诗胥钞》十五卷附《赠言》一卷《大凡》一卷《余论》一卷,上海图书馆藏有卢氏尊水园崇祯四年(1631)和崇祯七年(1634)两种刻本,笔者所见为崇祯七年刻本,六册,版框 13cm×19.1cm,版式为白口、单鱼尾、左右双边,版心上方刻"杜诗胥钞",版心中有卷次,下方是页码。每半页八行、行十九字,藏印有"知不足斋"、"蜕卢所藏"。

是刻卷首有大梁靳抡中题《胥抄序》,继之为崇祯四年秋日卢世㴶作《杜诗胥钞大凡》,再为《杜诗胥钞总目》:

> 五言古诗五卷,七言古诗二卷,五言律诗四卷,七言律诗一卷,五言排律一卷,七言排律、五七言绝句共一卷,摘录一卷,凡十五卷,是为《杜诗胥钞》,此其总目也。所有条目散列各卷之首,又有知己赠言、《大凡》、《余论》统载卷尾,以便同人审阅云。济南德州前进士卢世㴶德水记。②

正文分体之后,大抵又依照杜诗作年排序。十五卷皆白文无注,仅录杜诗原文及公自注。《余论》末还有《世㴶记事》一则。卷尾有跋,曰:

> 钞杜诗成矣,昧昧思之,尚多所遗漏,遂欲尽数增入,期见杜之大全。或曰:此又是整部杜诗,非卢氏钞本矣。盖杜诗如海,乌能以一人一手,遽欲涉其津涯,且借兹钞之当否完亏,以验予识地之高低圆滞,时时发省、处处认错,一展卷而指视交集。是兹钞之大有造于予也。余闻若言而萃然自失,因明载简端,正告海内,以志吾过,并谢少陵。嗟呼!古人书岂易读哉!涞水卢世㴶顿首识。③

《杜诗胥钞》取义于杜诗"钞诗听小胥"④,乃自谦之词。该书虽为选本,

---

① 严绍璗编著《日藏汉籍善本书录》(集部·别集类),中华书局 2007 年版,第 1449 页。

② [明]卢世㴶《杜诗胥钞总目》,见《杜诗胥钞》十五卷卷首,明崇祯七年(1634)卢氏尊水园刻本第一册,上海图书馆馆藏古籍线善 T452818—23。

③ [明]卢世㴶《杜诗胥钞跋》,见《杜诗胥钞》十五卷卷末,明崇祯七年(1634)卢氏尊水园刻本第六册,上海图书馆馆藏古籍线善 T452818—23。

④ [清]仇兆鳌注《杜诗详注》卷十七《赠李八秘书别三十韵》,中华书局 1979 年版,第 1459 页。

却大约选录了杜诗总量的十分之八，且分体编次，取舍亦精当，堪抵一部杜诗精华录。卢世㴶深以服膺少陵，故力图通过钞选杜诗来正识发省。而采取白文形式来编刻，以明其古书不易读、不敢妄注的心理。

二、分体选注本：林兆珂《杜诗钞述注》

林兆珂，字孟鸣，福建莆田人。万历二年（1574）进士，除蒙城知县，迁刑部主事，历廉州、衡州、安庆知州，官至刑部侍郎。《四库全书总目》谓其《林伯子诗草》中“七言律诗，颇得钱、刘风调。集中亦惟此体最多”①。所著尚有《宙合编》、《考工记述注》、《洁明稿》等，还刻印过自编《毛诗多识编》七卷、自撰《杜诗钞注》十六卷②。

杜泽逊《四库存目标注》述曰：“福建省图书馆藏明万历林氏刻本十六卷十六册，卷一题‘莆田林兆珂孟鸣父纂述，仍孙徐质时垣氏重校’。余卷无仍孙重校一行。半叶八行，行二十字，白口，四周单边。前有柯寿恺序，自序，门人邓应奎序。钤‘康修其藏书记’印。《存目丛书》据以影印。该馆另藏一部六册，钤‘沈氏祖牟藏书’印。清华、西北大学、福建师大等亦有是刻。清华藏本卷一首叶系钞配，仅题‘莆田林兆珂孟鸣父纂述’，无‘仍孙徐质时垣氏重校’九字，扉页题‘林孟鸣先生述注’，‘杜诗钞’，‘因因堂藏板’。”③

今见《四库存目丛书》集部第 4 册缩印本《杜诗钞述注》十六卷，为白口、无鱼尾、四周单边版式，版心上刻“杜诗钞述注”，中为卷次，下及页码。卷之首有柯寿恺《杜诗钞述注序》盛赞之曰：“盖自昔解杜诗者，几充栋矣。最可赏者，惟胜国所传千家注。林孟鸣先生官西曹时，间取十之五六，汇钞成帙。于诸家旧注订其所伪，参其未赅，又或疏其欲言之意，而传其默遇之神，所不可强求者，卒无牵合。盖其沉酣风雅，搜猎日闳，瘦骨苦吟，性殆相类，故不特捃摭独工，直得神理于词事之表，斯已勤矣。”④据此，则林兆珂是在千家注本基础上，钞选出半数以上杜诗，汇编成十六卷本选集。不单辨析旧注讹伪、阐释不明之解，还一改宋儒牵合附会之弊。然《四库全书总目》却深以质疑其编选杜诗取舍失当，谓：“兆珂官西曹时，即手纂是帙。及守衡州，遂刊刻之。谓甫尝游衡，刻甫诗于衡，所以为衡重也。《自叙》以为博撷群书，增

---

① ［清］永瑢等撰《四库全书总目》卷一七九（集部・别集类存目六），中华书局 1965 年版，第 1613 页。

② 瞿冕良编著《中国古籍版刻辞典》（增订本），苏州大学出版社 2009 年版，第 509 页。

③ 杜泽逊《四库存目标注》卷五十一（集部二・别集类一），上海古籍出版社 2007 年版，第 2478—2479 页。

④ ［明］柯寿恺《杜诗钞述注序》，林兆珂《杜诗钞述注》卷之首，《四库全书存目丛书》集部第 4 册，齐鲁书社 1997 年版，第 501 页。

释未备，时或附以己见，分体选注，成十六卷。然甫诗全集凡一千四百余首，巨制名章，往往不录，而于《杜鹃行》、《虢国夫人》二诗，向因黄鹤、陈浩然二本误入者，反并登选。其《秦州杂诗》二十首，则仅录八首；《游何氏山林》十首，则仅录六首，竟以'其一'、'其二'标为次第，似原诗止有此数，尤不可解。至注中援引事实，多不注出典，此又明代著述之通病，非独兆珂一人矣。"[①]批评相对尖锐，非独指斥一人，而于明人惯以情感倾向取代价值判断，尤不甚重考据治学之谨严、规范，多所不满。

此书初刻于衡州。林兆珂于自序中言明其编刻杜诗之由："子美，唐之大家，大历间尝下峡至公安，入湖南，沿湘流而游衡岳。今集所载，纪咏纚纚可述已。余意重岳灵者无如子美，则征文于衡，宜莫先子美诗，乃寥寥不得善本传之，岂非全衡一缺事哉。"[②]故与同僚曾汝嘉、郑克严、周元徽及衡阳令王世端商定刻印于衡州。

又有林氏门人邓应奎《杜诗钞述注后序》一篇，除为师作序颇多溢美之辞外，寥寥无甚新意。是序后，即为十六卷诗目，均按体编排，依次为五古四卷、七古三卷、五律四卷、七律三卷、五排五绝七绝二卷。据笔者统计，其辑选各体杜诗分别为五古 120 首、七古 83 首、五律 213 首、七律 140 首、五排 35 首、五绝 11 首、七绝 13 首。总计 615 首，仍不及杜诗实际总量的一半。

三、五七律选注本：邵傅《杜律集解》

邵傅，字梦弼，三山（福建侯官）人。隆庆贡生[③]，王府教授。著有《朴巅集》、《青门集》等。所撰《杜律集解》，在国内流布不甚广泛，却尤为日本人爱赏，一再翻刻达十余种之多。此书成为晚明时期域外杜诗传播的典范。

《杜律集解》六卷，分为《杜律七言集解》二卷和《杜律五言集解》四卷。共录七言杜律 137 首，五言杜律 387 首，附高适《赠杜二拾遗》1 首。是书汲取了宋人千家注、元人虞集注、明初单复注、嘉靖间张孚敬、赵大纲注等精华，又辑录其父邵符卿评注，这种融合宋元以来直至明朝各阶段最具影响的

---

① [清]永瑢等撰《四库全书总目》卷一七四（集部·别集类存目一），中华书局 1965 年版，第 1532 页。

② [明]林兆珂《杜诗钞述注》卷前自序，《四库全书存目丛书》集部第 4 册，齐鲁书社 1997 年版，第 503 页。

③ 周采泉《杜集书录》内编卷六著录为"隆庆贡生"，上海古籍出版社 1986 年版，第 331 页。然张忠纲等《杜集叙录》依照"《（乾隆）福州府志》云其为崇祯间贡生"，齐鲁书社 2008 年版，第 215 页。[清]黄虞稷撰《千顷堂书目》卷二十四（别集类）载："[隆庆]邵傅朴巅集二卷又青门集六卷。字梦弼，闽县人。隆庆中贡士，王府教授。"（上海古籍出版社 2001 年版，第 619 页）因邵傅编刻《杜律集解》在万历年间，故笔者推断其为隆庆贡生可能性更大。

诸家注，并在集成基础上有所创新的编注方式，需要很深的文化积淀及甄别眼光。故邵傅自剖云："或以句取，或以意会，或录全文，或错综互发，或繁简损益，不能尽同。罗峰统合诸家，考证详实而注义略陈；滨州演会罗峰章旨，亦稍更易，愚出入滨州尤多。"①其先完成杜律七言注，后承同里陈学乐之请，又注五言杜律。每首诗的集解均附于句下，援引前人注多不加标姓名，惟涉赵大纲注往往俱标出处，可知邵傅对赵之仰慕敬重。

另据邵傅自序："古今为杜解者，无虑百家……愚自丱角逮今皓首，沉玩既久，录其辞与杜合者汇集成帙，间一二管见，随窃参附。"②陈学乐《刻杜工部五言律诗集解序》记邵傅语云："吾于七言律也，承先符卿之橐籥，采诸名家之琼藻，自青衿至皓首，乃尔卒业。"③《刻杜工部七言律诗集解序》亦云："余社友博士邵君梦弼，乃翁符台卿鳌峰公……梦弼君少小侍游宦邸，业易待举，暇受内翰高廷礼所编《唐诗正声》于符卿。长游艺百家，独赏少陵氏作，口诵心惟，若神与游。"④邵傅不仅皓首穷经般研读诸家注杜，而且自幼便受其父文学熏陶，接受高棅的评诗标准，更兼游学仕宦的远见卓识，故对杜诗更有神会。陈学乐盛赞云："凡作中句法、字法，辨之详允，而章法亦究焉，因得诗之所谓律者三大义。"⑤

此书编次体例仿照单复《读杜诗愚得》，其"凡例"云："杜年谱单复重定，随杜出处，疏诗目于下，见诗与史合也，当以单为的。"⑥单复在《读杜诗愚得》十八卷卷首录有《重定杜子年谱诗史目录》一卷，将杜甫年谱与杜诗目录合并一处，起始均依杜甫生卒年，等于是将杜甫一生行迹按创作成果划分成十八个阶段，每段先言重要时事，次叙杜甫行迹，再列杜诗题目。这种做法开创了以诗系年的新体例，便于读者通过知人论世来领悟杜诗深层精神，故而在明代影响很大。邵傅以其诗史合璧，视为编书准的。

《杜律集解》分七律、五律两部分先后编定刊刻，陈学乐为之校刊。《杜律七言集解》初刻于万历十五年(1587)，卷前有编、校二人之序、目录、凡例七则，卷末有方起莘跋。《杜律五言集解》初刻于万历十六年(1588)，卷前有校者序、编者引及目录。此初刻本今藏日本国会图书馆、公文书馆，国内已无传本。福建省图书馆现存本为明末邵明伟刊本。

---

① 转引自郑庆笃等编《杜集书目提要》，齐鲁书社 1986 年版，第 88 页。
② 转引自郑庆笃等编《杜集书目提要》，齐鲁书社 1986 年版，第 88 页。
③ 转引自张忠纲等《杜集叙录》，齐鲁书社 2008 年版，第 215 页。
④ 转引自张忠纲等《杜集叙录》，齐鲁书社 2008 年版，第 215 页。
⑤ 转引自郑庆笃等编《杜集书目提要》，齐鲁书社 1986 年版，第 88 页。
⑥ 转引自郑庆笃等编《杜集书目提要》，齐鲁书社 1986 年版，第 89 页。

此书日本刻本颇多，兹罗列诸家目录所示版刻情况如表 6-6：

表 6-6 日本据明刻本覆刻《杜律集解》

书名	责任者	日本翻刻明本情况	现馆藏地
杜律五言集解四卷七言集解二卷	邵傅集解 陈学乐校	日本宽文十三年(1673)油屋市郎右卫门刻本	成都杜甫草堂
		日本贞亨二年(1685)刻本	上图、台湾"中央图书馆"
		日本贞亨三年(1686)江户刻本	国图
		日本元禄九年(1696)神雒书肆美浓屋彦兵卫刻本(日本清水玄迪标题补注，宇都宫重校)	成都杜甫草堂、台湾"中央图书馆"

从刊刻年号上基本可以判定上列《杜律集解》四种日本刻本皆刊于清康熙年间。此外，尚有五律、七律单刻本多种。这当然与明人积极主动的对日文化传播是分不开的。"明代，日本研究形成第一个高潮。"①江户时代(1603—1867)由德川幕府统治日本，是其封建统治的最后一个时代，也是中国明清两代对日文化输出的重要时期。日本人遣明船的咨文中即有"书籍铜钱仰之上国，其来久矣"②的说法，实属两国商贾贸易往来产生的文化交流现象。另，现存外典中的翻刻本多为日本人移居中国后，从事出版业的刻工所为，可视作汉籍输入的一种重要渠道。《杜律集解》的编者邵傅是福建侯官人，万历以降，随着晚明对外商贸活动的频繁，福州是最重要的几大对日港口城市之一，更兼福建的图书出版水平在全国尚属前列，这些都是推动杜诗对日传播的外部条件。自内部因素而言，《杜律集解》明显具有两大优势：集成性与简要易懂。对于不甚熟悉中国传统文化，又渴望因袭借鉴的外邦人来说，这无疑是最值得接受的杜诗选本之一。

今见上海图书馆藏有邵傅《杜律集解》日本贞亨二年(1685)刻本，共三册。首为《杜律七言集解》一册两卷，卷前有两篇序，序后有"万历丁亥年冬十月朔闽三山邵傅书"，然后是《集解凡例》、《杜诗七言目录》，卷末除题"贞亨二(乙丑)年六月吉辰"外，还有全书总跋一篇。次为《杜律五言集解》二册四卷，载陈学乐序、分卷目次，并无跋语。是刻基本版式为白口、双鱼尾、四

---

① [日]大庭修著，戚印评等译《江户时代中国典籍流播日本之研究》，杭州大学出版社 1998 年版，第 1 页。

② [日]大庭修著，戚印评等译《江户时代中国典籍流播日本之研究》，杭州大学出版社 1998 年版，第 13 页。

周双边，每半页九行、行十九字，版心上署"杜律"二字，中有卷次，下方是页码。各诗题下有小字题解，正文则为双行夹注夹评形式，诗末再作总评。

此书卷之首有陈学乐撰《刻杜工部七言律诗集解序》云：

> 唐人工诗者数百家，要莫工于杜少陵氏，诗尚章法，而次句法，次字法，皆所以达意也。诗作固难，观其诗而识作者意之所在，类亡不易。余社友博士邵君梦弼……暇受内翰高廷礼所编《唐诗正声》。符卿长游艺百家，独赏少陵氏作，口诵心惟，若神与游。凡作中句法、字法，辞之详允，而章法益研究焉。因得诗之所谓者三大义：曰乐取，其条理和之；曰法取，其拟议当也；曰师取，其仗队整也。告余曰："少陵氏作首尾相生，成又不乱，谓协于乐，非欤？假象不爽，剖析得情，谓协于法，非欤？节度森然，比次严密，谓协于师，非欤？"采辑先哲注释七言律者，订正之，手录成编，出以视余。余阅而叹曰："是集也，檃括诸家，绰有特见，其所传乎。"夫人情，惟爱则传，颂则传。少陵七律，人固爱且颂也。矧三法明、解释定，辞约而意阐，引证有据，其为来学向往助也。……余乃付之梓。……万历丁亥年九月朔旦。岊山下人陈学乐以成甫谨序。[1]

这篇序文指出邵傅读杜着力于句法、字法、章法，更得"乐取"、"法取"、"师取"这"三大义"，认为对学杜者颇有助益。

四、五七律选注本：孙鑛《杜律》

孙鑛(1542—1613)[2]，字文融，号月峰，浙江余姚人。万历二年(1574)会试第一，授文选郎中，累进兵部侍郎，加右都御史，官至南京兵部尚书，卒年七十二。著有《姚江孙月峰全集》、《今文选》等。

孙鑛是一位典型的诗论家型杜诗注家。所撰《唐诗品》探讨品评唐人五七言律，尤称赏杜律，故对前人注杜颇多体察辨识。如其尝谓："杜诗信可玩，然须视千家注本。盖其诗以年叙，甚有次第可考。大历以前，殆无不佳，

---

① ［明］陈学乐《刻杜工部七言律诗集解序》，见邵傅《杜律集解》日本贞亨二年(1685)刻本，上海图书馆馆藏古籍线普352553—55。

② 《明人传记资料索引》所标生卒年为1542—1613(台北文史哲出版社1978年版，第446页)。张㧑之、沈起炜、刘德重主编《中国历代人名大辞典》亦同(上海古籍出版社1999年版，第781页)。二书俱言据《明史列传》卷八五。张忠纲等编《杜集叙录》署其生卒年为1542—1631，应误。

最可法。夔州以后，则颓然放矣。千家杜虽未详，然他亦未见详注，且以此为主，而以他注相参校，亦自足相发明。若自为杜注，搜罗标扬，不以贾注名，而用以精诗理，其为益固不小也。”①不惟推崇宋人千家注本及以诗系年的编纂体例，更主师法杜甫大历前诗作，对参校他注以致自为注杜、能通精诗之神理者，也持非常包容的接纳态度。

《杜律》二卷，卷首有孙鑛《叙杜律》云：

> “晚节渐于诗律细”，老杜自评语也。笼统处是性情，细处便是律。刑家丽事，出入之严，每在句字。前人作，后人看，亦暗亦明，亦煞亦活。而若夫其叩之成声也，摘之成色也，其后者也。孙子读杜律，一读再读至五六读，读其成象效法者，叹曰：易简理得，神而明之，宜不出此。庚子中元孙鑛书。②

孙鑛这段序文采用的是诗话写法，谈的是自己赏读杜诗的感受。他认为杜诗从大处看，则见性情，亦明亦活；细处观，又见诗律之严、字句之精。杜诗之难得在于：严而不“暗”不“煞”(死)；“叩之成声，摘之成色”，精严而性情毕现，仿佛是“法乎天”。《周易·系辞上》云：“易则易知，简则易从……易简，而天下之理得矣。”③这是由精严而达到的。换言之，其“神而明之”，非初学所能及，是炼之久而水到渠成的神妙境界。

《叙杜律》后是《杜子美本传》，采《新唐书》之说详述杜甫一生经历，末以韩愈语总结杜诗艺术成就。孙鑛自序末署“庚子”年，即万历二十八年(1600)，是以知《杜律》二卷的初刻时间。张忠纲《杜集叙录》谓：“是书未见著录，只此一刻，传本极罕。”④《北京师范大学图书馆古籍善本书目》记云：“《杜律》四卷(存二卷)，唐杜甫撰，明孙鑛评点。明刻本。佚名墨笔批注。二册。九行二十字，白口，四周单边。善 844.17/243—368。”⑤未知即此原刻本否。

---

① [明]孙鑛撰《姚江孙月峰先生全集》卷九，清嘉庆十九年(1814)静远轩刻本，上海图书馆馆藏古籍线普长 318970—81。

② [明]孙鑛评点，王立相校《杜律》二卷卷首，清康熙间刊本，上海师范大学图书馆古文献特藏部藏善本 694200/445318.1。

③ [清]阮元校刻《十三经注疏·周易正义》卷七，中华书局 1980 年版，第 76 页。

④ 张忠纲等编《杜集叙录》，齐鲁书社 2008 年版，第 183 页。

⑤ 北京师范大学图书馆古籍部编《北京师范大学图书馆古籍善本书目》(集部·别集类)，北京图书馆出版社 2002 年版，第 226 页。

按，孙氏《杜律》非仅万历一刻。上海师范大学图书馆古文献特藏部现藏清康熙间刊本，共两册。上册卷一，收录五言杜律 128 首、七言杜律 63 首；下册卷二，收录五言杜律 119 首、七言杜律 75 首。总辑 385 首杜律，五言 247 首，七言 138 首。书为白口、单鱼尾、四周单边版式。版心刻“杜律”二字，并标卷数及页码。行格疏朗，字迹端庄清晰。各卷首行题“杜律”，次行署“东海月峰先生孙鑛批点，后学王立相校”①。卷前又分别有杜律五言目、杜律七言目。其诗之编次，既不依编年，又往往将同题数首分置于各处，近乎类编却不尽然，殊无伦次。诗题则有画单圈或双圈者，区分甲乙次第。

孙鑛批点多在诗正文行间画圈或点顿，篇末附以己评。一般均极简略，类似刘辰翁式即兴漫评，多零星感发。少数杜律只录原诗、不加任何注评，甚或出现不少异体衍文。笔者仔细比对两卷中五、七律的辑录及注评情况，五律点评精简，七律则更翔实，尤多补充性之眉批。以下简析孙鑛批点杜律的几种方式：

(1)整体评价杜诗风格。如谓《晚出左掖》“通篇匀稳典密”，《春宿左省》“气象苍浑”，《题张氏隐居》“淡中有味”，《江上》“潇洒有天趣”，《鸥》“意致好”，《春日梓州登楼》“磊落”，《发潭州》“工丽”，《咏怀古迹》“气格高远，较之李商隐作，何止霄壤”等。

(2)从炼字方面强调杜律诗眼妙用，在眉批中尤为突出。如表 6-7 所示：

表 6-7　《杜律》炼字评点

杜律诗题	杜律摘句	炼字评点
寓目	自伤迟暮眼，丧乱饱经过。	险绝，“眼”字佳绝。
舟中夜雪有怀……	暗度南楼月，寒深北渚云。	暗度妙。
对雪	北雪犯长沙，胡云冷万家。	北雪、胡云妙，“犯”字更绝。
蜀相	映阶碧草自春色，隔叶黄鹂空好音。	以浅近妙，“自”、“空”字佳。
闻官军收河南河北	剑外忽传收蓟北，初闻涕泪满衣裳。即从巴峡穿巫峡，便下襄阳向洛阳。	忽、初、却、漫、须、好、即从、便下十字，能挑出喜意。

① [明]孙鑛评点，王立相校《杜律》二卷，清康熙间刊本，上海师范大学古文献特藏部藏本。本目关涉《杜律》的所有引文(包括表格中文字)皆出于笔者抄录的康熙间王立相校刊本，版本信息与此条皆同，故此后不再重复标注，兹予以说明。

（3）从句法角度点睛式评解杜律中最出彩的某联，这在五言律评中使用最多、最为典型。兹列举如表6-8所示：

表6-8 《杜律》炼句评点

杜律诗题	五言杜律摘句	炼句评点
陪郑广文游何将军山林	不识南塘路，今知第五桥。	不识、今知，是增出字，然用以作顿挫却佳。
夜宴左氏庄	风林纤月落，衣露净琴张。	起句景妙绝，净琴侯张。
喜达行在所	雾树行相引，莲峰望或开。	五六只点景而苦楚企望之意见于言外。
至德二载……有悲往事	至今犹破胆，应有未招魂。	三四是文调入诗法，有深沉味，卓不易及。
遣忧	受谏无今日，临危忆古人。	三四句法险绝。
客亭	日出寒山外，江流宿雾中。	日与雾对，山与江对，是错综句法。

（4）从章法上较为细致地评解诗内部的起承照应关系。无论是五言还是七言杜律，都以"奇险"、"妙绝"见称。兹分录列举五七言杜律及孙鑛评解以示：

表6-9 《杜律》五律章法评解

杜甫五言律诗	孙鑛评解
喜达行在所（其三） 死去凭谁报，归来始自怜。 犹瞻太白雪，喜遇武功天。 影静千官里，心苏七校前。 今朝汉社稷，新数中兴年。	首句是极苦切语，言死则终杳灭无闻耳。下句自怜应起。煞是有味。中四句皆自怜意，却分作两层，一地一人，犹瞻影静，尤妙喜苏，皆下句点出语势。如此乃快，俱出，则太絮少味。
奉酬李都督表丈早春作 力疾坐清晓，来时悲早春。 转添愁伴客，更觉老随人。 红入桃花嫩，青归柳叶新。 望乡犹未已，四海尚风尘。	首联亦是苦炼句。十字内具九意，伴俗随人，煞是险绝。五六亦是佳句。结是杜套，且下语亦聊且。
九日奉寄严大夫 九日应愁思，经时冒险艰。 不眠持汉节，何路出巴山。 小驿香醪嫩，重岩细菊斑。 遥知簇鞍马，回首白云间。	不眠句已佳，得问路出应起，更有味。三四顶次句，五六应首句。结总收意，又七应次句，八应首句。颈联是常语，只是锻炼得妙。
洞房 洞房环佩冷，玉殿起秋风。 秦地应新月，龙池满旧宫。 系舟今夜远，清漏往时同。 万里黄山北，园陵白露中。	结构甚奇。亦是第五句入题，节节倒说转。若将四联颠倒读，即意顺矣。言万里北有园陵，今我远在此，而彼地清漏实同，往时新月满旧宫殿内起秋风，而房中环佩冷也。

续　表

杜甫五言律诗	孙鑛评解
花鸭 花鸭无泥滓，阶前每缓行。 羽毛知独立，黑白太分明。 不觉群心妒，休牵众眼惊。 稻粱沾汝在，作意莫先鸣。	颔联就实，叙中露出奇险固妙。五承三，六承四。末句尤透快。
空囊 翠柏苦犹食，明霞高可餐。 世人共卤莽，吾道属艰难。 不爨井晨冻，无衣床夜寒。 囊空恐羞涩，留得一钱看。	前四句高古，次句奇。三四虽觉粗直，然却苍。五六是工句。"留一钱"，妙。上面历历说来，得此一语收乃大快。
寄贺兰二铦 朝野欢娱后，乾坤震荡中。 相随万里日，总作白头翁。 岁晚仍分袂，江边更转蓬。 勿云俱异域，饮啄几回同。	前四句只作一句。下首二句亦用倒法。言当震荡定后，远地同老也。后四句道别意亦圆活有致。此诗通首读来意趣佳，逐句看，则俱是杜老常语耳。
览镜呈柏中丞 渭水流关内，终南在日边。 胆销豺虎窟，泪入犬羊天。 起晚堪从事，行迟更觉仙。 镜中衰谢色，万一故人怜。	规模阔，力量大。此等正是杜老轶群绝伦处。起语若淡淡然，寄意远，自是苍郁。三犹可到，四更奇险。五六无因袭，真是妙绝。结句乃如破题。然前六句，正是见怜之因。

表 6-10　《杜律》七律章法评解

杜甫七言律诗	孙鑛评解
恨别 洛城一别四千里，胡骑长驱五六年。 草木变衰行剑外，兵戈阻绝老江边。 思家步月清宵立，忆弟看云白日眠。 闻道河阳近乘胜，司徒急为破幽燕。	八句皆别意。首别事，次别故，三四别景，五六别情。末则急欲解此恨也。起两句壮，以数目字对妙。一地、一兵、一里、一年，不合掌最好。
诸将四首（其二） 韩公本意筑三城，拟绝天骄拔汉旌。 岂谓尽烦回纥马，翻然远救朔方兵。 胡来不觉潼关隘，龙起犹闻晋水清。 独使至尊忧社稷，诸君何以答升平。	首二句如骏马下坡。"岂谓"二字陡振起，应转有力，真是跌宕不群。五六又作抑扬，至尊顶龙起。末乃点出诸将。三节若不相关，而实相应。结构绝奇。
奉和贾至舍人早朝大明宫 五夜漏声催晓箭，九重春色醉仙桃。 旌旗日暖龙蛇动，宫殿风微燕雀高。 朝罢香烟携满袖，诗成珠玉在挥毫。 欲知世掌丝纶美，池上于今有凤毛。	首句未入朝景，次句殿廷景，三阶前景，四殿上景。香烟则殿内，此是次序。而以"朝罢"二字插于中，贯彻首尾，好笔力。

相较而言，孙鑛对五言杜律的评释更随意自由些，自我感触融入得较多；而对七言杜律则多依律体起承转合之势来述评，对其结构的把握更规整，尤注重对仗手法的检索，以切忌“合掌”为重要审度标准。这与七律在杜诗各体中最具艺术特征，又最利于明人效仿摹习有一定关联。

(5)从用典手法上阐明杜诗艺术技巧之活络，并指出旧注浅陋处。

表 6-11 《杜律》用典评解

杜甫律诗	孙鑛评解
八月十五夜月 满目飞明镜，归心折大刀。 转蓬行地远，攀桂仰天高。 水路疑霜雪，林栖见羽毛。 此时瞻白兔，直欲数秋毫。	古乐府“何当大刀头，破镜飞上天”，此变破作明，改何当作折，而意更活泼，此乃所谓夺舍投胎，不为事所使。此“转蓬”、“攀桂”，“转”意活。
宣政殿退朝晚出左掖 天门日射黄金榜，春殿晴曛赤羽旗。 宫草微微承委佩，炉烟细细驻游丝。	“天门”出《庄子》，虞注“天门”之“门”，何真嫩稚。首二句工，然亦大费炉锤。三四景好。

(6)从感发、体验等细微处辨析少陵诗法，发表独到见解。如《数陪李梓州泛江有女乐在诸舫戏为艳曲》(其一)，孙鑛评：“玉袖佰舞衣，金壶又丢却歌扇，不似少陵诗法。”又《城上》，评曰：“前四句点景近，后四句指事远。六七八总不出五一句意，便觉淡。不若止用八骏一句，纪代宗出，而后三句换别意为妙。时事如此，不患无好意可发。”足见孙鑛研读杜律，绝非人云亦云，实饱含思考，这亦与其自叙“一读再读至五六读”相吻合。

总体来说，孙鑛批点《杜律》的价值，非独以其传本之稀见贵，更在于他以简略为本色、以眉批为辅助，充分利用多样化方式，从字句、章节、典故等多角度、全方位，对辑选杜律之精华进行了详略互参、点睛扼要的评解，为时人因袭模仿杜律提供了某种借鉴范式。

五、五言律选注本：汪瑗《杜律五言补注》

汪瑗(？—1566)①，字玉卿，新安丛睦坊(今安徽歙县)人。约于嘉靖间

① [明]焦竑《楚辞集解序》云：“君既逝之五十年，子文英欲梓行之，以公同好，而属余为弁。”末署“万历乙卯春日澹园老人焦竑书”，即万历四十三年(1615)，则汪瑗当逝于嘉靖四十五年(1566)前后([明]汪瑗撰，董洪利点校《楚辞集解》，北京古籍出版社 1994 年版，第 3 页)。汪玢玲主编《中华古文献大辞典・文学卷》载“明汪瑗(？—1566)”，吉林文史出版社 1994 年版，第 707 页。

在世[①]。诸生，博雅工诗，与王世贞、李攀龙友善[②]。曾游学于归有光之门，颇得赏识，名噪三吴。一生“恬淡自修，不慕浮艳，优游自适，无意功名，以著述为心”[③]。著有《巽麓草堂诗集》，撰有《庄子注》、《楚辞集解》[④]等。《四库全书总目》著录其《楚辞集解》云：“是书《集解》八卷，惟注屈原诸赋，而宋玉、景差以下诸篇弗与。《蒙引》二卷，皆辩证文义。《考异》一卷，则以王逸、洪兴祖、朱子三本互校其字句也。……瑗乃以臆测之见、务为新说以排诋诸家。”[⑤]事实上，该书敢于驳斥旧说、质疑成说、发表创见，且恪守“扶抑邪正”[⑥]原则，阐析翔实，故为明人楚辞注本中品质较高、特色鲜明的一部力作。

据汪文英《楚辞集解·天问注跋》所述，汪瑗尚有《李杜律注》，或曾洛阳纸贵。今传世之《杜律五言补注》当为其杜律部分。李维桢《李杜五言律诗辨注序》云：“汪玉卿为《李律辨杜律注》，几十万言皆五言律也。杜注所诠次后先，辨晰是非，不拾人牙后慧。”[⑦]

关于书名“补注”，学界存在着两种说法。一种因清人黄虞稷撰《千顷堂书目》“汪瑗李太白五言律诗辨注”条下注云：“以李诗之合唐律者为正律，合古律者为变律，故曰《辨注》，又有《杜律诗注》与并行。”[⑧]故周采泉《杜集书录》“编者按”云：“《辨注》与《补注》应为一书异名。此系据北京馆所藏之本题名，意者与李诗合册者称《辨注》，其单行者固为《补注》也。”[⑨]另一种是张忠纲《杜集叙录》以其当为元人赵汸《杜工部五言赵注》之补充[⑩]。但赵汸注仅收五言杜律 261 首，汪瑗注则辑录 620 首，乃杜诗全部五律之集合，在规模上似远甚“补充”之名，实为杜甫五律注之单行本。

---

① [明]汪文英《天问注跋》云：“不肖夙遭悯凶，甫离襁褓，先人即捐馆舍。……痛惟先人以不世出之才，时命不偶……中道摧折。”([明]汪瑗撰，董洪利点校《楚辞集解》，北京古籍出版社 1994 年版，第 8 页)据此，则汪瑗卒时大约只有四五十岁，尚属中年。故其主要活动时期应在嘉靖年间。

② [清]张佩芳修，刘大櫆纂《(乾隆)歙县志》卷十四《诗林》类，据清乾隆三十六年(1771)刊本影印，台北成文出版社 1975 年版，第 1016 页。

③ [明]归有光《楚辞集解序》，见汪瑗撰，董洪利点校《楚辞集解》卷首，北京古籍出版社 1994 年版，第 1 页。

④ 参看杜信孚撰《明代版刻综录》第 2 卷第 2 册，据北京图书馆馆藏善本书目著录，江苏广陵古籍刻印社 1983 年排印本，第 23 页。

⑤ [清]永瑢等撰《四库全书总目》卷一四八(集部·楚辞类存目)，中华书局 1965 年版，第 1269 页。

⑥ [明]汪瑗《楚辞集解·自序》云：“宁为详，毋为简。宁芜而未剪，毋缺而未周。务令昭然无晦，卓然有征，以无失扶抑邪正之意，庶可以得原之情于万一乎。”(北京古籍出版社 1994 年版，第 4—5 页)

⑦ [明]李维桢撰《大泌山房集》卷九《李杜五言律诗辨注序》，《四库全书存目丛书》集部第 150 册，齐鲁书社 1997 年版，第 494 页。

⑧ [清]黄虞稷撰《千顷堂书目》卷三十二，上海古籍出版社 2001 年版，第 781 页。

⑨ 周采泉《杜集书录》内编卷六，上海古籍出版社 1986 年版，第 330 页。

⑩ 张忠纲等《杜集叙录》，齐鲁书社 2008 年版，第 168 页。

现今各书目著录《杜律五言补注》的版本主要有三种：万历三十一年(1603)刻本，北京大学图书馆藏；万历四十一年(1613)刻《李杜五言律诗注》本①；万历四十二年(1614)新安汪文英刻本②，台湾"中央图书馆"藏③。该书亦传播至海外，严绍璗《日藏汉籍善本书录》著录："杜律五言补注四卷，明汪瑗补注。明万历年间(1573—1620)刊本，共四册。宫内厅书陵部藏本。"④

笔者所见版本为1974年台湾大通书局《杜诗丛刊》据万历四十二年新安汪文英刻本影印本。基本版式为白口、单鱼尾、四周双边；每半页九行、行十九字；双行夹注，行间有圈点。各卷首行题"杜律五言补注"卷次，次行署"新安汪瑗玉卿补注"，版心上题"补注"，版心中录卷次、页码，下方为"甲寅刻"标识。卷首载潘之恒序，次为四卷总目录，再为汪文英刻书记。其记云：

> 《杜律补注》四册，失没多年。近于姻亲之处，获前二册，癸丑春乃授梓。既而业成，其姻复出后二册，俱先君亲笔稿也。但获而有先后之异，故校而重刊之。庶无遗珠之叹云尔。时万历甲寅年次泰东书院不肖汪文英百拜谨刻。⑤

此记交代镌印始末：《杜律补注》，每卷一册。因湮没许久，瑗子汪文英失而先得前两卷，即始刻于万历癸丑年(1613)；继而复得后两卷，又续刻成于次年——万历甲寅年(1614)。

为之作序的潘之恒(1536—1621)⑥，字景升，嘉靖、万历间徽州府歙县人，为汪瑗的乡邑后学。少擅诗名，才敏词赡。《列朝诗集小传》称其"好结

① 孙殿起《贩书偶记续编》卷十三载："《杜律五言补注》四卷，明新都汪瑗撰，万历癸丑(1613)刊。"(上海古籍出版社1980年版，第204页)

② 杜信孚撰《明代版刻综录》第2卷第2册，据《北京图书馆馆藏善本书目》著录该书"明万历四十二年汪瑗刊"(江苏广陵古籍刻印社1983年排印本，第23页)，前文已述汪瑗卒年在嘉靖四十五年前后，故此本不可能为汪瑗刻，应记载误也。

③ 叶绮莲《杜工部集关系书存佚考》(中)载台湾"中央图书馆""藏有汪瑗撰，明万历甲寅(1614)新安汪氏刻本，杜律五言补注四卷"，台湾《书目季刊》1970年秋季号，第58页。

④ 严绍璗编著《日藏汉籍善本书录》(集部·别集类)，中华书局2007年版，第1450页。

⑤ [明]汪文英《刻杜律五言补注》，《杜诗丛刊》第二辑《杜律五言补注》，台湾大通书局1974年版，第36页。

⑥ 瞿冕良《中国古籍版刻辞典》载："[潘之恒](1536—1621)明嘉靖间歙县人，字景升，寓金陵，曾仕中书舍人，工诗，有《鸾啸集》、《名山注》、《涉江诗选》等。"(苏州大学出版社2009年版，第942页)

客，能急难，以倜傥奇伟自负”①。这位磊落有才节的监生在所撰《杜诗补注序》中评价杜诗及先贤之注，其略云：

> 五言律至唐始工，目为近体，然惟杜工部子美独擅长城，唐人无敢为雁行者。今世行本，有公自注、千家注、刘须溪注，而五言律单行赵注，未有会其全而独断其是，以归于定论。新安先辈为诗宗，李空同先生专肆力于杜，莫不精核，严审章句字法，务诣于神化之域，而里中方少司徒尤津津谈说不置，载《千一录》最多。故其诗摹仿皆臻妙境，为学杜独优。其同时称诗则汪公玉卿尤著，尝为序其诗行之，而季君文英又搜公《补注五言律诗》，请质不慧。余受而卒业，知公之苦心于杜，往往独观其微。千载隐衷，一朝得暴，可谓杜之忠臣。九原有知，亦当心服。如《赠太白》诗，用庾信、鲍照、阴铿为比，人以为讥贬之辞。至掇拾其句相同者为证，王荆公且不免信之。惟公独以少陵推许太白，必将怒叱此言。又如序《何氏山林》、《秦州杂诗》次第分合节奏，辨赵注《重过何氏》为春，《秦州》为秋，及“熏风”、“啜茗”、“仇池”、“十九”之非，皆凿凿可据。昔人称杜为诗之史、为律之祖，得公而后传信克肖，为后学指南之益非浅，宜亟之梓而行之。……万历甲寅上巳邑子潘之恒景升撰。②

潘序盛赞杜甫独擅五律，为唐人第一。诸家注以赵汸独注五律称胜，惜未尽全。汪瑗推尊李梦阳复古论诗学，作诗学杜，亦勠力注杜。汪注训释字句，援引典故，或辩证旧注之失，皆翔实可考；又颇多发挥，时述己见。诸如《何氏山林》、《秦州杂诗》等组诗，流传中或有因篇数纷乱、题材不统一而造成各首之间分合不清，或有因五律节奏互异、诵读语感有别而疑误诗意，甚或赵汸注亦难免疏漏讹误，汪瑗皆考订更正。“务诣于神化之域”、“往往独观其微”，诚非虚美之。

该书编次上既非编年亦非分类，各卷收录杜律分别为卷一 152 首、卷二 159 首、卷三 154 首、卷四 155 首，另附高适诗 1 首、韦迢诗 2 首，各卷篇数大体相当。正文注释除在界行上有圈点外，多两句一注，置于该句下则简明切要，置于该篇末则翔实清楚。往往征引赵汸、刘辰翁诸家评注，阐发己意即

---

① 钱谦益《列朝诗集小传》丁集下“潘太学之恒”条，上海古籍出版社 1983 年版，第 630 页。

② [明]潘之恒《杜诗补注序》，《杜诗丛刊》第二辑《杜律五言补注》卷首，台湾大通书局 1974 年版，第 1—6 页。

以“瑗按”出示之。笔者试从几方面归纳汪瑗五律注本的价值及特色：

其一，品评杜诗态度公允平和，不偏激、不奉承。如《刘法曹郑瑕丘石门宴集》篇后注云：“刘云此诗无可取，盖亦求之太过。大家岂必首首好、句句好、字字好，然亦未尝不好。此惟可与李杜言之，他人盖不知也。”①

其二，采撷前贤旧注，并不照录原文，而多删易熔炼，复出己意。如评《杜位宅守岁》尾联“谁能更拘束，烂醉是生涯”语：“系承上联，烂醉应设宴。刘云接得慨慷，赵云后四句感慨可想公之为人。瑗谓亦是怨调。”②

其三，在诗题下多以小注简介时地、人物等背景信息。如《巳上人茅屋》题下注云：“鲁齐巳也，善吟诗，知名于唐，有‘春深游寺客，花落闭门僧’之句，为世称赏。”③又《百舌》题注：“百舌者，反舌也。能反覆其舌，随百鸟之音春转夏止。”④读之，更利于理解杜诗意旨。

其四，对史实典故的补注尤为详审，甚至逐句而注、一人一注，并附以己评。如《上兜率寺》中“庾信哀虽久，何颙好不忘”句，引《北史》曰：“庾信虽位望通显，常作乡关之思，乃作《哀江南赋》以致其意。”《后汉书》曰：“何颙因陈蕃、李膺之败，为宦官所陷，亡匿汝南间，所至皆亲其豪杰有声。袁绍慕之，私与往来，结为奔走之友。”“此联所引盖谓己虽久思故乡，而客中朋友之好，亦有不能恝然而忘者。”⑤

其五，论句法、章法及承接照应关系，颇见功力。如总论组诗《自阆州领妻子却赴蜀山行三首》：“瑗按，三诗皆佳，而亦有章法存乎其间。首章山水总泛言也，后二章皆详言山水之曲折也。第二结承首结‘尽室’字来，第三结承首结‘畏途’字来。一题而作数首者，不可不知此法。”⑥又如《倦夜》之评析：“起句‘侵卧’内贴‘倦’字，尾句直言‘夜’字，唤起一篇所言之景，中乃铺叙，法度森然，非苟作者。刘谓第三联皆比兴，恐未然也。若深求之，则前六句皆可比兴，岂独‘萤鸟’哉？”⑦

其六，辩正前人阐释，能突破成说；梳理旧注不明处，数语切中诗旨；偶得会心之悟，以“瑗按”方式精辟阐发创见。如评《哭严仆射归榇》中“一哀三

① ［明］汪瑗补注《杜律五言补注》卷一，《杜诗丛刊》第二辑，台湾大通书局 1974 年版，第 37 页。
② ［明］汪瑗补注《杜律五言补注》卷一，《杜诗丛刊》第二辑，台湾大通书局 1974 年版，第 56 页。
③ ［明］汪瑗补注《杜律五言补注》卷一，《杜诗丛刊》第二辑，台湾大通书局 1974 年版，第 40 页。
④ ［明］汪瑗补注《杜律五言补注》卷二，《杜诗丛刊》第二辑，台湾大通书局 1974 年版，第 246 页。
⑤ ［明］汪瑗补注《杜律五言补注》卷二，《杜诗丛刊》第二辑，台湾大通书局 1974 年版，第 207 页。
⑥ ［明］汪瑗补注《杜律五言补注》卷三，《杜诗丛刊》第二辑，台湾大通书局 1974 年版，第 250—251 页。
⑦ ［明］汪瑗补注《杜律五言补注》卷三，《杜诗丛刊》第二辑，台湾大通书局 1974 年版，第 256 页。

峡暮，遗后见君情”句：“言严临死不忘乎己之意，观此尾句则世传严武欲杀子美之说，似不足信矣。”①又如《南楚》首句“南楚青春异”，汪注云：“此句是骨子。南楚二字纪地，不□轻看，故以命题。”②其评《月》云：“落谓月沉也退也，横谓月之升也进也，不违亦伴相唤应。旧注谓为公看月之久，非是。全篇不言月而月自可见。”③

其七，针对杜律正格、偏格现象进行辨析。五律《月》“四更山吐月”首末附：“《笔谈》谓诗第二字侧入，谓之正格；第二字平入，谓之偏格。唐名辈诗多用正格，如少陵诗用偏格者，十无二三。瑗按：少陵五言八句律诗六百二十一首，平入者则四分之一而不足，五言排律一百二十二首，平入者则三分之一而有余；七言八句律诗一百六十一首，则平侧几半，七言排律四首俱是平入。《笔谈》之说，非也。学者幸毋惑焉。”④

总的来说，汪瑗补注杜诗，专攻五言律，用功颇深。不仅广泛征引旧注，考证辨析翔实，而且注释精练切当，又多发个人创见。故其《杜律五言补注》堪称明代一部质量较高、价值突出的杜律注评本。

六、七言律选注本：黄光升《杜律注解》

黄光升，字明举，号葵峰，自称懋明子，福建晋江人。嘉靖八年（1529）进士，官至兵部侍郎，后迁刑部尚书。一生著述颇丰，有《四书纪闻》、《读书愚管》、《读诗蠡测》、《历代纪要》等。

所撰《杜律注解》二卷，收七言杜律 122 首，在各诗之下作串讲评释，旨在阐发杜甫忠爱心迹。是书有万历四年（1576）林大黼⑤金陵初刻本和万历十一年（1583）夏镗⑥重刻本。初刻本已佚，重刻本亦极罕。今《浙江图书馆馆藏杜诗书目》著录：

> 《杜律注解》二卷，明黄光升撰。万历十一年（1583）西蜀夏镗

---

① [明]汪瑗补注《杜律五言补注》卷三，《杜诗丛刊》第二辑，台湾大通书局 1974 年版，第 274 页。

② [明]汪瑗补注《杜律五言补注》卷三，《杜诗丛刊》第二辑，台湾大通书局 1974 年版，第 288 页。

③ [明]汪瑗补注《杜律五言补注》卷四，《杜诗丛刊》第二辑，台湾大通书局 1974 年版，第 373 页。

④ [明]汪瑗补注《杜律五言补注》卷四，《杜诗丛刊》第二辑，台湾大通书局 1974 年版，第 378 页。

⑤ 瞿冕良《中国古籍版刻辞典》载：“[林大黼]明福建莆田人，字朝介，历任河源、上元县令。万历间刻印过叶子奇《草木子》4 卷，罗大经《鹤林玉露》16 卷，其叔祖林俊《见素文集》66 卷。”（苏州大学出版社 2009 年版，第 507 页）

⑥ 瞿冕良《中国古籍版刻辞典》载：“[夏镗]明西蜀人，字梅原，任临洮知府。嘉靖间刻印过元赵汸《春秋集传》15 卷。万历间刻印过黄光升《杜律注解》2 卷（洮阳本），唐元结《唐元次山文集》10 卷《拾遗》1 卷，殷之屏《医方便览》4 卷首 1 卷。”（苏州大学出版社 2009 年版，第 690 页）

> 翻万历四年林大黼金陵初刻本，4册，善本。所注杜律七言，上下凡二卷，卷首有明方沆序及光升长子乔栋识后，并夏镗刻书跋。夏镗跋称：上下律解百篇，其训详、其旨晰，其说杜陵心事，千载如见；是解也，信知杜之深者。余喜得此卷，如获拱璧，尤恨其卷不多得，特翻刻之洮阳公署，使秦之西土得人人览焉。①

是书卷首有方沆②万历四年《杜律注解序》略云：

> 昔之注杜律者数家，虞伯生盖以训诂失之，独赵子常注五言为近质。千家注靡所发明，而取证该博，二酉之藏耳。温陵大司寇黄公，以勋业显于当世，自公多暇，乃注杜律七言，上下二卷。上元令林君朝介刻之金陵。沆受而读之，详而有体，辩而不浮，辞婉则累言不为多，指明则一言不为少，庶几哉，作者之意！第令杜陵复起，谓千载一知己者非公乎？……盖公以经术润饰吏事，而说诗解人颐也，有自来矣。治中君，公长子也，名乔栋，尝称诗于青溪社中。万历丙子中秋月朔，后学莆中方沆撰。③

方沆认为赵汸杜律五言注最接近杜甫心意，而黄光升辑注、林大黼付梓的七言杜律注本，繁简得当，辞婉旨明，亦得杜之心曲。

实际上，此书既无目录，亦不编年、不分类，编次较为草率。释解又多承袭虞、赵二家注，故周采泉评其"无甚新意"、"顺文衍义，而诗意仍晦"④。

七、七言律注本：谢杰《杜律詹言》

谢杰（1537—1604），字汉甫，号绎梅，又号天灵山人、白云漫叟，福建长乐人。万历二年（1574）进士，授行人。万历七年（1579），奉诏册封琉球。拜京兆尹，寻以右副都御史巡抚南赣，官至南京户部尚书。著有《使琉球录》

---

① 浙江图书馆编印《浙江图书馆馆藏杜诗书目》，上海图书馆公藏线普415160，浙江图书馆1956年油印本，第4页。

② 瞿冕良《中国古籍版刻辞典》载："[方沆]（1542—1608）明福建莆田人，字子及，隆庆二年（1568）进士，尝任全州知州、南京户部郎中，有《猗兰堂集》。刻印过宋黄庭坚《重刊黄文节山谷先生文集》30卷《外集》14卷《别集》20卷《年谱》15卷，杨慎《杨子卮言闰集》3卷。"（苏州大学出版社2009年版，第111页）。

③ 冀勤编著《金元明人论杜甫》收录，商务印书馆2014年版，第403—404页。周采泉《杜集书录》内编卷六中亦有摘引，上海古籍出版社1986年版，第324页。

④ 周采泉《杜集书录》内编卷六，上海古籍出版社1986年版，第324页。

(合编)、《天灵山人集》、《棣萼北窗吟稿》、《白云集》等。

所撰《杜律詹言》二卷,《千顷堂书目》作"《杜律笺言》二卷"[①],应误。是书卷前有谢杰《自序》:

注杜律者众矣,而莫盛于虞。伯生闻人,且东里学士为之序也。然是恶足以注杜乎哉!说者谓为元人张性伯成所为,而托之虞以显,理或然者。欧阳原功撰虞墓碑,不及注杜,东里业已疑之,则此之为赝书可必也。余使琉球,见彼国所读书独无经,而以《杜律虞注》当之。亦唐鸡林贾之俦与?第贾能辨白传之赝,彼直以燕石宝少陵,窃谓白传幸而少陵不幸也。今其书具存,试谛观之,若莺啼修竹,不知为梁孝之园;犬吠白云,不知为淮南之宅;宗臣之赞,不知为萧何;频繁之表,不知为庾亮。如意不知为王融,下鞲不知为桓虞,仗钺不知为宗资,褰帷不知为贾琮,断石不知为峡,长流不知为江,胡语不知有老子,自宽不知有荣期,息机不知有马援,如泥不知有周泽,高门不知有鲍宣,郫筒不知有李商隐,行路难不知有袁山松,乌皮几不知有谢玄晖。与乎穷愁之本于四离,独夜之本于《七哀》,纠纷之本于贾谊,幽侧之本于沈约,真源之本于昭明,青龙之本于葛陂,朱栱之本于西楼,伯仲之本于《典论》,指挥之本于《汉书》,莫大鸦之本于古曲,欲教锄之本于《卜居》,芰荷衣之本于《离骚》,蕙叶之本于《孔雀赋》,悲壮之本于《渔阳掺》,奉引之本于《圣公传》,袈裟之本于四分律,亦咸未之考焉。甚者金碗泥于玉碗,步檐讹为步蟾;军储自供,未稽府兵之制;洞门对雪,莫察掖垣之规,高叶忽云石之光,打鼓昧发船之节,芋栗忘其橡实,诸天遗乎内典。柑黄三寸,莫忆义康之豪;鹏碍九天,弗纪楚文之异;彩笔气象,谓以才而干人;江汉垂纶,恐因老而不录。则其涉于芜陋谬悠也滋甚,曾谓闻人之注有是乎。故以此解杜,是为诬杜;以此名虞,是为诬虞。宜毗陵氏摈而黜之者。自毗陵说行世,稍知其为赝,不可谓无功于虞。惜所释寥寥,无足深明作者之轨,谓之有功于杜或未也。用是不揣姑会其意而为之词,取材诸家,发以肤见,窃附古者以意逆志之谊,期于备而约,卷而圆。虽杜之全豹未之能窥,而寸管一斑,亦时有见。书成,命之曰《詹言》。园吏不云乎?"大言

① [清]黄虞稷撰《千顷堂书目》卷三十二,上海古籍出版社2001年版,第781页。

> 闲闲，小言詹詹。”余之詹詹，余言亦识小之义也。若因闲闲而发皇华之奥，谨俟诸大方之家。时万历丙申菊月之吉，白云漫叟谢杰汉甫书于龙山精舍。①

谢杰列述了当时传世的《杜律虞注》的诸多问题，认为该书实为赝书。但此书又仍以该书为底本，重新作了注解。换言之，谢杰虽明知《杜律虞注》非虞集所为，注解颇多问题，却仍然借尸还魂，将自己对杜甫七律的研究收获表现出来。庄子《齐物论》篇有云：“大知闲闲，小知间间。大言炎炎，小言詹詹。”②其中，“闲闲”即无所不容的广博宽裕状态，“詹詹”乃辞不达意的啰嗦辩解方式，谢杰以此自谦。谢杰此序末署“万历丙申”，即万历二十四年(1596)，由谢杰门生张应泰③、金士衡④付梓，惜传本极罕。

据《中国古籍善本书目》著录，天津图书馆藏“《杜律詹言》二卷，明谢杰撰，明万历二十五年张应泰、金士衡刻本”⑤。又《浙江图书馆馆藏杜诗书目》著录：

> 《杜律詹言》二卷，明谢杰撰，明万历二十四年(1596)刻本，1册，甲善。
>
> 卷首有自序，少陵纪。是编著录杜诗，凡七言律百五十首。自序称：会其意而为之词，取材诸家，发以肤见，窃附古者以意逆志之谊。今按其詹言均列于每首之后。⑥

马同俨、姜炳炘所撰《杜诗版本目录》以浙江图书馆藏本为“明万历二十四年(1596)刻本”⑦。

---

① 转引周采泉《杜集书录》内编卷六，上海古籍出版社1986年版，第333—334页。

② [清]郭庆藩撰，王孝鱼点校《庄子集释》卷一下《齐物论第二》，中华书局2004年版，第51页。

③ 瞿冕良《中国古籍版刻辞典》载：“[张应泰]明直隶泾县人，字大来。万历二十年(1592)进士，曾任泉州知府。刻印过谢杰《杜律詹言》2卷，刘崧《刘槎翁先生诗选》12卷，自撰《溪南清墅集草》6卷。”(苏州大学出版社2009年版，第439页)

④ 张㧑之、沈起炜、刘德重主编《中国历代人名大辞典》载：“金士衡，明苏州府长洲人，字秉中。万历二十年(1592)进士。授永丰知县，擢南京工科给事中。天启间累迁太仆少卿。”(上海古籍出版社1999年版，第1508页)

⑤ 中国古籍善本书目编辑委员会编《中国古籍善本书目》(集部上)，上海古籍出版社1996年版，第79页。

⑥ 浙江图书馆编印《浙江图书馆馆藏杜诗书目》，上海图书馆公藏线普415160，浙江图书馆1956年油印本，第4页。

⑦ 马同俨，姜炳炘撰《杜诗版本目录》，见《杜甫研究论文集》(三辑)，中华书局1963年版，第373页。

严绍璗《日藏汉籍善本书录》亦载："《杜律詹言》二卷，明谢杰解。明万历二十五年(1597)刊本，共二册。内阁文库藏本，原江户时代林罗山等旧藏。每半页有界八行，行十六字。小字双行，行同正文。白口，四周双边。卷中有'江云渭树'藏书印记。"①该书在明代至少有两个版刻系统。又杜信孚《明代版刻综录》载："《杜律詹言》二卷，明谢杰评注。明万历四十八年张应泰刊。"②

是书分上、下两卷，卷前无目录。两卷首尾都未署编注者、校勘者名氏，但在全书末尾有谢杰门生张应泰跋，说明了此书的意图。

是书上卷70首，下卷82首，共计152首，均为杜甫七律。大致仿徐居仁《集千家注分类杜工部诗》体例分类编次，依次分为纪行、述怀、怀古、将相等二十九类。较之邵注《分类集注杜诗》的五十六类，分类上相对简明，但无甚新意。每首诗先录正文，次则训释语词、典故，或注明作诗背景，再另起段标示"詹言曰"即逐句串解并评点杜诗艺术。至其以颇有价值的前贤注评及别本异文考辨等，则另附于显眼之书眉处，以供参详。

据《(民国)福建通志·艺文志》卷六十三载：

> 《杜诗詹律》四卷，谢杰著。《石遗室书录》云："《千顷堂书目》作《杜律笺言》二卷。"是编专注七律，三山魏惟度先生加评点，序称"晚赋归来，嵩目时艰，系心衮阙，所注杜律，纾怀述愤，与浣花同情"云云。每首诗后低一格注释事实，颇简明，另行"詹言曰"起疏解通首词意。书眉"评曰"云云，则惟度所加。谢公《自序》称专为斥驳虞注而作，断虞注为赝书。前有《杜少陵纪》，亦惟度述，末驳小说称子美饮醉江上洲中，为水漂去。玄宗诏求之，邑令垒空坟以应，《唐史》因之遂有"大醉，一夕卒"之语。杜公代宗八年始卒，安得当玄宗之世？所见在《杜园》、《杜说》之先矣。③

此段文字主要反映了以下三点：

第一，该书除《杜律詹言》题名外，尚有署为《杜诗詹律》之称。且二者所录卷数不同，一为二卷，一为四卷。

---

① 严绍璗编著《日藏汉籍善本书录》(集部·别集类)，中华书局2007年版，第1450—1451页。

② 杜信孚撰《明代版刻综录》第4卷第5册，据北京图书馆馆藏善本书目著录，江苏广陵古籍刻印社1983年排印本，第59页。

③ 凤凰出版社编《中国地方志集成·省志辑·福建》，凤凰出版社2011年版，第150—151页。

第二，闽人魏惟度作序称该书作于谢杰晚年致仕后，借注杜律来疏泄愤懑。

第三，该书中“詹言曰”乃谢杰原注，专为驳斥伪虞注而作；而书眉“评曰”及《杜少陵纪》则为魏惟度所加，肯定了魏惟度对《唐史》中“大醉，一夕卒”之驳斥。按，这里所言《杜少陵纪》，现所见版《杜律詹言》中实为《少陵纪》。

除第一点同书异名、卷本有别应属可信外，魏惟度所指书成于何时，尚存争议。至其眉批、传纪是否魏惟度覆刻本增补，因未见初刻本，不得而知，亦不能断言。

该书传至清代，有谢杰后人谢章铤得抄阅魏惟度翻刻本，并撰《传钞〈杜律詹言〉跋》云：

> 相传《杜律詹言》为先尚书册封流求时著，以教其国子者，流求学诗不学古也。然家谱有录无书。予生七十余年矣，到处求之不获。前年龚蔼仁易图方伯归田，携所得海宁陈氏书数千卷。其后，又购闽县刘奂为家镇教谕，书亦不下数千卷。刘、龚本戚属，教谕家中落，故书归于龚方伯第三子永叔鸿义。秀才从予游，予借观其书目，见有是编，从而传录之。其言诗中用意，诗外微旨，皆深惬有条理，即所采旧注亦不芜。书固可传也，刻之者魏惟度宪。惟度家福清，多财而好事。……然惟度刻此书，时去先尚书将百年。或出于其心之不能已，殆非势位声气之为也。第予于炳烛年光获睹先业，则亦衰病中大可欣幸者也。光绪二十有三年十一世从孙章铤谨记，时年七十有八。①

清光绪间谢章铤以为《杜律詹言》作于谢杰早年奉旨出使琉球时，一是家族传言，家谱却有录无书；二是相传琉球人学诗不学古，谢杰只选注杜律，倒是符合因地制宜的教化需求。但仅凭传言，不得确证。谢章铤穷毕生余力访求先世之书，终获睹传录。他认为，其先人谢杰所注杜律，既能潜心揣度杜意，条分缕析，又能采撷旧注而不紊乱。而魏惟度刻书，已过近百年，应是内心服膺谢杰此书的表现。按，此跋未提及《少陵纪》与眉评是否为魏惟度所加，或许是不认可此说。

---

① ［清］谢章铤撰《赌棋山庄所著书》文集又续卷二，《续修四库全书》集部第 1545 册，上海古籍出版社 2002 年版，第 426 页。

八、七言律注本：郭正域《杜子美七言律》

郭正域(1554—1612)，字美命，号明龙，湖广江夏(今属湖北武汉)人。万历十一年(1583)进士，选庶吉士，授编修。博通典籍，有经济大略，累迁礼部右侍郎，官至吏部尚书。卒谥文毅。撰有《批点考工记》、《明典礼志》、《武昌江夏府县志》及《韩文杜律》。①

关于郭正域辑评七言杜律的书名，明人所作书目题跋和现今几大目录学著作众说纷纭：祁承㸁《澹生堂书目》卷十三作"《杜律选》一册一卷"②，徐𤊹《红雨楼书目》著录"《批点杜律》一卷"③；周采泉《杜集书录》内编卷六亦作"《杜律选》一卷"④，张忠纲《杜集叙录》则延续了郑庆笃等编《杜集书目提要》之提法，仍作"《批点杜工部七言律》不分卷"⑤，杜信孚撰《明代版刻综录》也作"《批点杜工部七言律》一卷"⑥，王重民《中国善本书提要》录之曰：

> 《杜子美七言律》一卷，一册(国会)。明朱墨印本(八行十八字)。唐杜甫撰，明郭正域批点。按郭氏不言出于自选，盖依据虞集本也。闵齐伋跋云："先生而前，在宋唯刘须溪时寄此意。是用取先生所手校于南雍者，更付之梓，而黛书刘语以附云。"此本凡三色，然则朱书者郭正域评，黛则刘辰翁语也。郭正域序，闵齐伋跋。⑦

万历四十五年(1617)，浙江乌程人闵齐伋⑧刻印了三色套印本《杜诗韩

---

① 参看台湾"中央图书馆"编《明人传记资料索引》(上)，台北文史哲出版社1978年版，第492页。

② [明]祁承㸁《澹生堂书目》卷十三，见冯惠民等选编《明代书目题跋丛刊》，书目文献出版社1994年版，第1044页。

③ [明]徐𤊹撰《徐氏红雨楼书目》卷四，上海古籍出版社2005年版，第366页。

④ 周采泉《杜集书录》内编卷六，上海古籍出版社1986年版，第322页。

⑤ 张忠纲等编《杜集叙录》，齐鲁书社2008年版，第188页。

⑥ 杜信孚撰《明代版刻综录》第5卷第5册，江苏广陵古籍刻印社1983年排印本，第16页。

⑦ 王重民撰《中国善本书提要》，上海古籍出版社1983年版，第501页。

⑧ 瞿冕良《中国古籍版刻辞典》："[闵齐伋](1575—1656后)明万历间乌程人，字及五，号遇五，世所传朱墨及多色套版，是他总结了前人经验而发展丰富起来的。万历四十四年(1616)与兄齐华刻印第一部朱墨本《春秋左传》15卷，次年(1617)刻印第一部三色本《孟子》2卷。"(苏州大学出版社2009年版，第398页)闵齐伋一生刻印三色本古籍甚多，郭正域《批点杜工部七言律》1卷尚属他早年时所刻书。张㧑之、沈起炜、刘德重主编《中国历代人名大辞典》载："闵齐伋(1580—?)明末清初浙江乌程人，字及武，号寓五。明诸生。批校《国语》、《战国策》、《孟子》等书，汇刻十种。士人能雠一字之伪者，即赠书全帙，展转传校，悉成善本。著有《六书通》。"(上海古籍出版社1999年版，第1126页)杜信孚撰《明代版刻综录》第5卷第5册著录："闵齐伋，字遇五，乌程人。世所传二、三、四、五彩色套版，谓之闵本，多其所刻。"(江苏广陵古籍刻印社1983年排印本，第15页)

文》，是明末清初闵刻善本之一。据瞿冕良《中国古籍版刻辞典》所释，“闵刻本”是“明季吴兴闵齐伋家族中继承并发展了朱墨和多色的套版印刷，辑诸名家的诗文评语，加以批点而印行之。这类书字体方正，纸色洁白，行疏幅广，颇为悦目”①。世传闵齐伋是朱墨及多色套版刻印的创始人，1933 年陶湘辑《武进陶氏书目丛刊》有《吴兴闵版书目》一卷，著录这类闵刻套版书自群经、诸子、史抄、文抄、总集、别集等，凡一百余种，莫不校勘精良、雕印上乘，且多源出善本。《杜子美七言律》一卷，既脱胎于虞集注本，又保留了刘辰翁黛笔原评，再添郭正域朱笔批点，故曰“三色本”。这其实不仅反映出古代诗文注释、校笺等不断累积、发展到一定阶段的必然需求，而且体现了传统训诂学和晚明刻书业迅速革新以适应商业出版及其与城市文化崛兴之间的密切关系。

是书传世之本，除故宫博物院所藏闵齐伋万历四十五年(1617)刻本外，尚有崇祯间乌程闵氏重刻三色套印本，复旦大学图书馆有藏本。1974 年台湾大通书局又据崇祯间重刻本影印入《杜诗丛刊》。此外，严绍璗《日藏汉籍善本书录》还著有此书在域外的两种藏本：

> 《杜子美七言律一卷》：(唐)杜甫撰，(明)郭正域批点。明万历年间(1573—1620)朱墨套印刊本，共一册。东洋文库藏本。
>
> 《杜子美七言律一卷》：(唐)杜甫撰，(明)郭正域批点。明刊三色套印刊本，共一册。内阁文库藏本，原江户时代丰后佐伯藩主毛利高标等旧藏。[按]每半页有界八行，行十八字。是集由墨、朱、黛三色套印。朱书者为郭正域批点，黛笔者则系宋刘辰翁评语，而墨印者即杜子美诗。此本系仁孝天皇文政年间(1818—1829)出云守毛利高翰献赠幕府。明治初年归内阁文库。卷中有“佐伯侯毛利高标字培松藏书画之印”等印记。②

今见《四库全书存目丛书》本系影印自故宫博物院图书馆藏本，该本《韩文杜律》二卷，上卷首录《评选韩昌黎文序》、韩文，下卷首载《批点杜工部七言律序》、杜律。郭正域序杜律云：

① 瞿冕良编著《中国古籍版刻辞典》(增订本)，苏州大学出版社 2009 年版，第 399 页。

② 严绍璗编著《日藏汉籍善本书录》(集部·别集类)，中华书局 2007 年版，第 1448 页。

吾尝约略子美之诗，概有数种：有直抒衷臆，粉泽尽谢，愈真愈淡，愈淡愈真者，《宾至》、《所思》、《旻公》、《剑外》诸什是也；有包罗景物，沉酣浓郁，如错绮绣，如奏管弦者，《秋兴》诸什是也；有和平闲雅，轻重有伦，如鸣和銮，如被冠冕者，《登高》、《阁夜》、《露下》诸什是也；有危侧反声，崎嵚险健，转石轰雷，改弦促柱者，"城尖"、"霜黄"诸什是也；有直写世变，兼之论言，如传如记，世谓"诗史"者，《诸将》、《恨别》诸什是也。综其奥妙，不越数端，而于孔氏之言，亦可以弗畔矣。①

专以辑评七言杜律，本身就彰显出郭正域对杜诗这一体的格外重视与青睐。序中又对杜甫所作七律诸多题材依表现方式、风格特征有别而加以譬喻和归类，更体现出批点者熟知并参悟杜律：不但能置于较高处来统观杜诗、曲尽其妙，还不拘成说，亦不刻意为杜甫这样一位千古尊者、贤者避讳，甚至是掩瑕，遂有慨叹"约而言之，其匠心竭力处，上薄《骚》、《选》，仿佛《风》、《雅》；而其率易懈怠处，亦滥觞宋人，比于学究"②。自宋人极力推举而奠定杜甫的崇高地位后，敢于大胆指摘杜诗白璧微瑕者并不多见，郭正域以是可称一家。

郭氏自序后，即目录、杜诗正文部分，均题为《杜子美七言律》，实为《韩文杜律》之杜律部分，共录 151 首七言杜律，大抵按年编次。书之版心上方题"杜律"二字，版心下方有页码，然版心中无牌记及单或双鱼尾。每半页皆八行，行格疏朗，每行十八字，又左右双边，边框上部有小字朱笔眉批，大都言简意赅。如评《所思》"甚是钟情"，《江村》"晴空一气如话"，《秋尽》、《吹笛》、《野望》、《滕王亭子》、《奉寄高常侍》诸作"善叙事"等，皆切近而不免空泛。除眉批外，正文行间亦时有圈点、夹评及竖划。夹评中大多"语特凄怆"、"陡绝又是一体"、"甚真"、"渐觉浑成，天趣自见"即兴评语，句旁竖划处则往往批以"凑句"、"无味"、"蠢而嫩"、"结句弱"、"不必作如此说"、"此人所讳者"③等贬议诛语。这种评点，打破了注杜一味颂美而隐没拙陋的不实常例，《四库全书总目》谓其"所评杜诗，欲矫七子摹拟之弊，遂动以肥浊为诟

① ［明］郭正域辑评《韩文杜律》二卷之《批点杜工部七言律序》，《四库全书存目丛书》集部第 327 册，齐鲁书社 1997 年版，第 662—663 页。

② ［明］郭正域辑评《韩文杜律》二卷之《批点杜工部七言律序》，《四库全书存目丛书》集部第 327 册，齐鲁书社 1997 年版，第 663 页。

③ 以上引文俱见郭正域辑评《韩文杜律》二卷之《杜子美七言律》，《四库全书存目丛书》集部第 327 册，齐鲁书社 1997 年版，第 668—691 页。

病，是公安之骖乘，而竟陵之先鞭也”①，而刻印者闵齐伋则欣然为之作跋曰：

> 先生服膺子美，直摅所得，与相印诊，盖已达窾中微。乃若子美七言，古今宗匠，昔人有谓之圣矣。白璧之瑕，谁能指之？大都无古人之胆识，而欲尚友古人，正自难耳。如其真与冥契，安在以佞为恭？自有此评，而后进于今知所趣舍矣。子美而有知者，能无点首？先生而前，在宋唯刘须溪时寄此意。是用取先生所手校于南雍者更付之梓，而黛书刘语以附。②

钟爱杜诗、称赏杜甫人品诗品是宋以来文人的普遍倾向，这种主流意识慢慢渗透到对杜诗文献的辑注与点评中，便呈现出一派人云亦云、无甚新意的颂赞景象。郭正域同样也很敬重杜甫，至读其七言律，洞幽察微，而能直陈己见；冥契古人，却不献媚趋奉。纵有指摘之言未必尽当，但并不影响其整体立意甚高。因而，闵齐伋识语中盛赞了这种取舍有道的注评原则。

由末句而知，此书初刻本即录刘辰翁评。然周采泉《杜集书录》以原刻为“万历十一年(1583)乌程闵齐伋刻三色套印本。半页八行，行十八字，白口，左右双边，无鱼尾”③，但未注明该版中是否包括韩文与杜律各一卷；张忠纲《杜集叙录》则慎作“万历间刊朱墨套印本”，或以此书原刻仅是朱墨本，或以其最早三色套印本为“万历四十五年(1617)闵齐伋刊《杜诗韩文》”④。朱墨套印本今已不可见，故实难揣度此书初刻本有否囊括韩文部分，亦或是三色套印而成。

九、七律选注本：赵统《杜律意注》

赵统，字伯一，陕西临潼人。嘉靖十四年(1535)进士，官至户部郎中⑤。著有《骊山集》，所编撰《杜律意注》二卷，《四库全书总目》谓“是编诠释杜甫七言律诗，首论拗体，谓为杜之粗律，是全然不解声调者。所诠释亦皆臆度，不甚得作者之意。《凡例》称所见杜诗，惟虞注二卷。故虽颇有所校正，而漫

---

① [清]永瑢等撰《四库全书总目》卷一九三(集部・总集类存目三)，中华书局1965年版，第1756页。
② [明]郭正域辑评《韩文杜律》二卷之《杜子美七言律・乌程闵齐伋识》，《四库全书存目丛书》集部第327册，齐鲁书社1997年版，第691页。
③ 周采泉《杜集书录》内编卷六，上海古籍出版社1986年版，第322页。
④ 张忠纲等编《杜集叙录》，齐鲁书社2008年版，第189页。
⑤ 瞿冕良编著《中国古籍版刻辞典》(增订本)，苏州大学出版社2009年版，第620页。

无考证”①。

杜泽逊《四库存目标注》不惟著录“陕西省图书馆藏清刻本，赵统《骊山集》之一。题‘新丰赵统伯一意注’。半叶十行，行二十字，白口，四周双边。版心上刻‘骊山集’。前有万历七年自叙、凡例”，还细致考辨：“原定为万历七年刊，观其‘曆’字作‘歷’，字体亦不似万历本，旻、宁均不避，当是清乾隆刻本。《存目丛书》据以影印。”②

今见《四库全书存目丛书》集部第4册缩印本《杜律意注》二卷，为白口、单鱼尾、四周双边版式。卷首所载赵统撰《杜律意注自叙》，开篇即提出以孔子赞《易》、说《诗》为最高标准，对宋以来注杜者以“艺”为尚表示不满：

> 杜子美诗前人注之多不似，为不得其意，自丽其文耳，异乎我先师孔子赞《易》说《诗》之辞矣。至其品诗也，动谓之曰艺。夫诗以言志，文以载道，直艺成而下云乎哉。一蒙艺名，将学者自以为艺，而注者亦但以艺注之耳，博物、编年而竟不及其意。代有作者，亦自按律致调，如小狱吏然。③

“诗以言志”是孔门说《诗》的根本理念，强调修身、致知的教化功能是先儒品诗的基本风尚。之所以前人注杜多有不似，皆在于质非文是，以“艺”为注，而不及诗“意”本身。即使从格调、韵律出发来把握杜诗，也是局促之举，终难得乎形神。故在批评方法上，赵统极力主张以孟子“以意逆志”来读诗：“是诗道也，孟子盖言之矣：以意逆志，是为得之。舍意而言律调，以求如艺然，如此乎论诗与?”④孟子的“以意逆志”说里，“不以辞害志”⑤是重要内涵。赵统对此颇有心会而直曰：“夫其辞之不同者，古今之文变耳。苟得其意，皆为诗道。”⑥

因此，他根据对杜诗的要领和杜甫平生遭际的理解，拎出一“愁”字，认

---

① ［清］永瑢等撰《四库全书总目》卷一七四(集部・别集类存目一)，中华书局1965年版，第1532页。

② 杜泽逊《四库存目标注》卷五十一(集部二・别集类一)，上海古籍出版社2007年版，第2478页。

③ ［明］赵统撰《杜律意注自叙》，《杜律意注二卷》卷之首，《四库全书存目丛书》集部第4册，齐鲁书社1997年版，第467页。

④ ［明］赵统撰《杜律意注自叙》，《杜律意注二卷》卷之首，《四库全书存目丛书》集部第4册，齐鲁书社1997年版，第467页。

⑤ ［宋］朱熹撰《四书章句集注・孟子集注》卷九《万章章句上》：“故说诗者，不以文害辞，不以辞害志。以意逆志，是为得之。”(中华书局1983年版，第306页)

⑥ ［明］赵统撰《杜律意注自叙》，《杜律意注二卷》卷之首，《四库全书存目丛书》集部第4册，齐鲁书社1997年版，第467页。

为此字是杜诗一以贯之的生命，并将宋人特别揭出的“忠爱”置于“愁”字语境之下来看待，他说：

> 若夫其意，盖杜罹患难，惟重罹患难者而后知之。苟得其意，则此老之全诗，一愁可以贯之。凡其忠爱，皆自愁中出者耳。余无命，徒以他同省同姓之嫌，移毒于监守之误报，比于大辟。近三十年，奔流羁縻，因多谙杜意，故特为注意，以破杜愁，自负尽得杜意也。若余之受者，吏毒与国难方，则杜尚得自宽；而余以恤典生还，则杜尚或有遗恨。与恤而注杜，乃吊杜也。①

最后，他还特意交代了编刻《杜律意注》一书只取七言杜律以作注的原因：

> 注止七律。以诗学相尚，推类解意，诸体可兼也。误报我者，已而尽忘杜老，其如卢杨安史何？前人可作，或反解余云：《诗》曰：“寺人孟子，作为此诗。”新丰赵统，注杜如斯。万历七年己卯九月望日新丰赵伯一统叙。②

不论就情感张力、思想意脉还是律调艺术而言，七律都可说是杜诗众体中最具代表性的一种体式。因而，赵统选择以七律为突破，便可将“意注”作为读杜阐杜的基本范式而推及其余诸体，达到触类旁通之效。

这篇《自叙》后，即该书《凡例》，大致交代所录七言杜律拗体凡52首。又列“分韵目录”、“拗体目录”于“卷目录”之前。卷一目次为“纪行二首”、“述怀八首”、“怀古六首”、“将相五首”、“宫殿三首”、“省宇三首”、“居室八首”，计35首；卷二目次为“题壁二首”、“宗族三首”、“隐逸三首”、“释老二首”、“寺观三首”、“四时二十一首”，计34首。③

① [明]赵统撰《杜律意注自叙》，《杜律意注二卷》卷之首，《四库全书存目丛书》集部第4册，齐鲁书社1997年版，第467—468页。

② [明]赵统撰《杜律意注自叙》，《杜律意注二卷》卷之首，《四库全书存目丛书》集部第4册，齐鲁书社1997年版，第468页。

③ [明]赵统撰《杜律意注·目录》，《四库全书存目丛书》集部第4册，齐鲁书社1997年版，第472、486页。

十、七言律注本：颜廷榘《杜律意笺》

颜廷榘，字范卿，福建永春人。少赋异禀，工古文辞。嘉靖三十七年(1558)贡生，授九江府通判，终岷王府左长史。平生仰慕杜甫，作诗极力摹杜，海内咸知其名。所著有《楚游草》、《燕南寓稿》、《丛桂堂集》等。[①]《千顷堂书目》载“颜廷榘《杜律意笺》二卷”[②]，《四库全书总目》评之曰：“是编取杜甫诗七言律一百五十一首，先用疏释，次加证引，名曰‘意笺’。盖取以意逆志之义。其讥伪虞注之草草，持论良是；然核其所解，与伪虞注正复相等也。”[③]

此书万历年间初刻于永春县，杜泽逊《四库存目标注》述曰：

> 北京大学藏明刻本，卷上首叶题“鲁国颜廷榘范卿笺”，半叶九行，行十七字，白口，四周单边。眉栏镌评。前有颜廷榘《上杜律意笺状》，开首自称“岷王府左长史致仕前江西九江府通判永春颜廷榘”。次行文云：“奉钦差巡抚福建等处地方兼提督军务都察院副都御史朱，牌行永春县将发来《杜律意笺》查支勘动银刊刻完刷印送阅及用过银数报查。”……卷内钤“佐伯文库”、“方功惠藏”、“碧琳琅馆珍藏”、“巴陵方氏藏书印”、“柳桥读过”等印记。[④]

《四库全书存目丛书》集部第5册即据北大藏本影印。其卷首载颜廷榘《上杜律意笺状》，先自述：“以意笺唐工部员外郎杜甫子美七言律诗凡一百五十一首，而笺有不能尽意有所论著者，并所采辑今昔诸名公所题评，以次列于篇上，或系于句下，总之曰《杜律意笺》，分为上下卷，谨缮写上呈。”次论“窃谓律诗非古也。始于初唐，盛于开元、大历之间，独子美称为大家”，对杜甫在律体方面的艺术造诣表示高度认可。末叙虞集、张孚敬、谢杰诸家注互有缺憾，遂引孟子“以意逆志”说，阐明编纂目的：“笺生于意，吾意如是，犹□于作者之志合乎否也，则于笺乎验之，以就正于大雅君子，抑亦可乎？”[⑤]

此本卷目之前尚有三条性质绝类“凡例”者：“一、篇目。按，全集依年

① 参看张㧑之、沈起炜、刘德重主编《中国历代人名大辞典》，上海古籍出版社1999年版，第2515页；郑庆笃等《杜集书目提要》，齐鲁书社1986年版，第94页。

② [清]黄虞稷撰《千顷堂书目》卷三十二，上海古籍出版社2001年版，第781页。

③ [清]永瑢等撰《四库全书总目》卷一七四(集部·别集类存目一)，中华书局1965年版，第1532页。

④ 杜泽逊《四库存目标注》卷五十一(集部二·别集类一)，上海古籍出版社2007年版，第2479页。

⑤ [明]颜廷榘《杜律意笺》卷首，《四库全书存目丛书》集部第5册，齐鲁书社1997年版，第1—2页。

谱,不分门类,今亦如之,见公平生著作之次。二、笺。先解正意,其引证事迹及用字语所出,则置圈外。三、诸公题评。书氏、书字、书爵、书谥、书号,或称所著、书自题者,不书氏以笺吾笺,不赘书也。”①即揭示了编年体例、先笺后考、简明扼要三大编纂原则。

又,严绍璗《日藏汉籍善本书录》著录:“《杜律意笺》二卷,唐杜甫撰,明颜廷榘笺。明万历三十一年(1603)刊本,共二册。内阁文库藏本。原枫山官库等旧藏。”②此本不知与北大藏本是否同。

此书后有清康熙六年(1667)颜尧揆重刊本。1974年台湾大通书局据康熙本影印《杜诗丛刊》本,因阙原书所载康熙六年颜尧揆“小识”,而误作明末刊本。

周采泉《杜集书录》著录此书,引明人何乔远《杜律意笺序》,似出清刻本,未见于《四库存目丛书》。何序有云:“乡先辈左相颜范卿公,沉涵唐诗有年,其为《杜诗意笺》,殆竭一生心想,老而后出之,大中丞滇南近华朱公为刻而行焉。中丞有所评鉴,左相公亦以载于笺端。左相所笺,取得杜公一章大指之所在,而不贵以博洽自见,其义约而理明。中丞公所评甚简,然皆确然而无疑者。”③此序重要之处在于指明颜廷榘此书除颜笺外,还有时人朱近华评鉴。

十一、七律集注本:薛益《杜工部七言律诗分类集注》

元代出现了杜甫五律、七律集本,对明代影响较大。万历中后期,出现过谢杰《杜律詹言》、龚道立《杜律心解》。崇祯间出现的薛益《杜工部七言律诗分类集注》,似为后出转精。薛益(1563—1641后),一名明益,字虞卿,江苏长洲人。薛益是文徵明外孙,亦是书法名家,尤擅小楷。曾为泸州训导、兴化府通判。著有《薛虞卿诗集》等。

《杜工部七言律诗分类集注》二卷,明清两代公私书目均未见著录,传世较少,国内惟吉林省图有藏本,海外流传有数种。日本内阁文库藏本已扫描向外界公开。内阁文库本是崇祯间金阊五云居刊本的翻刻本,加有日本训读符号,共五册。书名页有三列,分别题署曰:薛虞卿先生集注、杜工部七言律诗、金阊五云居梓行。第一册卷首在徐如翰、林云凤二序之后,目录之前,

① [明]颜廷榘《杜律意笺》卷首,《四库全书存目丛书》集部第5册,齐鲁书社1997年版,第2页。
② 严绍璗编著《日藏汉籍善本书录》(集部·别集类),中华书局2007年版,第1450页。
③ [明]何乔远《镜山全集》卷二十九《杜律意笺跋》,福建人民出版社2015年版,第794页。周采泉《杜集书录》内编卷六摘引作《杜律意笺序》,上海古籍出版社1986年版,第320—321页。

有八种相关资料：一是薛益给徐如翰的求序诗，二是杨士奇《杜律虞注》旧序，三是白云漫史《少陵纪略》，四是白云漫史《杜律虞注叙略》，五是薛益题于白云漫史上项材料之后的跋语，六是《杜律心解题词》，七是《杜律心解凡例》，八是薛益题于《杜律心解凡例》之后的跋。其中的白云漫史即谢杰。谢杰有《杜律詹言》，卷首有自序和《少陵纪》，薛益本所收《杜律虞注叙略》即《杜律詹言》的谢杰自序之缩略，《少陵纪略》亦为《杜律詹言》谢杰《少陵纪》的缩写。

谢杰《杜律詹言》自序列述了传世本《杜律虞注》注解之"诬杜"例甚多，力主该书非虞集所为。薛益在节引谢杰此序后，又题跋曰：

白云先生之说是矣，然亦未若此之甚。如观桥、合欢、卢充、金盌等一二显误则当正之，其大都冠绝诸家，定不可泯，故天亦从之，若有待于今日者然。盖益稚年只管所窥，迄今耄而愈甚者，乃述圣氏言："思知人不可不知天也。"益时时体省，久之憬然，即巨如王霸，细若豆箪，何一非人而亦何一非天。自末季党兴，举人天一笔涂勾。桀黠者夸父，惟知有我，而我其所我；困敦者流沙，并不知我，我皆不知，而况人乎，而况天乎？益仍管傍惟亚圣氏，集养悦心，他一无知已，及读杨子云固拒附名，皮袭美痛戒文业，子美当流离维谷，时仙人王皎明语其为少微星谪，今虽偃蹇，他日大名当垂万世，究竟李唐一代诗篇，惟杜白为华夷诵读。乃虞注出之最晚，真耶赝耶，而独与偕，参之坡仙奎宿，章蔡辈铲灭无遗，文翰终行千古，事类一脔而帝则必察，全鼎可知。用是只管笺杜，一秉于虞，误则竭博稽之力，正则任习气之口。前庚辰岁始事，再庚辰岁告成，岁次一周中。拨闷则诸春竞美，发兴则莲柳争妍，又重之以修默悬符胥钞密印。上虞徐伯鹰使君痂契最早，崇祯丁丑岁八月，伯鹰手书贻贶，且云方事刻集，索余所注杜诗。余应以半，而其书中多凄惨之情，非复生平绝倒之素。且报门牙已落，读之不觉动心，遂答一歌，借手乞其玄晏。余亦以顽癞，误药几殆，虽邀迦摩罗，幸诸事庋阁。今辛巳秋，海阳旧社兄程伯洋力任梓传，林若抚社长又不惜自伤藻鉴，盛费青黄，以起沟断，复出默居士《心解》，旧闻其相底成，天机辐辏，痴管固然。乃赘跋其缘繇，听从劀劂如此。崇祯十四年岁在辛巳秋八月书于虚阁关中。①

薛益在卷首所节引谢杰两文，作者都题为“白云漫史”，而薛益题《杜律心解凡例》之后的跋语中还说不知白云漫史是谁。然而，传世的谢杰《杜律詹言》在自序末尾题款明明有“白云漫叟谢杰汉甫书于龙山精舍”。《杜律詹言》在两卷的头尾都未题编注者、校勘者姓名，可能薛益所看到的该书非完本。此跋说明：薛益虽基本接受了谢杰的观点，但却对传世的《杜律虞注》给予了一定的认可，从而解释了自己“只管笺杜，一秉于虞”的缘由。根据这则跋语，薛益从年轻时即喜读杜甫七律，所读本即是《杜律虞注》。万历八年(庚辰，1580)薛益十七岁，就开始对《杜律虞注》进行增补与订讹；至崇祯十年(丁丑，1637)，尚未完成；又过了三年，即崇祯十三年，始告完成，全书前后耗时竟然达到六十年之久。薛益此跋作于次年(辛巳，1641)。

薛益此本在节引谢杰两文之后，较为奇怪的是还抄录了《杜律心解题词》和《杜律心解凡例》。前者只是摘录《遯斋闲览》等四则有关杜诗的诗话，我们知道历代有关杜诗的诗话汗牛充栋，薛益辗转从《杜律心解》中抄引，显得较为草率。后者末尾有薛益崇祯十四年八月所题短跋：“右《心解》系晋陵修默居士挟以宦游，万历甲辰春刻于湖西。竟不知《心解》者与修默、白云为谁，姑仍原号以俟之。”说明薛益所见的《杜律心解》注解人题署为“修默居士”，刻于万历三十二年(1604)。今人汪欣欣推测，此本所录《杜律心解》是龚道立注解本②，虽无从确证，但就现今所能见到的各种材料，这是较为合理的推测。薛益所引《杜律心解凡例》全文为：

一、凡诗皆本性情，一时天机感触有不容言者为妙最，今人皆泥其锻炼精深者为上，而平易自然者为下，而忽之略不为之阐析发明，此尤注家之大病。余虽疏浅，亦不敢忽性情而崇句律，以负老杜，以误后人，卒使《三百篇》之遗韵竟湮没而不存。

一、杜诗尝本之六经语，贯穿子史，奴隶诸家，所以人不可及。时俗何据而谓诗不用儒书语，更为可笑。

一、《诗》兼兴比赋，后人诗不及古者以赋体多而寄兴浅也。故

---

① [明]薛益集注《杜工部七言律诗分类集注》卷首，日本内阁文库藏据明崇祯十四年(1641)金阊五云居翻刻本。

② 汪欣欣《薛益〈杜工部七言律诗分类集注〉考述》，载《杜甫研究学刊》2019年第3期。按，汪欣欣文注22所引薛益短跋，“刻”误为“客”，标点亦有不同。

凡诗中咏物如雁燕鸥鸭之类，当明其托物比兴，即写怀志感中类多有之，读者不可草草略过，斯为善读杜者。①

此凡例仅短短三条，前两条相反相成，说明既不能过于穿凿，过于求深求博，而要认识到诗是性情语，最好的诗往往出自"一时天机感触"，但另一方面又承认杜诗有很深的经、史、子学问，注家要努力把杜诗中所含的学问挖掘出来。第三条则解释了《杜律心解》各诗都标出所用的赋比兴手法。值得注意的是，凡例本是根据自己著作的目标、宗旨而确立的体例性说明，每部书一般都应有自己特别的体例讲求，薛益此书却直接将《杜律心解》之凡例抄来为己所用，这在著述史上是很奇怪、很值得注意的现象。

薛益此本卷首有明末人徐如翰、林云凤二序。徐如翰《杜工部七言律诗分类集注序》如下：

余初读工部诗，辩其声，未通其气也。通其气，未晤其神也。晤其神，终未获其解也。盖余学与年俱进，则工部与余年俱深。相人之质，以读工部之诗，高者见其高，清者见其清，权奇雄奥者见其权奇雄奥。如观舍利，本无定光，随人自异。昔陶渊明读书不求甚解，则善读书。然紫阳诸君以一人之识、一时之谛，束缚天下后世聪明才辩之士，使不敢动。上以妥先圣贤之灵，下以宪时王之制，则注之思微而功者著也。他如辅嗣注《易》、郭象注《庄》，俱于旧注外为解义，妙析奇致。故读古人书者，必传古人之心；传古人之心者，必更传古人未尽传之心。工部忠爱热中，所为诗，犹词严耸则类《春秋》；美刺委至，则拟《风》、《雅》。作者固难，则注者不易。故昔人有云："读书不破万卷，看不得杜诗。"看且难，而况于注乎？向来注者无虑十数家，而虞注最称有得。然一人之意见览识，终未或尽。故尚多舛缺，欲增正之，抑又难言之矣。余友长洲薛虞卿兄，真胸中破万卷人也。迩且杜门谢客，坐卧一高楼中，即家之人亦不得数起居焉。朝夕惟与三乘、九籥为伍，如此者六载于兹。故其慧境弥朗，悟地弥超，仍不废酬赓咏歌，以资真性。因忆夙所稽核《杜律虞注》之误阙，如《观造竹桥》一篇二舛，及少微自居为话家共指，

① ［明］薛益集注《杜工部七言律诗分类集注》卷首，日本内阁文库藏据明崇祯十四年（1641）金阊五云居翻刻本。

其他"金根"、"伏猎"等讹，悉为厘正。千秋暗室，一旦光融，遂使两情皆得，彼此俱畅，岂惟少陵知己，实为邵庵得朋矣，抑余于是而亦有所忆焉。子美非襄阳人也，其先世祖预原京兆人，十一世而至审言，十三世而至甫。甫世葬司马村。自审之祖，氏族俱在。甫前母荥阳郑氏出于鼎族，生母清河崔氏能著阃仪，继母范阳卢氏并父开葬首阳，其志状尚稽也。只缘预之少子名义者窜于荆襄，而甫遭离乱亦曾流寓此地，故赞者遂谓之襄阳儿耳，何《唐书》不详察耶？余曩年初宦京邸，时与友人辩此最详，第未曾记之豪楮，今因为虞卿兄作《杜律集注叙》，遂附此数语于叙末，以补《唐书》之偶误云。崇祯戊寅冬越虞友弟徐如翰叙。①

徐如翰，字伯鹰，号檀燕，浙江上虞人，万历二十九年(1601)进士。曾任大同参政。方从哲乱政时，因越职上疏，而辞官归里。崇祯初，先后任平凉参政、陕西参政。后归乡，与刘宗周、陶石梁、陈元宴诸人游从，时有"稽山八老"之称。有《檀燕山集》传世。徐如翰此序指出：根据朱熹注经、王弼注《易》、郭象注《庄》等典范注解，注杜的目标应是"读古人书者，必传古人之心；传古人之心者，必更传古人未尽传之心"。徐如翰认为对杜诗的理解，需要在年龄、阅历和学问几方面不断增长中逐渐提高，可见知杜不易，解杜、注杜尤难。与一般看法不同，徐如翰认为在宋以来各注家中，虞注对杜甫的忠爱之心及其学识之深"最称有得"。只是虞注仍有未尽之处，这就是薛益增补、订正的价值所在。根据薛益跋文，崇祯十年(1637)徐如翰向有通家之好的薛益表示有刻杜集之意，因为知薛益正在注杜，索阅。此时薛益注杜尚未竣工，因有徐如翰的催问，薛益决定加快进度，并作诗一首赠徐，求徐作序。徐如翰遂于次年撰成此序，而此时距离薛益此本竣工尚有两年时间，故徐序对薛注的具体体例、成就无从评价。

徐序之后，又收薛益的同社友林云凤所撰《薛虞卿先生杜律七言集注序》：

杜诗备众体，而律为最多。注者数十家，而惟刘会孟、虞伯生、赵子常为最著。子常专注五言，伯生专注七言，而杜律始单行于

① [明]徐如翰《杜工部七言律诗分类集注序》，载[明]薛益集注《杜工部七言律诗分类集注》卷首，日本内阁文库藏据明崇祯十四年(1641)金阊五云居翻刻本，第1—4页。按，杜甫父亲名闲，此刻本徐序误为"開"，应是形近而讹。

世。我明杨文贞序《杜律虞注》，疑其不出伯生之手，余尝考之，有云："元进士张性伯成所为也。穿凿饾饤、附会签合，不无杕杜之讹、根银之误，鲁鱼帝虎之错，腊猎獐獐之谬，令人心目徽缧，莫克了了。"余友薛虞卿先生有慨焉，亟以厘正增注自任，久之成书。余乍见而惊怖其言如河汉而无极，三四读不自知其沉湎濡首矣。盖先生履历同于杜者五，胜于杜者六，故能设身以处其地，推心以代其口，抗眉列论、抵掌击节。若起杜于九京而与之上下千古，晤言一室，揖之而即前，呼之而即应也。杜下第，困长安，献《三大礼赋》，而先生以名诸生入成均，贡于京师，其同于杜者一；杜谒肃宗，特授左拾遗，而先生奉恩旨，除授泸州儒训，不繇荐援，其同于杜者二；杜号"诗史"，而先生所辑郡乘，博学宏词，当道引重，及吟咏篇什，古今诸体，炉锤焕然一新，"无一字无来处"，其同于杜者三；杜幽居浣花，而先生化蜀之余，怀湘吊屈，寻成都之卜肆，问临邛之酒垆，其同于杜者四；杜自比稷契，情不忘君，而先生服膺邹鲁，性耻折腰，忧盛危明，膏施未究，其同于杜者五。杜扁舟下荆楚，绝无地主，而先生所至争相延款，载酒问奇，户外屦交错，其胜于杜者一；杜挈家依严武，几遭其杀，而先生里居之宅，则长洲江令公所赠，兼有诗期玉堂，弃官杜门，则开府张公隆式庐之典，署其门曰"盛世醇儒"，其胜于杜者二；杜流落剑南，负薪拾橡，稚子恒饥，而先生足不下楼，心织笔耕，重以锺、王、旭、素衣钵兼传，大名最早，青蓝晋国，胜于杜者三；杜故交零落，惟朱山人为邻，不闻能诗，而先生同社多鼎贵，或奉为师表，或待以父执，其胜于杜者四；杜年未六十，厄于耒阳，而先生登耄耋，色腴神王，能于灯下作蝇头小楷，其胜于杜者五；杜与巳公、旻公、赞公游，而禅定未习，先生谢客数年，长斋奉戒，日惟焚香写经，回向专精净业，居然莲台中人，其胜于杜者六。惟先生同于杜者五，胜于杜者六，况本千二百意，无烦钩深索隐、吊诡抉奇，而杜之绮丽秾郁者、平澹酝藉者、悲壮浑涵者、清雄老秀者、险拙含蓄者、感慨沉郁者、顿挫抑扬者、纡回曲折者、开阖节凑者，一百五十一章之中，靡不贯彻而会通之。昔人谓杜诗"无一字无来处"，又谓"不读万卷书，看不得杜诗"，非先生于俗间经书有惠施之五车，李克之四部，茂先之三十乘，兰台石仓、天禄酉阳之储，何以臻此哉？余总角与先生忘年领挈，迄今升沉变幻，不可胜数，我两人犹相视莫逆，谓余为知言，属余为序。嗟夫！《南华》得郭象而弥玄，《世说》得孝标而弥赡，先生真其人乎！若以余为玄晏，则余岂敢。崇祯十有四年七月仙山社小弟林云凤敬纂。①

林云凤(1578—1654)，字若抚，别号三素老人，江苏长洲人。天启、崇祯间，以诗闻名吴中，亦善论诗。明清易代后，归隐乡里，安贫乐道。这篇长序罗列了薛益比之杜甫的五大相同点和六大优胜点，以此说明薛益与杜甫为异代知音，从而肯定了薛注的价值，也从特定的角度对杜甫其人作了评价，具有一定的学术价值。林序作于崇祯十四年，是薛注完成的次年。

薛益此本收入杜甫所有七律作品，与传世诸本《杜律虞注》一样按内容分类编排，分为纪行、述怀、怀古、将相、宫殿、省宇、居室、题人屋、宗族、隐逸、释老、寺观、四时、节序、昼夜、天文、地理、楼阁、眺望、亭榭、果实、舟楫、桥梁、燕饮、音乐、禽兽、虫类、简寄、寻访、酬寄、别送、杂赋等32类。

两卷的首行标书名、卷次，第二行标"明长洲后学薛益集注"，下两行标"海阳社弟程圣谟，男薛桂、松同较(校)"。

此本体例，各诗原文顶行。注解换行，独立，低两字。试录卷上四时类《曲江二首》其一(一片花飞减却春)的注解如下：

赋也。"飞此一片花，减却青春色"，古语也。○此公志有不行，故因伤暮春而感人事也。言花飞一片已减春色，而风飘万点之多，岂不令人愁乎？万片同落，则花将尽矣。故次联言且看此花，宜痛饮以领余春，不可嫌其多酒。第三联又即所见而感人事之变，亦因春暮而触此情也。即曰：曲江旧时风景佳丽，禄山乱后，无复向时之胜，是以堂无人则翡翠来巢。苑谓芙蓉苑，在曲江西南麒麟冢前。石兽无主，故毁而卧，盛衰不尝如此。推详此理，则人生须及时行乐耳，何必浮名之绊身。绊，马絷也。②

注解首先标出所用赋比兴之法，然后列明出处，解释篇旨、句意，理清思路，遇有需要解释的字词再随时解释。一首诗的解释，语句讲究，文气通畅，如同口讲。在宋明讲学风气下，用此法解诗是很自然的。薛益的解读是到

① [明]林云凤《薛虞卿先生杜律七言集注序》，载[明]薛益集注《杜工部七言律诗分类集注》卷首，日本内阁文库藏据明崇祯十四年(1641)金阊五云居刻翻刻本，第5—10页。

② [明]薛益集注《杜工部七言律诗分类集注》卷上，日本内阁文库藏明崇祯十四年(1641)金阊五云居刻本，第22页。

位的，难怪林云凤评价说："余乍见而惊怖其言如河汉而无极，三四读不自知其沉湎濡首矣。"可注意的是：此书名为"集注"，但实际并不抄录旧注，全书也无所参阅旧注的名氏，而是在阅读多家旧注之后，根据己意有所裁择，用自己的语言来作表述。这种"集注"是明代的新例。

第三节　李杜诗合刻本考论

李杜诗合刻本在万历以后也有数种较有影响，分别为梅鼎祚《唐二家诗钞》、屠隆集评《唐二家诗钞评林》、胡震亨《李杜诗通》和闵映璧《李杜诗选》四种。

一、分体评注本：梅鼎祚《唐二家诗钞》

梅鼎祚，字禹金，号胜乐道人，又号梅真子、太一生，安徽宣城人。国子监生，以古学自任，诗文博雅、宗法李何，尝受知于王世贞、汤显祖。万历间辞荐不仕，归隐书带园，构天逸阁藏书。一生博闻强识、著述充栋，享誉天启、崇祯间。《四库全书总目》谓"鼎祚辑《八代诗乘》，又辑《古乐苑》，于诗家正变源流，不为不审"①，见其于诗之源流、辨体意识分明。著有《鹿裘石室集》六十五卷，刻书逾二百卷，家刻本号"鹿裘石室"、"玄白堂"。

至于梅鼎祚生卒年，学界向有四种成说：一是《明人传记资料索引》作"1549—1618"②，二是《中国文学大辞典》、《明代出版史稿》作"1549—1615"③，三是《杜集叙录》作"1549—1616"④，四是《中国古籍版刻辞典》、《中国历代人名大辞典》作"1553—1619"⑤。

梅鼎祚撰《鹿裘石室集》诗集卷二五《临其留题》题下小注："乙卯八月廿四日午时以手画授而逝。"⑥乙卯即万历四十三年(1615)，据此卷末署"男士

---

① ［清］永瑢等撰《四库全书总目》卷一八〇(集部·别集类存目七)，中华书局1965年版，第1626页。

② 台湾"中央图书馆"编《明人传记资料索引》，台北文史哲出版社1978年版，第506页。

③ 钱仲联等编著《中国文学大辞典》，上海辞书出版社2000年版，第952—953页；缪咏禾《明代出版史稿》，江苏人民出版社2000年版，第524页。

④ 张忠纲等编《杜集叙录》，齐鲁书社2008年版，第186页。

⑤ 瞿冕良编著《中国古籍版刻辞典》(增订本)，苏州大学出版社2009年版，第136页；张撝之、沈起炜、刘德重主编《中国历代人名大辞典》，上海古籍出版社1999年版，第2122页。

⑥ ［明］梅鼎祚撰《鹿裘石室集》诗集卷二五，《续修四库全书》集部第1379册，上海古籍出版社2002年版，第100页。

都、出祧男士好编次”[1]知,《临其留题》组诗三首是梅鼎祚临终以手绘示意,其子梅士都、出继子梅士好[2]二人笔录而得,诗成,梅鼎祚即辞世。故题下小注是梅鼎祚之子补加的背景说明,应真实可信。

又据《临其留题》其三:

> 六十七年精打哄,百千万岁总依俙。我今一笑□云去,碧海青天任所归。[3]

从诗意看,梅鼎祚临终绝笔之作总结平生“六十七年”殚精竭虑的著述生涯,在宇宙时空面前个体生命的短暂渺小,似乎洒脱飘乎地随顺自然,回归苍茫天地间才是人生最好的解脱与归宿。这里且不细论其诗意中所透露出来的王阳明心学思想影响,就其一生举成数(因卒于八月,未满一年)“六十七年”来倒推,则梅鼎祚当生于嘉靖二十八年(1549)。

前引第一种《明人传记资料索引》中称梅鼎祚“年七十卒”,应误。钱谦益《列朝诗集小传》丁集下《梅太学鼎祚》云:

> 鼎祚,字禹金,宣城人。云南参政守德之子。禹金舞象时,陈鸣野、王仲房皆其父客,故禹金少即称诗。长而与沈君典齐名。君典取上第,禹金遂弃举子业,肆力诗文,撰述甚富。万历末,年六十七,赋诗说偈而逝。有《鹿裘集》六十五卷。禹金于学,博而不精,其为诗,宗法李、何,虽游猎汉魏三唐,终不出近代风调。七言今体,步趋李于鳞,又其靡也。“秋减叶声中”,五字擅场,虽千章万句,亦何以加。禹金好聚书,尝与焦弱侯、冯开之暨虞山赵玄度订约搜访,期三年一会于金陵,各书其所得异书逸典,互相雠写。事虽未就,其志尚可以千古矣。[4]

---

① [明]梅鼎祚撰《鹿裘石室集》诗集卷二五,《续修四库全书》集部第1379册,上海古籍出版社2002年版,第100页。

② [清]庄泰弘等修,刘尧枝等纂《(康熙)宁国府志》卷一九载:(梅鼎祚)“伯兄元祚无子,以仲子士好嗣之,敬嫂刘氏如母。岁乙卯卒,年六十七。”转引自陈文新主编,赵伯陶分册主编《中国文学编年史·明末清初卷》,湖南人民出版社2006年版,第44页。

③ [明]梅鼎祚撰《鹿裘石室集》诗集卷二五,《续修四库全书》集部第1379册,上海古籍出版社2002年版,第100页。

④ 钱谦益《列朝诗集小传》丁集下“梅太学鼎祚”条,上海古籍出版社1983年版,第627页。

此传明言梅鼎祚享年六十七岁。“说偈而逝”，可证他是一名虔诚的佛教徒；而“其为诗，宗法李、何”，则知他亦是明中后期复古主义诗学的追随者。钱谦益最肯定他博览、广收的藏书家识具与志意。

清末陈田《明诗纪事》庚签卷八选梅鼎祚诗十五首，引欧大任《虞部集》：“禹金五言古苍然骨立，七言驰骤乐府，时极少陵之致。近体其气完，其声铿以平，其思丽以雅，盖彬彬中宫商也。”①梅鼎祚《鹿裘石室集》卷首录有《予宁草序》，乃“万历癸未秋八月朔友人岭南欧大任撰”②，即表明万历十一年(1583)时，欧大任曾读过梅鼎祚之诗，故评其诗“时极少陵之致”，虽不无友朋间溢美吹捧之嫌，也有一定的真实感性体验。梅鼎祚的诗歌创作能与杜诗有相似相近处，当与其勠力编纂杜集、评点杜诗有密切关系。

梅鼎祚以“唐二家”来命名李杜合刻本，这种提法在明代很稀少。周采泉考辑“明人《李杜合刻》为数颇多，题称‘唐二家诗钞’者，唯此及梅鼎祚所辑者”③。《杜集书录》亦较全面辑录了梅氏所刻三种版本。一、《唐二家诗钞》。包括李白诗四卷、杜甫诗六卷，万历七年(1579)鹿裘石室精印。《粹芬阁珍藏善本书目》载：“此书共十册，万历白棉纸印。前有巴郡蹇达撰序，后有千秋乡人梅鼎祚序，末有万历己卯元熙仲弢后序。”④此本虽未标编者，然有梅氏序，或为“评林”之早期刻本。二、《唐二家诗钞评林》。《中国丛书综录》录李杜诗钞各四卷，万历十七年(1589)刻。⑤ 此为李杜合选合刻之评本，与《唐二家诗钞》系前后两刻，卷数亦不同。三、《李杜约选》八卷。《(嘉庆)宁国府志》作十卷，盛宣怀《愚斋藏书目录》录为八卷本。以上三种或坊刻、或家刻、或自刻，均脱胎于梅氏编刻本，惟书名、卷数有异。⑥

又，陈伯海等先生撰《唐诗书录》著录有“《杜诗钞评》八卷，梅鼎祚选评。明万历六年(1578)鹿裘石室刻《唐二家诗钞》本”⑦。马同俨、姜炳炘撰《杜诗版本目录》亦录“《杜诗钞》八卷，梅鼎祚选。明万历六年宁国府刻《唐二家诗钞》本，七册。杜甫草堂藏。半页八行，行十六字。白口，双边，中缝下有鹿裘石室四字”⑧。

---

① [清]陈田辑撰《明诗纪事》(四)庚签卷八，上海古籍出版社1993年版，第2374页。
② [明]梅鼎祚撰《鹿裘石室集》六十五卷卷首，《续修四库全书》集部第1378册，上海古籍出版社2002年版，第392页。
③ 周采泉《杜集书录》外编卷二，上海古籍出版社1986年版，第778页。
④ 转引周采泉《杜集书录》外编卷二，上海古籍出版社1986年版，第778页。
⑤ 上海图书馆编《中国丛书综录》(一)，上海古籍出版社1982年版，第834页。
⑥ 参看周采泉《杜集书录》外编卷二，上海古籍出版社1986年版，第780页。
⑦ 陈伯海，朱易安编撰《唐诗书录》，齐鲁书社1988年版，第257页。
⑧ 马同俨，姜炳炘撰《杜诗版本目录》，见《杜甫研究论文集》(三辑)，中华书局1963年版，第365页。

笔者所见为上海图书馆藏梅鼎祚辑《唐二家诗钞》万历八年(1580)刻本。其中,《杜诗钞》六册八卷。版式为白口、四周双边,每半页八行、行十六字,行格疏朗,版心上方题“杜诗钞”,中为卷次、页码,下有“鹿裘石室”牌记。《杜诗钞》卷一之二目下题“宣城梅鼎祚禹金次”,“蕲水李猷、襄阳郑继之刻,宣城梅鼎祚选释,姚江史元熙”。不仅诗题下有题注、正文有圈点,而且诗中夹有校注,多引刘辰翁、杨慎诸家评语,有集评性质、注评详赡,诗末还有双行小字注评。

是书该刻本卷之首,还有万历六年巴郡蹇达汝上父撰《唐二家诗钞序》略云:

> 此为《李杜诗钞》者也。凡若干卷,卷凡若干篇,河东守蹇达叙曰:“……禹金故文章士耳,而语天下事,辄抗眉掀鼻,鼓掌击节,类有概于衷者。其为诗立谭间可数千言,言言工。其论则汉魏以下开元,靡不有所评骘,而李、杜二氏以世所尸祝焉,更亹亹悉其故。其故不佞与闻之,若有旨于味。然彼其为二氏故者,亡虑数十家,大率其俊者左杜,其沉者乙李,而俱亡能多于二氏也。夫析其所属事,而琐焉言之谓陋;必欲钩其所属事,而深焉言之谓凿。踪其时之故,或搜而传之古,或援故实以实之,谓刻且远害滋厚矣。而禹金俱无当是,为其大者耳,不越眉,令文能害意。其采者博,而必附于可;其钩者深,而必当于情;其究也核,而必无所于失物。其所谓说则旦暮遇之者矣,此不佞所谓旨于味者也。仲弢受而副墨焉。刺史襄阳郑公丞、蕲水李公则斥俸金佐剞劂之役。……”万历六载戊寅中东既望。①

梅鼎祚是文章之士,却心系天下事,非但能诗能文,且对汉魏以迄开元诸诗人皆有评定。又李、杜偕为世人崇拜之“大家”,梅氏更不倦于精心品藻之。此即钞选李杜合集以垂范诗坛之必要。然过去一般论李杜者,非扬李抑杜,即反之而行;训诂其诗,或失之陋、或言之凿;于知人论世方面,也有种种问题。至梅氏研治李杜,不同于以往那些侧重解诂字句、考索典据的琐屑、繁缛,而能着眼于诗篇大局,不以割裂文辞来妨碍对整体诗意的领悟。

---

① [明]蹇达《唐二家诗钞序》,见梅鼎祚辑《唐二家诗钞》万历八年刻本卷首,上海图书馆馆藏古籍线善 802369—74。

这种方式显然与多引刘辰翁批点、更深得其旨有较大关系。撰序人由此肯定梅氏评注李杜之深得其味。

二、分体评注本：屠隆集评《唐二家诗钞评林》

孙琴安《唐诗选本提要》著录有题为"《李杜二家诗钞评林》"，署为"梅鼎祚撰，屠隆集评"，并称"有明余绍崖刻本，世不多见"①。此本为十二卷本，包括李诗钞四卷，杜诗钞八卷。又"此书另有明万历十七年刊本，《李诗钞评》、《杜诗钞评》各四卷，共八卷"②。据此则知，屠隆集评之李杜诗钞，至少有两种版本：一为余绍崖十二卷刻本，刻年不详；另一为万历十七年(1589)八卷刻本，刻者不详。其中，万历十七年刻本很可能与前述《中国丛书综录》所载《唐二家诗钞评林》本为同一版本，只是同书异名，也可能是梅鼎祚编刻后，屠隆在同一年增补集评后再版。

今上海图书馆藏有万历十七年刻《唐二家诗钞评林》一册十二卷，题为"宣城梅鼎祚选释，四明屠隆集评，姚江史元熙校正"，无"余绍崖刻"或类似字样。其中，《李诗钞评》四卷、《杜诗钞评》八卷，各卷皆先有卷目、再有诗文。是刻为白口、单鱼尾、四周单边版式，每半页九行、行二十字。版心上方各题"李诗钞评"、"杜诗钞评"，版心中央有卷次，下方有页码。卷首依次录刘次庄评、蔡百衲修评、郑厚评、敖陶孙评、严沧浪评、松石轩评、王世贞元美评。诸诗题下有简短小字题解，文中有少量朱笔圈点，且多在诗之韵脚处；然未见夹注、夹评，而一律采用朱笔眉批与诗尾总评相结合的方式，注评详略得当。

该刻本卷之首尚有题作千秋乡人梅鼎祚撰《唐二家钞小叙》曰：

> 余少修业，以资适逢世耳，非其好也。颇时时去而之古，于唐盛际有李杜二家钞云。已胜冠，里中二三子从予而起，请事斯道。因稍为益李什之三、杜什之四，以属余通其故，畅其大旨，总十二卷。盖凡余所为钞，其意务裁于法，故宁诎青莲而奉少陵。凡余所为故，其言务比于实。故特存本始而未皇泛溢，要以大节不谬于是非，服习者之有端而已。钞不得絜为令而故不能有所阐。余中阙如也，乃宋人一切传诸理，迂阔于事情，他多类经生训诂家，涂轨益

① 孙琴安《唐诗选本提要》，上海书店出版社 2005 年版，第 135 页。

② 孙琴安《唐诗选本提要》，上海书店出版社 2005 年版，第 135 页。

远。夫一唱三叹而有遗音，此之役，余不敢知。余则闻之善歌者，使人继其志矣。万历岁丙子长至日。①

自嘉靖中叶以来，文学复古派领袖王世贞一直高扬诗法盛唐。梅鼎祚与之交往甚深，受其爱赏，故云适逢宗唐之世而亦以李杜诗为尊尚。值此，梅氏便自道《唐二家钞》的撰述缘由乃是应里人之请而通训诂、串大意，遂辑成李杜诗十二卷。因特别强调重视法度，以法度为先，其诎李奉杜之意较然分明。又梅氏以为训诂的原则是求实，反对泛滥，更力图改变六臣注《文选》以来那种博而寡要的注诗习气。同时，他还批评宋人，或者"一切传诸理，迂阔于事情"，或者"多类经生训诂家，涂轨益远"。因之，他认为：诗之美在"一唱三叹而有遗音"，而宋人注杜，但凡是理学家、经生家的路数，都与此南辕北辙。

此书前还有"二家诗总评"，多引前贤评语，末参己评，云：

右录评二家诗者如此，其它第极推尊之辞耳，既多蔓语，亦鲜冥契。蔡西清颇为得之。近代李于鳞、王元美互有雌黄，黎然各当矣。而王氏独服膺少陵，犹是公论。生洲梅鼎祚禹金识。②

这里所提的"蔡西清颇为得之"应指蔡絛《西清诗话》中如下一条："诗家视陶渊明，犹孔门视伯夷。此为确论。然集大成手，当终还子美。"③梅氏认为在所录宋元人的评语中蔡氏语最精，所引明代李梦阳、王世贞对李杜的评论却较为恰当，王世贞服膺少陵，更对明代后期影响甚深。

该书各体均收，具体分卷情况如下所示：

卷一、卷二，五言古；

卷三、卷四，七言古；

卷五、卷六，五言律；

卷七、卷八，七言律。

每体前多有集评或参评，集评融汇众说，参评抒发己见。故孙琴安评

---

① [明]梅鼎祚《唐二家钞小叙》，见梅鼎祚辑，屠隆集评《唐二家诗钞评林》卷之首，上海图书馆馆藏明万历十七年线普长61015。此序冀勤《金元明人论杜甫》亦收录，商务印书馆2014年版，第592页。本书断句与之有数处不同。

② 孙琴安《唐诗选本提要》，上海书店出版社2005年版，第135页。

③ [清]仇兆鳌注《杜诗详注附编·诸家论杜》，中华书局1979年版，第2320页。

曰："此书虽无评点、笺注、序、跋各项，然有以上诸评，亦足资参考。后世选李、杜诗者不下十数家，然于二家优劣得失的评品上未必及之。"[①]

综合以上诸家著录和笔者知见，梅鼎祚此书存在不少疑点：

1. 万历十七年刻十二卷本，是否存在几种版本？孙琴安著录十二卷本，为余绍崖刻本；而《中国丛书综录》著录亦为万历十七年刻十二卷本，却未著明是否即余绍崖刻本；笔者所见上图藏万历十七年刻十二卷本，署"史元熙校正"，未见余绍崖刻的任何信息。

2. 万历十七年是否同时刻有十二卷本和八卷本？孙琴安著录的八卷本标注的是万历十七年刻，而十二卷本未标注刻年；《中国丛书综录》万历十七年同时著录有八卷本和十二卷本。

3. 余绍崖刻本的题名和卷次如何？诸家著录的题名有三种说法：一《唐二家诗钞评林》，一《李杜二家诗钞评林》，一《合刻李杜二家钞评》。这是怎么回事？其卷次，《中国丛书综录》等都标为十二卷，但瞿冕良《中国古籍版刻辞典》却有"刻印过梅鼎祚编《合刻李杜二家钞评》8 卷"[②]之说。

查余绍崖生平，知其生于明代建阳地区有名的刻书世家，"闽书林自新斋"即"嘉靖间建阳人余氏（余绍崖、余文杰、余允锡、余良木、余明吾等）的书坊名"[③]。考虑到当时坊刻为建阳刻书业的主流[④]，上述疑问或许是坊刻本的问题所在。又，复旦大学陈晨博士撰《〈唐二家诗钞〉版本考述》一文，通过细致考辨、爬梳比较，提出一个判断：即在万历十七年刊行十二卷本《唐二家诗钞》之前，梅鼎祚已经刊行过一部卷次稍小的《李杜二家诗钞》。"现存十二卷本《唐二家诗钞评林》、《合刻李杜诗钞评林》都是梅氏《唐二家诗钞》的衍生另刊本，其题署均系书坊妄题，而该系列选本在称名、卷次、文本上的差异并非全为书坊篡改所致。"[⑤]

坊刻本容有鱼龙混杂，但坊刻梅氏书的复杂流传，亦侧面折射出其《唐二家诗钞》在万历间的影响之大、传播之广。

三、分体评注本：胡震亨《李杜诗通》

胡震亨（1569—1645），原字君悒，后改字孝辕，自号赤城山人，学者称赤

---

① 孙琴安《唐诗选本提要》，上海书店出版社 2005 年版，第 136 页。

② 瞿冕良编著《中国古籍版刻辞典》（增订本），苏州大学出版社 2009 年版，第 218—219 页。

③ 关于明代建阳地区的书坊情况，详参缪咏禾《明代出版史稿》，江苏人民出版社 2000 年版，第 83 页。

④ 参看方彦寿《建阳刻书史》，中国社会科学出版社 2003 年版，第 91 页。

⑤ 陈晨《〈唐二家诗钞〉版本考述》，《古籍整理研究学刊》，2009 年第 3 期，第 68 页。

城先生，晚年自称遯叟，浙江海盐人。万历二十五年(1597)举人，后屡试进士未第。万历三十五年(1607)选授固城县教谕，历官兵部职方司员外郎，故后人也称他为“胡职方”。张元济曾称胡震亨是“吾邑第一读书种子”①。一生不仅嗜书如命、藏书万卷，与明末大藏书家、刻书家汲古阁主人毛晋交往甚密，《海盐县志》称“凡海虞毛氏书，多震亨所编定也”②，而且著述颇丰，有《赤城山人稿》、《读书杂记》、《李杜诗通》等，还刻印过自辑《唐音统签》、《海盐图经》、《续文选》及《秘册汇函》诸作。

邓邦述撰《群碧楼善本书录》卷六《钞校本二》载：“《李诗通》二十一卷(四册)，明胡震亨编。钞本。黄玉圃录奚禄诒批点本。前有朱大启序，又朱茂时序，又子夏客跋。有‘北平黄氏’、‘叔璥’、‘玉圃’三印，又‘玉牒崇恩’、‘曾在崇禹舲处’、‘香南精舍珍藏’三印。”“《杜诗通》四十卷(七册)，明胡震亨编。钞本。黄玉圃录奚禄诒批点。有‘北平黄氏’、‘叔璥’、‘玉圃’三印，又‘玉牒崇恩’、‘香南精舍珍藏’、‘曾在崇禹舲处’三印。”③又《北京师范大学图书馆古籍善本书目》述曰：“《杜诗通》四十卷，明胡震亨辑注，清顺治七年(1650)朱茂时刻《李杜诗通》本，四册。九行十九字，小字双行同，细黑口，左右双边。善 844.17/243—217。”④而《浙江图书馆馆藏杜诗书目》则著录得最为详赡：

> 《杜诗通》四十卷，明胡震亨撰。明刻本，12 册，善本。卷首无刻书序，有卷目及篇目。卷目五言古诗十二卷下，注“序论年谱列前卷”。今按卷一，五言古诗前，撰录杜甫诗(纂集新旧唐书本传而成)，末称“集六十卷(唐志)，今编诗集四十卷”。下缀元稹所撰墓志铭叙，宋祁所撰本传赞及胡氏撰集是编之识语。又所纂年谱则另起。其所编录诗，书眉上标注神品、妙品、能品、具品四格，并有标删者。诗句之下引刘辰翁、王世贞、胡应麟、锺惺、谭元春诸家评语，而引郑善夫者尤多，时亦自加评论，冠以遯叟云三字。至于注解，则寥寥无几，多从高崇兰书删存赵、鲁、蔡、黄诸家之注，采掇一

---

① 参看周本淳《唐音癸签·前言》，见[明]胡震亨《唐音癸签》卷之首，上海古籍出版社 1981 年版，第 2—7 页。

② [清]王彬修，徐用仪纂《海盐县志》(中国方志丛书·华中地方·第 207 号)卷十五“人物传”，据清光绪二年刊本影印，台北成文出版社 1975 年版，第 1515 页。

③ 邓邦述撰，金晓东整理《群碧楼善本书录》卷六，上海古籍出版社 2014 年版，第 192—193 页。

④ 北京师范大学图书馆古籍部编《北京师范大学图书馆古籍善本书目》(集部·别集类)，北京图书馆出版社 2002 年版，第 226—227 页。

二。间亦自加考证，驳翻前案，虽不多，而辄可观。注中考定之说，亦大略为钱谦益及其后之注杜者所取，其功固不可泯。（参以洪业《杜诗引得序》）①

此书还流传到了海外，严绍璗《日藏汉籍善本书录》即载录了两部明刊本《杜诗通》：一为东洋文库四十卷藏本，共十册；另一为京都大学文学部中国语学文学哲学研究室三十二卷藏本，共六册。②

笔者今见上海图书馆所藏胡震亨撰《杜诗通》四十卷，为清顺治七年朱茂时《刻李杜诗通》本，共六册。版框 12.9cm×19.7cm，经折装。版式为白口、单鱼尾、左右双边，有傅山批点、翁同龢跋并题签，钤印“常熟翁同龢印长寿”、“紫芝百龟之室”、“翁同龢印”、“均斋秘笈”，扉页署“霜红龛旧物，瓶生收庋”。

是刻卷前有《傅青主批杜诗》云：“庚寅夏，得此本于西苑朝房。谛审知为青主先生评点。纸既浥脆，乃付潢匠背之。壬辰秋日，排比旧籍，以畀斌孙。一笏斋中何减霜红龛里？邮瓶夕记。”③《杜诗通目录》首页标题下署“海盐胡震亨撰，秀水朱茂时订”。分体编排，其卷目依次为五言古诗十二卷（序论年谱列前卷）、七言古诗六卷、五言律诗十一卷、五言排律五卷、七言律诗四卷（排律同后卷）、五言绝句七言绝句二卷（逸句联句附末卷），内附详细篇目。正文首题“杜诗通卷第一”，下题“海盐胡震亨遯叟撰”。每半页九行、行十九字，版心中刻“杜诗通”卷次及页码。版面上方有朱笔眉批，相对简略；诗题下有“公自注”，又别注题解，较为详细。正文中除朱笔圈点外，尚有双行小字夹注夹评，诗末则附大量集注及总评。是书第六册卷尾还有“杜诗四十卷通体点评，青主傅先生笔也。绒断烂，乃表背藏之。戊子十二月翁同龢记”④之题识。

四、编年集评本：闵映璧《李杜诗选》

闵映璧，字朝山，吴兴（今浙江湖州）人，余不详。所集评之《杜诗选》六

---

① 浙江图书馆编印《浙江图书馆馆藏杜诗书目》，上海图书馆公藏线普 415160，浙江图书馆 1956 年油印本，第 5 页。

② 严绍璗编著《日藏汉籍善本书录》（集部 · 别集类），中华书局 2007 年版，第 1448—1449 页。

③ 翁同龢晚号瓶生。其孙翁斌孙（1860—1922），字弢夫，又作弢甫、韬夫，号笏斋，一作笏庵。《傅青主批杜诗》一文，笔者所见为［明］胡震亨撰，朱茂时订《杜诗通》四十卷卷之首，清顺治七年刻《李杜诗通》本，上海图书馆馆藏古籍线善 793970—75。

④ ［明］胡震亨撰，朱茂时订《杜诗通》四十卷卷末，清顺治七年刻《李杜诗通》本，上海图书馆馆藏古籍线善 793970—75。

卷,付梓于万历间,初刻即为朱墨套印本。今上海图书馆藏有三部吴兴闵氏刻本。笔者得见其一线善,分两册,上下册各三卷。此本版式为白口、四周单边,版心上方题"杜诗选"卷次,下方有页码。每半页八行、行十八字。正文前有《杜诗选目录》,杜诗中除保留了"公自注",还时有朱笔圈点及眉批,以辑刘辰翁、杨慎两家批语为多。卷末无跋。

是版由"闵本"之祖闵齐伋刻印,卷首还有闵映璧自撰《杜诗选序》云:

古今推诗坛宗主者,莫不以青莲、少陵两家并称。豪迈不羁、令人读过翩翩作凌云想者,或不能无逊于青莲;为雄壮沉厚之气,惟于少陵有独钟也。昔人有言:不行万里路,不读万卷书,不能作杜诗。盖少陵周行天下,所见名山巨川、广都大邑,与夫民情土俗,错出而不伦者,一一繁蓄于胸中,而又游情于墨家、史氏之林。世代兴亡、贤愚辈出、寓事传言,皆神留而意绎之,故括笔命篇、象心以流,宜乎卓越千古哉。至其悲愤激烈,若有忧国忧民之念,欲展而不得。展者,常与时局相应也。我朝杨太史用修,阅而批隲之,寸致所阂,俱经拈出;偶一寓目,辄欲搔首问天。是少陵之神得诗以传,诗之神复得用修以传。今试取其诗读之,如立一少陵于前,而亲见其为悲、为愤、为激、为烈者。再取其评读之,又为置一偶少陵之人于侧面,指点其孰为悲、孰为愤、孰为激、孰为烈者,千载情事,恍然来我几席间矣。余故不文,敢谬为之序云。吴兴散人文仲闵映璧书。①

此序在李杜合集并刻的比较论语境中,在充分认定杜诗价值的同时,还对杨慎的评杜给予了崇高的评价,值得关注。

又,王重民《中国善本书提要》载录:

《杜诗选》六卷。三册。(北图)明闵氏朱墨印本。[八行十八字(19.9×13.9)]

闵映璧跋云:"我朝杨太史用修阅而批隲之,寸致所阂,俱经拈出。"又云:"余故不文,敢请为之序。"据此,评语为就杨慎批本增辑

---

① [明]闵映璧《杜诗选序》,万历间吴兴闵氏朱墨套印本《杜诗选》卷首,上海图书馆馆藏古籍线善821229—30。

而成者。闵映璧跋。[①]

除上图藏本外，是书尚有成都杜甫草堂藏天启年间吴兴闵氏刻《李杜诗选》朱墨套印本[②]，亦两册，然为李杜合集刻印。又，台湾"中央图书馆"还藏有崇祯年间乌程闵氏刻朱墨套印本。叶绮莲在《杜工部集关系书存佚考》中质疑："'《杜诗选》六卷四册，唐杜甫撰，明闵映璧集评，明乌程闵氏刊朱墨套印本。'此乌程闵氏者殆即刊郭正域《批点杜工部七言律》一卷者耶？"[③]此外，《北京师范大学图书馆古籍善本书目》载有不明具体刻时的朱墨套印本，曰："《杜诗选》六卷，明刻朱墨套印《李杜诗选》本。四册。八行十八字，白口、四周单边、无直格。眉上镌评。善 844.17/243—25。"[④]日本亦藏有近似的版本，严绍璗《日藏汉籍善本书录》著录："《杜诗选》六卷。唐杜甫撰。明吴兴凌氏朱墨套印刊本，共三册。爱知大学附属图书馆霞山文库藏本。原东亚同文会霞山会馆图书室旧藏。[按]每半叶有界八行，行十八字。此本系与《李诗选》合刊。"[⑤]

本章考述万历以来明人新编新刻杜集。应该说明的是，明末人所编至清初行世的杜集也有很值得关注者，其中最突出的应属《杜臆》。清人仇兆鳌有评价道："宋元以来，注家不下数百。……其最有发明者，莫如王嗣奭之《杜臆》。"[⑥]此书直面文本，阐幽发微，代表了明人在杜诗艺术批评方面的最高水平。然而，据《杜臆原始》载，书之撰写"始于崇祯甲申九月之望，竣于乙酉端二日"[⑦]，知初刻时已是清顺治二年（1645），此后两年又续有增改，最晚一次修订在顺治四年（1647）秋末[⑧]。《杜集书目提要》和《杜集叙录》均将《杜臆》收入清代卷。《杜臆》之外，钱谦益《读杜小笺》、《二笺》，最初是由门人瞿式耜合刻于崇祯十六年（1643）之《初学集》末[⑨]。两种小笺为《钱注杜

---

① 王重民撰《中国善本书提要》，上海古籍出版社 1983 年版，第 501 页。

② 依据马同俨，姜炳炘撰《杜诗版本目录》著录，见《杜甫研究论文集》（三辑），中华书局 1963 年版，第 364 页。

③ 叶绮莲《杜工部集关系书存佚考》（中），台湾《书目季刊》1970 年秋季号，第 67 页。

④ 北京师范大学图书馆古籍部编《北京师范大学图书馆古籍善本书目》（集部・别集类），北京图书馆出版社 2002 年版，第 227 页。

⑤ 严绍璗编著《日藏汉籍善本书录》（集部・别集类），中华书局 2007 年版，第 1450 页。

⑥ [清]仇兆鳌注《杜诗详注・杜诗凡例・历代注杜》，中华书局 1979 年版，第 24 页。

⑦ [明]王嗣奭撰《杜臆》卷首，上海古籍出版社 1983 年版，第 1 页。

⑧ [明]王嗣奭撰《杜臆》卷之首载刘开扬《前言》，上海古籍出版社 1983 年版，第 15 页。

⑨ 参看张忠纲等编《杜集叙录》"清代编"，齐鲁书社 2008 年版，第 226 页。

诗》之雏形，初步显示出钱氏杜诗学的特色，透出了明季杜诗学变化的端倪，即由杜诗辨体和艺术品评逐渐转变为诗史互证、细密考索。然而，由于此两种小笺只是钱氏杜诗学初露端倪，要至《钱注杜诗》，钱氏的杜诗学才终告完成。而《钱注杜诗》为康熙六年（1667）由季振宜刊行于世[①]，本书不便阑入。

① 参看张忠纲等编《杜集叙录》"清代编"，齐鲁书社2008年版，第227页。

结 语

本书是杜诗文献学的断代著作,从梳理明代杜集文献的角度,具体说明明代为杜诗文献整理、保存、传播所作的重要贡献。得出的结论主要有:宋元时期杜集文献的很多旧本,在明代继续得到传播,扩大了宋元旧本杜集文献的影响力,宋人的杜集分类、编年、集注等体例,元代的评点体,以及对杜集的选律专辑,都在明代得到继承、吸收。以上说明:从宋到元、明,杜诗学学术传统的延续性是很重要的,不能忽略继承、沿袭而片面强调代际之间的革新和变化。

但是,学术在代际延续的同时,一定会有发展和演变的。明人新编新刻杜集,逐渐形成了六大新特色:

第一,集注体的发展显示出简化的倾向。宋人以"千家注"为名的炫博,明人消化、裁汰、拣择后,喜爱使用较为清约、直接的注释方式。

第二,在刘辰翁批点本流行之后,具有串释诗意色彩的释解体杜集(如邵宝《刻杜少陵先生诗分类集注》)出现并受到世人欢迎,这对于清初问世的王嗣奭《杜臆》及后来金圣叹《杜诗解》、仇兆鳌《杜诗详注》、浦起龙《读杜心解》等杜诗诠释都不无影响。

第三,白文本杜集颇受读书界认可,这是明人对积累丰厚的杜诗学遗产的接受焦虑的反映,更是他们受到刘辰翁评点影响后,在明代浓厚的心学氛围中,在学杜治杜中出现直指心源期望的结果。

第四,杜集分体是自宋就有的编排体例,但宋人分体原仅有古、近体两分,到了明代,杜集分体也细化为五古、七古、五律、七律、绝句五类,反映了明代浓厚的辨体兴趣以及细化分体的实用倾向。与此同时,以杜律专辑为代表的杜诗选本在明代大行其道,亦说明当时人对杜律的重视。而这也成为明代杜诗文献传播的重要特色。明代细化分体杜集的出现,是清代浦起龙《读杜心解》出现的重要基础。

第五,多种李杜合刻本的出现也是明代杜集文献的特点,其背景为李杜并尊的诗学风潮,这当然是认识明代杜诗学的一个不可忽视的窗口。

第六,杜集全集本、选辑本,白文本、简注本、评点本、详解本等多种加工形式,抄本、刻本、多色套印本等多种传播媒介,都在明代拥有市场,说明杜诗传播进入了更加多元丰富的全盛时期。

综上可知：明代是杜集文献积累的一个重要时期。与宋元时期相比，明代有继承、沿袭、消化、吸收，也有较明显的变化、推进和发展。明代杜集文献，从文献加工形态、传播流量，到传播媒介、传播方式等方面看，都比宋元时期更为繁盛。明人为杜集编纂、传播作出了重要贡献。而这为清代杜诗诠释与杜集文献的总结作了必要的准备。我们千万不能因为宋、清两代是杜诗学的高峰，就简单地得出明代杜诗学处于低谷时期的结论。而杜诗学能在经历了宋代的高峰后，在金、元、明时期依然不跌入低谷，继续保持甚为繁盛的状态，并最终在清代再次攀上高峰，其如此强大的生命力，是一个饶有兴味的重要问题，值得展开深入研究。

附　录

编录说明：

（1）表中只编录已见或各目录题跋书中著录为存世的明本杜集，凡初刻亡佚、覆刻存世者收录，初刻、重刻皆亡佚者不录，未及明代初刻者亦不录。

（2）表中所录杜集大抵依照刻年先后列序，且以初刻本为第一编次时序，初刻亡佚或刻年不明者，则遵重刻本。

（3）表中凡同一人编纂之同书异名者，视为同一部杜集；若经后人校订增补，则视为不同杜集；若单行本与李杜合刻本编纂人不同，则视为不同杜集，反之，视为同一部杜集的衍生刻本。

（4）表中国外机构及国内不常见、无简称的图书馆，用全称；国内大学，有简称的直接用简称（如北大、清华），无则用全称；国内各省/市图书馆，用简称（如上图、浙图、川图），不能简称的用地名全称（如山东、福建）；其他藏地用机构全称（如山东省博物馆）。

附表1　明人抄刻宋本杜集知见录

序	书名	责任者	版本	现馆藏地
1	杜工部集二十卷	王洙 王琪	明抄本（有附录一卷）	台湾“中研院”傅斯年图书馆
			明影写宋刊本（有补遗一卷，存十七卷）	日本静嘉堂文库
			明影抄宋刻本（有补遗一卷）	台湾“中央图书馆”
2	新定杜工部古诗近体诗先后并解二十六卷	赵次公	明抄本	国图
3	集千家注分类杜工部诗二十五卷	徐居仁 黄鹤	正德十四年（1519）汪谅金台书院刻本（有文集二卷、年谱一卷）	上图、清华

续 表

序	书名	责任者	版本	现馆藏地
3	集千家注分类杜工部诗二十五卷	徐居仁 黄鹤	正德十四年(1519)汪谅金台书院刻,嘉靖元年(1522)重修本(有文集二卷、年谱一卷)	上图、浙图、江西师大
			正德十四年(1519)汪谅金台书院刻,嘉靖元年重修公文纸印本(卷二、二十三至二十五、年谱配清抄本)	南图
			明刻本(有文集二卷)	湖南
			明抄本(存十一卷)	国图
4	集千家注杜工部诗集二十卷文集二卷	黄鹤 高楚芳	嘉靖十五年(1536)玉几山人刻本(有附录一卷)	国图、中国科学院、北师大、清华、北大、上图、复旦、川大、上师大、华师大、山大、武大、陕西、湖南、天津、辽宁、安徽、福建、湖北、云南、南图、浙图、天一阁、成都杜甫草堂
			嘉靖十五年(1536)玉几山人刻本明易山人印本(有附录一卷)	国图、上图、吉大、南图、山东、重庆、中国科学院、北师大、成都杜甫草堂
			万历九年(1581)黄陛刻本(有附录、年谱各一卷)	浙图、清华、山大、北师大、中国科学院、天津、河南、湖南、重庆、普林斯顿大学、柏克莱加州大学
			万历三十年(1602)许自昌校刻本	浙图、北大、复旦、中大、山大、中国科学院、成都杜甫草堂、日本内阁文库、日本东洋文库
			万历三十年(1602)许自昌刻李杜全集本	上图、江西、湖南师大、北师大、南大、普林斯顿大学
			明余泗泉翻刻万历间长洲许自昌刊本	中国科学院、普林斯顿大学
			明刻本(有附录一卷)	北师大、南大
			明刻本(有年谱一卷)	北大
			明刻本	武汉、山东

续　表

序	书名	责任者	版本	现馆藏地
5	杜工部诗二十卷文集二卷	黄鹤	嘉靖二十四年(1545)戴鲸刻本(有附录、年谱各一卷)	北师大、重庆
			明末毛氏汲古阁刻本(有附录、年谱各一卷)	上图、江西
6	重刊千家注杜诗全集二十卷文集二卷	黄鹤 高楚芳	万历九年(1581)金鸾刻本(有附录、年谱各一卷)	中国科学院、浙图、北师大、四川、山大、成都杜甫草堂、日本东京大学
7	集千家注杜工部诗集二十卷	黄鹤	明孙文龙重刻本(有年谱一卷)	北大
8	集千家注批点杜工部诗集二十卷文集二卷	刘辰翁 高楚芳	洪武元年(1368)会文堂刻本(有年谱、附录各一卷)	国图、复旦
			明初刻本(有年谱、附录各一卷)	国图、山大
9	集千家注批点杜工部诗集二十卷	黄鹤 刘辰翁 高楚芳	元明间刻本(有年谱一卷)	山大
			明初刻本(有附录一卷)	北大
			明初刻本(有年谱一卷,存十三卷)	北师大
			嘉靖八年(1529)朱邦苎懋德堂刻本(有年谱一卷)	国图、上图、中国科学院、北大、山大、天津、浙图、成都杜甫草堂、美国哈佛燕京图书馆
			明刻本(有年谱一卷)	山大、北大
10	集千家注批点补遗杜工部诗集二十卷	黄鹤 刘辰翁 高楚芳	元明间刻本	成都杜甫草堂
			正德十四年(1519)刘氏安正堂刻本(有附录、年谱各一卷)	国图、鞍山
			嘉靖九年(1530)王九之刻本(年谱一卷)	成都杜甫草堂
			嘉靖九年(1530)王九之刻本(有年谱一卷、附录一卷)	南图
			万历间刊黑口本(有年谱一卷)	普林斯顿大学
			明刻本(有附录一卷、年谱一卷)	上图、清华、南开、北师大、天一阁、成都杜甫草堂
11	须溪批点杜工部诗注二十二卷	刘辰翁	明初刻本(存十八卷)	国图、上海涵芬楼

续 表

序	书名	责任者	版本	现馆藏地
12	须溪批点选注杜工部诗二十二卷(附二卷)	刘辰翁 虞集 赵汸	正德四年(1509)黎尧卿云根书屋刻本	国图、南图、浙图、中国社科院、成都杜甫草堂
			正德十三年(1518)刻本	日本大谷大学悠然楼
13	杜子美诗集二十卷	刘辰翁	明刻本	复旦、兰州、日本东洋文库
			天启四年(1624)刊刘须溪批点九种本	成都杜甫草堂、中国科学院
13	杜子美诗集二十卷	刘辰翁	天启间刻本	北师大、北大
			崇祯二年(1629)闻启祥刻李杜全集本	清华
			明末刻本	人大、南大
14	刘须溪杜选七卷	刘辰翁	明方升刻本(附二卷)	国图
15	杜工部文集二卷	刘辰翁	明初刻本	国图

附表2　明人翻刻元本杜集知见录

序号	书名	责任者	版本	现馆藏地
1	杜工部诗选注七卷	董养性	明刻本	日本内阁文库
2	杜工部诗范德机批选六卷	范椁	弘治刻本	韩国中央图书馆
			嘉靖刻本	韩国延世大学
3	杜律演义二卷	张性	宣德四年(1429)刻本	上图
			嘉靖十六年(1537)王齐刻本	上图、浙图、台湾“中央图书馆”
4	杜工部七言律诗二卷	虞集	宣德九年(1434)朱熊刻本	上图、北大
			正德三年(1508)罗汝声刻本	上图
			嘉靖刻本	上图
			明邓秀夫刻本	江西
			嘉靖龚雷刻《杜律五七言》本	上图
			万历吴登籍校刻本	上图
			万历刻本	成都杜甫草堂
			明王同伦刻本(存一卷)	开封
			明刻本	国图、上图、天津、北大、天一阁
			明毛晋抄本	中大
5	杜工部七言律诗不分卷	虞集	明刻本	国图
6	杜工部七言律诗一卷	虞集	嘉靖三年(1524)张祐刻本	天一阁、北大
7	杜律七言注解二卷	虞集	嘉靖七年(1528)穆相刻《杜律注解》本	上图、天津、苏州、湖南
8	杜律七言注解一卷	虞集	明刻本	北师大、山东
			明刻本	中央戏剧学院
9	杜律七言注解四卷	虞集	万历十六年(1588)吴怀保七松居刻本(附《诗法家数》一卷)	国图、上图、江西、山东、四川、日本东洋文库、东京都立图书馆

续 表

序号	书名	责任者	版本	现馆藏地
10	翰林考正杜律七言虞注大成二卷	虞集	万历十六年(1588)书林郑云竹刻本	江西
11	虞邵庵分类杜诗注不分卷	虞集	正统石璞刻本	国图
12	虞伯生七言杜选一卷	虞集	嘉靖方升刻《刘须溪杜选》附	国图
13	杜律二卷	虞集	万历五年(1577)苏民怀桐花馆刻本	国图
14	杜律虞注二卷	虞集	明遗安草堂刻本	浙图、山大、日本宫内厅书陵部、日本内阁文库
15	杜律虞注二卷	虞集	明东泉张氏刻本	重庆
16	内阁批选杜工部诗律金声二十四卷	虞集 李廷机	万历三十七年(1609)积善堂刻本	日本内阁文库
17	杜工部七言律诗二卷	虞集 冯惟讷	万历四十三年(1615)刻本	成都杜甫草堂
18	虞本杜律订注二卷	虞集 汪慰	万历刻本	未知
19	杜工部五言律诗注二卷	赵汸	明刻本	国图
			明朱熊刻本(存一卷)	浙图
			正德间刊本	日本东洋文库
			嘉靖龚雷刻本	上图
20	杜律赵注二卷	赵汸	明刻本	日本宫内厅书陵部
21	赵东山五言类选一卷	赵汸	嘉靖方升刻《刘须溪杜选》附	国图
22	类选杜诗五言律三卷	赵汸	正德九年(1514)鲍松刻本	上图、安徽
23	类选杜诗五言律二卷杜律七言注解二卷	赵汸	嘉靖十六年(1537)刻本	日本东洋文库
24	杜律五言注解三卷	赵汸	嘉靖七年(1528)穆相刻《杜律注解》本	北大
			万历十六年(1588)吴怀保七松居刻本	国图、江西、山大、陕西、安徽、成都杜甫草堂、日本东洋文库、东京都立图书馆

续　表

序号	书名	责任者	版本	现馆藏地
25	翰林考正杜律五言赵注句解三卷	赵汸	万历十六年(1588)书林郑云竹刻本	国图、中国社科院、安徽、日本东洋文库
26	翰林考正杜律五言赵注句解三卷	赵汸	万历三十年(1602)宗文堂郑云竹刻本	成都杜甫草堂、日本内阁文库
27	杜律五七言四卷	赵汸 虞集	嘉靖龚雷刻本	国图、华师大
28	杜律二注四卷	虞集 赵汸	正德九年(1514)刻本	成都杜甫草堂
			嘉靖二十六年(1547)熊凤仪退省堂刻本	天津、成都杜甫草堂
29	杜工部七言律诗二卷五言律诗二卷	虞集 赵汸	正德九年(1514)刻本	日本东洋文库
30	杜律五言注解三卷杜律七言注解二卷	赵汸 虞集	正德间刊本嘉靖七年(1528)修补本	日本内阁文库
			嘉靖七年(1528)刊本后印本	日本御茶之水图书馆

附表3 明人新编新刻杜集知见录

序号	书名	责任者	刊本	现馆藏地
1	读杜诗愚得十八卷	单复	宣德九年(1434)江阴朱氏刻本	日本内阁文库
			天顺元年(1457)朱熊梅月轩刻弘治十四年(1501)重修本	北大、国图、台湾"中央图书馆"
			邵廉刻本	辽宁
			隆庆刻本	日本尊经阁文库
			朝鲜铜活字印本	日本宫内省图
2	杜诗长古注解二卷	谢省	弘治五年(1492)王弼、程应韶刻本	国图
3	杜少陵诗十卷	张潜	正德七年(1512)山西宋灏校刻本	成都杜甫草堂(残本)、日本宫内厅书陵部
			明刻本	中国科学院
4	杜工部诗集五十卷	鲍松	正德八年(1513)歙县鲍松自刻《李杜全集》本(李集三十卷,杜集五十卷附外集一卷文集二卷)	华师大、浙大、上图、山东、川图、台湾"中央图书馆"、美国哈佛燕京图书馆
5	类选杜诗五言律	鲍松	正德九年(1514)刻本	上图
6	杜工部诗八卷	许宗鲁	嘉靖五年(1526)刻本	上图、成都杜甫草堂
7	杜律七言注解	穆浮山	嘉靖七年(1528)刻本	上图
8	杜律单注十卷	陈明	嘉靖十一年(1532)濮州景姚堂刻本	国图、浙图、南开、成都杜甫草堂
			嘉靖十八年(1539)濮州景姚堂刻本	中国科学院
9	杜律二卷	陈如纶	嘉靖十四年(1535)紫蓉精舍刻蓝印本	上图
10	杜律韵集四卷	张三畏	嘉靖张氏溪山草堂刻本	国图
11	杜律本义四卷	张綖	嘉靖十九年(1540)高邮张氏刻本	台湾"中央图书馆"
			隆庆六年(1572)张守中刻本	吉大、台湾"中央图书馆"
			清乾隆七年(1742)周其永钞本	台湾"中央图书馆"
			清刻本	上图

续 表

序号	书名	责任者	刊本	现馆藏地
12	唐李杜诗集十六卷	万虞恺	嘉靖二十一年(1542)万虞恺汇刻本	上图、成都杜甫草堂
13	李杜律诗	不详	嘉靖二十一年(1542)刻本	上图
14	李杜诗选十一卷	张含 杨慎	嘉靖刻朱墨套印本《李太白诗选》五卷《杜少陵诗选》六卷	北师大、四川省图
			天启吴兴闵氏刻《李杜诗选》朱墨套印本	成都杜甫草堂
15	杜律测旨二卷	赵大纲	嘉靖二十九年(1550)初刻本	已佚
			嘉靖三十四年(1555)林光祖重刻本	清华
16	杜七言律二卷	邵宝	嘉靖三十年(1551)刻本	日本东洋文库
17	杜律颇解四卷	王维桢	嘉靖三十七年(1558)朱茹刻本	北大
18	杜诗会通七卷	周甸	隆庆五年(1571)海宁周启祥刻本	北大
19	杜工部诗通十六卷	张綖	隆庆六年(1572)高邮张守中刻本	北大、中国科学院、台湾图书馆、日本内阁文库、日本东洋文库、日本京都大学
20	杜工部分类诗	李齐芳	万历二年(1574)广陵李氏刻《李杜诗合刻》本(诗十一卷赋集一卷)	北大、南图
			万历二年(1574)刻本(诗十卷赋一卷)	北大、上图
21	杜律注解二卷	黄光升	万历四年(1576)林大黼金陵刻本	已佚
			万历十一年(1583)夏镗刻本	浙图
22	唐二家诗钞	梅鼎祚	万历六年(1578)鹿裘石室宁国府刻《唐二家诗钞》本	成都杜甫草堂、日本公文书馆
			万历七年(1579)鹿裘石室精印本	未知
			万历八年(1580)刻本	上图
23	杜律意注二卷	赵统	万历七年(1579)初刻本	未知
			清乾隆间重刻本	陕西

续 表

序号	书名	责任者	刊本	现馆藏地
24	杜律七言集解二卷	邵傅	万历十五年(1587)初刻本	日本国会图书馆、日本公文书馆
			明末邵明伟校刻本	福建 山东省博物馆
25	杜律五言集解四卷	邵傅	万历十六年(1588)初刻本	日本国会图书馆、日本公文书馆
			明末邵明伟校刻本	福建
26	杜律集解六卷	邵傅 陈学乐	日本宽文十三年(1673)刻本	成都杜甫草堂
			日本贞亨二年(1685)刻本	上图、台湾"中央图书馆"
			日本贞亨三年(1686)江户刻本	国图
			日本元禄九年(1696)神雒书肆美浓屋彦兵卫刻本	成都杜甫草堂、台湾"中央图书馆"
27	唐二家诗钞评林	屠隆	万历十七年(1589)八卷刻本	华师大、成都杜甫草堂
			万历十七年(1589)十二卷刻本	上图
			余绍崖刻《合刻李杜二家抄评》十二卷本	未知
28	刻杜少陵先生诗分类集注二十三卷	邵宝	万历二十年(1592)周子文刻本	南开、南图、上图、中国科学院、日本早稻田大学、日本宫内厅书陵部、日本东洋文库
	邵二泉先生分类集注杜诗七卷	邵宝	清康熙五十八年(1719)洪士桂重刻万历壬辰(1592)本	上师大古文献特藏部
29	杜少陵诗十卷	张文栋	万历二十三年(1595)刻本	上图
30	杜律詹言二卷	谢杰	万历二十四年(1596)刻本	浙图
			万历二十五年(1597)张应泰、金士衡刻本	天津、日本内阁文库
31	杜律四卷	孙鑛	万历二十八年(1600)刻本	北师大
			清康熙间刊本	上师大
32	杜工部诗八卷	郑朴	万历三十年(1602)郑朴刻本(附录一卷)	天津、山东、山大

续　表

序号	书名	责任者	刊本	现馆藏地
33	杜律五言补注四卷	汪瑗	万历三十一年(1603)刻本	北大
			万历四十一年(1613)刻《李杜五言律诗注》本	未知
			万历四十二年(1614)新安汪文英刻本	台湾"中央图书馆"
			万历间刊本	日本宫内厅书陵部
34	杜律意笺二卷	颜廷榘	万历三十一年(1603)刻本	日本内阁文库
			明刻本	北大
			清康熙六年(1667)颜尧揆重刻本	国图
35	杜律一得二卷	温纯	万历三十二年(1604)刻本	未知
36	杜律选注六卷	范濂	万历书林种德堂熊冲宇刻本	中央民族学院、辽宁、广东省社科院
			万历三十九年(1611)沈及之写刻本	未知
37	杜工部分体全集六十六卷	刘世教	万历四十年(1612)刘氏刻《合刻分体李杜全集》本(目录六卷、年谱一卷)	国图、上图、重庆、浙大、北师大、中国科学院、台湾"中央图书馆"、日本国会图书馆
38	杜诗分类五卷	傅振商	万历四十年(1612)刻本	上图
			万历四十一年(1613)刻本	首都图书馆、国图、清华、浙图、湖北、北师大
			万历四十六年(1618)刻本	南图
			清顺治八年(1651)杜溇补刻重刊本	北大、成都杜甫草堂
			清顺治十六年(1659)还读斋翻刻本(张缙彦、谷应泰校定,高尔达重刻)	上图、浙图、清华、北师大、成都杜甫草堂、台湾"中央图书馆"
39	杜子美七言律一卷	郭正域	万历四十五年(1617)闵齐伋刻《杜诗韩文》三色套印本	上图、上师大、故宫博物院
			万历间朱墨套印刊本	日本东洋文库、日本国会图书馆
			明刊三色套印本	日本内阁文库、日本公文书馆
			崇祯乌程闵氏重刻三色套印本	复旦

续　表

序号	书名	责任者	刊本	现馆藏地
40	杜诗钞述注十六卷	林兆珂	万历衡州林氏自刻本	福建、清华、西北大学、福建师大
41	杜诗选六卷	闵映壁	万历间朱墨套印本	上图、国图
			天启吴兴闵氏刻《李杜诗选》朱墨套印本	成都杜甫草堂、北师大
			崇祯乌程闵氏刻朱墨套印本	台湾"中央图书馆"
			明吴兴凌氏朱墨套印刊本	日本爱知大学
42	批选杜工部诗四卷	郝敬	天启六年(1626)山草堂刻本	南图
			明抄本	中国科学院
			明抄本	成都杜甫草堂
43	杜诗胥钞十五卷	卢世㴶	崇祯四年(1631)卢氏尊水园刻本	上图、成都杜甫草堂
			崇祯七年(1634)卢氏尊水园刻本	上图、南图、日本内阁文库、东洋文库、大谷大学、爱知大学
44	读杜私言一卷	卢世㴶	崇祯七年(1634)卢氏尊水园刻本	未知
45	杜工部七言律诗分类集注二卷	薛益	崇祯十四年(1641)金阊五云居刻本	吉林、美国国会图书馆、日本内阁文库
46	杜工部诗选六卷	王寅	明闵朝山校刻本	北大
47	杜诗摘钞五卷	张懋忠	明作雅堂刻本	未知
48	杜诗通四十卷	胡震亨	明刻本四十卷	浙图、日本东洋文库
			明刊本三十二卷	日本京都大学文学部
			清顺治七年(1650)刻《李杜诗通》本	上图、北师大

参考文献

一、杜集文献

[1][唐]杜甫撰,[宋]王洙编次.宋本杜工部集[M].北京:国家图书馆出版社,2019.

[2][宋]赵次公注,林继中辑校.杜诗赵次公先后解辑校[M].上海:上海古籍出版社,1994.

[3][宋]黄希注,黄鹤补注.补注杜诗.影印文渊阁四库全书本(第1069册)[M].上海:上海古籍出版社,1987.

[4][宋]刘辰翁评点.集千家注批点杜工部诗集二十卷附录一卷年谱一卷[M].明初刻本,上海图书馆馆藏古籍线善,750220—29.

[5][宋]刘辰翁评点.集千家注批点杜工部诗集二十卷年谱一卷[M].明嘉靖八年朱邦苎懋德堂刻本,上海图书馆馆藏古籍线善,798951—70.

[6][元]高楚芳编.集千家注杜工部诗集.影印文渊阁四库全书本(第1069册)[M].上海:上海古籍出版社,1987.

[7][元]高楚芳编.集千家注杜工部诗集二十卷附录一卷.丛书集成续编(第163册)[M].台北:新文丰出版公司,1988.

[8][元]高楚芳编.集千家注杜工部诗集二十卷附录一卷[M].明嘉靖十五年玉几山人校刻本,上海师范大学图书馆古文献特藏部二乙善本,694200/445304.

[9][元]高楚芳编.集千家注杜工部诗集二十卷文集二卷附录一卷[M].明嘉靖十五年明易山人刻本,上海图书馆馆藏古籍线善,771350—61.

[10][元]范梈批选.杜工部诗范德机批选.黄永武主编《杜诗丛刊》本[M].台北:台湾大通书局,1974.

[11][元]张性,虞集撰.杜律演义·杜律虞注(合订本)[M].台北:大通书局,1974.

[12][元]虞集撰,邓秀夫刻.杜工部七言律诗[M].明刻本,江西省图书馆古籍特藏.

[13][元]虞集注,龚雷刻.杜工部七言律诗(杜律五七言合刻本)[M].

明嘉靖刻本，上海图书馆馆藏古籍线善，789084—85.

[14][元]虞集注，吴怀保刻. 杜律七言注解四卷（附诗法家数一卷）[M]. 明万历十六年七松居刻本，江西省图书馆古籍特藏.

[15][元]虞集注，吴怀保刻. 杜律七言注解四卷[M]. 明万历吴怀保刻本，上海图书馆馆藏古籍线普，60651.

[16][元]虞集注，郑云竹刻. 翰林考正杜律七言虞注大成[M]. 明万历刻本，江西省图书馆古籍特藏.

[17][元]虞集注，赵汸选注. 杜诗选律[M]. 清康熙间刻本，上海师范大学图书馆古文献特藏三乙善本，694200/445322.

[18][元]赵汸选注. 类选杜诗五言律三卷[M]. 明正德九年鲍松刻本，上海图书馆馆藏古籍线善，751834—36.

[19][元]赵汸注，吴怀保刻. 杜律五言注解三卷[M]. 明万历十六年七松居刻本，江西省图书馆古籍特藏.

[20][元]赵汸注. 杜律赵注[M]. 台北：大通书局，1974.

[21][明]单复. 读杜诗愚得. 四库全书存目丛书（集部第 4 册）[M]. 济南：齐鲁书社，1997.

[22][明]罗汝声. 杜工部七言律诗二卷[M]. 明正德三年刻本，上海图书馆馆藏古籍线善，824335—38.

[23][明]鲍松辑. 李杜全集二种[M]. 明正德八年刻本，上海图书馆馆藏古籍线善，804260—69.

[24][明]张綖注. 杜工部诗通十六卷. 四库全书存目丛书（集部第 4 册）[M]. 济南：齐鲁书社，1997.

[25][明]张綖. 杜律本义[M]. 清刻本，上海图书馆馆藏古籍线普，551604—5.

[26][明]张含辑，杨慎等评. 李杜诗选十一卷. 四库全书存目丛书（集部第 299 册）[M]. 济南：齐鲁书社，1997.

[27][明]王维桢. 杜律颇解附李律颇解（《杜诗丛刊》本）[M]. 台北：台湾大通书局，1974.

[28][明]万虞恺. 唐李杜诗集[M]. 明嘉靖二十一年刻本，上海图书馆馆藏古籍线善，796521—28.

[29][明]汪瑗补注. 杜律五言补注[M]. 台北：大通书局，1974.

[30][明]许自昌校刻. 集千家注杜工部诗集文集[M]. 明万历刻本，上海图书馆馆藏古籍线普 406744—406763.

[31][明]梅鼎祚辑.唐二家诗钞[M].明万历八年刻本,上海图书馆馆藏古籍线善,802369—74.

[32][明]梅鼎祚辑,屠隆集评.唐二家诗钞评林[M].明万历十七年刻本,上海图书馆馆藏线普长,61015.

[33][明]邵宝集注.刻杜少陵先生诗分类集注[M].明万历二十年刻本,日本山明水土岐善麿旧藏,土岐文库 17, w0109 号,今早稻田大学图书馆藏本.

[34][明]邵宝集注.邵二泉先生分类集注杜诗七卷[M].清康熙五十八年刻本,上海师范大学图书馆古文献特藏善本,694200/445313—3.

[35][明]邵傅.杜律集解[M].日本贞亨二年刻本,上海图书馆馆藏古籍线普,352553—55.

[36][明]张文栋编.杜少陵诗十卷[M].明万历间刻本,上海图书馆馆藏古籍线善,792215—22.

[37][明]闵映璧.杜诗选[M].明万历间吴兴闵氏朱墨套印本,上海图书馆馆藏古籍线善,821229—30.

[38][明]林兆珂撰.杜诗钞述注十六卷.四库全书存目丛书(集部第 4 册)[M].济南:齐鲁书社,1997.

[39][明]赵统撰.杜律意注二卷.四库全书存目丛书(集部第 4 册)[M].济南:齐鲁书社,1997.

[40][明]孙鑛评点,王立相校.杜律二卷[M].清康熙间刊本,上海师范大学图书馆古文献特藏善本,694200/445318.1.

[41][明]胡震亨撰,朱茂时订.杜诗通[M].清顺治七年刻李杜诗通本,上海图书馆馆藏古籍线善,793970—75.

[42][明]傅振商辑.杜诗分类五卷.四库全书存目丛书(集部第 5 册)[M].济南:齐鲁书社,1997.

[43][明]邵勋编撰.唐李杜诗集[M].台北:大通书局,1974.

[44][明]王嗣奭撰.杜臆[M].上海:上海古籍出版社,1983.

[45][明]郭正域辑评.韩文杜律二卷.四库全书存目丛书(集部第 327 册)[M].济南:齐鲁书社,1997.

[46][明]颜廷榘笺注.杜律意笺二卷.四库全书存目丛书(集部第 5 册)[M].济南:齐鲁书社,1997.

[47][明]薛益集注.杜工部七言律诗分类集注[M].据明崇祯十四年(1641)刻本,日本内阁文库藏金阊五云居翻刻本.

[48][明]卢世㴶.杜诗胥钞十五卷[M].明崇祯七年卢氏尊水园刻本,上海图书馆馆藏古籍线善,T452818—23.

[49][清]张缙彦,谷应泰辑.杜诗分类全集[M].清顺治十六年还读斋刻本,上海图书馆馆藏古籍线善,798949—50.

[50][清]张溍注.读书堂杜工部诗集注解.四库全书存目丛书(集部第6册)[M].济南:齐鲁书社,1997.

[51][清]浦起龙撰.读杜心解[M].北京:中华书局,1961.

[52][清]钱谦益撰.钱注杜诗[M].上海:上海古籍出版社,1979.

[53][清]仇兆鳌注.杜诗详注[M].北京:中华书局,1979.

二、诗文类文献

[1][宋]林亦之.纲山集.影印文渊阁四库全书(第1149册)[M].上海:上海古籍出版社,1987.

[2][金]元好问著,狄宝心校注.元好问文编年校注[M].北京:中华书局,2012.

[3][元]方回撰.桐江续集.影印文渊阁四库全书(第1193册)[M].上海:上海古籍出版社,1987.

[4][明]高棅.唐诗正声[M].吴郡宝翰楼藏本,上海师范大学图书馆古文献特藏三甲善本,693300/0042.

[5][明]孙鑛撰.姚江孙月峰先生全集[M].清嘉庆十九年静远轩刻本,上海图书馆馆藏古籍线普长,318970—81.

[6][明]陆深撰.俨山集.影印文渊阁四库全书(第1268册)[M].上海:上海古籍出版社,1987.

[7][明]王云凤撰.博趣斋稿二十三卷.续修四库全书(集部第1331册)[M].上海:上海古籍出版社,2002.

[8][明]梅鼎祚撰.鹿裘石室集.续修四库全书(集部第1379册)[M].上海:上海古籍出版社,2002.

[9][明]谢铎撰.桃溪净稿.四库全书存目丛书(集部第38册)[M].济南:齐鲁书社,1997.

[10][明]张綖撰,张守中刻.张南湖先生诗集四卷附录一卷.四库全书存目丛书(集部第68册)[M].济南:齐鲁书社,1997.

[11][明]张孚敬.太师张文忠公集十九卷.四库全书存目丛书(集部第77册)[M].济南:齐鲁书社,1997.

[12][明]陈如纶. 冰玉堂缀逸稿. 四库全书存目丛书(集部第 96 册)[M]. 济南:齐鲁书社,1997.

[13][明]赵统撰. 骊山集. 四库全书存目丛书(集部第 102 册)[M]. 济南:齐鲁书社,1997.

[14][明]李维桢撰. 大泌山房集. 四库全书存目丛书(集部第 150 册/第 152 册)[M]. 济南:齐鲁书社,1997.

[15][明]王穉登撰. 王百谷集. 四库禁毁书丛刊(集部第 175 册)[M]. 北京:北京出版社,1997.

[16][明]刘世教撰. 研宝斋遗稿. 四库未收书辑刊(第 25 册)[M]. 北京:北京出版社,1997.

[17][明]高棅. 唐诗品汇[M]. 上海:上海古籍出版社,1982.

[18][明]汪瑗撰,董洪利点校. 楚辞集解[M]. 北京:北京古籍出版社,1994.

[19][明]丁耀亢. 张清吉校点. 丁耀亢全集[M]. 郑州:中州古籍出版社,1999.

[20][明]何乔远. 镜山全集[M]. 福州:福建人民出版社,2015.

三、史籍与地方志

[1][唐]李延寿撰. 北史[M]. 北京:中华书局,1974.

[2][明]宋濂撰. 元史[M]. 北京:中华书局,1976.

[3][清]张廷玉等撰. 明史[M]. 北京:中华书局,1974.

[4][宋]郑樵. 通志[M]. 北京:中华书局,1987.

[5][明]焦竑辑. 国朝献征录. 续修四库全书(史部第 528 册/第 531 册)[M]. 上海:上海古籍出版社,2002.

[6][清]王鸣盛撰. 十七史商榷[M]. 北京:中国书店,1987.

[7][宋]范成大撰,陆振岳点校. 吴郡志[M]. 南京:江苏古籍出版社,1999.

[8][明]冯继科纂修. 嘉靖建阳县志[M]. 上海:上海古籍书店,1962.

[9][明]夏玉麟,汪佃修纂. 嘉靖建宁府志[M]. 上海:上海古籍书店,1964.

[10][明]喻政主修. 万历福州府志[M]. 福州:海风出版社,2001.

[11][明]袁应祺修,牟汝忠等纂. 万历黄岩县志[M]. 上海:上海古籍书店,1963.

[12][明]黄仲昭修纂. 八闽通志(修订本)[M]. 福州：福建人民出版社，2006.

[13][明]张光孝纂修. 隆庆华州志[M]. 南京：凤凰出版社，2007.

[14][明]聂心汤纂修. 钱塘县志[M]. 台北：成文出版社，1975.

[15][清]朱奎章修，胡芳杏纂. 同治乐安县志[M]. 台北：成文出版社，1975.

[16][清]张佩芳修，刘大櫆纂. 乾隆歙县志[M]. 台北：成文出版社，1975.

[17][清]王彬修，徐用仪纂. 海盐县志[M]. 台北：成文出版社，1975.

[18][清]李熙龄撰. 滨州志[M]. 台北：成文出版社，1976.

[19][清]梁园棣，郑之侨，赵彦俞纂修. 咸丰重修兴化县志·民国续修兴化县志[M]. 南京：江苏古籍出版社，1991.

[20]张峻峰校注. 康熙汝阳县志[M]. 郑州：中州古籍出版社，1994.

[21]周玑纂修.(河南)杞县志[M]. 台北：成文出版社，1976.

[22]廖鹭芬编. 天一阁藏明代方志选刊[M]. 上海：上海古籍书店，1963.

[23]凤凰出版社编. 中国地方志集成(福建)[M]. 南京：凤凰出版社，2011.

四、其他古籍文献

[1][清]阮元校刻. 十三经注疏·周易正义[M]. 北京：中华书局，1980.

[2][清]阮元校刻. 十三经注疏·尚书正义[M]. 北京：中华书局，1980.

[3][宋]朱熹撰. 四书章句集注[M]. 北京：中华书局，1983.

[4][春秋]老子著，李存山注译. 老子[M]. 郑州：中州古籍出版社，2004.

[5][清]郭庆藩撰，王孝鱼点校. 庄子集释[M]. 北京：中华书局，2004.

[6][汉]许慎撰. 说文解字[M]. 北京：中华书局，1963.

[7][明]曹安撰. 谰言长语. 影印文渊阁四库全书(第867册)[M]. 上海：上海古籍出版社，1987.

[8][明]杨慎撰，王大厚笺证. 升庵诗话新笺证[M]. 北京：中华书局，2008.

[9][明]胡应麟. 少室山房笔丛[M]. 上海：中华书局上海编辑所，1958.

[10][明]胡应麟. 诗薮[M]. 上海：上海古籍出版社，1979.

[11][明]陆容.菽园杂记[M].北京:中华书局,1985.

[12][清]钱谦益.列朝诗集小传[M].上海:上海古籍出版社,1983.

[13][清]陈田辑撰.明诗纪事[M].上海:上海古籍出版社,1993.

[14]冀勤编著.金元明人论杜甫[M].北京:商务印书馆,2014.

[15]刘明华编.杜甫资料汇编[M].北京:中华书局,2021.

五、古今书目题跋

[1][宋]陈振孙撰.直斋书录解题[M].上海:上海古籍出版社,1987.

[2][宋]晁公武撰,孙猛校证.郡斋读书志校证[M].上海:上海古籍出版社,1990.

[3][明]杨士奇等撰.文渊阁书目.影印文渊阁四库全书(第675册)[M].上海:上海古籍出版社,1987.

[4][明]徐𤊹撰.徐氏红雨楼书目[M].上海:上海古籍出版社,2005.

[5][明]徐𤊹撰,郑杰缉.红雨楼题跋.续修四库全书(史部第923册)[M].上海:上海古籍出版社,2002.

[6][明]叶盛撰.菉竹堂书目.四库全书存目丛书(集部第277册)[M].济南:齐鲁书社,1996.

[7][明]高儒撰.百川书志[M].上海:上海古籍出版社,2005.

[8][明]周弘祖撰.古今书刻[M].上海:上海古籍出版社,2005.

[9][清]袁栋撰.书隐丛说.四库全书存目丛书(子部第116册)[M].济南:齐鲁书社,1997.

[10][清]张金吾撰.爱日精庐藏书志.续修四库全书(史部第925册)[M].上海:上海古籍出版社,2002.

[11][清]丁丙撰.善本书室藏书志.续修四库全书(史部第927册)[M].上海:上海古籍出版社,2002.

[12][清]杨守敬撰.日本访书志.续修四库全书(史部第930册)[M].上海:上海古籍出版社,2002.

[13][清]吴寿旸撰.拜经楼藏书题跋记.续修四库全书(史部第930册)[M].上海:上海古籍出版社,2002.

[14][清]谢章铤.赌棋山庄所著书.续修四库全书(集部第1545册)[M].上海:上海古籍出版社,2002.

[15][清]永瑢等撰.四库全书总目[M].北京:中华书局,1965.

[16][清]邵懿辰撰,邵章续录.增订四库简明目录标注[M].上海:上海

古籍出版社,1979.

[17][清]毛扆撰.汲古阁珍藏秘本书目.海王邨古籍书目题跋丛刊(第一册)[M].北京:中国书店出版社,2008.

[18][清]黄虞稷撰.千顷堂书目[M].上海:上海古籍出版社,2001.

[19][清]于敏中等.天禄琳琅书目[M].上海:上海古籍出版社,2007.

[20][清]莫友芝撰.持静斋藏书记要[M].上海:上海古籍出版社,2009.

[21][清]范邦甸等撰.天一阁书目[M].上海:上海古籍出版社,2010.

[22][清]叶德辉著,李庆西标校.书林清话(附书林余话)[M].上海:复旦大学出版社,2008.

[23][清]冯班撰,何焯评,李鹏点校.钝吟杂录[M].北京:中华书局,2013.

[24][清]瞿镛撰.铁琴铜剑楼藏书目录[M].上海:上海古籍出版社,2000.

[25][清]陆心源著,冯惠民整理.仪顾堂书目题跋汇编[M].北京:中华书局,2009.

[26][清]潘祖荫著,潘宗周编,佘彦焱,柳向春标点.滂喜斋藏书记·宝礼堂宋本书录[M].上海:上海古籍出版社,2007.

[27][清]莫友芝撰,傅增湘订补.藏园订补郘亭知见传本书目[M].北京:中华书局,2009.

[28][清]钱曾著,傅增湘批注.藏园批注读书敏求记校证[M].北京:中华书局,2012.

[29][清]彭元瑞等撰.天禄琳琅书目后编[M].上海:上海古籍出版社,2007.

[30][清]孙星衍撰.平津馆鉴藏记书籍[M].上海:上海古籍出版社,2008.

[31][清]丁日昌撰,路子强,王雅新标点.持静斋书目[M].上海:上海古籍出版社,2008.

[32]缪荃孙,吴昌绶,董康撰,吴格整理点校.嘉业堂藏书志[M].上海:复旦大学出版社,1997.

[33]缪荃孙著,黄明,杨同甫标点.艺风藏书记[M].上海:上海古籍出版社,2007.

[34]邓邦述.群碧楼善本书录[M].上海:上海古籍出版社,2014.

[35]邓邦述.寒瘦山房鬻存善本书目[M].上海:上海古籍出版社,2014.

[36]傅增湘撰.藏园群书经眼录[M].北京:中华书局,1983.

[37]傅增湘撰.藏园群书题记[M].上海:上海古籍出版社,1989.

[38]徐乃昌撰.积学斋藏书记[M].上海:上海古籍出版社,2014.

[39]王国维.传书堂藏书志[M].上海:上海古籍出版社,2014.

[40]邹百耐.云间韩氏藏书题识汇录[M].上海:上海古籍出版社,2013.

[41]罗振常撰.善本书所见录[M].上海:上海古籍出版社,2014.

[42]孙殿起录.贩书偶记[M].北京:中华书局,1959.

[43]孙殿起录.贩书偶记续编[M].上海:上海古籍出版社,1980.

[44]叶启勋.二叶书录·拾经楼细书录[M].上海:上海古籍出版社,2014.

[45]杜信孚撰.明代版刻综录[M].扬州:江苏广陵古籍刻印社,1983.

[46]杜信孚,王剑.同书异名汇录[M].南京:江苏古籍出版社,2000.

[47]王重民撰.中国善本书提要[M].上海:上海古籍出版社,1983.

[48]王重民撰.中国善本书提要补编[M].北京:北京图书馆出版社,1997.

[49]施廷镛编著,李雄飞校订.古籍珍稀版本知见录[M].北京:北京图书馆出版社,2004.

[50]黄裳.来燕榭书跋[M].上海:上海古籍出版社,1999.

[51]冯惠民等选编.明代书目题跋丛刊[M].北京:书目文献出版社,1994.

[52]万曼著.唐集叙录[M].北京:中华书局,1980.

[53]周采泉著.杜集书录[M].上海:上海古籍出版社,1986.

[54]郑庆笃等编著.杜集书目提要[M].济南:齐鲁书社,1986.

[55]陈伯海,朱易安编撰.唐诗书录[M].济南:齐鲁书社,1988.

[56]张忠纲等编.杜集叙录[M].济南:齐鲁书社,2008.

[57]金开诚,葛兆光.古诗文要籍叙录[M].北京:中华书局,2005.

[58]吕友仁,查洪德主编.中州文献总录[M].郑州:中州古籍出版社,2002.

[59]方维保,汪应泽.徽州古刻书[M].沈阳:辽宁人民出版社,2004.

[60]严绍璗编著.日藏汉籍善本书录[M].北京:中华书局,2007.

[61]苏精.近代藏书三十家[M].北京:中华书局,2009.

[62]中华书局辑.四部备要书目提要(集部)[M].北京:中华书局,1936.

[64]成都杜甫草堂编印.成都杜甫草堂收藏杜诗书目[M].成都:成都杜甫草堂油印,1958.

[65]浙江图书馆编印.浙江图书馆馆藏杜诗书目[M].杭州:浙江图书馆油印,1956.

[66]南京大学图书馆编.南京大学图书馆馆藏古籍善本图书目录[M].南京:南京大学图书馆印,1980.

[67]上海图书馆编.中国丛书综录[M].上海:上海古籍出版社,1982.

[68]中山大学图书馆编.中山大学图书馆古籍善本书目[M].广州:中山大学图书馆,1982.

[69]屈万里编著.普林斯顿大学葛思德东方图书馆中文善本书志[M].台北:台北联经出版事业公司,1984.

[70]北京图书馆编.北京图书馆古籍善本书目(索引)[M].北京:书目文献出版社,1987.

[71]中国科学院图书馆编.中国科学院图书馆藏中文古籍善本书目[M].北京:科学出版社,1994.

[72]中国古籍善本书目编辑委员会编.中国古籍善本书目(集部)[M].上海:上海古籍出版社,1996.

[73]沈津编著.美国哈佛大学哈佛燕京图书馆中文善本书志[M].上海:上海辞书出版社,1999.

[74]北京大学图书馆编.北京大学图书馆藏古籍善本书目[M].北京:北京大学出版社,1999.

[75]北京师范大学图书馆古籍部编.北京师范大学图书馆古籍善本书目[M].北京:北京图书馆出版社,2002.

[76]清华大学图书馆编.清华大学图书馆藏善本书目[M].北京:清华大学出版社,2003.

[77]山东大学图书馆编.山东大学图书馆古籍善本书目[M].济南:齐鲁书社,2007.

[78][美]柏克莱加州大学东亚图书馆编.柏克莱加州大学东亚图书馆中文古籍善本书志[M].上海:上海古籍出版社,2005.

[79][日]涩江全善,森立之等撰.经籍访古志[M].上海:上海古籍出版

社，2014.

[80][日]岛田翰撰，杜泽逊，王晓娟点校. 古文旧书考[M]. 上海：上海古籍出版社，2014.

[81][日]宫内省图书寮编. 图书寮汉籍善本书目[M]. 东京：日本文求堂书店，松云堂书店发行，1934.

六、现代研究著作

[1]陈垣. 校勘学释例[M]. 北京：中华书局，1959.

[2]台湾“中央图书馆”编. 明人传记资料索引[M]. 台北：文史哲出版社，1978.

[3]余嘉锡. 四库提要辨证[M]. 北京：中华书局，1980.

[4]朱保炯，谢沛霖撰. 明清进士题名碑录索引[M]. 上海：上海古籍出版社，1980.

[5]陈德芸撰. 古今人物别名索引[M]. 上海：上海书店，1982.

[6]郭绍虞. 中国文学批评史大纲[M]. 上海：上海古籍出版社，1983.

[7]罗根泽. 中国文学批评史[M]. 上海：上海古籍出版社，1984.

[8]王锺翰点校. 清史列传[M]. 北京：中华书局，1987.

[9]李致忠. 历代刻书考述[M]. 成都：巴蜀书社，1990.

[10]曹之. 中国古籍版本学[M]. 武汉：武汉大学出版社，1992.

[11]钱锺书. 七缀集[M]. 上海；上海古籍出版社，1994.

[12]程焕文编. 中国图书论集[M]. 北京：商务印书馆，1994.

[13]汪玢玲主编. 中华古文献大辞典(文学卷)[M]. 长春：吉林文史出版社，1994.

[14]孙琴安. 中国评点文学史[M]. 上海：上海社会科学院出版社，1999.

[15]张㧑之，沈起炜，刘德重主编. 中国历代人名大辞典[M]. 上海：上海古籍出版社，1999.

[16]程千帆，徐有富撰. 校雠广义 · 目录编(修订本)[M]. 北京：中华书局，2020.

[17]钱仲联等. 中国文学大辞典[M]. 上海：上海辞书出版社，2000.

[18]胡可先. 杜甫诗学引论[M]. 合肥：安徽大学出版社，2003.

[19]缪咏禾. 明代出版史稿[M]. 南京：江苏人民出版社，2000.

[20]于立君，王安节. 中国诗文评点史研究[M]. 长春：时代文艺出版

社,2001.

[21]毛春翔.古书版本常谈[M].上海:上海古籍出版社,2002.

[22]屈正平.汝南风土记[M].呼和浩特:远方出版社,2002.

[23]周裕锴.中国古代阐释学研究[M].上海:上海人民出版社,2003.

[24]方彦寿.建阳刻书史[M].北京:中国社会科学出版社,2003.

[25]綦维,孙微.山东杜诗学文献研究[M].济南:齐鲁书社,2004.

[26]黄永年.古籍版本学[M].南京:江苏教育出版社,2005.

[27]孙琴安.唐诗选本提要[M].上海:上海书店出版社,2005.

[28]李玉安,黄正雨编.中国藏书家通典[M].香港:中国国际文化出版社,2005.

[29]张秀民著,韩琦增订.中国印刷史(增订版)[M].杭州:浙江古籍出版社,2006.

[30]陈文新主编,赵伯陶分册主编.中国文学编年史(明末清初卷)[M].长沙:湖南人民出版社,2006.

[31]祝尚书.宋代科举与文学考论[M].郑州:大象出版社,2006.

[32]崔建英辑.明别集版本志[M].北京:中华书局,2006.

[33]陈去病著,殷安如,刘颖白编.陈去病诗文集[M].北京:社会科学文献出版社,2006.

[34]丁福保辑.历代诗话续编[M].北京:中华书局,2006.

[35]杜泽逊.四库存目标注[M].上海:上海古籍出版社,2007.

[36]蔡锦芳.杜诗版本及作品研究[M].上海:上海大学出版社,2007.

[37]孙微.清代杜诗学文献考[M].南京:凤凰出版社,2007.

[38]徐有富编.中国古典文学史料学[M].北京:北京大学出版社,2008.

[39]孙钦善.中国古文献学史简编[M].北京:北京大学出版社,2008.

[40]缪咏禾.中国出版通史(明代卷)[M].北京:中国书籍出版社,2008.

[41]赵前编著.明代版刻图典[M].北京:文物出版社,2008.

[42]孙微,王新芳.杜诗学研究论稿[M].济南:齐鲁书社,2008.

[43]李红霞.注释学与诗文注释研究[M].北京:中国大地出版社,2009.

[44]柯卓英.唐代的文学传播研究[M].北京:中国社会科学出版社,2009.

[45]路善全.在盛衰的背后——明代建阳书坊传播生态研究[M].北京:中国传媒大学出版社,2009.

[46]瞿冕良编著.中国古籍版刻辞典(增订本)[M].苏州:苏州大学出版社,2009.

[47]郝润华等.杜诗学与杜诗文献[M].成都:巴蜀书社,2010.

[48]杨军.明代翻刻宋本研究[M].北京:中国社会科学出版社,2011.

[49]吴洪成,刘园园等著.河北书院史[M].保定:河北大学出版社,2011.

[50]赫兰国.辽金元杜诗学[M].郑州:河南人民出版社,2012.

[51]刘重喜.明末清初杜诗学研究[M].北京:中华书局,2013.

[52]赵睿才.百年杜甫研究之平议与反思[M].北京:人民出版社,2014.

[53]林继中.杜诗学论薮[M].上海:上海古籍出版社,2015.

[54]张忠纲.诗圣杜甫研究[M].上海:上海古籍出版社,2015.

[55]蔡锦芳.杜诗学史与地域文化[M].杭州:浙江大学出版社,2015.

[56]邹进先.宋代杜诗学述论[M].北京:中国社会科学出版社,2016.

[57]张家壮.痛彻的自觉——明末清初杜诗学考论[M].南京:凤凰出版社,2019.

[58]王燕飞.明代杜诗选录与评点研究[M].北京:新华出版社,2019.

[59]郝润华.《钱注杜诗》与诗史互证方法[M].北京:中华书局,2020.

[60][日]大庭修,戚印评等译.江户时代中国典籍流播日本之研究[M].杭州:杭州大学出版社,1998.

七、现代研究论文

[1]元方.谈宋绍兴刻王原叔本《杜工部集》[J].文学遗产(增刊),1963(13).

[2]叶绮莲.杜工部集关系书存佚考[J].台湾书目季刊,1970.

[3]林继中.北图所藏《杜诗先后解》明抄本残帙述略[J].文献,1988(4).

[4]王学泰.杜诗的赵次公注与宋代的杜诗研究[J].首都师范大学学报(社会科学版),1994(1).

[5]陈尚君.喜读《杜诗赵次公先后解辑校》[J].山东大学学报(哲学社会科学版),1996(3).

[6]闵庚三.朝鲜本《杜诗泽风堂批解》评介[J].杜甫研究学刊,1998(1).

[7]张巍.论唐宋时期的类编诗文集及其与类书的关系[J].文学遗产,

2008(3).

[8]方宝川.谢杰及其著作考略[J].福建师范大学学报(哲学社会科学版),2009(2).

[9]陈晨.《唐二家诗钞》版本考述[J].古籍整理研究学刊,2009(5).

[10]曾绍皇.论徐渭的崇杜情结及其手批《杜工部集》[J].杜甫研究学刊,2010(1).

[11]郎菁.许宗鲁刻书考略[J].图书馆杂志,2011(6).

[12]王新芳,孙微.卢世漼《杜诗胥钞》及《读杜私言》考论[J].文献学与目录学,2011(6).

[13]陈尚君,王欣悦.蔡梦弼《杜工部草堂诗笺》版本流传考[J].古籍整理研究学刊,2011(9).

[14]郭茂育.宋代"千家注杜"文化现象考论[J].兰州教育学院学报,2012(1).

[15]沈文凡.杜甫五律、五排诗韵之明代接受文献初缉[J]文化与传播,2012(2).

[16]张忠纲.关于樊晃与《杜工部小集》[J].杜甫研究学刊,2012(4).

[17]王燕飞.论明代杜诗选注和评点的特色[J].杜甫研究学刊,2012(4).

[18]王勇,史小军.论郑善夫对杜诗的接受[J].东莞理工学院学报,2012(8).

[19]曾绍皇.杜诗评点的文献著录及其观念嬗变——以历代公、私书目为考查对象[J].湖南师范大学社会科学学报,2012(11).

[20]王永波.杜诗在明代的评点与集解[J].山西大学学报(哲学社会科学版),2016(04).

[21]王永波.明代杜诗学研究失误述评[J].安徽大学学报(哲学社会科学版),2016(04).

[22]汪欣欣,邓骏捷.元明杜律选评本沿袭现象述论[C]//中国杜甫研究会第八届年会暨杜甫研究国际学术研讨会论文集(上册).2017:301—314.

[23]汪欣欣.赵统"粗律"论与明代杜诗批评[J].新疆大学学报(哲学·人文社会科学版),2018(03).

[24]汪欣欣.颜廷榘《杜律意笺》考辨[J].图书馆论坛,2018(05).

[25]陈宁.明代杜集版本述略:以成都杜甫草堂博物馆明代杜集为中

心[J]. 杜甫研究学刊,2019(01)

[26]汪欣欣. 薛益《杜工部七言律诗分类集注》考述[J]. 杜甫研究学刊,2019(03).

[27]王永波. 明代李杜集合刻现象及其文学史意义[J]. 齐鲁学刊,2020(04)

[28]汪欣欣. 邵傅《杜律集解》考论[J]. 中国典籍与文化,2020(04).

[29]聂巧平. 宋代杜诗学[D]. 复旦大学博士学位论文,1998.

[30]綦维. 金元明杜诗学研究[D]. 山东大学博士学位论文,2002.

[31]钟文娟. 明人赵大纲《杜律测旨》研究[D]. 首都师范大学硕士学位论文,2002.

[32]赵鸿飞. 宋代唐诗选本研究[D]. 复旦大学硕士学位论文,2005.

[33]杨波.《唐诗类苑》研究[D]. 河南大学博士学位论文,2008.

[34]杜伟强. 明代杜诗全集注本研究[D]. 西北师范大学硕士学位论文,2011.

[35]涂媚. 明代类书考论[D]. 江西师范大学硕士学位论文,2012.

[36]王欣悦. 南宋杜注传本研究[D]. 复旦大学博士学位论文,2013.

[37]吴佳晋. 明代张楷《和杜诗》研究[D]. 西南大学硕士学位论文,2021.

后 记

苏轼有诗说:“人生到处知何似,应似飞鸿踏雪泥。泥上偶然留指爪,鸿飞那复计东西。”匆匆十年,一晃而过,当初读博的人生经历,如今看来正如这雪泥鸿爪般令人感思、怀念。

这本小书是在我的博士论文《明代杜诗学研究》下编的基础上修改和扩充完成的。还记得 2015 年 6 月,我将博士学位论文提交评审,先后得到上海大学董乃斌教授,复旦大学陈尚君教授、汪涌豪教授,华东师大胡晓明教授、朱惠国教授,上海古籍出版社高克勤编审的肯定和鼓励,让我时时铭感不忘,也激励着我这些年来一直坚持追寻着杜诗学研究的梦想。

还记得在查找资料过程中,我每天清晨拎着一台笔记本电脑,赶学校门口最早一班的 43 路公交到衡山路附近,然后步行二十分钟左右到上海图书馆古籍特藏部查阅一手的杜集善本文献。由于善本书阴雨天是不给看的,所以每天醒来就盼着天公作美,能赏我一天的读书好时光。当年很多古籍善本是没有影印件、扫描件、胶片可看的,珍贵非常的纸本也不给拍照复印,入馆取书时还会发一双雪白的薄布手套以供翻书时用,所以当时往往需要一手翻书、一手用电脑录入所能寓目的杜集善本序跋、目录以及一些眉批、夹注、尾评等等文字,同时根据古籍版本学知识。边看边将所观察到的各种版式特征及钤印情况逐一描述记录下来。也时常会遇到一些明清抄本,是草书字体,又字迹模糊,非常难以辨识。这就不得不手写输入甚至图片造字,尽可能把文本摹写下来,回去再根据上下文语意细细推敲分辨,找机会向经验丰富的老师求教。我读研时候的师兄王域铖,那时刚好进入山东大学攻读古籍目录版本校勘学专业的博士,他为我提供了很多切实有力的指点和帮助。这段几乎每日奔赴上图查资料的经历,前后持续了两个月,直到把馆内所藏可供阅览的杜集善本读完、录完。那时每个白天都极其宝贵,整个人全身心沉浸在安静的善本阅览室,在古书特有的纸墨香中感受着杜诗的温暖与厚度,常常舍不得短暂的午休或就餐时间,直到日落西山,才带着一天的满满收获,在华灯初上的繁华都市中辗转回归校园,然后继续日复一日。也曾偶遇一个每日来此读书的姑娘,作过简单交流。多年以后,我偶然读到了她的论文,知道她已实现了当初入华师大读博的梦想。在她身上,我仿佛看到了许许多多的追梦人。

每个人一生中都会遇到很多人，有浅浅的相识，最终留下淡淡的印记；也有深深的结缘，一直陪我走过风雨，伴我点滴成长。我很感激我的博导查清华教授。十年前，查老师给了我继续求学深造的机会，收我为博士的开门弟子。读博三年时光，查老师对我更是悉心教导、言传身教，让我从言行举止到为人处世、再到性格、能力，都有了脱胎换骨的改变。最难忘和查老师在操场漫步时，于闲聊中交流读书的心得、作论文的困惑。我从中获得了许多有益的启示，及时去调整了研究的思路和方法。每每感动于查老师耐心地安慰委屈得无措沮丧的我、包容任性得不够乖巧的我、鼓励失落得缺乏动力的我，让我相信读书是为了生活，读更多的书是为了更好地理解生活、面对生活。毕业以后这么多年，查老师仍然对我关爱有加、帮助甚多。记得刚入职那段时间，我挺不适应角色转换以及各种琐碎工作任务，每回通电话，查老师都很耐心地鼓励我、指点我，给了我很多温暖。2016 年初，我刚工作了一学期，就要申报国家社科基金，却毫无报项目的经验。查老师在给了我很大鼓励和选题建议后，还逐字逐句认真细致地帮我修改了申报书和活页，使我得以非常幸运地第一次申报青年项目就成功获批了。此后两三年，我跟着查老师参加了一些学术会议，每次老师都教导我要多听多学多交朋友。还记得 2017 年到西南交大开唐代文学年会，大会全部结束后，返程前，查老师带着我，陪李定广老师一起去逛成都杜甫草堂。那是这么多年来唯一一次有机会跟着老师同游文化圣地，何况自读硕后这十年来我一直研究杜诗学，对杜甫晚年寓居的草堂也一直神往，自然特别兴奋、特别开心。查老师在逛草堂时，还不忘了各种考我，到了杜甫雕像前，特意让我鞠个躬，还打趣说杜甫可是“养活”了我好多年哦，后来又特别到杜甫茅屋前给我拍了留影。此后几年，我们单位举办了若干次浙东唐诗之路的学术会议，查老师不论有多繁忙，每次总是为了我放下手头工作，亲临会场给我指导、给我最大支持，还每每不许我去高铁站接站。我们这边刚结束会议，他甚至来不及用餐就又匆匆赶回上海去忙学校的工作。尽管每次见面都很匆忙，但毕业七年来，我应是离沪在外工作的学生中有机会见到老师最多的一个了。查老师真诚待我的各种恩情、诸般扶持，我都将永远铭记于心。

我很感激我的硕导江西师大的杜华平教授。十多年前，是杜老师坚持手把手地引导、培养与扶持，把懵懂的我一步步带入求学问道的天地，感受无知的好奇、真诚的理解与灵性的批判。在我读博期间，杜老师依然在繁忙的工作之余抽出不少时间来给我推荐好书、提点学业，特别是我作论文遇到困难、感到无助时，总能在第一时间读到杜老师那细致如缕的批复解答。在我工作以后，杜老师也给予了很多帮助，从如何讲授古代文学课程到中国文学批评史备课要领，从如何学会做班主任到处理教研室各项工作。特别是我写了八十余万字的国家课题结题书稿，以及这部书稿，都先后得到了杜老师的认真批阅、修订。我的求知梦、学术梦里也凝结着杜老师多年来的无数心血。

我很感激上海师大古籍所给我授课的曹旭教授、朱易安教授。我原本在诗学批评、文学传播学方面知识相当匮乏，是老师们精彩生动的授课让我得到了必要的提升，使我敢于从这几个方面进入明代杜诗学研究中。还要特别感谢上海大学董乃斌教授、复旦大学陈尚君教授、华东师大胡晓明教授和朱惠国教授在答辩会上对我论文提出的诸多宝贵意见，帮助我进一步补充完善了论文所应交代的前因后果，在具体观点上也减少了一些疏误。在我毕业后，董老师仍然在学业上给我诸多提点，每次开会见着的董老师，都特别和蔼可亲、关怀备至。胡老师更是一直给予我很多帮助，先后两次来我单位助我们筹办学术会议，给我们宝贵的学术指导，还特别给学院本科生做了一次江南文化的学术讲座，当时座无虚席的热烈场面，我一直记忆犹新。这么多年来，胡老师待我如及门弟子一般，给我寄来诸多著作时，还不忘放入几叠华师大图书馆自主设计的创意书签和文件夹。每回去华师大图书馆拜访胡老师，又总能获赠不少新著。至今我家书房里获赠签名本最多的，一定是胡老师的书了。我能有幸在毕业两年后就评上了副教授职称，也离不开胡老师的多方大力提携，真是感激不尽。

我很感激江西省图书馆古籍部的刘景会师姐。尽管在我入学读硕时，师姐早已毕业工作了，我们并不相熟。但当我找到师姐，求助亟需的善本文献时，师姐还是帮我进入书库取书与换书，一遍遍不厌其烦。

我很感激浙大出版社和责任编辑吕倩岚。出版社高效的工作、友好的态度，让我倍感温暖、快乐。吕编辑扎实的专业知识、严谨细致的编校，使这本小书减少了很多疏失。

此刻，我还想特别感谢三年的读博生活和接近七年的高校工作经历，让我逐渐学会了承受压力和面对挑战，也深深懂得了只有真正沉静下来才能无限地接近研究对象本身，以一种感恩的心态来体会读书为学的乐趣、教书育人的快乐。贺知章说过“唯有门前镜湖水，春风不改旧时波”，陆游又道：“闻道梅花坼晓风，雪堆遍满四山中。何方可化身千亿，一树梅前一放翁。”如今的我身在这“枕江春水书回字”、“江花古岸自由寻”的镜湖之畔，看着每日书窗下“縠皱波纹迎客棹”的一叶小舟翩然而过，由眼前的簇簇红梅不禁想起了那个闲居山阴的深情老者，似梦里。人生，治学、为人、用情，何尝不如是？静静默守一份执着，虔诚地敬畏传统文化，如此便岁月莫不静好。

作为一部据八年前旧稿修订、扩充的著作，现在读来还存在很多稚嫩之处。这次修订、校对，尽管有的重写了，有的作了修改，但原有的稚嫩，也不好全部去除。我想：保留一些往昔的印痕，让世人见证自己的成长，也是很有意义的。

张慧玲

2023 年 2 月 10 日

于山阴镜湖之畔